La passion de
Magdelon

Catalogage avant publication de Bibliothèque et Archives nationales du
Québec et Bibliothèque et Archives Canada

Laberge, Rosette
Le roman de Madeleine de Verchères
Sommaire: t. 1. La passion de Magdelon.
ISBN 978-2-89585-015-1 (v. 1)
1. Verchères, Madeleine de, 1678-1747 - Romans, nouvelles, etc.
I. Titre. II. Titre: La passion de Magdelon.
PS8623.A24R65 2009   C843'.6   C2009-941074-5
PS9623.A24R65 2009

Image de couverture : John Singer Sargent

Aide à la recherche : Lucas Paradis

Les Éditeurs réunis bénéficient du soutien financier de la SODEC
et du Programme de crédits d'impôt du gouvernement du Québec.

Nous remercions le Conseil des Arts du Canada
de l'aide accordée à notre programme de publication.

Édition :
LES ÉDITEURS RÉUNIS
www.lesediteursreunis.com

Distribution au Canada : *Distribution en Europe :*
PROLOGUE   DNM
www.prologue.ca   www.librairieduquebec.fr

Imprimé au Québec (Canada)

Dépôt légal : 2009
Bibliothèque et Archives nationales du Québec
Bibliothèque nationale du Canada

ROSETTE LABERGE

La passion de Magdelon

LE ROMAN DE MADELEINE DE VERCHÈRES
TOME 1

LER

LES ÉDITEURS RÉUNIS

Chapitre 1

— Ce n'est pas le moment d'arriver en retard, Magdelon ! Descends, tout le monde est prêt à partir. Il ne faut pas faire attendre ton futur époux. Viens, ne m'oblige pas à monter.

C'est la troisième fois que Marie, sa mère, lui crie du pied de l'escalier, sans succès. Magdelon l'entend mais elle reste là, debout à la fenêtre de sa chambre, fixant le vide. Elle tient une lettre dans sa main gauche et un mouchoir de dentelle dans la droite. Depuis qu'elle a reçu cette lettre, pas un seul jour ne s'est écoulé sans qu'elle maudisse le fait de savoir lire. Depuis près de six mois pourtant, elle ne peut s'empêcher de la lire et de la relire dès qu'elle se retrouve seule, jusqu'à ce que la fatigue ait raison de son corps et qu'elle sombre dans un sommeil profond.

Prenant son courage à deux mains, elle déplie la lettre et décide que ce sera la dernière fois qu'elle la lira. En fait, elle la récite plus qu'elle ne la lit. Les caractères sont pratiquement tous effacés tant la lettre a été pliée et dépliée, touchée et froissée. On dirait que l'encre s'est enfuie au fil des jours, ne pouvant supporter autant de douleur silencieuse mais combien profonde.

Madame,

J'ai pensé qu'il vous serait moins difficile d'apprendre que Louis Desportes s'est marié le 19 février de l'an 1706, à Paris, que de l'attendre votre vie durant. Il a uni sa destinée à la comtesse Marie-Élisabeth Loriau de la Bretagne. Ne m'en veuillez pas de vous avoir dit la vérité.

Votre dévoué,

Noël Boucher de Larivière

Magdelon pousse un grand soupir. Puis elle froisse la lettre d'un geste brusque, la jette dans le feu et s'essuie le coin des yeux avec son mouchoir, bien inutilement il faut le dire. Aucune larme ne perle au coin de ses yeux. Les larmes, Magdelon ne connaît pas. Elle a ravalé les dernières le jour de l'attaque des Iroquois. Elle avait à peine quatorze ans. Ce jour-là, elle avait bien mieux à faire que de pleurer si elle voulait sauver sa vie et celle des siens. Depuis, ses yeux se sont asséchés.

En une fraction de seconde, le feu dévore sa lettre. Le visage livide, elle prend son châle et se regarde dans le miroir. Elle a fière allure dans sa robe de mariée. Elle replace ses cheveux relevés en chignon pour l'occasion, se pince les joues pour se donner un peu de teint et ouvre la porte de sa chambre, bien décidée à affronter son destin, si différent soit-il de celui qu'elle espérait. Elle se retrouve nez à nez avec sa mère.

— Viens, tout le monde t'attend, dit gentiment celle-ci en la prenant par le bras.

Sans un mot, les deux femmes descendent l'escalier et sortent rejoindre les autres.

Des souvenirs se bousculent dans la tête de Marie. C'était il y a bien longtemps, elle n'avait que treize ans. Elle vivait des jours tranquilles avec ses parents sur l'île d'Orléans, près de Québec. Ce jour-là, son père recevait un visiteur, ce qui était plutôt rare. Une fois celui-ci parti, il avait annoncé à sa fille qu'il venait de donner sa main. Elle avait senti la terre se dérober sous ses pieds. Jamais il n'avait été question de la marier jusqu'à ce jour et elle n'était encore qu'une enfant. Comment pouvait-il l'avoir promise à cet homme qu'elle n'avait jamais vu avant aujourd'hui? Elle avait relevé les pans de sa jupe et était sortie à toute vitesse de la maison. Elle avait couru aussi loin que son souffle le lui avait permis et s'était laissée tomber à genoux dans l'herbe, face au fleuve qu'elle aimait tant. Elle tremblait de tout son corps et sa vue était troublée tellement elle pleurait. Elle ne comprenait pas ce qui lui arrivait. Il n'était pas question qu'elle se marie. Elle n'en avait aucune envie! Le soleil venait de se coucher quand elle était enfin rentrée à la maison. Son père l'attendait. Il lui avait dit :

— Tu te maries dans un mois et je ne veux plus en entendre parler. Maintenant, va aider ta mère.

Ce jour-là et tous les autres précédant son mariage, Marie n'avait pas dit un seul mot aux repas. Ses travaux terminés, elle se réfugiait dans sa chambre et pleurait toutes les larmes de son corps. Son conte de fées venait de se terminer. Le prince n'avait rien de charmant, mais il épouserait la belle princesse de plusieurs années sa cadette. Et Marie ne pouvait rien y faire, sinon obéir.

Elle jette un coup d'œil à sa fille et se dit qu'au moins Magdelon a choisi de se marier. Certes, elle n'épousera pas l'homme de sa vie, mais monsieur de la Pérade est un gentilhomme, très respectable. Avec lui, elle ne manquera jamais de rien. Il possède une seigneurie à Sainte-Anne-de-la-Pérade. Ce n'est pas l'être le plus jovial de la Nouvelle-France, mais il a la réputation d'être très travaillant, ce qui est plutôt important, car la vie est rude ici. Gérer une seigneurie n'est pas chose facile, Marie en sait quelque chose. Depuis la mort de son mari, elle a dû mettre la main à la pâte doublement et le départ de Magdelon ne viendra pas lui faciliter la tâche. Une bouche de moins à nourrir, c'est vrai, mais deux bras vaillants en moins. Ce n'est pas tout d'obtenir une seigneurie du roi. Encore faut-il ensuite la faire prospérer pour s'assurer de la garder et, si on est chanceux, peut-être l'agrandir année après année.

Lorsque Magdelon sort de la maison, ses frères et sœurs l'attendent patiemment. Elle monte vite dans la calèche, aux côtés de son frère Alexandre, de deux ans son cadet. Il lui sourit. Pensive, elle lui rend timidement son sourire.

— Tu es la plus belle mariée que j'aie jamais vue, lui dit-il en lui serrant le bras. Tout ira bien, tu verras. Desportes est le pire des imbéciles et il ne te méritait pas. Tu devrais passer à autre chose. Tu ne le regretteras pas, tu vas voir !

Puis s'adressant à son cheval, il lance :

— Vas-y, ma belle ! Emmène-nous à l'église.

Âgé de vingt-six ans, Alexandre résiste toujours au mariage. Tout comme Magdelon, il veut faire un mariage d'amour. Ce ne sont pourtant pas les offres qui manquent, d'autant qu'il est un bon parti. Bel homme, aucun bateau n'accoste sans qu'il se fasse solliciter par l'une ou par l'autre des passagères. À la mort de son père, il y a six ans, il a pris la direction du moulin à farine. Magdelon et lui ont réussi à faire prospérer la seigneurie, mais avec le départ de sa sœur, il devra tout gérer seul. Il faut bien l'avouer, Magdelon est douée pour les affaires. Et elle sait parler aux colons. Elle est ferme, mais les dix colons donneraient leur vie pour elle. Mademoiselle Magdelon peut tout leur demander, et ce, depuis son premier battement de cils. Sa sœur lui manquera, c'est certain. Si au moins, elle s'était installée à Verchères avec son mari...

Pendant la courte distance qui les sépare de l'église, Magdelon garde le silence. Elle pense à son Louis. Elle l'aura attendu cinq ans. Cinq longues années où seulement quelques lettres lui ont rappelé qu'elle n'était pas amoureuse d'une chimère. Cinq longues années où elle s'est morfondue à l'attendre désespérément, l'aimant chaque jour un peu plus. Aujourd'hui, tout ce qui lui reste de cet amour, c'est la chaîne qu'il lui a offerte lors de son dernier voyage en Nouvelle-France. Elle pose la main sur son cou et, à travers l'étoffe fine de sa robe, touche le petit pendentif de la Vierge Marie qui ne la quitte jamais.

En arrivant à l'église, Magdelon salue les gens. Tout le village est là. Au passage, tous lui sourient et lui disent des bons mots. Peu à peu, le sourire s'installe sur son visage sans qu'elle s'en rende vraiment compte. Elle aime tous ces gens et ils le lui rendent bien. Chacun a marqué sa vie depuis sa naissance. Dire que demain, elle les quittera pour aller vivre une autre vie ailleurs, avec de nouvelles personnes, une nouvelle seigneurie et de nouveaux voisins. Ils lui manqueront, c'est certain. Elle les reverra quand elle viendra visiter sa famille, mais au fond d'elle-même elle sait pertinemment que c'est la fin d'une étape de sa vie. Tant que les routes et le fleuve seront infestés d'Iroquois, elle ne pourra pas se promener à son aise. De toute manière, elle n'en aura pas le loisir si souvent. Elle devra trimer dur et elle fondera une famille. Elle veut beaucoup d'enfants. À son âge, elle ne peut se permettre d'attendre trop longtemps.

Alexandre immobilise l'attelage. Elle cherche son futur époux du regard. Elle le repère enfin. Il est appuyé sur la rampe d'escalier qui mène à la sacristie. Elle l'observe un instant. Il met une main dans sa poche et en sort un petit objet pendu au bout d'une chaîne. Une montre en or. Homme d'affaires aguerri, pour lui le temps c'est de l'argent. Il n'a qu'une hâte, que ce mariage se fasse, qu'ils quittent Verchères et que la vie continue. Les sentiments, très peu pour lui. Magdelon est un bon parti. Elle est vaillante et forte et, en plus, elle n'est pas désagréable à regarder. Elle apporte même avec elle la rondelette somme de cinq cents livres, ce qui est très rare de nos jours. Il fait vraiment une bonne affaire.

Pierre-Thomas Tarieu de la Pérade est lieutenant d'une compagnie des troupes de la marine. Magdelon a fait sa connaissance lors d'une visite à l'intendant, il y a de cela près d'un an. De petite taille, légèrement trapu, les cheveux bruns, il n'a pas du tout le physique pour rivaliser avec son Louis. Il lui avait souri et s'était présenté à elle en insistant sur le fait qu'il était célibataire et qu'il voulait se marier dans l'année. Il avait fait état de ses possessions. Elle l'avait écouté poliment, l'avait salué et était sortie. Trois mois plus tard, il était revenu à la charge, cette fois avec une demande en mariage formelle. Elle l'avait ignoré. Loin de se laisser décourager, il avait laissé passer trois autres mois et lui avait fait une nouvelle demande. Elle venait d'apprendre que son Louis s'était marié. Elle avait le cœur en miettes, mais elle gardait la tête froide. Elle devait se marier. Il n'était pas question qu'elle finisse sa vie vieille fille ou, pire, dans un couvent. Elle était trop assoiffée de vivre pour se contenter de si peu. Cette fois, elle l'avait regardé droit dans les yeux et lui avait dit :

— Je veux bien me marier avec vous, mais je ne vous aime pas. Et je ne sais pas si je vous aimerai un jour. Si vous êtes prêt à fonder une famille avec moi, cela me va, mais jamais vous n'aurez mon cœur.

Il lui avait souri, avait pris sa main droite sur laquelle il avait déposé un chaste baiser.

— Si on se mariait en septembre ?

L'affaire était conclue et, trois mois plus tard, ils se revoyaient pour se marier. Elle aura toute la vie pour faire sa connaissance. Comme l'avait dit sa mère, elle aurait pu tomber sur bien pire, un homme sans le sou, par exemple. À vingt-huit ans, elle n'a plus l'âge d'une jeune première, encore moins celui de lever le nez sur un bon parti.

Alexandre a eu le temps de faire le tour de la calèche. Il lui tend la main pour l'aider à descendre. Elle prend une grande respiration et pose sa main sur celle de son frère, bien décidée à plonger tête première dans sa nouvelle vie, qu'elle a choisie après tout.

Elle se rend à la porte d'entrée de l'église au bras de son frère. Monsieur de la Pérade la rejoint. C'est l'intendant lui-même qui lui sert de père. Les deux hommes la saluent en soulevant légèrement le bord de leur chapeau rond. Magdelon fait la révérence. Son regard s'attarde sur son futur mari qui, elle doit l'admettre, est plutôt élégant. Sa chemise blanche étincelle sous son gilet gris souris. Il porte une redingote de velours noire qui tombe sur son pantalon étroit de serge foncée. À sa taille, il a noué une ceinture de flanelle rouge. Elle ne l'a pas vu souvent depuis qu'elle a fait sa connaissance, mais il faut dire qu'aujourd'hui c'est la première fois qu'elle prend le temps de le regarder. Elle sourit encore un peu plus. Il a bon goût, elle le voit par ses vêtements.

Le curé qui s'impatiente fait les cent pas devant son autel. Il a une sainte horreur de commencer une cérémonie en retard, car selon lui cela porte malheur. Et lorsqu'il s'agit d'un mariage, c'est bien mal commencer une vie de couple. N'y tenant plus, il intime l'ordre à son servant d'aviser les mariés qu'il est grand temps d'entrer. Celui-ci s'acquitte si bien de sa tâche que tous le suivent dans l'église dans l'instant. Les mariés ouvrent la marche en se tenant par le bras. Les témoins suivent de près. Les gens du village, quant à eux, prennent place à mesure qu'ils entrent. On entend murmurer. Chacun y va de son commentaire. Les uns sont contents pour Magdelon, les autres sont tristes qu'elle quitte Verchères. Les unes sont jalouses d'elle, les autres tiennent fièrement le bras de leur mari. D'autres enfin se rappellent la malchance qu'elle a eue avec son dernier fiancé. Ici, à Verchères, il est très difficile de passer quelque chose sous silence. On dirait que les murs ont des oreilles tellement tout le monde est au courant de ce qui se passe, et cela, bien souvent malgré la quantité d'efforts déployés pour cacher certains événements.

Sans plus attendre, le curé commence la cérémonie. Sa voix nasillarde résonne dans toute l'église. Les enfants font mine de se boucher les oreilles, au grand désespoir de leurs parents qui se retiennent eux-mêmes d'en faire autant.

— Marie-Madeleine de Verchères, acceptez-vous de prendre Pierre-Thomas Tarieu de la Pérade pour époux ?

Perdue dans ses pensées, Magdelon est à cent lieues de là. Elle se rappelle sa discussion avec sa mère. Elles avaient considéré la dernière offre de monsieur de la Pérade comme une offre d'affaires. Elles avaient aligné les avantages et les inconvénients dans deux colonnes, côte à côte. Elles les avaient pesés un à un, plus d'une fois. Au bout du compte, Magdelon avait dû admettre que les avantages de ce mariage étaient très nombreux pour sa famille et pour elle. Elle vivrait dans une grande seigneurie et elle pourrait réaliser son souhait le plus cher : fonder une famille. Enfin, elle pourrait vivre paisiblement sa vie de femme, bien à l'abri des attaques indiennes. Mais, au fond d'elle-même, elle doutait encore.

Elle avait répété maintes fois à sa mère toutes ses inquiétudes à marier un parfait étranger, elle qui avait connu la passion. Comment devrait-elle se comporter quand il serait temps de consommer le mariage? Elle n'avait aucune trace d'attirance pour lui! Et si elle était incapable de s'acquitter de son devoir conjugal, qu'arriverait-il? Marie l'avait rassurée du mieux qu'elle le pouvait en lui disant qu'elle n'aurait qu'à fermer les yeux et à penser à autre chose jusqu'à ce que tout soit terminé. Par exemple, elle pourrait s'imaginer en train de courir dans un champ de marguerites. C'est ce qu'elle-même avait fait pendant plus d'un an. «De toute façon, ça ne dure jamais bien longtemps!» avait-elle ajouté en riant. Magdelon n'était pas d'accord avec sa mère, car avec son Louis, c'était tout autrement. Ils passaient des heures à s'aimer dès qu'ils trouvaient un endroit à l'abri des regards indiscrets.

Tout à coup, Magdelon échappe un petit cri. Alexandre lui pince le bras pour la faire revenir au moment présent. Elle se tourne vivement vers son frère qui lui ordonne du regard de répondre au curé. Sans réfléchir, comme si quelqu'un lui soufflait la réponse, elle lance haut et fort:

— Oui, je le veux.

Un grand frisson la traverse tout entière. En un instant, elle a l'impression de basculer en plein froid de janvier. Et si cette aventure tournait au vinaigre?

— Je vous déclare officiellement mari et femme.

Les nouveaux mariés s'embrassent du bout des lèvres. Le curé, qui en a vu d'autres, hausse légèrement les épaules. Ce n'est certes pas le mariage le plus chaleureux qu'il lui ait été donné de célébrer. Ici, on se marie pour toutes sortes de raisons autres que l'amour. La terre a besoin de bras pour la défricher, de là l'importance de procréer. C'est la première raison de vivre des colons. Ici, rien n'est gratuit. Chaque petite parcelle de terre labourée compte son lot d'efforts. Entre la naissance et la mort, il s'écoule parfois très peu de temps, de là l'urgence d'agir. Ici, seuls les forts survivent à la rigueur du climat, aux exigences d'un pays en pleine naissance et à la menace des attaques de l'un et de l'autre. Ici, quand on possède quelque chose, il faut être prêt à tout pour le garder. C'est la première chose que les habitants de la Nouvelle-France apprennent en mettant le pied sur cette terre à la fois si généreuse et si radine. Le seul vrai repos, c'est dans la tombe, pas avant.

C'est sous un soleil de plomb comme seul septembre peut en offrir que tous se rendent à la seigneurie des de Verchères pour célébrer. Derrière la palissade, les odeurs de cuisine ont déjà commencé à faire la fête. Un immense ragoût attend les invités. Les coqs d'Inde sauvages, coupés en quartiers, baignent dans une sauce couleur caramel aux côtés des bouquets de fines herbes qui rehaussent les saveurs de la viande et de l'oignon. Plusieurs truites, brochets et esturgeons cuits sur la braise raviront aussi les convives. Une montagne de pains frais trône sur une table installée sous le grand chêne. Pour l'occasion, des barriques de bière et des bouteilles de vin, toutes importées de France, ont été sorties des caves du manoir de la seigneurie.

L'alcool est rare ici, enfin celui qui vient de France. Comme se plaît si bien à le dire le curé, l'alcool est le pire ennemi de l'homme. L'Église fait d'ailleurs tout ce qu'elle peut pour l'inter-dire. Ce qui n'empêche nullement Nicolas, le menuisier de Verchères, de s'improviser maître brasseur à ses heures. Et cela, tout le monde à Verchères le sait, même le curé.

La fête vient à peine de commencer. Les habitants de la seigneurie courent à leur maison chercher leur chope et leur écuelle. Les gens du village, pour leur part, ont prévu le coup et sortent le tout de leur poche. D'habitude, tous mangent à même le plat, mais aujourd'hui c'est différent. Ils ont revêtu leurs beaux habits. Comme ce sont les seuls qu'ils possèdent mis à part leurs vêtements de travail, vaut mieux ne pas les salir. Les domestiques des de Verchères remplissent les écuelles de chacun. Un morceau de poisson. Un morceau de coq d'Inde. Un quignon de pain. Une chope de bière ou de vin. C'est un pur festin! Magdelon mange avec appétit. Elle se fait même servir une deuxième portion de coq d'Inde, ce qui ne manque pas de lui attirer une remarque de l'un des invités:

— Avec tout ce qu'elle mange, heureusement qu'elle travaille fort… Préparez-vous, monsieur de la Pérade, elle va vous coûter cher.

La fête bat son plein. Le ton monte ici et là. Dans un coin, Jean et Marin refont le monde. Tout se passe bien jusqu'au moment où Jean insulte le roi. Loin de partager son avis, Marin empoigne son compagnon au collet, l'obligeant ainsi à se défendre. Les deux hommes en viennent vite aux poings. En un éclair, monsieur de la Pérade bondit de son siège et vient les séparer. Il les immobilise au sol en un tournemain. Pétrifiés sur place, les deux goujats se confondent en excuses à l'adresse du marié. Magdelon a assisté à la scène. Une pointe d'admiration pour son mari se lit dans son regard. Monsieur de la Pérade retourne auprès d'elle.

Tous reprennent leurs conversations. Dans un coin, Magdelon remarque Zacharie, un des fils de Paul, qui fait danser les jeunes avec ses cuillères endiablées, qu'il manie avec beaucoup d'adresse.

Marie s'approche de Gabriel, le fils aîné de sa fille Marie-Jeanne, et lui demande:

— Tu veux bien jouer une grande valse pour tante Magdelon?

Sans se faire prier, Gabriel s'exécute. Monsieur de la Pérade invite sa femme à ouvrir la danse. Après quelques pas de danse, Magdelon est agréablement surprise, et même impressionnée, par les prouesses de son époux. Sans attendre, tante Angélique les rejoint, un homme sur les talons. Comme d'habitude, elle prendra le plancher d'assaut. Tous les hommes encore capables de mettre un pied devant l'autre seront à son bras à un moment ou à un autre de la fête. Ils seront épuisés alors qu'elle aura encore de l'énergie à revendre. C'est toujours ainsi. Angélique est la tante préférée de Magdelon. En réalité, ce n'est pas sa vraie tante, c'était la femme d'Étienne, un des premiers colons à s'être installé à Verchères. Étienne a été tué par les Iroquois. Veuve depuis plusieurs années, elle n'a jamais voulu se remarier. Elle cultive sa terre avec l'aide de ses fils. De nature joyeuse, elle adore chanter et danser.

Plus la fête avance, plus des couples se forment. Les mains se mêlent et s'entremêlent. Dans peu de temps, certains chercheront un endroit à l'écart pour laisser libre cours à cette chaleur qui envahit leur corps tout entier.

Depuis le début de la fête, à tour de rôle, les gens viennent féliciter les nouveaux mariés. Quelques-uns leur offrent un petit présent : un tablier brodé à la main, une fourchette, un petit miroir… Magdelon remercie chacun chaleureusement. Monsieur de la Pérade reste de glace. Il est poli mais froid. Magdelon l'observe du coin de l'œil. Elle espère qu'il se déridera un peu, sinon leur vie risque d'être fort ennuyeuse.

Au moment où Magdelon allait se dégourdir les jambes et faire quelques pas de danse avec les siens, Alexandre s'avance vers elle. Il la prend par la main et l'emmène jusqu'à la grange. Avant d'entrer, il lui demande de fermer les yeux. Il a une surprise pour elle. Alexandre et Magdelon sont comme les deux doigts de la main. Ils s'entendent à merveille et ont un plaisir fou à être ensemble. Depuis la naissance de son frère, Magdelon l'a pris sous son aile. Elle veille sur lui comme une poule sur son poussin. Et lui, il s'organise toujours pour passer du temps avec elle.

Alexandre guide doucement Magdelon jusqu'au fond de la grange, là où est engrangé le foin pour l'hiver. Il délaisse la main de sa sœur un instant, pousse quelques ballots et lui dit d'ouvrir les yeux. Dès que ses yeux s'habituent à la noirceur, Magdelon pousse un grand cri et saute dans les bras d'Alexandre. Elle l'embrasse sur les deux joues et le serre très fort. Elle n'a pas les mots pour décrire tant de beauté. Jamais elle ne se serait attendue à un tel cadeau : un coffre en bois avec des pointes de diamant sur chaque côté et sur le dessus. Il est magnifique.

— J'avais tellement hâte de te le donner.

— Je n'ai jamais rien vu d'aussi beau. Merci ! Je ne pouvais espérer plus beau cadeau.

— Je pourrais peut-être me cacher dedans et t'accompagner à Sainte-Anne-de-la-Pérade… Qu'en dis-tu ?

Pour toute réponse, Magdelon s'approche de son frère. Elle prend sa tête entre ses mains, le regarde droit dans les yeux et lui dit, la voix chargée d'émotion :

— Tu ne sais pas à quel point tu vas me manquer !

— Toi aussi !

Ne pouvant supporter toute cette émotion plus longtemps, ils éclatent de rire. Puis Magdelon s'exclame :

— Espèce de grand nigaud ! Promets-moi de venir me voir !

— Si tu pensais pouvoir te débarrasser de moi aussi facilement… C'est sûr que je vais aller te voir. Laisse-moi juste un peu de temps pour organiser les affaires ici et tu me verras arriver.

— Allez, raconte-moi tout. C'est donc pour cela que tu disparaissais si souvent ces derniers temps.

* * *

La fête bat son plein jusque tard dans la nuit. Lorsque les nouveaux mariés se retrouvent seuls dans la chambre de Magdelon, le silence tombe sur la pièce comme un coup de masse. Elle se prépare mentalement à recevoir son mari. Mais elle devra attendre. Il lui donne un baiser sur le front et sombre presque instantanément dans un sommeil profond. Magdelon l'écoute ronfler une bonne partie de la nuit.

Chapitre 2

Le jour s'est levé bien trop tôt ce matin. Tous ont ouvert les yeux avec cette sensation de venir tout juste de les fermer. Prenant leur courage à deux mains, ils se lèvent et s'aspergent le visage d'eau fraîche un peu plus longtemps qu'à l'habitude. Les lendemains de veille sont toujours difficiles.

Chez les de Verchères, les domestiques s'affairent déjà à préparer le déjeuner. Une bonne odeur de café se répand tranquillement dans toute la maison. Magdelon résiste difficilement à l'envie d'un café. Elle reste là à regarder le plafond ; elle n'ose pas bouger de crainte de réveiller son mari. Son mari ! À eux seuls, ces deux mots lui donnent le frisson. Pourquoi a-t-il fallu que Louis ne revienne pas ? La voilà maintenant mariée à un homme qui, même après avoir partagé sa couche, ne l'inspire pas plus que la veille. Comme si ce n'était pas suffisant, il ronfle aussi fort qu'une harde de chevaux sauvages partis au grand galop.

Elle a le cœur gros, car au fond d'elle-même elle sait que son départ ne se fera pas sans peine. Elle laissera derrière elle plusieurs personnes qui lui sont chères, parmi lesquelles ses frères, ses sœurs, sa mère et Angélique. Elle pense déjà à regret aux longues soirées passées chez Marie-Jeanne à tricoter. Il arrivait que sa mère se joigne à elles.

Bien qu'elle ait la réputation d'être très habile de ses mains, Magdelon n'a jamais réussi à faire un talon de bas. Et ce n'est pas faute d'avoir essayé. Chaque fois qu'elle s'y est risquée, elle s'est retrouvée avec un beau gâchis, gâchis qu'elle met chaque fois des heures à défaire. Elle sourit en se rappelant toutes les railleries que cela lui a values de la part des femmes de la seigneurie. Certaines vont même jusqu'à vérifier les bas qu'elle porte quand elles la voient, histoire de s'assurer qu'ils ont un talon. Ce petit rituel la fait sourire chaque fois.

Elle pense aussi aux parties de cartes éternelles jouées avec son jeune frère François jusqu'aux petites heures du matin. Depuis tout le temps qu'ils jouent à ce jeu, jamais une partie n'a duré assez longtemps pour qu'il y ait un gagnant. Chaque fois, au matin, tous veulent savoir qui a gagné. Alors le frère et la sœur se regardent et éclatent de rire en disant qu'il n'y a jamais de gagnant ni de perdant. Tout le monde a donc renoncé depuis longtemps à comprendre ce jeu que seuls Magdelon et François semblent maîtriser.

Chaque soir, François lui pose la même question : « Une petite partie ? » Magdelon est prise d'un fou rire. Au même moment, monsieur de la Pérade se réveille. Elle tente de se calmer, mais quand un fou rire l'envahit, c'est plus fort qu'elle. Sans lui prêter attention, son mari se racle la gorge, se frotte les yeux et regarde autour de lui. Il cligne des yeux une fois, deux fois, et s'assoit. Sans regarder Magdelon, il lui dit :

— Il faut partir. Nous avons un long voyage à faire.

Il se lève, prend ses vêtements et sort de la chambre sans une parole de plus. Magdelon le regarde sortir, sidérée. Combien de temps encore la traitera-t-il de cette manière ? « S'il pense que c'est comme ça qu'il va m'attirer à lui… c'est bien mal me connaître », se dit-elle.

Elle se lève vivement, le corps et l'esprit chargés de colère. À ce jour, aucun homme ne lui avait jamais parlé avec si peu de considération. Il a beau être son mari, il faudra qu'il apprenne les bonnes manières. Comment peut-il faire comme si elle n'existait pas quand il y a quelques heures à peine il a fait d'elle sa femme ? Elle n'y comprend rien et ce n'est probablement pas ce matin qu'elle aura le temps d'y parvenir. Le lieutenant s'est exprimé. Ils partent. Alors aussi bien descendre et s'assurer qu'ils prendront avec eux tout ce qu'elle a décidé d'emporter. Verchères, ce n'est pas la porte d'à côté !

Elle dévale l'escalier et, affamée, file à la salle à dîner. Ce qu'elle entend en entrant ne lui plaît pas du tout :

— Ce café est infect. On ne vous a pas encore montré à faire du bon café ? Tout Français qui se respecte, même le plus dénaturé, ne boirait pas cette boisson infâme. Si c'est tout ce que vous savez faire, j'aime mieux m'en passer.

Monsieur de la Pérade lance violemment sa tasse par terre. Marie-Archange est rouge jusqu'à la racine des cheveux. Elle n'a pas l'habitude de se faire parler sur ce ton. La pauvre tremble et est au bord des larmes.

Magdelon est outrée par tant de méchanceté. Elle court jusqu'à Marie-Archange, la prend affectueusement par les épaules et lui dit qu'elle s'occupera de tout. Après avoir ramassé la tasse par terre, elle jette un regard assassin à son mari et lui lance d'un ton acerbe :

— Ce n'est pas une manière de parler aux gens. Vraiment, vous devriez avoir honte.

— J'ai toujours parlé ainsi à mes domestiques et je n'ai nullement l'intention de changer, rétorque-t-il d'un air méprisant. Je vous rappelle qu'on les paie pour nous servir.

— Le fait de payer les gens pour nous servir ne nous donne pas le droit de les traiter comme des moins que rien. Vous n'avez donc aucun respect pour les autres ? Je vous plains. Vous êtes…

Magdelon se tait brusquement. Elle risque d'aller trop loin si elle continue. Ce qu'il vient de faire est inadmissible. Jamais son père n'aurait accepté une telle attitude dans sa maison. Chez les de Verchères, tous ont droit au respect, riches ou pauvres.

— Préparez-moi un café bien tassé, ordonne monsieur de la Pérade.

Magdelon bout à l'intérieur d'elle-même. Comment peut-il oser lui demander de lui faire un café ? Qu'il aille au diable !

Sur ces entrefaites, Marie entre sans savoir ce qui vient de se passer.

— Vous avez bien dormi, les nouveaux mariés ? demande-t-elle d'un ton enjoué.

— Moi, pas du tout, répond sèchement Magdelon.

Surprise par le ton de sa fille, Marie l'interroge du regard. Magdelon hausse les épaules nerveusement avant d'ajouter :

— Disons que j'ai connu de meilleures nuits… et surtout de meilleurs réveils.

— Et vous, monsieur de la Pérade ? s'informe Marie.

— J'ai dormi comme un bébé, madame. Seul un bon café me comblerait davantage, ajoute-t-il à l'adresse de sa femme.

Si Magdelon ne se retenait pas, elle lui débiterait toute une série d'insultes toutes plus méchantes les unes que les autres. Elle prend son courage à deux mains, respire un bon coup et sort de la pièce. Il l'aura son café. Il sera si bien tassé qu'il devra le boire à la cuillère.

— Alors, vous êtes certain de ne pas vouloir rester encore quelques jours ? Cela me ferait tellement plaisir. Je suis si triste à l'idée de voir partir ma Magdelon.

— Désolé, madame, mais nous avons une longue route à faire. Nous partirons après le déjeuner.

— Je comprends. Je vais demander qu'on nous serve à manger tout de suite. Je reviens.

Une fois dans la cuisine, Marie prie Marie-Archange d'aller servir le déjeuner. Celle-ci regarde sa patronne avec de grands yeux. Sans perdre une seconde, Magdelon vient à son secours.

— Laisse, Marie-Archange. Je m'en charge.

— Tu peux m'expliquer ce qui se passe, Magdelon ?

En moins de deux, Magdelon raconte le comportement de son mari à l'égard de Marie-Archange. Outrée, Marie dit qu'elle aurait réagi de la même façon.

— Les choses ont besoin de changer, siffle Magdelon, sinon il saura vite de quel bois je me chauffe.

— Calme-toi! Je regrette d'avoir à te l'apprendre, mais même si elles ne changent pas, tu devras faire avec. N'oublie pas que tu as accepté de te marier avec lui de ton plein gré. Il vaut mieux t'y faire tout de suite, le mariage n'a pas que des bons côtés.

— Vous m'en direz tant, Mère. En tout cas, j'espère avoir vu le pire. On dirait que j'ai marié le diable.

— De grâce, ne parle pas ainsi, ça porte malheur. Ton mari n'est pas parfait, c'est certain, mais donne-toi le temps de mieux le connaître. Tu verras, tout va bien aller.

— J'espère que vous dites vrai, Mère. Vous allez m'excuser maintenant, je dois aller servir Sa Majesté.

Magdelon prend l'assiette des mains de Marie-Archange et la tasse de café et les apporte à son mari. Avant même que Marie ait eu le temps de la rejoindre, elle revient sur ses pas et lui demande:

— Mère, gardez Marie-Archange à Verchères. Elle ne mérite pas de supporter le mépris de mon mari jour après jour.

— Mais c'est toi qui m'avais demandé qu'elle parte avec toi. Tu seras complètement seule…

— Je sais, mais je l'aime trop pour lui faire endurer cela.

— Comme tu veux, ma fille.

Aucune parole n'est échangée de tout le déjeuner entre Magdelon et son mari. Chacun parle avec Marie comme si l'autre n'existait pas.

Tout de suite après le repas, les frères de Magdelon donnent un coup de main à monsieur de la Pérade pour mettre les choses dans la calèche. Il n'y a pas long à faire jusqu'au canot, mais trop pour porter les caisses à bout de bras. Magdelon apporte de la vaisselle, des couvertures, des semences, des conserves, des livres, ses plantes… À elles seules, ses plantes remplissent une grande malle. Magdelon adore les plantes. Elle passe des heures en forêt à les cueillir et à apprendre leurs bienfaits. Sa passion lui a d'ailleurs déjà valu plusieurs sueurs froides. À Verchères, les Iroquois sont partout. Ce n'est pas pour rien qu'on surnomme la seigneurie « le château dangereux ».

Magdelon s'assure qu'elle n'a rien oublié. Il ne manque plus que son coffre. Alexandre va le chercher à la grange. À la vue de l'objet, elle sourit. Elle sait que le simple fait de le regarder la ramènera près des siens, ce qui lui fera le plus grand bien. Quand Alexandre arrive à la hauteur de la calèche, monsieur de la Pérade annonce :

— Nous ne pourrons pas le prendre avec nous. Une autre fois peut-être… Rapportez-le à la grange.

Furieuse, Magdelon regarde son mari droit dans les yeux et lui dit, sur un ton menaçant :

— Si vous voulez un jour avoir des descendants, je vous conseille de trouver une place pour mon coffre, car moi je n'irai nulle part sans lui.

Puis elle s'adresse à son frère, sur un ton beaucoup plus doux :

— Pose-le ici. Je me charge du reste.

— Alors, il vous faudra sacrifier autre chose, lui lance son époux d'un ton provocant.

Magdelon ne relève pas son commentaire. Elle monte dans la calèche aux côtés d'Alexandre. Ils se rendent au canot. Les deux serviteurs de monsieur de la Pérade les accueillent poliment. Magdelon leur sourit et, sans attendre, dirige elle-même les travaux pour placer ses choses. Une fois que tout est terminé, elle regarde fièrement son mari et lui dit :

— Voyez, tout est en place. Après avoir salué les miens, je serai prête à partir avec vous.

Elle embrasse chaleureusement ses frères et ses sœurs, sa mère, Marie-Archange… Plusieurs colons, accompagnés de leur femme, sont venus la saluer. Magdelon a le cœur en miettes. Elle déteste les adieux.

— Je vous écrirai !

Elle fait un dernier signe de la main, puis fixe son regard droit devant elle. Sa vie est maintenant ailleurs… loin des siens.

Chapitre 3

De nature pourtant plutôt résistante, Magdelon trouve le canot bien inconfortable. Il faut dire que le voyage entre Verchères et Sainte-Anne-de-la-Pérade n'a rien de commun avec les petites escapades en canot qu'elle se plaisait à faire sur le fleuve avec son amoureux. Cette fois-ci, la notion de plaisir a cédé le pas à la notion d'obligation. Près de quarante lieues à parcourir... en moins de temps possible. Coincée sur la petite planche qui lui sert de siège depuis des heures, elle a tout son temps pour penser puisqu'il n'est pas question qu'elle engage la conversation avec son mari. Il est installé derrière elle et, depuis le départ, pas un seul son n'est sorti de sa bouche. Les deux domestiques qui rament connaissent suffisamment leur maître pour savoir qu'il est préférable qu'ils se taisent.

Magdelon fait de gros efforts pour ne pas trop bouger, même si elle ne trouve plus de position confortable et qu'elle est affamée. Elle a bien mangé un bout de pain et bu un peu d'eau il y a un moment, mais la journée a si mal commencé qu'elle n'a même pas déjeuné, ce qui est très rare dans son cas. Si sa mère était là, elle ne manquerait sûrement pas de lui redire qu'elle mange trop.

Le soleil tape si fort que des gouttes de sueur perlent à son front. Elle les essuie du revers de la main et reprend vite sa position de voyage. Le dos bien droit, les pieds à plat au fond du canot et les mains sur ses cuisses, elle se retient de toutes ses forces de demander à son mari s'il serait possible de faire une pause. Elle soupçonne qu'ils avanceront jusqu'à la tombée de la nuit. Ils arrêteront sûrement dans une seigneurie pour y passer la nuit. À voir le soleil, Magdelon en déduit qu'il doit être plus de quatre heures.

Le paysage est magnifique et elle aime profondément ce pays. Son fleuve si majestueux, ses forêts regorgeant de richesses, ses îles invitant au romantisme. À cette seule pensée, elle frémit. Le romantisme, c'était avant, quand Louis faisait partie de sa vie. Elle se promet d'aller faire un tour en forêt dès qu'elle sera à la seigneurie. Elle a vraiment hâte de connaître les plantes qui y poussent.

Depuis son départ de Verchères, différents sentiments l'habitent. L'idée de découvrir un environnement différent et de rencontrer de nouvelles personnes l'excite beaucoup… Par contre, ce qu'elle connaît de son mari depuis hier ne la rassure pas du tout, même que cela lui fait un peu peur. Elle se demande vraiment si elle parviendra à l'aimer un jour. À moins qu'il ne lui ait montré que ses mauvais côtés et qu'il lui réserve les meilleurs lorsqu'ils seront à la seigneurie… Mais elle n'y croit pas beaucoup!

C'est la première fois qu'elle voyage vers Québec. À chaque tournant sur le fleuve, du moindre petit buisson aux arbres centenaires gigantesques, tout est nouveau pour elle. Elle a fait plusieurs voyages avec son père, mais toujours en direction de Montréal, qui est à peine à cinq lieues de Verchères. Mais au fond, la distance ne compte pas vraiment. Avec son père, elle aurait pu parcourir le monde. Ils prenaient plaisir à discuter de tout et de rien. Ils chassaient. Ils pêchaient. Même lorsqu'ils revenaient bredouilles, ce qui était plutôt rare, ils riaient. Ils aimaient profiter du paysage et de chaque instant passé ensemble. Ces moments de grand bonheur lui manquent souvent, et cela, même après toutes ces années.

— Nous passerons la nuit à la seigneurie de Saurel, lance monsieur de la Pérade sans plus de préparation.

À l'écoute de ces quelques mots, Magdelon sursaute. Elle était si loin dans ses pensées qu'elle avait presque réussi à oublier qu'elle était prisonnière dans un canot avec trois hommes depuis trop longtemps.

Depuis leur départ de Verchères, ils sont passés devant plusieurs seigneuries. Elle connaît les noms de certaines pour les avoir entendu dire par son père, mais sans plus. Comme elle croyait se marier et fonder une famille à Verchères, elle ne s'est pas intéressée plus qu'il faut à la situation géographique de l'une et de l'autre. Plusieurs questions lui brûlent les lèvres, mais il vaut mieux qu'elle les garde pour elle que d'oser les poser à son mari. Le canot est trop étroit pour prendre le risque d'affronter ne serait-ce que des mots, d'autant qu'un bain forcé ne l'intéresse pas du tout.

Ils arrivent enfin à la seigneurie de Saurel, sous un magnifique coucher de soleil. Elle se retient d'éclater de rire tellement elle est contente de débarquer enfin. Les domestiques tirent le canot sur le rivage. En bon gentleman, monsieur de la Pérade tend la main à Magdelon pour l'aider à descendre. Il la regarde droit dans les yeux. Elle soutient son regard. Ces quelques secondes parviennent à ébranler un tantinet la garde des nouveaux époux. À moins qu'elle s'imagine des choses, elle doit admettre qu'elle a éprouvé un certain plaisir à toucher la main de son mari. Au fond d'elle-même, elle souhaite intensément que son mariage soit une réussite ; elle déteste les échecs au plus haut point.

Les nouveaux mariés se dirigent aussitôt vers la maison du seigneur. Les de Saurel les accueillent fort chaleureusement. Monsieur de la Pérade et son hôte, qui se sont rencontrés quelques fois déjà, font parfois du troc ensemble. Saurel est une seigneurie dont les forêts regorgent d'essences très prisées telles que le chêne et le pin qui y poussent en grande quantité. Comme monsieur de la Pérade adore le chêne, monsieur de Saurel lui passe en douce quelques arbres de cette variété lors de ses livraisons à Québec pour le chantier du roi. En échange, monsieur de la Pérade lui fournit de la farine et de l'eau-de-vie.

— Vous devez être affamés, lance madame de Saurel. Assoyez-vous. Je vais vous servir une bonne soupe, du fromage et du pain.

— C'est très gentil, madame. Vous serait-il possible de prévoir quelque chose pour mes hommes aussi? Ils ont ramé toute la journée, sans relâche. Ils sont restés tous les deux près du canot.

Magdelon est surprise par ce qu'elle vient d'entendre. Y aurait-il un peu de bonté en lui?

— Bien sûr. Notre domestique leur apportera des victuailles.

— Vous prendrez bien un peu de vin? demande monsieur de Saurel à son invité.

— Avec plaisir.

— Et vous, madame?

— Cela me fera le plus grand bien. Merci.

Les de Saurel sont des gens très cultivés. Magdelon prend un plaisir fou à discuter avec madame de Saurel, et ce, malgré leur grande différence d'âge. Madame de Saurel doit avoir l'âge de sa mère et pourtant, elles ont plusieurs points en commun. Toutes deux aiment les promenades solitaires en forêt, au grand désespoir de leur famille. Toutes deux aiment chasser. Madame de Saurel raconte fièrement sa dernière partie de chasse.

— Vous auriez dû voir l'orignal. Il était là devant moi. Une belle bête avec un panache au moins grand comme ça, montre-t-elle avec ses bras.

— Ne croyez pas tout ce qu'elle dit, intervient monsieur de Saurel. Chaque fois qu'elle raconte son histoire, le panache est de plus en plus large.

— Laissez-moi tranquille. Je m'en souviens très bien. Je reprends mon histoire… J'ai arrêté de bouger. Je l'ai fixé dans les yeux. J'ai visé et j'ai tiré. Quelques secondes plus tard, il s'écroulait au sol. J'étais folle de joie. Je venais d'abattre mon dixième orignal en moins d'années.

Puis, à l'adresse de son mari, elle lance :

— Ne vous gênez pas. Dites-le que je suis meilleure que vous à la chasse. Allez, dites-le !

Monsieur de Saurel rit de bon cœur, sans rien ajouter à l'histoire de sa femme. Il l'a entendue plus d'une fois, cette histoire. En fait, chaque fois que de nouvelles personnes se pointent chez eux, elle raconte son exploit.

Sans lui prêter plus d'attention, madame de Saurel poursuit :

— Il fallait maintenant ramener l'orignal à la seigneurie. J'ai attaché mon fichu à l'une de ses pattes. Je fais toujours ça. Ne dites rien, Pierre, je sais ce que vous pensez.

Monsieur de Saurel éclate à nouveau de rire.

— Écoutez bien ça, dit-il à l'intention de monsieur de la Pérade. Ma femme croit qu'un simple petit fichu suffira à garder la bête en place jusqu'à ce qu'on vienne la chercher. Moi, je lui dis que si un Indien vient à passer par là, elle perdra et la bête et le fichu. Qu'en pensez-vous ?

— Je suis plutôt d'accord. Jamais je n'ai vu un Indien se priver de prendre ce qu'il veut. De bon cœur ou de force, il le prendra. La Nouvelle-France se porterait bien mieux sans eux.

— Auriez-vous oublié qu'ils étaient ici bien avant nous ? ne peut s'empêcher de demander Magdelon. Auriez-vous oublié que sans eux la majorité d'entre nous n'aurait pas survécu au climat ? Nous avons beaucoup appris d'eux et avons encore beaucoup à apprendre. Que ferions-nous sans leur médecine ?

— Et vous, que faites-vous de toutes les attaques qu'ils nous ont fait subir et qu'ils nous font encore subir ? On ne peut pas mettre les pieds dans la forêt sans être armé jusqu'aux dents. Vous trouvez cela normal ? Après tout ce qu'ils vous ont fait, comment pouvez-vous les défendre encore ?

— Vous n'allez tout de même pas me dire que tout est blanc de notre côté… Nos hommes violent leurs femmes, nous nous installons sur leurs…

Madame de Saurel n'aime pas quand le ton monte. Elle interrompt gentiment, mais fermement, Magdelon :

— Venez manger. Vous permettez que je vous appelle Magdelon ?

Sans attendre sa réponse, elle poursuit :

— Venez, Magdelon, la soupe est chaude.

Le souper qui se passe plutôt bien est mené de main de maître par madame de Saurel. Magdelon se prête volontiers au jeu pour le moment tout en se promettant de reprendre cette conversation avec son mari quand ils seront chez eux.

Quand les de Saurel conduisent enfin leurs invités à leur chambre, il est près de neuf heures. Magdelon n'en peut plus. Elle n'a même plus la force de parler. En fait, elle n'a qu'une envie : dormir.

Ce soir-là, même si le lit est très étroit, son mari ne fait pas la moindre tentative pour consommer leur mariage. Mais cette fois, Magdelon n'en prend pas ombrage. Le lit est dur, mais elle le trouve presque mœlleux comparé au canot. Épuisée, elle sombre vite dans un sommeil profond.

Le lendemain matin, ils quittent les de Saurel à l'aurore. Ils ne prennent même pas le temps de manger. Madame de Saurel leur donne tout ce qu'il faut pour déjeuner en chemin et fait promettre à Magdelon de revenir la voir. Magdelon l'embrasse chaleureusement et la remercie pour tout.

Au moment de monter dans le canot, monsieur de la Pérade annonce à ses domestiques qu'il veut dormir à sa seigneurie. Tous deux le regardent avec de grands yeux, incrédules.

— Ne vous inquiétez pas. Nous y arriverons. Je vous remplacerai à tour de rôle, leur dit-il. Allons-y, car nous n'avons pas une seconde à perdre.

— Je peux vous aider moi aussi, propose Magdelon.

Les trois hommes se tournent aussitôt vers elle, avec un petit sourire au coin des lèvres. S'il y a une chose qu'elle déteste, c'est bien qu'on ne la prenne pas au sérieux. Elle leur montrera de quoi elle est capable :

— Vous n'aurez qu'à me mettre à l'épreuve, ajoute-t-elle. Vous verrez !

— Je vous en prie, madame, dit Pierre-Thomas d'un ton moqueur, ne vous privez pas du plaisir de ramer. Prenez place tout de suite. Préférez-vous l'avant ou l'arrière ?

— Je m'installerai à l'arrière pour mon premier tour.

Les trois hommes se retiennent de rire. Ils mettraient leur main au feu qu'elle va les supplier de la remplacer bien avant que son tour s'achève.

Elle s'installe à l'arrière du canot sans s'occuper d'eux. Elle place ses jupons et sa jupe et donne son premier coup de rame d'un geste assuré. La seconde d'après, l'embarcation glisse sur l'eau. Magdelon était très jeune la première fois qu'elle a tenu une rame dans ses mains. Dans sa famille, filles et garçons ont toujours eu les mêmes privilèges. Monsieur de Verchères avait pour principe que pour survivre en Nouvelle-France il y a plusieurs choses qu'il faut absolument savoir dont ramer, chasser, se défendre, lire et écrire.

Pierre-Thomas sort sa montre de sa poche et regarde l'heure.

— Nous vous remplacerons à huit heures.

Au bout de quelques minutes, il jette un coup d'œil à Magdelon. Il est étonné. Jamais il ne lui a été donné de voir une femme déployer autant d'efforts simplement par orgueil. Décidément, elle l'impressionne.

Le fleuve est si calme qu'on dirait une mer d'huile. Seuls quelques poissons manifestent leur présence en sautant au-dessus de l'eau pour attraper une mouche. Magdelon adore entendre le bruit qu'ils font en perçant l'eau. Des chevreuils s'abreuvent dans une petite crique pendant que les oiseaux s'en donnent à cœur joie. Chacun y va de son chant comme s'il voulait impressionner l'autre. Toute cette vie repose sur un fond vert. Les rives du fleuve sont garnies d'arbres matures. Certains sont si hauts qu'on dirait qu'ils touchent le ciel.

La seconde d'après, sans crier gare, les oiseaux s'envolent dans un grand fracas et les chevreuils prennent la poudre d'escampette. S'attendant au pire, les trois hommes prennent leur fusil et guettent le moindre indice de ce qui les attend au détour. Magdelon arrête de ramer. Il vaut mieux se faire discret tant qu'on ne sait pas à qui on a affaire. C'est alors que deux coups de feu retentissent sur le côté gauche du fleuve, à quelques mètres à peine du canot. Tous retiennent leur souffle, prêts à tirer pour défendre leur vie. Lorsque deux Indiens sortent subitement de la forêt, Magdelon a juste le temps de crier pour éviter le pire :

— Ne tirez pas, ce sont des Hurons.

Surpris, les Indiens restent cloués sur place le temps de réaliser qu'ils ne sont pas seuls. Une fois l'effet de surprise passé, ils font un signe de la tête et s'enfoncent à nouveau dans la forêt.

Sans aucun commentaire sur ce qui vient de se passer, Magdelon reprend sa rame et retourne à ses pensées. Même truffée d'Indiens, bons ou méchants, toute cette beauté arrive presque à lui faire oublier qu'elle a quitté les siens et qu'elle est maintenant tout fin seule pour commencer sa nouvelle vie. Alexandre lui a bien dit qu'il viendra la voir, mais elle ne se fait pas d'illusion. Il aura tant à faire à la seigneurie qu'il aura peu de temps à lui consacrer. Si au moins Marie-Archange était venue avec elle, ce serait plus facile, mais elle ne pouvait pas prendre le risque de la faire souffrir. Elle ne se le serait jamais pardonné. Marie-Archange vit avec sa famille depuis si longtemps qu'elle en fait partie à part entière. Elle est, pour les enfants de Verchères, une sorte de deuxième mère que tous et chacun protègent. Elle lui manque déjà tellement.

Sans s'en rendre compte, elle a augmenté sa cadence. Son mari, lui, l'a remarqué et se tourne vers elle pour l'observer. Le regard ailleurs, elle ne s'en aperçoit même pas. Quand elle souffre, elle redouble d'ardeur à l'ouvrage, et ce, peu importe ce qu'elle fait.

Lorsque le temps de se faire remplacer arrive, elle insiste pour faire un deuxième tour. Elle ne sent aucunement la fatigue ; et puis, le fait d'être en action lui donne l'impression que le temps est moins long. Déjà étonnés qu'elle ait tenu le coup une heure entière, les trois hommes ont peine à croire qu'elle veuille continuer. Ils se regardent et chacun en son for intérieur se dit que cette fois elle flanchera bien avant la fin de l'heure.

C'est mal la connaître. Certes, le défi est réel, mais elle le relève avec plaisir, une pointe de moquerie au fond des yeux. Elle leur montrera de quoi une femme est capable.

Lorsqu'ils arrivent enfin à la seigneurie, il fait presque nuit. Elle a ramé pendant près de quatre heures aujourd'hui, ce qui a grandement impressionné les trois hommes. Elle sait qu'elle vient de marquer des points. Au loin, on peut maintenant apercevoir un peu de lumière sur la gauche. Ils sont à quelques coups de rames du manoir. Elle a très hâte de toucher terre, mais par-dessus tout elle a hâte de se rafraîchir. Elle fait partie des rares personnes qui ne croient plus qu'être sale éloigne les maladies. Dans sa famille, l'hygiène corporelle fait partie du quotidien. L'été, les siens se baignent dans le ruisseau qui traverse leur seigneurie. Le reste de l'année, ils font chauffer l'eau sur le feu. Elle réalise tout à coup qu'elle ne sait rien de ce qui l'attend. Elle ne sait même pas s'il y a de l'eau dans la maison. Combien y a-t-il de pièces ? De meubles ? Le lit sera-t-il confortable? Les questions se bousculent dans sa tête l'une après l'autre.

Lorsque le canot accoste au quai, Pierre-Thomas actionne une cloche suspendue à un poteau. Quelques minutes plus tard, quelques hommes se pointent. Des femmes les suivent, un fanal à la main. Tous saluent Pierre-Thomas. La seconde d'après, tous les regards se dirigent vers Magdelon. Elle salue les domestiques et leur sourit, gênée par tant d'insistance. Une des femmes s'approche et lui dit:

— Venez, Madame. Je m'appelle Jeanne. Je vais vous emmener à la maison. Les hommes apporteront vos bagages.

Il fait si noir que Magdelon a de la difficulté à distinguer les choses. Au bout de quelques minutes seulement, Jeanne ouvre une porte et lui cède le passage. Il fait bon à l'intérieur. Une odeur de viande grillée taquine ses narines. Elle avait presque oublié qu'elle était affamée.

— Assoyez-vous. Je vous sers à manger. Avez-vous fait bon voyage?

Lorsque Pierre-Thomas entre dans leur chambre, il y a belle lurette que Magdelon dort à poings fermés. Il la regarde dormir un instant, souffle la chandelle et se glisse doucement dans le lit.

Chapitre 4

Le jour est levé depuis longtemps quand Magdelon ouvre enfin les yeux. Elle a dormi comme un loir. Elle s'étire doucement et regarde autour d'elle. Mais où est-elle donc? Elle ne reconnaît rien. Et si elle était en train de rêver? Elle se frotte vivement les yeux, mais elle ne rêve pas… Tout est resté là. Quelques secondes lui suffisent pour retrouver ses esprits et se souvenir de tout. Jeanne l'a accompagnée jusqu'ici hier soir. Elle est dans sa nouvelle chambre, dans son nouveau manoir, dans sa nouvelle vie. Comment a-t-elle pu l'oublier? Il n'y a pas un seul petit os qui ne lui fasse pas mal, pas un seul petit centimètre de peau qui ne soit endolori. On dirait que l'inconfort ressenti dans le canot fait maintenant partie d'elle.

Magdelon se lève et va jusqu'à la fenêtre. Il fait un soleil magnifique et elle a une vue imprenable sur une rivière dont elle ignore le nom. Elle s'informera auprès de Jeanne. Sur la gauche, il y a un potager dont plusieurs carrés sont vides. Ici, il paraît que le froid s'installe encore plus tôt qu'à Verchères. Sur la droite, des pommiers croulent sous le poids des fruits. Elle n'a pas assez de ses deux yeux pour tout voir, mais elle aime beaucoup ce qu'elle voit. Elle s'appuie sur ses coudes et laisse errer son regard sur ce nouveau décor, bien différent de celui qu'elle vient de quitter. Elle se laisse doucement bercer par le silence qui règne à l'intérieur alors que, juste de l'autre côté de la vitre, la vie bat son plein de toutes les manières possibles.

Elle se sent bien, prête à explorer les moindres recoins de sa nouvelle vie. Elle est même prête à faire plus ample connaissance avec son mari et, pourquoi pas, à risquer quelques battements de cils pour le séduire. Au fait, a-t-il dormi avec elle ou dans une autre chambre? Elle ne saurait dire. Sans plus attendre, elle met fin à son observation, s'habille, se coiffe vitement et sort de la chambre, excitée comme une enfant. Elle se retrouve dans la salle à manger où une grande table de bois pâle occupe le centre de la pièce. Un chemin de table de dentelle la traverse d'un bout à l'autre. Elle ne peut s'empêcher de compter le nombre de chaises autour du meuble. Douze. Elle se prend à rêver un instant et imagine facilement sa famille réunie autour de cette table. Elle fait un calcul rapide et se dit qu'elle n'a vraiment pas de temps à perdre si elle veut remplir le tour de celle-ci. Vite qu'elle et son mari se mettent au travail !

S'étant rapprochée du long buffet qui complète l'ameublement, elle ne peut s'empêcher de le toucher. Elle aime le bois, son odeur et sa chaleur.

La salle à manger débouche sur un salon où l'ameublement est sobre mais de bon goût. Un cheval de bois pour enfant placé dans un coin alimente sa rêverie. Combien d'enfants se sont-ils bercés dessus ? Une cheminée s'appuie sur le mur du fond. Au bout du salon, une porte fermée l'intrigue. Ce doit être le bureau de Pierre-Thomas. Elle ouvre la porte et constate vite à quel point son mari est un homme d'ordre. Même son bureau est rangé à la perfection.

En ce mois de septembre, le soleil, qui pénètre à flots par les nombreuses fenêtres, réchauffe la maison. Magdelon imagine déjà tout l'air froid que les ouvertures laisseront s'infiltrer dans la maison. Elle frissonne rien qu'à y penser. Enfin, elle verra bien. Il faut dire qu'elle n'aime pas beaucoup l'hiver et que, comme plusieurs, elle le supporte mais sans plus.

Curieuse, elle revient un peu sur ses pas et monte l'escalier installé entre la salle à manger et le salon. Elle résistera bien une minute de plus à l'odeur du café qui vient de la cuisine. Une fois en haut, elle emprunte le couloir étroit. De chaque côté, il y a des portes. Elle les ouvre une à une et découvre dans chacune un lit, une armoire et une table de chevet coiffée d'un pot de chambre. Un ordre presque maniaque règne dans chaque pièce, à un point tel que chaque pièce semble inhabitée.

Elle redescend ensuite et entre dans la cuisine, pensant y trouver Jeanne. Mais il n'y a personne. Elle se sert un café et profite de son arôme quelques secondes. Il est si corsé qu'à la première gorgée elle manque s'étouffer. Elle regarde autour d'elle. Une petite table trône au centre de la pièce. Quatre chaises de bois au fond tressé sont disposées autour. Un bouquet de fleurs sauvages déposé sur la table donne un peu d'éclat à la pièce aux murs chaulés. Un banc de bois est appuyé contre le mur, prêt à recevoir un visiteur. De la marmite suspendue au-dessus du feu s'échappe une odeur de viande mijotée qui donne envie de la goûter sur-le-champ. Elle sourit. Elle se sent bien ici et c'est déjà une très bonne chose. Son café à la main, elle sort de la maison et part à la recherche de Jeanne. Elle est heureuse de pouvoir enfin marcher sur cette nouvelle terre qui est désormais la sienne.

Elle n'a pas fait deux pas que Jeanne vient la rejoindre en courant :

— Vous avez bien dormi, Madame ? demande-t-elle, le souffle court.

— Très bien, Jeanne. Mais je vous en prie, appelez-moi Magdelon.

— Je ne voudrais pas être impolie… Je ne sais pas si Monsieur acceptera, dit celle-ci, mal à l'aise.

— Puisque je vous le demande. Je m'occuperai de Monsieur, ne vous en faites pas. Au fait, vous savez où il est ?

— Il est allé voir Zacharie.

Voyant le regard interrogateur de Magdelon, Jeanne poursuit :

— C'est un des colons de la seigneurie, de loin le plus important. Un de ses fils est venu chercher Monsieur très tôt ce matin. Si vous voulez, je peux vous montrer où il habite. C'est à peine à une demi-lieue.

— Je ne crois pas que ce soit une bonne idée de le déranger. Je le verrai plus tard. Faites-moi plutôt visiter la seigneurie. J'ai fait un tour rapide de la maison avant de sortir.

— Vous avez vu les fleurs dans la cuisine ? demande timidement Jeanne.

— Oui, elles sont très belles.

— Je les ai cueillies pour vous ce matin.

— Merci Jeanne. J'adore les fleurs des champs. Il faudra me montrer où vous les avez cueillies. Dites-moi, depuis combien de temps travaillez-vous ici ?

— Au moins dix ans.

— Vous ne vous êtes jamais mariée ?

— Ah ! Ce n'était pas l'envie qui manquait. Un jour, je suis tombée amoureuse d'un militaire de la marine. Il me disait qu'on se marierait. Je lui ai cédé. Quand je lui ai dit que je souffrais du fatal embonpoint, il s'est embarqué sur le premier bateau. Je ne l'ai jamais revu. Personne ne voulait plus de moi et surtout pas les hommes. Ils aiment bien s'amuser avec nous, mais quand il est temps de s'engager, ils disparaissent vite de notre vue. Ma famille m'a reniée et je me suis retrouvée à la rue. Je n'ai alors eu d'autre choix que celui d'aller vivre chez les Ursulines, au moins jusqu'à la naissance de mon enfant. Je l'ai ensuite donné en adoption et j'ai commencé à chercher du travail en cachette. Il n'était pas question que je finisse mes jours chez les sœurs. Quelques mois plus tard, la mère de Monsieur m'a offert de venir travailler à la seigneurie. Je lui serai redevable jusqu'à la fin de mes jours. Grâce à elle, j'ai retrouvé ma dignité. Je n'ai pas la vie dont je rêvais, loin de là. Je voulais un mari et une maison remplie d'enfants. À la place, j'ai servi Madame et ses enfants.

— Vous voulez dire que mon mari a des frères et des sœurs ?

— Il a une sœur ; elle est ursuline. Et un frère, Louis, dont personne n'a eu de nouvelles depuis plusieurs années. Sa disparition a manqué tuer Madame.

Pendant qu'elles se rendent à l'étable, Magdelon se dit qu'elle a eu plus de chance que Jeanne. S'il avait fallu qu'elle tombe enceinte de son Louis, sa vie aurait été complètement fichue. Il vaut mieux qu'elle n'y pense pas trop longtemps. Heureusement que sa mère lui avait enseigné comment éviter de tomber enceinte.

Jeanne ouvre la porte et laisse entrer Magdelon dans la petite étable. À l'intérieur, quatre vaches ruminent alors que deux beaux chevaux blonds hennissent et piétinent sur place dans leur box. Magdelon s'approche des chevaux. Elle les laisse d'abord sentir sa main et les flatte ensuite sous l'encolure. Elle aime les animaux, mais particulièrement les chevaux, qu'elle adore monter. Au fond d'elle-même, elle rêve du jour où il y aura une route entre les seigneuries et surtout moins d'attaques indiennes. Elle pourra alors s'offrir de grandes chevauchées, cheveux au vent. Mais il lui arrive de se demander si elle vivra assez vieille pour voir cela. Le Conseil supérieur vient tout juste de confirmer qu'une route qui longera le fleuve sera construite entre Québec et Montréal. Pourtant, Magdelon ne se fait pas d'illusion. Entre le moment où une décision est prise et la réalisation d'un projet, il se passe parfois beaucoup de temps, d'autant plus quand ce projet en est un d'envergure. La route reliera trente-sept seigneuries, ce qui n'est pas rien. De nombreuses corvées seront nécessaires pour préparer le terrain. Un projet qui promet, mais qui risque d'être plutôt complexe.

Une quinzaine de poules picorent dans un coin sous le regard d'un coq qui donne l'impression de se prendre au sérieux tellement il porte la crête haute. Magdelon a aussi eu un faible pour les poules.

— Je viendrai ramasser les œufs chaque matin, dit-elle à Jeanne. Mais je vous laisse les cochons, ajoute-t-elle d'un air dédaigneux.

— Je m'en occuperai… s'exclame Jeanne.

Jeanne l'emmène ensuite à la grange. Ça sent bon. Le fenil est rempli à pleine capacité de foin. Jeanne lui raconte que la saison a été excellente. Pas trop de pluie et beaucoup de soleil. Toutes les conditions étaient réunies pour donner du foin de qualité et surtout facile à récolter, ce qui n'est pas toujours le cas quand la température se met de la partie.

— Il y a beaucoup trop de foin pour nourrir quatre vaches, vous ne trouvez pas, Jeanne ? demande Magdelon.

— Vous avez raison. Mais ce foin n'appartient pas seulement à Monsieur. Il y a quelques colons qui n'ont pas de grange encore, alors ils remisent leur foin ici. Et il en reste toujours un peu d'année en année. Monsieur le garde précieusement au cas où la prochaine récolte serait mauvaise.

— Et le blé, vous le gardez à quel endroit ?

— Venez, je vais vous montrer le moulin banal. Ils sont sûrement en train de moudre le grain.

Le moulin est un peu en retrait de la maison et des bâtiments. Il ressemble à tous les moulins banaux bâtis sur les rives du fleuve : de forme ronde, il est construit en pierres des champs. Un classique, quoi ! Magdelon ne peut s'empêcher de penser à celui de Verchères. Elle accélère le pas. Sans attendre Jeanne, elle ouvre la porte et est accueillie par un nuage blanc. Elle entre et prend quelques secondes pour s'habituer à l'opacité de l'air. À la vue du meunier, elle sourit. On dirait un fantôme sorti de l'au-delà. Elle s'avance vers lui et le salue. Elle lui sourit. Elle ne connaît personne, mais tout le monde à la seigneurie sait qui elle est.

Les deux femmes sortent du moulin. Une fois dehors, elles secouent énergiquement leurs vêtements en riant. Un nuage blanc les entoure. Magdelon a toujours été fascinée par les moulins. Que le simple fait de moudre les grains de blé donne une farine savoureuse la dépasse un peu.

— Montrez-moi le four à pain maintenant. Je veux tout voir.

— Venez, il est tout près de la maison. Vous aimez faire le pain ?

— Bien sûr.

— Si vous voulez, nous le ferons ensemble demain.

— Avec plaisir. Vous savez, Jeanne, je n'ai pas l'habitude de me croiser les bras. J'aime mettre la main à la pâte. À Verchères, j'accomplissais beaucoup de tâches. C'est même moi qui dirigeais la seigneurie.

Pierre-Thomas sort de la maison au moment même où Magdelon et Jeanne arrivent au four à pain. Il salue les deux femmes en relevant le coin de son chapeau. Puis à l'adresse de sa femme :

— Je vous cherchais justement. Je pars pour Québec ; je serai de retour dans quelques jours. Jeanne va s'occuper de vous.

Il s'approche de Magdelon, lui donne un baiser sur le front et tourne les talons. Surprise, elle reste là sans réagir. Elle ne comprend rien. Ils viennent à peine de se marier et il s'absente déjà. Elle qui se faisait un réel plaisir de commencer sa vie de femme mariée… Elle est furieuse.

Avant de ne plus être à portée de vue, Pierre-Thomas se retourne et crie à Jeanne :

— Allez porter un peu d'alcool à Zacharie. Le pauvre, il est vraiment mal en point.

Ces quelques mots parviennent à sortir Magdelon de son abattement. Sans trop réfléchir, elle crie à son mari :

— De quoi souffre-t-il ?

— Je ne sais pas. Il tousse comme un perdu.

Sans plus de détails, Pierre-Thomas poursuit sa marche jusqu'au quai. Magdelon se tourne vers Jeanne et lui dit :

— Je vais chercher ma trousse à la maison. Vous m'emmènerez après chez Zacharie. J'ai peut-être ce qu'il faut pour le soigner. Je reviens tout de suite.

— Je vous accompagne. Je dois aller chercher l'alcool.

Après avoir été quérir ce dont elles ont besoin, les deux femmes se rendent chez Zacharie. La route est particulièrement poussiéreuse. Ici, le contraste règne en roi pour plus d'une chose. Ou il pleut et on nage dans la boue, ou il fait sec pendant plusieurs jours et on avale la poussière à pleine bouche. Lorsqu'elles approchent de la maison, elles entendent tousser Zacharie.

Jeanne frappe à la porte. À la vue de Magdelon, la femme de Zacharie s'incline en s'essuyant les mains sur son tablier et l'invite gentiment à entrer. Magdelon la salue à son tour et lui dit sans préambule :

— Je peux peut-être aider votre mari. Vous permettez que je le voie ?

— Venez, il est dans la chambre. Il tousse comme ça jour et nuit depuis au moins quatre jours. Je ne sais plus quoi faire.

— Je m'en occupe.

Lorsque Magdelon entre dans la chambre, une forte odeur de sueur flotte dans la pièce. Elle est prise d'un haut-le-cœur qu'elle parvient à peine à contrôler. Elle va d'abord jusqu'à la fenêtre et l'ouvre toute grande. Elle se rend ensuite au chevet du malade. Il a le souffle court et sa respiration est difficile. Zacharie est si fatigué de tousser qu'il n'ouvre même pas les yeux quand elle colle son oreille sur sa poitrine pour être certaine de ce qu'elle entend. Au bout de quelques secondes, elle se relève et sort un flacon de sa trousse. Elle le brasse énergiquement et le remet à la femme de Zacharie en lui disant :

— Donnez-lui-en une cuillerée à toutes les heures. N'ayez pas peur, ce sont des herbes. Elles devraient calmer sa toux. Aussi, faites-lui sa toilette. Il se sentira mieux une fois lavé. Et n'oubliez pas de changer les draps. Je viendrai le voir demain.

Magdelon ferme sa trousse et sort de la chambre, Jeanne sur les talons. Elles saluent les enfants au passage et retournent au manoir. Les deux femmes passent le reste de la journée à travailler dans le potager. Elles renchaussent les choux et les carottes et triment les plants de citrouilles. Elles partagent ensuite le souper, fatiguées mais heureuses du devoir accompli. Jeanne profite de la soirée pour faire un peu de couture alors que Magdelon sort un papier et une plume pour écrire à sa mère.

Chapitre 5

Magdelon a maintenant fait la connaissance de tout le monde à la seigneurie. Ce matin, elle a rendu visite au curé. Après lui avoir vanté les mérites de son mari et de madame sa mère en long et en large, il n'a pas manqué de lui dire qu'il comptait sur elle pour faire augmenter la population de Sainte-Anne-de-la-Pérade. Il lui a rappelé que l'Église était totalement contre le fait de contrôler les naissances. Il y est même allé de quelques commentaires plutôt disgracieux sur certaines de ses ouailles. Magdelon l'a écouté poliment. Son discours l'a fait sourire à plus d'une reprise. Elle veut bien faire des enfants, mais il faut être deux pour y arriver. Et comme son mari brille toujours par son absence, eh bien, la famille devra attendre. Qui sait quand il reviendra… Quant au contrôle des naissances, elle réglera ce petit détail avec son mari le jour où ils auront suffisamment d'enfants. Il s'en est fallu de peu qu'elle révèle tout cela à monsieur le curé, mais elle attendra de mieux le connaître pour lui faire partager ses humeurs. Une chose est certaine en tout cas : si elle avait su que les choses se passeraient ainsi, elle aurait réfléchi à deux fois avant d'accepter de se marier. Cette confidence-là aussi, il valait mieux la taire. Pour le reste, elle ne peut rien faire d'autre qu'attendre. Monsieur son mari finira bien par revenir chez lui.

L'après-midi, en se rendant aux champs, Magdelon croise quelques femmes. Deux d'entre elles lui proposent de se joindre à leur groupe le soir même pour la séance de broderie. Lorsqu'elle avoue ne pas être très habile en la matière, les femmes sourient et lui disent qu'elles lui montreront. Cela lui fait chaud au cœur. S'installer dans une nouvelle seigneurie à près de quarante lieues de chez soi, ce n'est pas si simple. Elle a beau être plutôt sociable, il lui faut quand même un peu de temps pour se faire de nouvelles amies.

Heureusement que depuis son arrivée à la seigneurie elle peut compter sur Jeanne. Magdelon est vraiment contente de partager son quotidien avec elle. Jeanne est une personne intègre et vaillante qui travaille du matin au soir, sans se plaindre. Pierre-Thomas peut être fier qu'elle soit à son service. Il peut partir l'âme en paix avec une employée comme elle. Elle veille au grain comme une poule sur ses poussins. Tout le monde la respecte. Les enfants l'adorent ; dès qu'ils la voient, ils se jettent dans ses jupes.

« Elle aurait fait une mère extraordinaire, pense Magdelon. Dommage que la vie ait été aussi injuste avec elle. »

En plus, c'est une personne discrète et totalement loyale. À maintes reprises, Magdelon a essayé de lui tirer les vers du nez au sujet de Pierre-Thomas, l'accablant de questions, mais sans succès. Chaque fois, Jeanne lui répète gentiment avec un petit sourire en coin :

— J'aime mieux vous laisser le plaisir de le découvrir vous-même. Tout ce que je peux vous dire, c'est que Monsieur est un homme bon.

Les deux femmes passent leurs soirées ensemble. Plus souvent qu'autrement, elles travaillent. Quand il lui reste un peu d'énergie, Magdelon ajoute quelques lignes à la lettre qu'elle écrit à sa mère. C'est fou ce qu'elle lui manque. Elle s'ennuie de leurs longues discussions, le soir, au coin du feu. Si Marie était là, elle pourrait lui parler de sa nouvelle vie, de ses plaisirs, de ses déceptions. Elle pourrait lui dire à quel point elle souffre que Pierre-Thomas l'ait abandonnée ainsi, sans aucune explication. Si elle pouvait poser sa tête sur l'épaule de sa mère, elle se sentirait mieux. Elle lui raconterait tout, ce qui l'apaiserait. Chaque soir, elle a du mal à s'endormir. Elle essaie de comprendre le comportement de son mari. Quand elle réussit enfin à sombrer dans le sommeil, elle fait des cauchemars.

* * *

Cette nuit-là, elle se réveille en sursaut, en sueur, tremblant de la tête aux pieds, mais elle ne se souvient de rien. C'est chaque fois pareil. Au réveil, un réel inconfort l'habite tout entière des heures durant. Heureusement, il lui arrive d'être plusieurs mois sans faire de cauchemars, mais quand ils reprennent du service, elle sait qu'ils s'installent pour un bout de temps. Ça fait déjà quatorze ans qu'ils empoisonnent ses nuits. Elle a essayé différentes plantes en tisanes, mais rien n'y fait. Il ne lui reste d'autre choix que de prier les saints pour qu'ils la libèrent de ses démons. Elle pourrait peut-être en parler au curé... À cette seule pensée, elle éclate de rire et se rendort.

Au matin, à peine levée, Jeanne l'avise que les hommes au moulin ont besoin d'aide. Magdelon avale une bouchée en vitesse et les deux femmes prennent la direction du moulin. Elles travaillent sans relâche jusqu'à la fin de la journée. Sur le chemin du retour, Magdelon dit à Jeanne :

— Ça faisait bien longtemps que je n'avais pas travaillé si fort. J'ai le dos en feu.

— Et moi, de répondre Jeanne, j'ai l'impression d'avoir les pieds deux fois trop gros pour mes souliers.

— Je ne sais pas pour vous, mais moi je ne ferai rien ce soir.

— Moi non plus. Je ne sais même pas si j'ai encore assez de force pour manger...

Plus tard dans la soirée, Magdelon est sur le point d'aller au lit quand on frappe à la porte. Quand elle ouvre, Zacharie est devant elle, les deux mains dans le dos. Il a l'air d'un petit garçon qui se prépare à faire un mauvais coup.

— Je sais qu'il est tard, mais je ne pouvais pas attendre demain.

Sans lui laisser le temps de répondre, il poursuit :

— Je suis venu vous remercier de m'avoir soigné, et surtout de m'avoir évité une saignée. J'ai plus peur d'une seule goutte de sang que de toute une tribu d'Iroquois. J'ai su que vous aimiez beaucoup les peaux de castor et… je vous en ai apporté une. C'est moi qui ai tué l'animal.

— Ce n'était pas nécessaire, lui dit-elle en prenant la peau dans ses mains. C'est trop gentil.

— Grâce à vous, je vais beaucoup mieux ; même que ma femme m'a dit que j'avais repris des couleurs. J'ai recommencé à travailler hier.

— Merci Zacharie. Je suis très contente.

— Bon, je vous laisse. Il est tard. Encore merci.

Sitôt que Zacharie ferme la porte, Magdelon file dans sa chambre. Elle ouvre son coffre de bois et y range sa nouvelle peau avec celles qu'elle a rapportées de Verchères. Elles les a toutes reçues en cadeau, en général de trappeurs de passage à Verchères. Quand elle en aura suffisamment, elle se fera un magnifique manteau qui la tiendra bien au chaud durant les froids mordants de l'hiver.

Le lendemain, d'autres personnes sollicitent son aide. La femme du meunier vient la voir avec son petit Gabriel. Il fait de la fièvre depuis deux jours. C'est toujours avec un grand plaisir qu'elle assiste les uns et les autres. Elle n'a pas la prétention de tout savoir, loin de là, mais les plantes et leurs bienfaits la passionnent au plus haut point. Quand elle vivait à Verchères, elle allait régulièrement voir Nita au camp huron. Celle-ci lui transmettait ses connaissances sur les plantes. Les deux femmes passaient de longues heures à discuter ensemble. Chaque fois, Magdelon prenait des notes dans son carnet, qui ne la quitte jamais. Elle rit toute seule au souvenir d'un certain jour où elle a soigné Marin. Il avait marché jusqu'au manoir de peine et de misère, plié en deux. Il souffrait d'une crise de rhumatisme depuis plusieurs jours. Comme elle en était à ses premières armes pour soigner par les plantes, elle s'était trompée. Elle lui avait fait prendre une tisane pour enrayer la constipation, mais étant donné qu'il n'avait aucun problème du genre, cela avait eu pour effet de lui donner la diarrhée pendant deux jours. Il faisait pitié à voir. Courbé à la fois par la douleur musculaire et par les crampes intestinales, le simple fait de se rendre à la bécosse tenait du tour de force. Lorsqu'elle s'est enfin rendu compte de son erreur et qu'elle a voulu lui faire prendre autre chose pour le débarrasser de la diarrhée, il a refusé. Depuis ce jour, il l'appelle l'apprentie sorcière, ce qui ne l'a pourtant jamais empêché de faire appel de nouveau à ses services.

Aujourd'hui, elle s'est réveillée le cœur léger. Aucun cauchemar n'est venu troubler son sommeil. C'est donc avec un entrain inhabituel qu'elle se rend à la cuisine. Jeanne s'affaire déjà à préparer son «café de la mort», comme elle s'amuse à l'appeler tellement il est fort. Chaque fois que Magdelon en boit un, noyé de lait il faut le dire, elle taquine Jeanne. Elle lui dit que ce café pourrait sûrement revigorer un mort avec une seule gorgée. Magdelon salue joyeusement sa compagne, puis elle dispose les couverts et sort le pain.

Les deux femmes mangent en silence, perdues dans leurs réflexions, l'une savourant son café et l'autre regrettant celui de Verchères. Au bout d'un moment, Magdelon lance :

— Aujourd'hui, Jeanne, il faudra m'en dire un peu plus sur la forêt parce que demain, j'irai chasser.

— Mais il faudra d'abord trouver quelqu'un pour vous accompagner, dit nerveusement celle-ci. Et je ne suis pas du tout certaine que Monsieur apprécierait que vous preniez son arme.

— Je n'ai pas besoin de son arme. J'ai apporté la mienne de Verchères et je peux très bien me débrouiller seule. Pour tout vous dire, Jeanne, ce que Monsieur peut penser m'indiffère totalement. Je n'ai pas besoin de sa permission pour aller chasser, d'autant qu'il est à je ne sais combien de lieues d'ici.

— Mais vous savez bien, Magdelon, que les forêts ne sont pas sécuritaires.

— Je suis convaincue qu'elles le sont plus que celles de Verchères. Là-bas, il y a bien plus d'Iroquois qu'il y a de colons. Quand ils décident de nous rendre visite, peu importe que nous soyons dans le manoir ou en forêt, le sang coule. Croyez-moi, je sais de quoi je parle ! Vous pouvez toujours m'accompagner si le cœur vous en dit.

— Je vous le dis, Monsieur sera furieux quand il apprendra ça.

— Arrêtez, Jeanne, je m'occuperai de Monsieur. Alors, m'accompagnerez-vous, oui ou non ?

Jeanne se sent coincée entre sa loyauté envers son maître et la tentation d'aller enfin chasser. De toute façon, elle se fera réprimander dans les deux cas : pour ne pas avoir réussi à empêcher Magdelon d'aller à la chasse ou pour l'avoir accompagnée… Donc sans plus de réflexion, elle fait son choix :

— J'irai avec vous.

Satisfaite, Magdelon redouble d'ardeur en mâchant son bout de pain qu'elle trouve tout à coup bien sec. Elle se souvient soudainement qu'elle a un petit pot de confiture dans ses bagages. Elle l'a reçu en cadeau de mariage. Elle avait prévu le manger avec Pierre-Thomas, mais tant pis pour lui. Elle se lève subitement et dit à Jeanne :

— Je reviens dans une minute. Attendez-moi pour manger le reste de votre pain.

Quand Magdelon revient avec son petit trésor, elle l'ouvre et le tend à Jeanne. Les yeux de celle-ci s'illuminent. Elle sent le contenu du pot et le remet à Magdelon, qui déclare :

— Servez-vous. Cette confiture est pour nous deux. Nous allons la manger jusqu'à la dernière goutte, quitte à avoir un bon mal de cœur. À notre première partie de chasse, Jeanne ! dit Magdelon en levant son quignon de pain.

Chapitre 6

La nuit vient tout juste de céder sa place au jour quand les deux femmes prennent le chemin de la forêt. Elles marchent côte à côte d'un pas alerte. Il fait un temps magnifique. Bien qu'il soit tôt, le soleil est déjà très chaud. C'est une journée idéale pour aller en forêt. Les deux femmes se sont fait donner des points de repère par Zacharie la veille. Celui-ci a tout fait pour les décourager d'aller chasser seules. Il a même offert de les accompagner. Magdelon lui a poliment fait comprendre qu'elle et Jeanne seraient capables de se débrouiller. Elle lui a dit qu'elle avait l'habitude de chasser et qu'elle comptait bien venir lui porter du gibier à son retour. À bout d'arguments, il a haussé les épaules et a souhaité bonne chance aux deux femmes.

Jeanne est au comble de la joie, car elle chassera enfin. Il y a tellement longtemps qu'elle veut le faire. Elle est si excitée qu'elle n'a pas beaucoup dormi. Depuis l'arrivée de Magdelon au manoir, elle remercie Dieu chaque jour. La présence de Magdelon a complètement changé sa vie. Avant, sa vie était terne, sans grande surprise ; mais depuis une semaine, elle est, comment dire… elle est extraordinaire ! Elle ne mènera pas davantage la vie qu'elle souhaitait, mais grâce à Magdelon elle partagera au moins les joies et les peines d'une famille qui, même si elle ne sera jamais la sienne, la comblera de bonheur. Elle imagine déjà le manoir rempli d'enfants. Et aujourd'hui, elle va à la chasse. C'est merveilleux ! Elle salive déjà à l'idée de revenir avec du gibier. Des perdrix ? Des coqs d'Inde sauvages ? Des lièvres ? Peut-être même un chevreuil ? Elle adore le chevreuil. Reste à savoir si elles auront la main heureuse. Il y a tellement de gibier dans les forêts de Sainte-Anne – enfin aux dires des hommes de la seigneurie – que si Magdelon sait manier le mousquet avec un tant soit peu d'adresse, elles ne risquent pas de rentrer bredouilles.

— Et si nous tuons un chevreuil, euh… je veux dire, si vous tuez un chevreuil, comment ferons-nous pour le ramener au manoir ? demande-t-elle à Magdelon.

— Ne vous inquiétez pas. Commençons par tuer la bête et nous verrons ensuite. J'ai tout ce qu'il faut : une corde et un couteau.

Magdelon est heureuse. Elle respire à grands coups et regarde partout. Quand elle va à la chasse, elle se sent totalement libre. Elle aime beaucoup se promener en forêt pour écouter chanter les oiseaux et regarder battre la vie. Quand elle n'y vient pas pour chasser, c'est pour cueillir des plantes. Même le risque élevé de tomber sur des Iroquois n'a pas réussi à lui faire perdre son envie viscérale de liberté que seule la forêt peut lui procurer.

Lorsque les deux femmes entrent dans la forêt, Magdelon s'arrête un instant, le temps de préparer son fusil. Elle sort une bille de plomb et son cornet de poudre. D'une main habile, elle charge son fusil. Jeanne l'observe. Aucun des gestes de Magdelon ne lui échappe. Elle a beaucoup d'admiration pour elle, même qu'elle l'envie un peu. Elle sait faire tellement de choses.

Elles reprennent leur marche silencieuse, à l'affût de toute manifestation de la présence d'un animal, si petit soit-il. On dirait que la forêt dort encore. Seul le chant d'un oiseau plaignard résonne doucement. Magdelon essaie de reconnaître son chant. Elle interroge Jeanne du regard. Celle-ci hausse les épaules en signe d'ignorance. Magdelon se dit qu'elle finira bien par le reconnaître. À moins que cet oiseau vive seulement par ici. Il faudra qu'elle en parle à Zacharie.

Il y a plus d'une demi-heure que les femmes marchent quand, soudainement, Magdelon s'arrête. D'un geste brusque de la main, elle signifie à Jeanne de reculer un peu. Il est là, devant, à quelques mètres seulement. Ses yeux brillent comme deux diamants au soleil. La chasseuse et la bête se toisent du regard. Sans perdre une seconde, Magdelon pointe son fusil vers l'animal. Elle vise et, sans attendre, elle tire. À lui seul, ce coup de fusil vient de réveiller la forêt tout entière. Les oiseaux, jusque-là silencieux, s'envolent dans un grand fracas. Les petits animaux piétinent le sol, cherchant à se sauver le plus loin possible. Le chevreuil tombe raide mort sur le sol en soulevant un tourbillon de feuilles mortes.

Sans attendre, Magdelon charge de nouveau son fusil. Elle le tient bien solidement en position de tirer et fait signe à Jeanne de la suivre. Elle sait pertinemment que lorsqu'on tire un coup de fusil, on confirme par le fait même sa présence à tous ceux qui sont en forêt au même moment. Bien que la majorité des chasseurs aient une conduite irréprochable, il vaut mieux être prudent. Des Indiens rôdent peut-être aux alentours.

— Vous l'avez tué ? demande Jeanne d'une voix enjouée.

— Oui, je l'ai tué. Il faut vite le transporter.

— Comment allons-nous faire ? Il nous faudrait de l'aide. On pourrait aller chercher Zacharie.

— Il n'est pas question d'aller chercher de l'aide. Je n'en suis pas à ma première partie de chasse. On va se débrouiller. Venez !

Lorsqu'elles arrivent à la hauteur du chevreuil, Magdelon tend son mousquet à Jeanne et lui dit :

— Tenez-vous prête à tirer. Je m'occupe du chevreuil.

— Mais je n'ai jamais tiré, dit Jeanne nerveusement. Pour tout dire, c'est même la première fois que je tiens un fusil dans mes mains. Je ne sais pas quoi faire.

— Calmez-vous, Jeanne. C'est facile, regardez.

Magdelon lui explique patiemment comment se servir du mousquet. Elle lui demande ensuite d'être très attentive au moindre bruit. Elle sort son couteau et commence à saigner la bête. Elle en retire tous les organes internes et la coupe en deux. Jeanne et elle devraient chacune pouvoir en transporter une moitié. C'est un jeune chevreuil. Il doit peser environ cent livres. Elle essuie ses mains et son couteau sur la tourbe au pied des arbres. Elle coupe quelques grandes branches de sapin, les superpose et les attache solidement ensemble. Elle répète l'exercice une autre fois.

Elle demande à Jeanne de déposer son fusil un instant et de venir l'aider. Les deux femmes soulèvent une première moitié et la dépose sur les branches. La deuxième moitié leur paraît beaucoup plus lourde. Magdelon montre à Jeanne comment installer la corde sur elle pour que celle-ci ne la blesse pas. Elles sont quand même à plus d'une demi-heure de marche du manoir et il n'est pas question qu'elles abandonnent leur butin. Magdelon récupère son fusil et prend sa charge.

— Je passe devant, dit-elle. Si c'est trop dur, vous me le faites savoir, d'accord ?

— Ça ira. Ne vous inquiétez pas. Je suis si contente. Vous croyez qu'on pourra en faire cuire un morceau pour le souper ?

— Si vous voulez, Jeanne. Il est à nous deux.

— Merci Magdelon. Vous ne savez pas à quel point vous me rendez heureuse.

Les deux femmes tirent leur charge en silence. Malgré l'effort nécessaire, Magdelon a le sourire aux lèvres. Elle est très fière d'elle. Si son frère était là, il la serrerait dans ses bras et la ferait tourner. Ses pieds quitteraient alors le sol et elle rirait aux éclats en réclamant qu'il la remette par terre. Il ferait comme s'il ne l'entendait pas et poursuivrait sa ronde. Ils trinqueraient ensuite ensemble. Marie viendrait les rejoindre et, tous les trois, ils arrangeraient la viande en discutant. Mais pour la première fois de sa vie, c'est sans son frère et sa mère qu'elle fêtera sa victoire. Heureusement que Jeanne est là.

De temps en temps, Magdelon se tourne vers Jeanne pour vérifier si elle suit toujours. Chaque fois, celle-ci hoche la tête pour confirmer que tout va bien. Elles sont à la veille de sortir de la forêt. C'est alors que Magdelon entend un bruit sur sa gauche. Elle s'arrête brusquement et tend l'oreille pendant qu'elle pointe son fusil dans cette direction. On dirait que quelqu'un se plaint. Elle se tourne vers Jeanne et lui fait un signe de tête en direction du bruit. Jeanne s'arrête à son tour et écoute, sans pouvoir identifier le bruit elle non plus. Sans attendre plus longtemps, Magdelon abandonne sa charge et avance d'un air décidé, son fusil pointé en avant. Quelques mètres plus loin, elle découvre une jeune femme assise à même le sol. Elle se tient le ventre et pleure à chaudes larmes en se berçant. Ses longs cheveux foncés sont en broussaille et ses vêtements sont maculés de sang, comme si elle venait de mener une bataille d'où manifestement elle est sortie perdante. Magdelon dépose vivement son fusil, s'agenouille et prend l'inconnue par les épaules. Cette dernière n'offre aucune résistance. Elle s'abandonne encore plus à sa peine.

— Jeanne, venez ! crie-t-elle. Venez voir !

Lorsqu'elle rejoint Magdelon, Jeanne lâche un grand cri.

— Oh, mon Dieu ! Qui a bien pu lui faire ça ?

— Je ne sais pas, mais on ne peut pas la laisser ici. Nous allons l'emmener au manoir.

— Je ne suis pas certaine que ce soit une bonne idée. Monsieur…

Magdelon ne lui laisse pas finir sa phrase.

— Je ne veux pas vous entendre, Jeanne. Nous l'emmenons au manoir, un point c'est tout. Elle a besoin de soins. Aidez-moi. Nous allons la soutenir toutes les deux.

— Et la viande ?

— Au diable la viande ! Vous reviendrez la chercher avec Zacharie.

Surprise par le ton autoritaire de Magdelon, Jeanne baisse la tête en signe de soumission. Après tout, elle n'est qu'une simple servante qui doit obéissance à sa maîtresse. Il faudra qu'elle fasse attention à ses paroles, elle se sent si bien avec Magdelon qu'il ne faudrait pas qu'elle oublie son rang.

La seconde d'après, Jeanne et Magdelon aident la jeune femme à se mettre debout. Celle-ci a peine à se tenir. Elles la soutiennent du mieux qu'elles peuvent et se dirigent vers le manoir. Moins lourde que le chevreuil, leur charge leur semble pourtant bien plus pesante.

Une fois au manoir, elles installent l'inconnue dans une chambre. Magdelon demande à Jeanne de lui apporter de l'eau chaude et des vêtements propres. La femme pleure toujours, mais à part le bruit de ses sanglots, aucun autre son ne sort de sa bouche malgré les questions répétées de Magdelon.

Chapitre 7

— Il n'est pas question qu'elle reste ici, vocifère Pierre-Thomas. Retournez-la d'où elle vient et vite. Je veux qu'elle ait vidé la place quand je reviendrai du moulin ce soir.

— Et moi je vous répète qu'elle restera ici, que cela vous plaise ou non. Elle a été rouée de coups et violée sauvagement, et elle n'est pas en état de voyager. Ça fait trois jours que Jeanne et moi la soignons.

— Comptez-vous chanceuse d'en avoir fait autant. Si j'avais été au manoir, elle n'aurait même pas franchi le seuil de la porte. Je ne sais pas ce qui a pris à Jeanne de laisser faire une telle chose, mais fiez-vous à moi qu'elle en entendra parler.

— Jeanne n'a rien à voir dans cette histoire. Si vous voulez passer votre hargne sur quelqu'un, passez-la sur moi mais pas sur elle.

— Je réglerai cela avec elle. En attendant, je vous le répète, il n'est pas question que cette étrangère reste ici un jour de plus. Personne n'acceptera la présence d'une sauvage.

— Parlant de sauvages… ça ressemble plutôt au travail d'un des nôtres.

— Voyons, Magdelon, vous savez aussi bien que moi qu'il n'y a pas de viol ici.

— Arrêtez tout de suite ! Ce n'est pas parce qu'on refuse de parler d'une chose qu'elle n'existe pas. Les Hurons, eux, respectent trop leurs femmes pour poser de tels gestes. Ça me donne la nausée. On n'a pas assez d'envahir leurs terres, il faut en plus qu'on viole leurs femmes. C'est trop injuste !

— Je voudrais bien comprendre pourquoi vous les défendez ainsi, dit Pierre-Thomas d'un ton rageur. Je vous le dis une dernière fois, j'exige qu'elle ait quitté ma maison quand je reviendrai.

— Et moi je vous dis que vous avez toute la journée pour vous faire à l'idée qu'elle restera ici tant que ce sera nécessaire.

Sans attendre son reste, Magdelon tourne les talons et se rend au chevet de sa protégée. Elle ouvre doucement la porte de la chambre et entre sur la pointe des pieds. Une fois rendue à la tête du lit, elle passe doucement la main dans les cheveux de l'inconnue en la regardant. Ses cheveux sont si brillants que chaque fois elle ne peut s'empêcher de l'envier un peu, car seuls les Indiens ont une telle chevelure. Son état s'est nettement amélioré, même qu'elle a bien meilleure mine. Magdelon est contente, car lorsque Jeanne et elle l'ont transportée au manoir, la Huronne était dans un piteux état, à tel point que les deux premiers jours elles ne la laissaient jamais seule. Sa fièvre était si forte qu'elle délirait, et quand elle finissait par s'endormir, elle poussait des cris qui donnaient la chair de poule.

Magdelon pose ensuite sa main sur le front de l'Indienne et constate avec soulagement que celle-ci ne fait plus de fièvre. Elle n'ose même pas se demander ce qui lui serait arrivé si elles ne l'avaient pas entendue pleurer ce jour-là. Au bout de quelques secondes, sa protégée ouvre les yeux, des yeux si foncés qu'on dirait qu'ils ont été taillés dans du corail noir. Elle regarde Magdelon et lui sourit faiblement comme si la plus petite action lui demandait un effort surhumain. Magdelon s'est beaucoup attachée à elle, et ce, depuis la première seconde où elle l'a vue.

— Ne t'inquiète pas, lui dit-elle doucement en lui caressant le front, tu es en sécurité ici. Je vais m'occuper de toi et je te promets que nous retrouverons celui qui t'a fait cela. Même si cela prend du temps, il va payer le salaud, je te le jure. Si au moins tu comprenais notre langue…

Mais l'Indienne ne réagit pas du tout à ses propos, ce qui l'attriste beaucoup.

— Je reviens dans une minute. Je vais te chercher à manger.

Elle sort de la chambre, referme la porte et se rend à la cuisine. Perdue dans ses pensées, elle n'a pas remarqué que Jeanne est déjà là. C'est pourquoi quand celle-ci lui demande comment va l'Indienne, elle sursaute et prend quelques secondes avant de lui répondre.

— Elle va bien. Elle devrait pouvoir se lever d'ici un jour ou deux. Elle a eu de la chance que nous soyons passées par là, sinon elle serait sûrement morte à l'heure qu'il est. Merci Jeanne. Je dois dire que sans vous je n'y serais jamais arrivée.

— Vous n'avez pas à me remercier, on ne pouvait pas la laisser là.

— Pourtant, il semble que nous soyons les deux seules dans toute cette seigneurie à penser ainsi. Jurez-moi que Pierre-Thomas ne vous a pas malmenée.

À la dernière phrase de Magdelon, Jeanne baisse la tête sans dire un mot. Voyant cela, Magdelon n'a pas besoin de plus d'explications.

— Je l'avais averti de ne pas vous causer de problème. Je suis tellement désolée Jeanne. Je vais lui parler ce soir. Il n'avait pas le droit de s'en prendre à vous.

Puis sur un ton plus doux, elle dit :

— J'apporte le plateau à… Si au moins on savait son nom !

Jeanne regarde Magdelon et réfléchit. Elle aussi trouve la situation plutôt embêtante. Sans attendre, Magdelon poursuit :

— On pourrait lui en trouver un, qu'en dites-vous ?

Jeanne n'a même pas le temps de répondre que Magdelon ajoute :

— J'ai une idée. Nous pourrions l'appeler Tala. Si je me souviens bien, ça signifie «louve» en huron. À Verchères, la fille aînée du chef huron s'appelle ainsi. Alors, il vous plaît ce nom?

— Oui, répond simplement Jeanne.

Magdelon prend le plateau préparé par Jeanne et retourne au chevet de la jolie Tala.

— Je vous rejoins au jardin dans une minute. Nous avons une grosse journée devant nous.

* * *

Après une longue et dure journée de travail, les deux femmes rentrent au manoir d'un pas lent. Elles sont affamées et ont hâte de se reposer un peu. Elles viennent de finir de manger quand Pierre-Thomas se pointe enfin. Sans attendre, Jeanne lui sert une assiette et file au salon. Elle n'a aucune envie de les entendre argumenter, d'autant qu'elle sait que cela ne saurait tarder. Il faut le reconnaître, la présence de Tala ne fait pas du tout l'unanimité à la seigneurie. Tous veulent la voir partir et vite. Les colons d'ici tiennent à garder une distance avec les Indiens, qu'ils soient bons ou méchants, même si sans l'aide de certains d'entre eux plusieurs auraient abandonné leur rêve pour retourner à leur misère en France alors que d'autres, plus faibles, auraient pris le chemin du paradis.

Pierre-Thomas n'a même pas avalé sa première bouchée que Magdelon, assise en face de lui, lance d'un ton sec:

— J'ai plusieurs choses à vous dire. Je n'ai pas apprécié du tout que vous me plantiez là quand nous venions à peine d'arriver au manoir. Comment avez-vous pu agir de cette façon? Je ne sais même pas ce que j'aurais fait si Jeanne n'avait pas été là.

Pierre-Thomas profite du moment où elle reprend son souffle pour lui dire:

— Je vous ai mariée parce que vous êtes une femme intelligente et débrouillarde… Et je savais que vous pouviez compter sur Jeanne. À ce qu'on m'a appris, vous vous en êtes très bien tirée.

Surprise par ces propos, Magdelon reste muette un court instant. Puis elle poursuit sur sa lancée :

— J'irai en forêt quand bon me semblera, que cela vous plaise ou non. Et Tala, je l'ai nommée ainsi, restera avec nous le temps qu'il faudra. C'est le moins que l'on puisse faire pour elle après ce qu'elle a subi. Et fiez-vous à moi, je trouverai le coupable même si je dois le chercher toute ma vie. Une dernière chose… Je vous rappelle que nous nous sommes mariés pour fonder une famille. Sachez que je suis impatiente de remplir cette maison d'enfants. Je vous attendrai à huit heures dans notre chambre. Il est grand temps de consommer ce mariage.

Pendant que Magdelon se lève de table, Pierre-Thomas lui dit :

— Ce sera tout ?

— Pour l'instant, oui.

Elle entre dans la chambre et s'appuie sur le cadrage. Une bouffée de chaleur l'envahit tout entière. Que vient-elle de faire ? Alors qu'elle lui en veut de l'avoir abandonnée au point d'avoir envie de le frapper, elle vient de lui offrir sa couche. Comment a-t-elle pu aller jusque-là ? Pourra-t-elle s'abandonner suffisamment pour qu'il se glisse en elle ? Avec Louis, les choses coulaient d'elles-mêmes. Le plaisir faisait toujours partie de leurs échanges amoureux. Ce soir, nul doute que ce sera bien différent. Elle a l'impression d'avoir un rendez-vous d'affaires. Elle se souvient de ce que sa mère lui a dit. Elle fermera les yeux, se transportera dans un champ de marguerites et courra à en perdre haleine pendant que le bas de son ventre sera secoué de soubresauts qui risquent fort de lui déplaire. À cette seule pensée, un grand frisson la parcourt des pieds à la tête.

Au bout d'un moment, elle prend son courage à deux mains, ouvre sa malle et sort la robe de nuit que sa mère lui a offerte pour sa nuit de noces. Elle la secoue et l'étend sur le lit. Elle se déshabille, fait sa toilette et l'enfile. Elle dénoue ses cheveux et les brosse. Elle tire ensuite la courtepointe au pied du lit, s'étend et ferme les yeux. Elle espère que l'attente ne sera pas trop longue.

À huit heures pile, Pierre-Thomas fait son entrée dans la chambre pendant qu'elle garde les yeux fermés. Quand il se couche, elle relève le bas de sa robe, ouvre les jambes et attend. À la première tentative de son mari pour s'introduire en elle, elle sursaute et d'instinct lui bloque l'entrée. À la deuxième, qui se fait plus pressante, elle s'élance tête première dans le champ de marguerites et court à toute vitesse. Il est maître de son corps qu'elle a temporairement déserté. Il la chevauche à un rythme effréné comme si sa vie en dépendait. Elle revient à elle seulement lorsqu'elle sent un liquide chaud couler le long de ses cuisses. Quand il se retire, elle serre les cuisses et ne bouge pas. Pierre-Thomas remonte son pantalon et s'allonge à côté d'elle.

Au fond d'elle-même, elle se dit que cela aurait pu être bien pire. Elle ferme les yeux, se tourne sur le côté et sombre presque instantanément dans un sommeil profond.

Chapitre 8

Les arbres sont maintenant complètement libérés de leurs feuilles. Les granges et le moulin regorgent de provisions. Le vent du nord frappe aux portes des maisons mal isolées pendant que les jours en profitent pour raccourcir. Plusieurs oiseaux plient bagage pour un monde meilleur, le temps de la saison froide. Quand octobre tire à sa fin, c'est que l'hiver n'est pas bien loin et qu'il peut s'installer à tout moment.

Il est encore très tôt quand Magdelon se lève. Elle est folle de joie, car aujourd'hui elle va à la chasse avec Jeanne et Tala. Demain, c'est la fête des moissons et elles veulent absolument servir du chevreuil à tous les gens de la seigneurie. Bien sûr, les hommes y sont allés de leurs taquineries :

— Il vaudrait peut-être mieux qu'on tue quelques poulets pour demain… juste au cas où vous reviendriez bredouilles.

Et un autre de renchérir :

— Surtout ne forcez pas pour ramener votre chevreuil jusqu'ici. Je me porte volontaire pour vous aider. Vous n'aurez qu'à venir me chercher.

Chacun des commentaires fait sourire Magdelon. Elle va leur montrer, aux hommes, de quel bois elle se chauffe. Depuis le temps qu'elle chasse, elle n'est jamais revenue bredouille. Et ce n'est pas aujourd'hui qu'elle commencera, d'autant que la forêt regorge de gibier.

Lorsqu'elle entre dans la cuisine, Jeanne avale sa dernière bouchée pendant que Tala met quelques provisions dans le sac de toile. Tala vit au manoir depuis plus d'un mois. Vaillante, elle est d'une aide précieuse pour les travaux. Chaque jour, Magdelon et Jeanne s'acharnent à lui montrer quelques mots de français, mais elle demeure aussi muette qu'au premier jour. Une chose les surprend : elle n'a jamais tenté un geste pour aller rejoindre les siens. Un autre fait pour le moins étonnant, c'est que depuis le jour mémorable où le mariage a été consommé, Pierre-Thomas n'a plus jamais fait allusion à Tala.

Lorsqu'il est en sa présence, il fait tout simplement comme si elle n'existait pas.

C'est la première fois qu'elles font une sortie en forêt toutes les trois. Jusqu'à maintenant, Jeanne et Magdelon se réservaient jalousement ce plaisir, mais aujourd'hui c'est différent. Elles ne seront pas trop de trois si elles veulent en mettre plein la vue aux hommes de la seigneurie. Cela parviendra peut-être à leur faire oublier leur désir de voir Tala quitter la seigneurie. Depuis l'arrivée de l'Indienne au manoir, plusieurs colons ont fait pression auprès de Pierre-Thomas pour qu'il l'oblige à s'en aller.

Aujourd'hui, Magdelon n'est pas seule à avoir un mousquet. Après plusieurs tentatives auprès de Pierre-Thomas, elle a enfin réussi à le convaincre de prêter le sien à Jeanne. Hier, elle a enseigné à celle-ci comment s'en servir. Jeanne était comme une enfant qui tient un nouveau jouet dans ses mains. Magdelon et Tala la regardaient et riaient, tant elle était drôle à voir. Sa joie serait à son paroxysme si elle tuait un chevreuil, ce que Magdelon lui souhaite de tout son cœur.

Le sourire aux lèvres, les trois femmes sortent du manoir et se dirigent d'un pas alerte vers la forêt. Magdelon prend les devants et tient son mousquet bien en place. Tala la suit de près alors que Jeanne ferme la marche en tenant son arme solidement.

Lorsqu'elles entrent dans la forêt, elles marchent d'un pas feutré, attentives au moindre bruissement de feuilles et prêtes à faire feu. Chacune profite de cet instant de grande paix que seule la forêt peut offrir. Tala pense à ce jour fatidique qui a fait basculer sa vie tout entière. Elle marchait en forêt depuis plusieurs heures à la recherche d'herbes très particulières quand elle est tombée sur un homme blanc en uniforme. Dès qu'elle l'a vu, elle a su qu'elle était en danger. Elle a tenté de fuir, mais il l'en a empêchée. C'est alors qu'il a commencé à la traiter de tous les noms et à la frapper. Elle se débattait comme une déchaînée, mais il était si musclé qu'elle ne faisait pas le poids. Il a ensuite déchiré ses vêtements et l'a jetée brutalement sur le sol avant de s'abattre lourdement sur elle, l'obligeant à ouvrir les jambes. Elle lui résistait de toutes ses forces. Il la frappait au visage sans aucune retenue. Elle le griffait. Il la frappait encore plus fort. Quand il s'est introduit en elle, elle a senti sa chair se déchirer. Elle hurlait de douleur, mais lui a continué de la chevaucher sans aucune retenue. On aurait dit qu'il la pénétrait avec un couteau, lacérant tout sur son passage. Entre deux hurlements, elle a réussi à ouvrir les yeux et à le regarder. Elle le reconnaîtrait maintenant parmi cent hommes. À bout de forces, elle a tourné la tête sur le côté et s'est mise à pleurer, abandonnant la partie. Quand l'homme s'est enfin retiré, elle était à des lieues de son corps.

De son côté, Jeanne se dit qu'elle n'a jamais été aussi heureuse. Depuis l'arrivée de Magdelon, elle a l'impression que le soleil brille même sous la pluie. Avant, elle avait souvent peine à se lever et broyait du noir. Elle trouvait sa vie ennuyante et plusieurs tâches lui déplaisaient. Aujourd'hui, elle remercie Dieu de lui avoir donné cette vie, dans cette maison. Elle adore aller cueillir les plantes en forêt avec Magdelon et l'aider à soulager les gens, mais ce qu'elle aime par-dessus tout, c'est aller à la chasse. Et cela lui plaît encore plus aujourd'hui. Juste le fait de tenir un mousquet sur sa poitrine lui donne le sentiment d'être quelqu'un, pas seulement une pauvre servante. Certes, Monsieur n'est pas plus facile qu'avant, mais Magdelon sait comment lui parler. Si elle ne se retenait pas, elle hurlerait tellement elle est heureuse, mais elle sait bien que ce n'est guère le moment.

Pour sa part, Magdelon apprécie sa nouvelle vie chaque jour un peu plus. Elle sait bien qu'elle ne sera jamais amoureuse de Pierre-Thomas, mais elle espère que le temps le lui rendra plus sympathique. Il y a des moments où elle pense le connaître et la seconde d'après elle a l'impression de vivre avec un parfait étranger tellement il peut être imprévisible. Parfois, elle se dit qu'elle a seulement changé d'adversaire. À Verchères, les Iroquois attaquaient au moment où on s'y attendait le moins, et c'est un peu la même chose avec son mari. Quand elle croit qu'il adhérera à l'un de ses projets, il le balaie sans aucun ménagement du revers de la main, même qu'il lui arrive de le faire avec une grande violence. Et quand elle s'attend à une réaction explosive de sa part, il lui arrive quelquefois de montrer patte blanche à la première résistance comme il a fait pour Tala, ce à quoi elle ne comprend rien encore aujourd'hui. Malheureusement, les choses ne se sont pas améliorées au lit. Quand elle veut un peu de plaisir, elle se réfugie dans ses souvenirs. Mais assez songé à tout cela. Elle a bien mieux à penser depuis quelques jours. Il faut qu'elle écrive à sa mère qui, ces derniers jours, lui manque encore plus.

Elles marchent depuis plus de deux heures quand Magdelon s'arrête si brusquement que Tala et Jeanne manquent lui rentrer dedans. Sans aucune explication, elle enlève son mousquet, se tient le ventre et vomit tout ce qu'elle a dans l'estomac. Surprises, Tala et Jeanne se regardent sans trop comprendre ce qui arrive à leur compagne.

— Pauvre Magdelon, dit Jeanne. Ça n'a vraiment pas l'air d'aller, vous êtes toute pâle. Préférez-vous qu'on retourne au manoir ?

— Non, non, ça va aller, je me sens déjà mieux. Donnez-moi un peu de temps et on pourra repartir.

— Vous êtes bien certaine ?

— Oui, oui. C'est juste un petit problème de digestion, ne vous en faites pas.

Jeanne réfléchit. Elle se souvient tout à coup que Magdelon n'a pas avalé une seule bouchée ce matin, pas plus qu'hier matin d'ailleurs, ce qui ne lui ressemble pas du tout.

— À moins que vous soyez enceinte, dit doucement Jeanne.

Magdelon se tourne vers elle et lui sourit à pleines dents.

— Vous êtes enceinte ?

— Je crois bien que oui.

— Je suis très heureuse pour vous ! s'exclame Jeanne.

De nature habituellement très réservée, Jeanne ne peut résister à l'envie d'embrasser sa compagne et de la serrer dans ses bras.

— C'est merveilleux. Je suis si contente pour vous. Est-ce que Monsieur est au courant ?

— Pas encore. J'ai l'intention de lui annoncer la nouvelle demain, à la fête.

Jeanne se tourne vers Tala et lui explique, par des gestes, que Magdelon est enceinte. Elle est tellement drôle à voir que Magdelon se tient les côtes seulement à la regarder. Quand Tala comprend enfin, elle prend les mains de Magdelon dans les siennes et les serrent fort tout en lui souriant. Elle met ensuite ses mains sur le ventre de Magdelon et incline légèrement la tête.

Avant de reprendre son mousquet, Magdelon s'écrie :

— Je prendrais bien une bouchée, moi. On pourrait manger avant de repartir, qu'en dites-vous ?

— Pas de problème pour moi, dit Jeanne en éclatant de rire, mais je me contenterai de vous regarder manger. Je n'ai pas du tout l'ambition de prendre autant de poids que vous.

Jeanne se tourne vers Tala et lui explique tant bien que mal, par des gestes, ce qu'elle vient de dire à Magdelon. Tala tend le sac de provisions à Magdelon. À peine quelques secondes plus tard, celle-ci mord dans un morceau de pain avec appétit. Jeanne et Tala l'observent en riant.

Magdelon remet le sac à Tala. Les femmes reprennent leur marche. La forêt est si silencieuse qu'on dirait qu'elle se prépare à hiverner. Seules les feuilles laissent entendre de petits craquements sous les pas. Les trois femmes prennent la chasse à cœur ; elles sont attentives au moindre petit mouvement. Lorsqu'elles débouchent sur une petite crique donnant sur la rivière, ce qu'elles ont sous les yeux a des airs de paradis. Une dizaine de chevreuils se prélassent tranquillement au soleil. Les choses se passent très vite dans la tête de Magdelon et de Jeanne. Refusant de se laisser attendrir par la scène, elles visent et tirent. Les deux coups retentissent en écho, brisant toute la magie du tableau qu'elles avaient sous les yeux. Un premier chevreuil s'écroule sur le sol, faisant lever des dizaines de feuilles. Quelques secondes plus tard, un deuxième s'effondre comme si on venait de lui couper les quatre pattes d'un seul coup. Jeanne n'en croit pas ses yeux, elle est folle de joie et trépigne sur place en hurlant de plaisir. Elle a réussi. On ne peut plus fière, Magdelon brandit son mousquet dans les airs et clame :

— Nous en avons tué deux. C'est incroyable ! J'espère que les hommes n'ont pas encore tué les poulets…

— Nous avons réussi ! s'écrie Jeanne. Je suis si contente d'avoir tué mon premier chevreuil. C'est le plus beau jour de ma vie ! Mais comment allons-nous faire pour transporter notre gibier jusqu'au manoir maintenant ? Nous devrions aller chercher de l'aide, nous n'y arriverons jamais toutes seules.

— Calmez-vous, Jeanne, on va se débrouiller. On va d'abord recharger nos fusils et on ira voir les bêtes de plus près. D'après moi, elles ne sont pas si grosses que ça.

— Il y a quand même des limites à ce qu'on peut transporter et nous sommes loin du manoir.

— Laissez-moi réfléchir un peu. Vous souvenez-vous comment recharger votre fusil ?

— Ça devrait. Je vais au moins essayer. Merci Magdelon ! Je vous le redis, grâce à vous, je vis un des plus beaux jours de ma vie.

Magdelon et Jeanne s'approchent des chevreuils. Tala, qui est déjà au travail, vide la deuxième bête avec une grande aisance. On voit qu'elle a déjà accompli cette tâche de nombreuses fois. À la vue du sang, Magdelon est prise d'un haut-le-cœur et rend tout ce qu'elle a dans l'estomac. Jeanne s'approche aussitôt d'elle.

— Je vais bien, ne vous en faites pas. C'est juste que j'ai bien peur de ne pas pouvoir vous aider pour cette opération.

Quelques minutes suffisent à Tala pour terminer le travail. Impuissante, Jeanne la regarde pendant que Magdelon se tient loin. Tala évalue ensuite le poids de chacun des chevreuils. Par des gestes, elle indique à Jeanne de s'accroupir et dépose le plus petit sur ses épaules, laissant tomber ses pattes en avant. Tala lui indique de tenir les pattes de l'animal avec ses mains. Surprise par cette manière de porter une charge, Jeanne doit reconnaître que c'est plutôt confortable. Jeanne aide Tala à installer la deuxième bête sur ses épaules alors que Magdelon doit se contenter de porter son mousquet, ce qui l'arrange. La seule vue des bêtes sur les épaules de ses amies lui donne des haut-le-cœur. D'un pas décidé, elle ouvre la marche.

Quand elles sortent enfin de la forêt, épuisées, Jeanne et Tala laissent tomber leur charge à leurs pieds avant de se laisser glisser par terre. Magdelon et Jeanne crient à qui veut les entendre de venir les aider. Tala s'assoit, puis elle dépose le sac de provisions entre elle et ses compagnes. Les trois femmes mangent, impatientes de voir la réaction des hommes.

Chapitre 9

Magdelon lit une dernière fois la lettre de sa mère avant de la ranger précieusement dans son coffre avec les autres. Chaque fois, c'est pareil. Quand elle reçoit une lettre, elle la lit encore et encore jusqu'à ce qu'elle en ait mémorisé le moindre mot. De cette manière, elle a toujours accès à ceux qu'elle aime, peu importe l'endroit où elle est ou le moment. Mais cette fois, Marie n'avait pas que des bonnes nouvelles.

Angélique ne va pas bien. Elle est tombée sur la glace en descendant les marches de l'église et elle s'est blessée à la hanche. La pauvre, elle a de plus en plus de peine à marcher. Tu la connais, elle ne se plaint jamais, mais juste à la regarder on sait qu'elle a mal. Le médecin est venu exprès de Montréal pour la voir, mais son état ne s'est pas amélioré. Dommage que tu sois si loin, je suis sûre que tu pourrais l'aider.

Tu te souviens sûrement de Jean-Marie, l'ami de ton père. Il est mort il y a deux semaines. Un matin, il s'est mis à tousser à fendre l'âme. Après s'être craché les poumons pendant plus de dix jours, il est mort. Le pauvre, il paraît qu'il a souffert le martyre.

J'ai très hâte au printemps. Cette année, l'hiver me semble encore plus long et je n'arrive pas à me réchauffer.

Magdelon referme son coffre, prend son châle au passage et le met sur ses épaules. Avant de sortir de sa chambre, elle se regarde dans le miroir. Elle sourit à l'image que celui-ci lui rend. Elle a les joues rondes comme un écureuil et ses yeux sont aussi pétillants qu'un feu de foyer. Elle trouve que la maternité lui va plutôt bien. Elle pose ses mains sur son ventre qui s'arrondit chaque jour un peu plus. Elle se met ensuite sur la pointe des pieds et gonfle le buste. Sa poitrine est maintenant gonflée à bloc, ce qui ne lui déplaît pas du tout, même qu'elle serait la plus heureuse des femmes si elle pouvait la conserver ainsi après l'accouchement. Mais Jeanne lui a tout de suite enlevé ses illusions.

— Vous redeviendrez comme avant et, si vous êtes malchanceuse, vous y perdrez au change. Je sais de quoi je parle, ajoute-t-elle en riant, regardez-moi.

Elle sort de sa chambre et se dirige à la cuisine, affamée. Jeanne ne manque pas une seule occasion de lui dire qu'elle mange comme un ogre, ce à quoi elle répond toujours avec le sourire :

— Nous sommes deux, ne l'oubliez surtout pas. Je fabrique un bébé. Vous savez bien que d'habitude je mange comme un oiseau.

Une bonne odeur de pain vient lui caresser les narines. Elle adore les dimanches plus que tous les autres jours de la semaine parce que c'est jour de boulangerie. L'odeur de la levure l'enchante. Elle pourrait se passer de bien d'autres aliments, mais pas du pain. Mordre à pleines dents dans un quignon de pain est toujours une fête pour elle, et c'est le comble du bonheur quand elle y ajoute une bonne épaisseur de beurre ou de confiture.

Jeanne et Tala s'affairent à préparer le pain pour la semaine depuis déjà un bon moment. Depuis l'arrivée de Tala au manoir, Magdelon a eu la chance de contribuer aux travaux une seule fois. Jeanne se lève tellement tôt ce jour-là qu'elle n'arrive pas à se tirer du lit à temps. Elle a demandé à Jeanne de l'attendre, mais sans succès. Il faut dire que le pain était tellement raide le jour où c'est elle qui l'a fait que personne ne veut répéter l'expérience de peur de perdre le peu de dents qui lui reste dans la bouche.

— Dites-moi que je ne rêve pas. Vous faites des brioches au beurre et à la cannelle ? En quel honneur ?

— Vous savez bien, répond Jeanne. La mère de Monsieur vient manger ce soir.

Pour toute réponse, Magdelon hausse les épaules. Ce n'est pas l'amour fou entre elle et sa belle-mère. Même si elle habite à moins d'une demi-lieue, elle n'est venue en visite que trois fois depuis que Magdelon s'est installée au manoir, et c'est très bien ainsi. De nature plutôt hautaine, madame de Lanouguère n'a rien d'une femme chaleureuse. Comme son fils, elle parle peu et impose ses exigences sans se préoccuper outre mesure des gens. Sa petite personne passe avant tout.

— Promettez-moi de garder quelques brioches pour demain alors. S'il le faut, cachez-les. Il n'est pas question que cette harpie parte avec le reste des brioches. Si elle en veut, elle n'a qu'à s'en faire.

Jeanne éclate de rire et dit :

— Vous ne la portez vraiment pas dans votre cœur. Pourtant, elle est si charmante, ajoute-t-elle avec une pointe d'ironie.

— C'est une vraie mégère. J'espère au moins que Pierre-Thomas sera rentré à temps pour voir sa mère adorée. Venez, je vais vous aider.

Avant même que Magdelon ait eu le temps de retrousser une seule de ses manches, Jeanne lui tend le beurre et la cannelle.

— Vous ne me faites vraiment pas confiance, lance Magdelon. Un jour, il va pourtant falloir que vous m'appreniez à faire le pain.

— Un autre jour… d'accord, lui répond Jeanne. Nous n'avons pas une seconde à perdre si nous voulons arriver à l'heure à l'église.

Quand les derniers pains sont enfin mis à lever, Jeanne, Tala et Magdelon déjeunent. Celle-ci se sert d'abord un grand verre de lait et engloutit ensuite un bol de gruau sur lequel elle a laissé tomber une bonne cuillère de miel de trèfle. Un café bien corsé et un bout de pain grillé complètent son déjeuner.

Jeanne remet quelques bûches dans la cheminée. Puis les trois femmes mettent leur manteau et remontent leur capuchon sur leur tête aussi haut qu'elles le peuvent. Pas besoin de mettre le nez dehors pour savoir qu'il fait un froid de canard. Les vitres sont complètement givrées et le vent s'infiltre par les moindres interstices entre les planches des murs.

— Quelle idée de sortir par un temps pareil! dit Magdelon. Allons-y vite avant que je change d'avis.

Au bout de quelques minutes de marche d'un pas rapide, les trois femmes entrent dans l'église et vont prendre place dans le banc des de la Pérade, tout à l'avant. Madame de Lanouguère est déjà installée. Au passage de Tala, Magdelon entend chuchoter. Même après plusieurs mois, certains habitants de la seigneurie ont encore du mal à accepter la présence de l'Indienne parmi eux.

« Il va pourtant falloir qu'ils s'y fassent, pense-t-elle, parce qu'il n'est pas question qu'elle s'en aille. D'ailleurs, ils devraient lui être reconnaissants. Elle en a aidé plus d'un depuis son arrivée au manoir. Même Pierre-Thomas s'est habitué à sa présence. J'ai hâte qu'il revienne et j'espère qu'il aura trouvé tout ce que je lui ai demandé. Il est urgent que je me couse quelques nouveaux vêtements parce que ceux que je porte sont sur le point de déchirer tellement ils sont serrés. Il faudra ensuite que je prépare le trousseau du bébé. Les femmes des colons m'ont dit qu'elles m'apprendraient quelques nouveaux points de broderie. J'ai tellement hâte de tenir mon bébé dans mes bras que j'en rêve pratiquement toutes les nuits. Je vais demander à Jeanne d'être sa marraine. Je pense que ça lui fera plaisir. On pourrait demander à Zacharie d'être le parrain. »

Lorsque le curé salue ses paroissiens, Magdelon est à cent lieues. Elle secoue légèrement la tête et fait un effort pour l'écouter. Quand il commence son sermon, elle retourne dans ses pensées sur-le-champ. De toute façon, il parlera des mêmes choses que d'habitude : faites des enfants, chassez les mauvaises pensées, obéissez à votre mari… De sa voix monocorde et sans expression, il réussira à endormir même le plus résistant de ses paroissiens. Certains ne se réveilleront qu'au son de la cloche précédant la communion alors que d'autres auront reçu bien des coups de coude de leur femme avant d'ouvrir enfin les yeux pour quelques secondes avant de sombrer de nouveau dans l'absence.

Lorsqu'elle se lève pour aller communier, elle sent un coup dans son ventre. Il lui faut quelques secondes pour réaliser que son bébé vient de lui donner un premier coup de pied. Elle sourit à pleines dents et pose les mains sur son ventre. Elle est si heureuse. Jeanne la regarde et l'interroge du regard. Magdelon lui dit à l'oreille ce qui cause sa joie. Aussi contente qu'elle, Jeanne se retient de justesse de crier.

À la sortie de l'église, Jeanne tente d'expliquer par de grands gestes à Tala ce qui les rend si heureuses, elle et Magdelon. Malheureusement, ses talents de mime ne s'améliorent pas du tout, loin de là. Tala la regarde et essaie désespérément de comprendre pendant que Magdelon rit de plus belle. Au moment où elles s'engagent sur le chemin du manoir, madame de Lanouguère les rejoint et dit à sa belle-fille :

— Vous aviserez Pierre-Thomas de venir me chercher pour le souper. À ce soir !

Sans même laisser le temps à Magdelon de répondre, elle tourne les talons et marche d'un pas alerte en direction de sa maison.

— Grr ! Il ne se fait pas plus insupportable qu'elle, lance Magdelon, et il a fallu que je l'aie pour belle-mère. Vous venez ? demande-t-elle à Jeanne et à Tala. Je suis tellement gelée que je crois même que je vais attendre à demain pour aller faire le tour de mes collets. Ce froid me transperce jusqu'aux os. Qu'avez-vous prévu pour le souper, Jeanne ?

— J'ai pensé faire un bouilli. Il reste deux lièvres dans le coffre de bois. Je pourrais ajouter un poulet et un morceau de porc. Qu'en dites-vous ?

— Tant que c'est chaud, ça me va. On pourra y mettre quelques morceaux de chou, des carottes et du navet. Le caveau en est rempli. J'ai déjà hâte de goûter à votre plat. N'oubliez pas, Jeanne, il n'est pas question que vous donniez des brioches à madame de Lanouguère, ajoute-t-elle du bout des lèvres. Si elle en veut, elle s'en fera elle-même. Elle n'a que ça à faire.

— Je peux en mettre de côté pour vous, mais je ne peux pas vous promettre qu'elle partira les mains vides. Elle a l'habitude de partir avec une bonne douzaine de brioches chaque fois que j'en fais. C'est Monsieur lui-même qui les lui donne.

— Eh bien alors, vous direz que vous en avez fait moins qu'à l'habitude.

— Je ferai mon possible, Magdelon, c'est promis.

— Vous ne pourriez pas marcher plus vite ? J'ai tellement froid que je crois bien que je vais nous servir un petit verre de vin chaud en arrivant. Qu'en dites-vous ?

— Ce sera avec plaisir, répond Jeanne.

Magdelon se met à courir. Elle ne supportera pas plus longtemps ce froid qui mord. Elle attendra ses compagnes au manoir, bien au chaud.

Il est près de quatre heures quand Pierre-Thomas fait son entrée, les bras chargés de paquets. Magdelon laisse tomber son tricot, bondit de sa chaise et va vite le rejoindre. Elle a très hâte de voir ce qu'il rapporte et, avec un peu de chance, il aura pensé à lui rapporter quelques pâtisseries de Québec. Elles sont si moelleuses qu'elle savoure à l'avance le plaisir d'en croquer une. Quand elle arrive à sa hauteur, elle constate vite qu'il n'est pas seul. Une jeune Noire se tient timidement derrière lui. Elle ne doit pas avoir plus de quinze ans. Que fait-elle ici ? Sans plus de cérémonie, Magdelon interroge son mari :

— Vous voulez bien m'expliquer pourquoi cette jeune fille est avec vous ?

— L'intendant me l'a offerte en cadeau et... elle nous sera très utile. Elle sait faire le ménage, la cuisine, blanchir, repasser, coudre... Elle pourra même s'occuper des enfants. Et en plus, elle parle français.

— Êtes-vous en train de me dire que vous avez l'intention de la garder ? Il n'est pas question que nous ayons une esclave !

— Et moi, je vous dis que je ne l'ai certainement pas emmenée jusqu'ici pour la retourner. Installez-la dans une chambre. L'affaire est close.

— L'affaire est loin d'être close. C'est immoral d'avoir une esclave. Elle est un être humain comme vous et moi et je veux que vous la retourniez d'où elle vient dès demain.

— Tenez-vous-le pour dit, elle est ici pour rester. Vous avez votre Indienne et j'ai maintenant mon esclave. Voyez, je vous ai apporté quelques pâtisseries, ajoute-t-il en lui tendant un petit sac. Je vais chercher ma mère, elle doit m'attendre depuis au moins une heure. En passant, j'ai fait un bon voyage, merci, et je suis bien content de rentrer à la maison.

C'était donc ça. Il faisait semblant d'accepter Tala alors qu'il n'avait qu'une seule idée en tête, se venger. Magdelon se retient de lui crier sa déception et sa colère. Elle doit avouer qu'il l'a eue sur toute la ligne. Jamais elle ne se serait doutée, ne serait-ce qu'un instant, qu'il y aurait une esclave au manoir. C'est odieux ! Comment peut-il lui faire cela, dans sa propre maison ? Elle est furieuse.

Quand elle relève les yeux, la jeune fille la fixe sans bouger. Prenant son courage à deux mains, Magdelon s'approche d'elle, la prend par les épaules et lui demande doucement :

— Comment t'appelles-tu ?

— Maya.

— Où as-tu appris notre langue ?

— Quand j'étais jeune, mes parents ont servi dans une famille française, à Paris. C'est la seule langue que je connais.

— Et pourquoi es-tu venue en Nouvelle-France ?

— Il y a quelques mois, les maîtres de mes parents m'ont vendue à un de leurs amis qui s'embarquait pour la Nouvelle-France. Un soir, il est venu me chercher sans rien me dire. Depuis, je n'ai plus revu mes parents. Le lendemain, à l'aube, nous avons pris le bateau et nous sommes arrivés à Québec en septembre. Quelques jours après notre arrivée, nous avons rendu visite à l'intendant. Quand il m'a vue, il s'est mis dans une telle colère que j'ai eu peur qu'il me frappe. Je me suis mise à hurler comme une déchaînée. Il voulait une esclave blanche, pas une noire, en tout cas c'est ce que j'ai compris. Il a sonné pour qu'on vienne me chercher ; une dame m'a emmenée à l'étage et m'a fait entrer dans une chambre. Quand elle est ressortie, j'ai entendu une clé tourner dans la serrure. Je ne sais pas combien de temps au juste je suis restée enfermée dans cette pièce. Chaque jour, la dame venait me porter à manger. J'étais inquiète. J'ai pensé me sauver, mais où aurais-je pu aller ? Je ne connaissais personne à Québec, et à cause de ma couleur de peau, j'aurais été trop facile à retrouver. On m'a enfin laissée sortir quand votre mari est venu chez l'intendant. Quand la dame m'a apporté des vêtements chauds, j'ai compris que je partais avec votre mari.

— Ma pauvre petite. C'est terrible ce qui vous est arrivé. Jurez-moi qu'au moins il a été gentil avec vous.

Pour toute réponse, Maya baisse simplement la tête. Magdelon est encore plus furieuse. Il ne s'en tirera pas ainsi.

— Venez avec moi, je vais vous montrer votre chambre. Vous devez avoir sommeil après un aussi long voyage, sans compter que vous devez être transie de froid. Je vous apporterai à manger, de même que des couvertures. Nous reparlerons demain.

— Merci Madame.

Lorsque Magdelon redescend, elle fulmine. Comment Pierre-Thomas a-t-il pu accepter un tel cadeau? Quand elle entre dans la cuisine, elle se laisse tomber sur une chaise avant de tout raconter à Jeanne. Celle-ci n'en croit pas ses oreilles. Elle se retient à deux mains de ne pas réagir aussi fortement que Magdelon. Le simple mot « esclave » lui donne la chair de poule.

Quelques minutes plus tard, Pierre-Thomas fait son entrée avec sa mère. Celle-ci s'installe au salon, près de la cheminée. Magdelon les rejoint bien à regret. Si elle ne se retenait pas, ses paroles seraient cinglantes à l'endroit de son cher mari et de sa très charmante mère. Sans même prendre le temps de la saluer, madame de Lanouguère lui dit:

— Je prendrais bien un petit remontant, Magdelon. S'il vous reste un peu de rhum, ça me ferait le plus grand bien. J'ai beau prier saint Blaise, j'ai toujours mon vilain mal de gorge qui ne veut pas partir.

Pendant qu'elle se lève pour aller chercher la bouteille et un verre, Magdelon lui dit:

— Comme je vous l'ai déjà indiqué, prenez des infusions de ronce et vous irez mieux. Saint Blaise ne peut pas vous guérir de votre mal de gorge, voyons! C'est de la foutaise! Avez-vous oublié que dans la Bible on dit: « Aide-toi et le ciel t'aidera »?

Puis, sur un ton encore plus brusque, elle ajoute en lui tendant un verre et la bouteille de rhum:

— Tenez, servez-vous!

Surprise par le comportement peu habituel de Magdelon, madame de Lanouguère reste figée, le verre dans une main et la bouteille dans l'autre. Pierre-Thomas vient vite à sa rescousse :

— Donnez, Mère, je vais vous servir. Je vous prie d'excuser Magdelon, elle est un peu impatiente depuis qu'elle est ence…

Magdelon ne le laisse pas finir sa phrase, elle le coupe sec et lui lance d'un ton chargé de reproches :

— Ma grossesse n'a rien à y voir. Dites plutôt à votre mère ce que vous venez de ramener à la maison.

— Voulez-vous parler de l'esclave qu'il a reçue en cadeau ? demande innocemment madame de Lanouguère. Il m'a tout raconté en venant ici. Allons, Magdelon, ce n'est pas si terrible. J'en connais plusieurs qui donneraient cher pour se faire offrir un tel cadeau. Vous verrez, dans quelques jours, vous apprécierez avoir une esclave, j'en suis certaine.

— Et moi, je suis certaine du contraire. C'est inhumain d'avoir des esclaves. Jamais vous ne me ferez changer d'idée. Et je ferai tout en mon pouvoir pour la défendre et surveiller le moindre écart de conduite à son égard.

Là-dessus, Magdelon se relève, salue sèchement sa belle-mère sans jeter le moindre regard à son mari et file à la cuisine. Ils se passeront de sa présence pour le souper.

Chapitre 10

— Entrez, monsieur le curé, entrez, tonne joyeusement Pierre-Thomas. Il y a un sacré bout de temps qu'on vous a vu. Cela me fait vraiment plaisir de vous recevoir.

— Vous le savez je suis comme les ours. L'hiver j'hiberne, et quand vient le printemps, je me dépêche de sortir tellement j'ai des fourmis dans les jambes.

— En tout cas, vous n'avez pas choisi votre journée pour sortir. Il tombe des clous depuis le matin.

— Quand j'ai quitté le presbytère ce matin, personne n'aurait pu prévoir qu'il pleuvrait aujourd'hui. Ce n'est qu'en approchant d'ici que la pluie m'a surpris. La distance n'est pourtant pas si grande entre Sainte-Anne et Batiscan, mais il faut croire qu'elle est suffisamment importante pour que la température nous joue des tours.

— Je vais vous faire apporter des vêtements secs et demander qu'on s'occupe de votre cheval. Excusez-moi un instant.

Pierre-Thomas va à la cuisine et revient avec Maya sur les talons. Le curé sursaute en voyant celle-ci et la dévisage comme il regarderait un animal rare :

— On m'avait bien dit que vous aviez reçu une esclave en cadeau, mais je ne me doutais pas que c'était une négresse.

Surpris, Pierre-Thomas ne relève pas le commentaire du curé et dit à Maya d'un ton autoritaire :

— Va chercher des vêtements secs pour monsieur le curé. Tu installeras notre invité dans la chambre à côté de celle de Jeanne. Ensuite, tu emmèneras son cheval à l'écurie ; tu lui donneras à manger aussi. Allez, dépêche-toi avant que monsieur le curé attrape son coup de mort, tu vois bien qu'il est trempé jusqu'aux os.

Sans dire un mot, la tête basse, Maya part aussitôt. Dès qu'elle disparaît de son champ de vision, le curé Lefebvre se tourne vers son hôte et lui dit:

— Vous en avez de la chance, Pierre-Thomas, beaucoup de chance. Vous êtes un des rares à des lieues autour à avoir une esclave, et par-dessus le marché une Noire. Je voudrais bien que vous m'expliquiez ce qu'il faut faire pour être dans les bonnes grâces de l'intendant à ce point-là.

— Je ne peux pas vous dire grand-chose là-dessus. Il y a quelques mois, alors que j'étais passé le voir pour parler de la construction de la route entre Québec et Montréal, il m'a raconté qu'il avait commandé une esclave de France, mais que jamais il n'avait pensé qu'il était important de spécifier la couleur de sa peau. Quand il l'a vue, il a d'abord cru que c'était une blague et il a même voulu la retourner, mais sans succès. Il ne savait pas quoi faire avec elle, il la gardait enfermée à clé depuis plus d'un mois à l'étage. Au moment où j'allais prendre congé, il m'a demandé de l'en débarrasser. J'étais bien mal placé pour refuser alors qu'il venait de m'offrir un gros contrat. Le lendemain, je suis donc reparti avec elle, sans me poser plus de questions.

— Je vous le répète, Pierre-Thomas, vous avez vraiment de la chance. Et l'Indienne habite-t-elle toujours avec vous?

— Ne m'en parlez pas. Je suis totalement en désaccord. Il n'y a pas une journée où je ne me fais pas reprocher de la garder sous mon toit. Même l'intendant m'a écrit pour me dire que ça faisait jaser tout Québec. Chaque fois que j'aborde le sujet avec Magdelon, ça finit toujours mal. Elle la protège comme si c'était sa propre fille et elle ne veut rien entendre. C'est une femme exceptionnelle, mais elle est aussi têtue qu'un troupeau de mules tout entier.

— Je peux lui parler si vous voulez.

— Vous pouvez toujours essayer. Elle devrait rentrer bientôt. Elle est allée rendre visite à Mère. La pauvre, elle est clouée au lit depuis une semaine.

— J'irai la voir demain avant de partir, et j'en profiterai pour la bénir. Vous avez dit tout à l'heure que vous aviez signé un gros contrat avec l'intendant. Est-ce pour la construction de la route ? C'est sérieux, vous croyez ? Il y a tellement longtemps qu'on en parle que personne n'y croit plus.

— Tout ce que je peux vous révéler pour l'instant, c'est que le Conseil supérieur a finalement pris la décision de construire une route le long du fleuve, entre Québec et Montréal. C'est un grand pas en avant pour toutes les seigneuries.

— À qui le dites-vous ! Ce sera beaucoup plus facile de se déplacer, au moins durant la belle saison.

— En tout cas, ce sera déjà plus facile de se défendre sur la terre que sur l'eau quand les Indiens nous attaqueront. Pour ma part, je n'y vois que des avantages, mais vous savez que ce n'est pas demain la veille qu'elle sera prête. Il y a fort à parier qu'il faudra des années.

— Je n'ose même pas imaginer le nombre d'arbres qu'il faudra abattre juste pour préparer le terrain. Tout le monde devra participer à la corvée, et ce, sans exception. Après, il faudra faire des ponts, prévoir des bacs là où la distance est trop grande entre les rives. Vous savez comme moi que ce pays compte autant de rivières que d'habitants. Je vous le dis, on n'est pas sorti du bois.

— Les colons sont bien vaillants. Vous savez comme moi que nous pouvons compter sur eux.

L'arrivée de Maya au salon met un terme à la conversation. Elle s'avance jusqu'à monsieur le curé, lui tend des vêtements secs et lui dit :

— Venez avec moi, je vais vous montrer votre chambre.

Quelques minutes plus tard, Magdelon et Jeanne entrent en coup de vent.

— S'il continue à pleuvoir comme ça, la rivière va finir par déborder, dit Magdelon.

— Ce ne serait pas nouveau, vous savez, répond Jeanne. Elle déborde chaque année.

— Est-ce qu'elle vient jusqu'à la maison ?

— L'année dernière, elle est venue jusqu'au perron. On commençait à avoir hâte qu'elle reprenne son cours normal.

— Il m'arrive de me demander si ceux qui ont choisi l'endroit pour construire les maisons et les bâtiments ont pensé aux risques de débordements. Je comprends que les avantages sont nombreux à s'installer sur le bord des cours d'eau, mais quand la maison se retrouve immergée ce n'est pas drôle du tout.

— Non, c'est certain. Mais quand le père de Monsieur et tous les colons ont décidé de s'installer ici, il n'y avait que de la forêt. Moi je pense qu'au bout du compte devoir abattre ne serait-ce que quelques arbres de plus a dû peser dans la balance, sans compter qu'ils ne savaient pas comment se comporterait le cours d'eau.

— Vous avez probablement raison. Je reviens, je vais aller donner des nouvelles de sa mère à Pierre-Thomas.

Quand elle entre dans le salon et qu'elle voit le curé Lefebvre, Magdelon s'écrie :

— Quelle belle surprise ! Je suis si contente de vous voir ! Comment allez-vous ?

— Très bien. Venez plus près que je vous regarde.

Magdelon s'approche volontiers. Comme c'est un ami de la famille de la Pérade, il leur rend visite régulièrement et elle aime bien cet homme. Dès leur première rencontre, une bonne entente s'est établie entre eux, ce qui est loin d'être le cas avec le curé de la place. Ce qu'elle aime chez le curé de Batiscan, c'est son côté moderne, dans un siècle où la religion est tout sauf moderne. Dommage qu'il ne soit pas curé à Sainte-Anne, ce serait avec plaisir qu'elle irait à la messe. Au lieu de cela, chaque dimanche elle prend le chemin de l'église en se disant qu'elle aurait mieux à faire que d'aller entendre les mêmes sermons semaine après semaine.

Le curé prend ses mains dans les siennes et lui sourit :

— Et vous, Magdelon, vous me semblez en grande forme.

— Oui. Je me plais de plus en plus à Sainte-Anne, et dans moins de deux mois, je tiendrai enfin mon bébé dans mes bras.

— Ne soyez pas si pressée. Profitez plutôt du temps qu'il vous reste avant sa naissance, il est sage pour l'instant...

— Je suis bien entourée, vous savez. Jeanne est comme une sœur pour moi et Tala est une aide précieuse. L'avez-vous rencontrée ? C'est une soie. Si seulement elle pouvait finir par apprendre notre langue...

— Je voulais justement vous en parler. Vous savez, Magdelon, je vous l'ai déjà dit, il faudrait vraiment qu'elle s'en aille. Sa présence au manoir n'est pas bonne pour vous.

— Comment pouvez-vous savoir que sa présence ici n'est pas bonne pour nous ? Elle travaille du matin au soir sans jamais se plaindre. Vous voudriez qu'après ce qu'un des nôtres lui a fait nous la mettions dehors ? Non ! Tant que je vivrai, je la défendrai de toutes mes forces, même auprès de vous.

— Ne vous emportez pas comme ça, voyons. Ce n'est pas bon pour votre enfant.

— Laissez mon enfant en dehors de cela.

— Il va pourtant falloir vous rendre à l'évidence. Vous êtes la seule à apprécier sa présence. Tout le monde à la seigneurie veut qu'elle s'en aille. Chaque fois que je vois les colons, ils m'en parlent.

— Je suis désolée de vous le dire, mais mêlez-vous de vos affaires. Ce n'est même pas votre paroisse.

À cette réplique, Pierre-Thomas ne peut s'empêcher d'intervenir :

— Magdelon, je vous en prie, faites attention à ce que vous dites. Vous vous adressez à un curé après tout.

— Curé ou pas, peu m'importe. Je ne veux plus en entendre parler par qui que ce soit. Veuillez m'excuser, je vais aller me changer, mes vêtements sont complètement trempés. Je vous rejoindrai pour le souper.

Sur ces mots, elle relève les pans de sa jupe et tourne les talons. Avant qu'elle sorte du salon, monsieur le curé lui lance timidement :

— Attendez, Magdelon !

Elle se retourne et, sur ses gardes, attend la suite.

— La dernière fois qu'on s'est vus, j'ai cru comprendre qu'il vous manquait une peau de castor pour faire votre manteau. Eh bien, un trappeur m'en a donné une et je vous l'ai apportée.

— Vous n'aurez qu'à la remettre à Jeanne.

Elle s'en va dans sa chambre. À un autre moment, elle aurait été folle de joie de recevoir une peau de castor, mais là, cela ne lui fait ni chaud ni froid. Voilà que maintenant même le curé de Batiscan s'en mêle. Elle en a plus qu'assez de devoir défendre la présence de Tala au manoir. Qu'ont-ils tous à vouloir la voir partir ? Protègent-ils quelqu'un ? Elle finira bien par le découvrir.

Une fois dans sa chambre, elle se rend compte qu'elle n'a même pas donné de nouvelles de sa mère à Pierre-Thomas. Tant pis, elle lui en donnera au souper. Elle a rarement vu une femme aussi butée que sa belle-mère. Elle est clouée au lit depuis une semaine et elle croit encore qu'elle guérira seulement en priant tous les saints du ciel. Prenant son courage à deux mains, Magdelon a mis plus de deux heures à la convaincre de prendre des infusions d'achillée millefeuille pour au moins faire baisser sa fièvre. À bout d'arguments, elle a fini par lui dire :

— Je suis sûre que Pierre-Thomas serait très peiné si vous n'étiez plus de ce monde le jour de la naissance de son premier enfant.

À ces mots, madame de Lanouguère a versé quelques larmes et a finalement dit à Magdelon qu'elle avalerait tout ce qu'elle voudrait lui faire prendre.

Comme chaque fois qu'elle enlève son chemisier, Magdelon passe la main sur son cou pour toucher son médaillon. Soudainement prise de panique, elle refait le même geste : il a bel et bien disparu. Elle enlève nerveusement son chemisier et le secoue. Rien. Elle enlève sa jupe et son jupon et les secoue. Toujours rien. Pas plus tard que ce matin, il était à son cou, elle en est certaine. Elle ne peut pas l'avoir perdu. Non ! Elle reprend ses vêtements et les secoue encore de toutes ses forces, désemparée. Avec toute cette pluie et cette boue, même si elle sortait sur-le-champ pour le chercher, elle aurait bien peu de chance de le retrouver. Le cœur en miettes, elle se laisse tomber sur son lit.

Chapitre 11

Magdelon n'a jamais eu aussi chaud de toute sa vie. D'aussi loin qu'elle se souvienne, aucun mois de juin n'a été aussi torride. Elle passe toutes ses journées à se déplacer péniblement d'un point d'ombre à un autre. Et elle est si grosse qu'elle n'est plus d'aucune aide pour la plupart des travaux. Pas question pour elle de sarcler le jardin, d'aller aider aux champs ou même de faire la cuisine. Tout lui demande un effort surhumain. En fait, elle est bien seulement quand elle est assise, tellement son dos la fait souffrir. Pour une femme aussi active qu'elle, toutes ces restrictions pèsent aussi lourd que son gros ventre. Et il y a autre chose : plus le jour de l'accouchement approche, plus elle s'inquiète. Elle a entendu tellement d'histoires d'horreur sur le sujet qu'elle n'est pas sans penser qu'il pourrait lui arriver malheur à elle aussi. Tout serait tellement plus facile si sa mère se trouvait auprès d'elle. Dans sa dernière lettre, Marie lui a dit qu'elle essaierait de venir. Mais la distance est grande entre Verchères et Sainte-Anne, et le fleuve n'est pas très sécuritaire.

Heureusement, depuis quelques semaines, Jeanne a pris les choses en main. Avec l'aide de Tala et de Maya, elle voit à ce que tous les travaux soient faits à temps et, chaque soir, elle lui fait un compte rendu. Magdelon n'a pas l'habitude de se faire servir ainsi, loin de là.

Lors de son dernier voyage à Québec, Pierre-Thomas s'est procuré un berceau en chêne, une pure merveille. Il est si beau qu'elle n'aurait pas pu mieux choisir. Inspiré par elle ne sait quel ange, il a même pensé à lui apporter du tissu blanc pour faire la parure, un tissu si soyeux qu'il donne envie de s'y frotter. Depuis, elle s'acharne à broder de minuscules petites fleurs sur tout le contour de la couverture et sur la taie d'oreiller. Quand les femmes de la seigneurie sont venues lui rendre visite la semaine dernière, elles lui ont dit qu'elle pouvait être fière de son travail. Ses points n'ont rien de commun avec ceux qu'elle faisait à son arrivée à Sainte-Anne, ce qui lui avait d'ailleurs valu plusieurs boutades, car aucune ne comprenait qu'une femme ne sache pas broder.

Si son dos le lui permet, elle devrait broder la dernière petite rose d'ici la fin de la journée. Elle pourra ensuite s'attaquer à son manteau de castor. Elle a tellement hâte de le coudre. Tala lui a montré comment préparer les peaux et elle l'a ensuite aidée à les tailler.

Ces temps-ci, elle a beaucoup de temps pour réfléchir, mais elle a tant de choses à penser qu'elle a l'embarras du choix. Elle a très hâte de tenir son bébé dans ses bras, mais pas une seule journée ne se passe sans qu'elle se demande si elle sera une bonne mère. Aura-t-elle la patience de sa mère ou de sa sœur Marie-Jeanne, ou alors l'impatience de Marguerite, la femme d'un colon de Verchères ? En matière d'impatience, il ne lui a jamais été donné de voir pire. Marguerite ne parle pas à ses enfants, on dirait toujours qu'elle aboie. Les pauvres petits vont de punition en punition. Saura-t-elle relever le défi d'être mère et épouse ? Pourra-t-elle reprendre ses occupations aux champs, au jardin, au moulin ? Tout cela l'inquiète grandement. Et son bébé, sera-t-il normal ? Survivra-t-il même ? La seule pensée qu'il meure en naissant lui donne le frisson, mais même la plus optimiste des femmes ne peut s'empêcher de songer à cette possibilité. Toutes connaissent au moins une femme qui a perdu un enfant à la naissance ou quelques jours après. Cela doit être terrible.

Depuis l'arrivée de Maya au manoir, Magdelon a fait de son mieux pour lui faciliter la vie, d'ailleurs au grand désespoir de Pierre-Thomas qui continue de la traiter durement chaque fois qu'il s'adresse à elle. En fait, les seuls moments où on peut voir l'ombre d'un sourire sur le visage de Maya, c'est quand il s'absente. Heureusement pour elle, il part assez souvent.

Mais Magdelon se questionne au sujet de Maya… Jamais celle-ci ne la regarde dans les yeux et il y a des moments où elle mettrait sa main au feu que Pierre-Thomas y est pour quelque chose. Elle n'en est pas certaine, mais elle croit qu'il partage la couche de Maya. Ces dernières semaines, il lui est arrivé plusieurs fois de se réveiller pendant la nuit et de trouver la place vide à côté d'elle. Elle lui en a parlé, mais chaque fois il lui a dit qu'il était allé prendre l'air ou faire les comptes à son bureau. Elle a bien été tentée d'aller vérifier, mais la seule pensée de devoir monter au deuxième étage lui en a enlevé toute envie. C'est alors qu'elle se retournait et se rendormait. Et puis, il y a déjà plusieurs semaines que Pierre-Thomas et elle n'ont pas eu de rapports intimes, ce qui, il faut bien l'avouer, ne lui manque pas du tout. Elle espère tout de même se tromper au sujet de son mari. Comment pourrait-elle partager la vie d'un homme qui profite sexuellement de son esclave?

C'est alors qu'un souvenir lui revient. L'autre jour, elle s'est réveillée en sursaut et elle a entendu des plaintes. Elle a d'abord cru qu'elle rêvait, mais cela semblait venir de si près qu'elle s'est dit que Tala devait encore faire un cauchemar et elle s'est rendormie. Au matin, elle a demandé à Jeanne si elle avait entendu quelque chose durant la nuit. Embarrassée, Jeanne a dit qu'elle avait fait un mauvais rêve. Mais cela ne l'a pas convaincue, loin de là.

Il lui arrive souvent de penser à Jeanne et de se dire qu'elle ne mérite pas de servir toute sa vie. Plus elle y pense, plus elle se dit qu'elle devrait lui trouver un mari. Jeanne est une belle femme, bonne et généreuse, avec un cœur grand comme une seigneurie. La dernière fois que le curé Lefebvre est venu leur rendre visite, il a annoncé qu'un nouvel arrivage de trente-six mois aurait lieu au courant de l'été, à Batiscan. Elle pourrait écrire une lettre à l'intendant en faveur de Jeanne. C'est certain qu'elle y perdra beaucoup au change si la domestique s'en va, mais elle l'aime trop pour la garder juste pour elle. Elle ferait une si bonne mère. Il faudra qu'elle en parle à Pierre-Thomas. Ou plutôt non, si elle lui en parle, il fera tout pour empêcher Jeanne de partir. Elle trouvera bien le moyen de se débrouiller toute seule.

Magdelon est perdue dans ses pensées quand tout à coup elle voit arriver Maya en courant. Alors qu'elle n'est plus qu'à quelques mètres du manoir, l'esclave s'arrête subitement et vomit. Quand elle réalise ce qui se passe, Magdelon se tire péniblement de sa chaise et va la rejoindre. Elle prend la jeune fille par les épaules et lui dit :

— Ça ne va pas, Maya ?

— Non, je ne me sens pas très bien. Depuis quelques jours, j'ai mal au cœur dès que j'ouvre les yeux. Aujourd'hui, c'est la troisième fois que je vomis.

— As-tu déjeuné ?

— Non. Juste à la vue de la nourriture, le cœur me tourne. Je n'ai presque rien avalé depuis trois jours.

À partir de ce moment, tout se met à aller très vite dans la tête de Magdelon. Pendant qu'elle écoutait Maya, elle avait l'impression de s'entendre raconter son premier mois de grossesse. Mais Maya ne peut pas être enceinte, elle n'est jamais seule quand elle sort du manoir. Jeanne lui en aurait parlé si elle avait remarqué quelque chose d'anormal. Et Maya est bien trop jeune pour être enceinte, c'est encore une enfant. À moins que… Elle aime mieux ne pas y penser. S'il fallait que ce soit Pierre-Thomas le responsable, elle le tuerait. Sans plus de réflexion, elle prend Maya par les épaules et la regarde dans les yeux :

— Maya, j'ai bien peur que tu sois enceinte.

La jeune fille la regarde d'un air effrayé. Magdelon poursuit :

— Dis-moi qui est le père de ton enfant, il faut que je le sache.

Maya baisse les yeux. De grosses larmes coulent sur ses joues, mais aucun son ne sort de sa bouche. Magdelon, qui s'impatiente, sent une vague de colère l'envahir tout entière.

— Regarde-moi, Maya. Je ne te veux pas de mal. Ce n'est pas ta faute, je le sais, mais dis-moi qui est le père de ton enfant.

Maya lève les yeux et regarde Magdelon :

— Je ne peux pas…

— Je t'en prie, Maya, je dois le savoir.

Maya pleure de plus belle et s'essuie les yeux du revers de la main avant de laisser tomber du bout des lèvres :

— C'est Monsieur.

— Quel monsieur ? insiste Magdelon en la tenant toujours par les épaules.

Plusieurs secondes s'écoulent avant que Maya réponde dans un souffle :

— Votre mari.

Puis, sur un ton beaucoup plus fort, elle poursuit :

— C'est votre mari, Madame. Il vient me retrouver dans ma chambre chaque nuit.

À ces mots, Magdelon voit rouge. Voilà qu'elle secoue Maya comme un prunier en lui disant :

— Non ! Non ! Comment a-t-il pu faire ça ? Comment ?

La pauvre Maya pleure à chaudes larmes et répète sans cesse :

— Je suis désolée, Madame, tellement désolée. Je ne voulais pas vous faire de mal, mais il m'oblige à lui céder.

Alertées par les cris des deux femmes, Jeanne et Tala arrivent en courant. Un seul regard sur la scène qui se joue sous ses yeux suffit à Jeanne pour comprendre ce qui arrive. Pauvre Magdelon ! Elle ne méritait pas cela, et Maya non plus. Le salaud, pourquoi a-t-il fallu qu'il s'en prenne à cette pauvre fille ? Elle sépare les deux femmes et prend Magdelon par la taille, pendant que Tala s'occupe de Maya. Après quelques pas seulement, Magdelon s'effondre par terre. Jeanne l'aide à se relever et la ramène au manoir.

Une fois à l'intérieur, Magdelon se laisse tomber sur une chaise, le teint livide. Jeanne lui apporte de l'eau et s'assoit en face d'elle.

— Le saviez-vous ? demande Magdelon.

— Disons que je m'en doutais, mais que je refusais d'y croire. Je suis vraiment désolée, Magdelon.

— Qu'allons-nous faire ?

— Je n'en sais rien.

— En tout cas, je veux qu'elle soit partie avant qu'il revienne. Cela nous laisse un peu moins de trois jours pour trouver une solution. Je vais dormir.

— Vous devriez manger un peu.

— Je ne pourrais pas avaler une seule bouchée. Je vais plutôt essayer de dormir. Je réfléchirai demain.

— Je peux dormir dans le salon si vous voulez. Si vous avez besoin de quelque chose, je serai plus près.

— Non, ce n'est pas nécessaire, ça ira. Ne vous inquiétez pas, il me reste encore deux bonnes semaines avant d'accoucher. Occupez-vous plutôt de Maya.

Cette nuit-là, Magdelon ne ferme pas l'œil, car un courant de colère la parcourt sans relâche. Elle est furieuse comme elle ne se souvient pas de l'avoir jamais été. D'abord contre son mari pour ce qu'il a fait à Maya, mais surtout contre elle pour n'avoir rien vu alors que tout se passait sous son toit et, par surcroît, juste au-dessus de sa tête. Elle ne comprend pas pourquoi elle n'a rien vu venir. Comment est-ce possible ? Cela ne lui ressemble pas du tout !

Quand le coq chante, elle se lève et file à la cuisine. Elle allume le feu, met de l'eau à chauffer et se fait un café bien tassé. Elle sort de la maison et s'assoit sur le banc du quêteux, le regard fixe. Elle a bien réfléchi. Elle demandera à Jeanne d'aller chercher Zacharie après le déjeuner pour qu'il amène Maya chez sa mère. Elle écrira une lettre pour Marie dans laquelle elle expliquera tout. Sa mère saura quoi faire. Quant à Pierre-Thomas, elle lui réglera son compte quand il rentrera. En attendant, elle doit penser à elle et à son bébé.

Chapitre 12

Depuis le départ de Maya pour Verchères, Magdelon s'est tenue à l'écart de tous et de toute activité. Elle s'est réfugiée dans ses livres, passant d'un roman à un livre sur les plantes. Depuis l'arrivée de Tala au manoir, elle en a d'ailleurs appris beaucoup sur celles-ci. Dommage que l'Indienne ne parle pas ; apprendre par les signes est plutôt compliqué pour Magdelon, voire même complexe par moments. Magdelon a parfois l'impression que Tala refuse simplement d'apprendre et cela la chagrine beaucoup. Elle l'aime autant que ses propres sœurs.

Elle a beaucoup réfléchi au comportement de Pierre-Thomas. Il y a même des secondes où elle rêve de pointer son mousquet sur lui dès qu'il entrera au manoir et de le tirer à bout portant. Le salaud, c'est tout ce qu'il mériterait... Comment a-t-il pu faire une pareille chose ? Comment a-t-il pu oser briser la vie de Maya ? Cette pauvre fille ne demandait rien de plus que de se glisser doucement dans la vie quotidienne du manoir. Au lieu de cela, la voilà confinée à une vie au couvent ou, pire, dans une autre famille où il y aura sûrement un autre Pierre-Thomas. Quant au bébé, elle préfère ne pas y penser. Il y a fort à parier qu'il finira noyé sans même que sa mère l'ait vu. La vie est trop cruelle.

À d'autres moments, elle plaint son mari de se laisser guider par ses instincts. D'accord, leur vie sexuelle est plutôt platonique. Comment pourrait-il d'ailleurs en être autrement ? La grande majorité des couples se sont choisis pour servir leur avancement social mutuel, pas parce qu'ils s'aimaient. C'est là toute la différence, pense-t-elle. Cette horreur ne serait jamais arrivée si elle avait épousé son Louis dont elle n'a plus maintenant que quelques pâles souvenirs. Elle n'a même plus son médaillon, le seul objet qui la rattachait à lui. Elle l'a pourtant cherché désespérément les jours suivants sa perte, mais sans succès. Il est probablement enterré entre le manoir et la maison de sa belle-mère.

Depuis le jour de son mariage, elle a essayé de toutes ses forces d'aimer Pierre-Thomas comme elle aimait son Louis, mais c'est peine perdue. Elle l'aime bien – enfin, jusqu'à il y a trois jours, elle l'aimait bien. Aujourd'hui, elle ne sait plus. Elle ignore même si elle parviendra à le laisser la toucher encore.

Elle a bien peur que le champ de marguerites ne se révèle désormais insuffisant comme moyen d'évasion…

Il faut pourtant qu'elle trouve une solution, car elle est mariée avec lui pour le meilleur et pour le pire. Malheureusement, il n'y a pas eu beaucoup de meilleur venant de lui depuis leur mariage. Mais dans peu de temps son premier enfant naîtra, et il n'est pas question pour elle de renoncer à la famille nombreuse dont elle rêve depuis si longtemps.

Chapitre 13

— Ce 3 juillet sera marqué à jamais dans ma mémoire, dit Magdelon, étendue sur son lit, le visage resplendissant. Tu ne peux pas t'imaginer à quel point ta présence me fait plaisir, Marie-Jeanne. Tu me redonnes un peu d'espoir.

— Il n'était pas question que je laisse ma petite sœur toute seule. Et comme maman devait rester avec les enfants, j'ai décidé d'accompagner Zacharie jusqu'ici.

— Je te remercie du fond du cœur. Je peux bien te le dire... Les dernières semaines n'ont pas été roses.

— Je m'en doute. Maman m'a tout raconté. Je ne sais pas si je passerais à travers si une telle chose m'arrivait.

— On passe toujours à travers, peu importe ce qui nous arrive. Tu en sais quelque chose, la vie ne t'a pas ménagée non plus ! Tu as perdu deux maris.

— Bon, assez parlé de choses tristes... Alors, quand vas-tu me le présenter ce bébé ?

— Tu sais, moi, je n'ai rien à décider là-dessus. Je suis prête depuis des semaines. Je suis aussi ronde qu'un tonneau de bière et j'ai peine à marcher tellement j'ai les jambes enflées. S'il ne sort pas bientôt, il va avoir ma peau, ce petit !

— Tu devrais te lever un peu. On pourrait aller s'asseoir dehors, il fait si beau. Tu veux bien ? Je vais t'aider.

Magdelon prend son courage à deux mains, respire profondément et finit par répondre :

— C'est toi qui l'auras voulu. Tu vas voir, je suis lourde à supporter. Tu devrais en parler à Jeanne.

— Elle me semble bien, cette Jeanne.

— Oui, c'est un ange. Sans elle, je ne sais pas ce que j'aurais fait.

— Et la jeune Indienne… Comment s'appelle-t-elle déjà ?

— Tala. Elle aussi, c'est un cadeau du ciel. Elle connaît les plantes mieux que quiconque et elle m'apprend beaucoup de choses. Comme tu vois, deux anges gardiens veillent sur moi.

— Tu en as de la chance. Allez, debout paresseuse !

Magdelon se met tout doucement en position pour descendre du lit, car le moindre petit geste lui demande un énorme effort. Lorsqu'elle pose enfin les pieds par terre, elle avance lentement. Elle n'a pas encore fait trois pas qu'un liquide blanchâtre s'écoule entre ses jambes. Quand elle réalise ce qui se passe, elle s'écrie :

— Va vite chercher Jeanne et Tala. Le bébé est prêt à venir au monde. Dépêche-toi, crie-t-elle quand une contraction la plie en deux.

Quand elle réussit à se relever, elle ajoute :

— Elles doivent être dans le jardin. Vite !

— Laisse-moi au moins t'aider à te recoucher. Tu as bien le temps, tu sais.

— Je vais y arriver toute seule. Va les chercher.

Marie-Jeanne revient vite avec Jeanne et Tala. C'est Jeanne qui prend la situation en main. Elle demande à Marie-Jeanne d'aller avertir Pierre-Thomas au moulin, et à Tala d'aller chercher des couvertures, une bassine d'eau chaude pour laver le bébé et des compresses d'eau fraîche pour éponger le front de Magdelon.

Les contractions sont de plus en plus rapprochées et la future mère pousse comme une déchaînée bien que le travail ne semble pas vouloir avancer. Chaque fois qu'elle pousse, elle a l'impression que quelque chose se déchire à l'intérieur d'elle-même. Elle est en sueur et se dit que si elle avait su que c'était aussi dur... elle aurait songé sérieusement à prendre le voile. Elle a entendu sa mère accoucher à quelques reprises, mais jamais elle n'aurait cru que c'était aussi douloureux. Si elle le pouvait, elle choisirait de mourir à l'instant.

Entre deux contractions, Jeanne lui passe un peu d'eau fraîche sur le visage. Tout à coup, les contractions s'arrêtent. Magdelon en profite alors pour reprendre son souffle. Plusieurs minutes s'écoulent et les contractions ne reprennent pas, ce qui est anormal. Tala, restée en retrait jusque-là, s'avance. Elle pousse Jeanne, met ses mains sur le ventre de Magdelon et appuie fortement pour bien sentir le bébé. Il y a quelque chose qui cloche. Si elle ne se trompe pas, le bébé se présente par les fesses au lieu de se présenter par la tête. L'accouchement risque d'être difficile pour la mère et le bébé. Sans plus de réflexion, Tala s'écrie :

— Jeanne, il nous faut tourner le bébé. Il se présente par les fesses.

— Mais je ne sais pas comment faire, moi !

— Moi, je sais. J'ai aidé plusieurs femmes de mon village à accoucher. Tenez solidement les genoux de Magdelon, il ne faut pas qu'elle bouge. Venez l'aider, Marie-Jeanne, il faut faire vite.

Pendant que Tala introduit sa main pour tourner le bébé, Magdelon souffre le martyre. Ses cris doivent voyager à des lieues tellement ils sont stridents.

— Ça y est ! Le bébé est en position pour descendre maintenant. Aidez-moi à mettre Magdelon debout, ce sera plus facile pour elle.

Une fois debout, Magdelon a peine à se tenir sur ses jambes. On dirait que le bas de son corps veut se détacher du reste.

Tala explique ce qu'il faut faire :

— Jeanne, placez-vous devant elle et soutenez-la. Magdelon, agrippez-vous à Jeanne et accroupissez-vous, ce sera plus facile pour vous. Allez-y, poussez, encore, encore, poussez. Je vois sa tête. Poussez plus fort, allez-y, vous y êtes presque. Ne vous inquiétez pas, je vais attraper le bébé. Encore un petit effort.

C'est dans un effort suprême que Magdelon pousse de toutes ses forces.

— C'est une belle fille ! Jeanne, aidez Magdelon à se recoucher pendant que je m'occupe du bébé.

Étendue sur son lit, Magdelon ne bouge pas d'un iota. Elle reprend péniblement son souffle. Elle se sent comme une poupée de chiffon. Ce n'est que lorsqu'elle entend pleurer son bébé qu'elle revient à elle. C'est alors que Tala lui met sa fille dans les bras. La nouvelle mère rit nerveusement en regardant sa fille. Elle est belle à croquer.

— Bonjour, Marguerite, lui dit-elle doucement. Marguerite Marie-Anne, c'est joli, non ? Bienvenue dans ta nouvelle maison.

Puis elle regarde Tala et s'exclame :

— Est-ce que j'ai rêvé ou je vous ai entendue parler français ?

Gênée, Tala répond :

— Vous n'avez pas rêvé. Je parle votre langue depuis que j'ai dix ans.

— Alors pourquoi nous l'avoir caché pendant tout ce temps ?

— Parce que le jour où vous m'avez trouvée, je me suis juré de ne plus jamais prononcer un seul mot français.

— Alors, pourquoi avoir changé d'idée aujourd'hui ?

— Parce que je ne voulais pas que vous mouriez.

— Venez ici que je vous serre dans mes bras. Vous nous avez sauvées, ma fille et moi. Je n'aurai pas assez de toute ma vie pour vous remercier. Un jour, il faudra me raconter qui vous a appris notre langue.

Chapitre 14

1708

— Alors, que lui avez-vous répondu ? demande Magdelon. Allez, ne me faites pas languir plus longtemps.

— Eh bien… je lui ai répondu qu'il fallait que je vous en parle avant, dit Jeanne dont les joues s'empourprent un peu plus après chaque mot.

— Voyons, Jeanne, c'est à vous de décider, pas à moi.

— Vous avez été si bonne avec moi… Je ne peux pas vous abandonner.

— Jamais je n'accepterai que vous gâchiez votre vie à cause de moi. Vous avez droit au bonheur vous aussi. Je ne sais pas le nombre de fois que vous m'avez dit que vous aimeriez fonder une famille.

— Je sais, mais je suis heureuse avec vous, et j'aime Marguerite comme si elle était ma propre fille.

— Et elle vous adore aussi. Mais dites-moi : sincèrement, l'aimez-vous Louis-Marie ?

— De tout mon cœur.

— Et lui ?

— Je pense qu'il m'aime ; enfin, c'est ce qu'il m'a dit. Il est si tendre avec moi… ajoute-t-elle, les yeux aussi pétillants que mille feux.

— Alors, dépêchez-vous de lui dire oui. Les mariages d'amour sont tellement rares à notre époque, dit Magdelon, le cœur rempli de nostalgie. Et puis, vous ne vous en allez pas au bout du monde. Batiscan est seulement à quelques lieues d'ici. Pensez-y, vous aurez enfin votre maison, vos enfants…

— Alors, jurez-moi que vous viendrez me voir.

— Bien sûr que j'irai vous voir. Si vous pensiez pouvoir vous débarrasser de moi aussi facilement, c'était bien mal me connaître. Allez, ne le faites pas attendre plus longtemps.

Jeanne ne porte plus à terre tellement elle est contente. Elle se lève et saute au cou de Magdelon. Puis elle sort en courant rejoindre son amoureux qui l'attend sur la galerie.

Quand elle entend la porte claquer, Magdelon se dit que maintenant c'est bien vrai : dans peu de temps, Jeanne s'en ira. À cette seule pensée, une grande vague de tristesse l'envahit, car la vie ne sera plus pareille sans elle. Mais de quel droit aurait-elle pu priver Jeanne d'avoir sa propre vie ? C'est pourquoi elle a tout mis en branle pour lui donner une nouvelle chance, et cela a marché. En plus, Louis-Marie est un bon parti.

Mais heureusement que Tala est là, sinon Magdelon ne sait pas ce qu'elle ferait. La tâche est lourde au manoir et Pierre-Thomas s'absente de plus en plus souvent. Il faut dire que depuis le départ de Maya les choses sont loin de s'être améliorées entre eux deux. Il fait son devoir conjugal comme elle se plaît à le dire, mais elle doit fouiller dans ses souvenirs pour trouver un peu de passion. Il y a déjà un bon moment que le champ de ronces a succédé au champ de marguerites. Quant aux moments de tendresse, ce n'est pas dans ses bras non plus qu'elle les reçoit. Il est parfois d'une telle froideur qu'il lui arrive de croire qu'elle partage ses jours avec un pur étranger. Quand elle aborde le sujet avec lui, ou il s'emporte, ou il fait la sourde oreille, ou il s'en va. Une chose est certaine, chaque fois, elle se sent un peu plus seule.

Ce sont les cris de sa fille qui la ramènent sur terre. Puisqu'elle est dotée d'un caractère aussi bouillant que celui de sa mère, il vaut mieux ne pas la faire attendre trop longtemps quand elle vient de se réveiller sinon ses cris redoublent d'intensité pour chaque minute d'attente. Magdelon se lève promptement et se dirige vers la chambre de sa fille qu'elle adore plus que tout. Quand elle arrive devant la porte, elle l'observe un moment avant d'entrer. L'enfant sautille dans sa couchette. Elle est adorable, avec ses cheveux bouclés et son petit nez retroussé. C'est un vrai cadeau du ciel.

Quand elle voit sa mère, Marguerite lui sourit et lui tend les bras. Magdelon accourt et la prend. La petite se colle à sa mère.

— Viens, ma belle, allons voir tante Jeanne.

Une fois dehors, Magdelon met sa fille par terre. Celle-ci part tout de suite rejoindre Jeanne en trottinant. Elle a fait ses premiers pas le jour de son premier anniversaire. Depuis, elle prend de plus en plus d'assurance.

«Comme elle va me manquer», se dit Magdelon, en regardant Jeanne qui se penche pour prendre Marguerite.

Lorsque Magdelon s'approche, Louis-Marie s'empresse de la saluer en soulevant son couvre-chef:

— J'ai réussi à la convaincre de m'épouser le premier dimanche d'octobre, annonce-t-il joyeusement.

— Je suis si contente pour vous. Il faut qu'on fête cette nouvelle! Vous devriez rester manger avec nous. Pierre-Thomas doit revenir de Québec aujourd'hui et je suis sûre qu'il sera content de vous revoir.

— C'est très gentil, mais je dois absolument retourner à Batiscan aujourd'hui. Je fais moudre mes grains demain, alors il vaut mieux que je parte tout de suite si je veux voyager de clarté. Je reviendrai pour le mariage, ajoute-t-il à l'adresse de sa fiancée. Là-dessus, mesdames, je vous laisse. Faites mes salutations à Pierre-Thomas.

— Je n'y manquerai pas, promet Magdelon. Bon voyage!

Louis-Marie enfourche son cheval, fait un signe de la main aux deux femmes et disparaît vite de leur champ de vision.

— Alors, vous vous marierez une semaine après madame de Lanouguère, fait Magdelon. J'adore les mariages et je sais d'avance lequel je vais préférer, lâche-t-elle avec une pointe d'ironie dans la voix.

— N'allez pas me dire que le départ de votre belle-mère pour Montréal ne vous attriste pas, ne serait-ce qu'un tout petit peu, lui lance Jeanne pour la taquiner.

— Je dois vous l'avouer, pas le moins du monde. Si je pouvais m'en sauver, je n'irais même pas à son mariage.

— Cela, c'est un peu plus délicat et je pense que Monsieur ne vous le pardonnerait pas.

— Parlant de lui, j'ai hâte de voir ce qu'il rapportera de Québec cette fois.

— Moi, je n'ai pas hâte de voir sa réaction quand je vais lui annoncer que je quitte la seigneurie.

— Ne vous en faites pas, je me charge de l'informer.

* * *

Ils achèvent de souper quand Magdelon apprend à Pierre-Thomas que Jeanne se marie, ce qui le met instantanément dans une grande colère :

— Comment peut-elle nous faire cela alors que Mère et moi avons accepté de la prendre chez nous pour lui épargner le couvent et même la rue ? C'est une ingrate de la pire espèce et j'exige qu'elle parte sur-le-champ.

— Voyons, Pierre-Thomas, vous n'êtes pas sérieux !

— Je suis très sérieux. C'est inacceptable !

— Vous devriez être content pour elle. Elle vous sert comme un roi depuis des années et tout ce que vous trouvez à dire c'est qu'elle ne mérite pas d'être heureuse… Tenez-vous-le pour dit, Jeanne restera ici jusqu'au jour de son mariage. Pour ce qui est de votre comportement envers elle, soyez sans crainte, elle y survivra puisque de toute façon jamais vous ne lui avez manifesté la moindre attention. Au cas où ça vous intéresserait, elle se mariera une semaine après votre mère, ce qui fait que vous disposez d'un peu de temps pour sauver une autre âme du couvent, ou même de la rue, et pour l'emmener au manoir.

— Je n'ai pas de voyage prévu à Québec pour l'instant, ce qui fait que vous risquez de devoir vous débrouiller un bout de temps toute seule.

— Je me débrouillerai très bien avec Tala, soyez-en assuré.

— C'est elle qui devrait partir, pas Jeanne.

Fatiguée d'entendre les mêmes jérémiades sur la présence de Tala au manoir, et ce, depuis l'arrivée de cette dernière il y a maintenant plus de deux ans, Magdelon soupire un bon coup et continue de manger. Les époux passent le reste du repas dans le plus grand silence, comme c'est le cas de plus en plus souvent.

* * *

Les derniers invités au mariage de madame de Lanouguère viennent à peine de quitter le manoir. C'était une soirée très réussie selon leurs dires. Pierre-Thomas a fait les choses en grand ; ce n'est pas tous les jours qu'un fils marie sa mère. L'alcool a coulé à flots et la table offrait de quoi satisfaire le plus capricieux des convives. Une seule ombre au tableau : la sœur de Pierre-Thomas n'a pas pu venir. La sœur supérieure lui a refusé la permission d'assister au mariage de sa mère, ce dont madame de Lanouguère était très déçue.

Demain, la mariée quittera Sainte-Anne pour aller s'installer à Montréal. Plusieurs à la seigneurie sont attristés par son départ, ce qui est un peu normal puisqu'elle était là avant même qu'ils s'installent et qu'ils la côtoient jour après jour depuis leur arrivée. Pour sa part, Magdelon n'est absolument pas peinée ; bien au contraire, elle se sent plutôt soulagée de ne plus avoir à lui rendre visite ou à partager le même banc qu'elle à l'église. Elle l'a toujours trouvée d'un ennui mortel. Mais ce n'est pas la même chose pour Pierre-Thomas. Au moment où les mariés ont prononcé leurs vœux, Magdelon a cru déceler une ombre de tristesse dans le regard de son mari, ce qui lui a redonné un peu d'espoir quant à sa sensibilité. À coup sûr, le départ de sa mère pour Montréal changera son quotidien, lui qui lui rendait visite chaque jour, et ce, beau temps, mauvais temps.

Magdelon, Jeanne et Tala finissent de ranger en discutant. Chacune y va de son commentaire sur les mariés et sur l'un ou l'autre des invités. Au moment où elles suspendent leur tablier, savourant déjà le plaisir d'aller enfin se coucher, Pierre-Thomas fait son apparition dans le cadre de la porte. Il tient Marguerite à bout de bras.

— Vous ne me ferez pas accroire qu'aucune d'entre vous ne l'a entendue. Elle pleure à fendre l'âme et elle est trempée jusqu'aux os.

Les trois femmes le regardent sans comprendre. Elles n'ont rien entendu, ce qui est plutôt bizarre… Magdelon s'essuie les mains sur sa jupe et s'avance vers sa fille :

— Viens voir maman, ma belle. On va aller changer ta couche et, ensuite, tu vas pouvoir faire un beau dodo.

Sitôt libéré de sa fille, Pierre-Thomas tourne les talons et sort de la cuisine sans un mot de plus. Magdelon ne peut s'empêcher de dire :

— Plus je vieillis, moins je comprends les hommes. Dire qu'ils pensent que nous sommes compliquées…

Puis, se tournant vers Jeanne, elle poursuit :

— J'espère que vous ne m'en voudrez pas de vous avoir encouragée à vous marier. Mais j'espère surtout que votre Louis-Marie n'est pas une réplique de Pierre-Thomas… En attendant, je vous encourage fortement à profiter de votre dernière semaine de célibat. Bonne nuit !

* * *

Pendant toute la semaine, les trois femmes s'affairent à préparer le mariage de Jeanne. Magdelon lui a prêté sa robe et Tala a fait les quelques retouches nécessaires. Jeanne fera une merveilleuse mariée. Le simple fait de la regarder pourrait donner envie à n'importe quelle femme de se marier. Elle respire le bonheur par tous les pores de sa peau.

Pierre-Thomas profite du départ de sa mère pour s'éclipser deux jours avant le mariage, prétextant que celle-ci a besoin de lui pour s'installer dans sa nouvelle maison. Jeanne en a beaucoup de peine.

— Il ne mérite pas que vous lui accordiez autant d'importance, lui dit Magdelon. Ne laissez rien ni personne troubler votre bonheur. Allez, séchez ces larmes et faites-moi votre plus beau sourire, car une mariée avec les yeux bouffis, ce n'est pas très joli.

La veille du mariage, Magdelon demande à Jeanne de venir avec elle dans sa chambre. Elle ouvre son coffre et en sort plusieurs pièces de tissu qu'elle remet une à une à sa compagne :

— Je veux que vous soyez la plus belle épouse de Batiscan. Vous pourrez vous coudre au moins cinq robes avec ces tissus et je vous assure que vous serez la seule à en avoir de semblables. J'ai demandé à ma mère de les acheter pour moi à Montréal. Ils viennent tous de Paris.

— C'est beaucoup trop, Magdelon, s'écrie Jeanne, très touchée. Je n'en mérite pas tant, vous êtes trop bonne avec moi.

— Arrêtez, Jeanne ! Vous méritez cent fois plus. Mais attendez, ce n'est pas tout. Je vous ai aussi fait acheter du coton pour vos sous-vêtements et de la soie pour faire la robe de baptême de votre premier bébé.

— Je ne sais pas quoi dire, Magdelon. Personne ne m'a jamais rien offert d'aussi beau, d'autant que vous avez tout pris en charge pour la noce… Grâce à vous, je n'arriverai pas les mains vides à Batiscan. Merci, merci beaucoup. Je vous en suis très reconnaissante, ajoute Jeanne en prenant Magdelon dans ses bras.

— Attendez, j'ai une autre surprise pour vous.

Magdelon va jusqu'à sa commode. Elle sort du premier tiroir un petit balluchon, puis s'avance jusqu'à Jeanne :

— Tenez, ce n'est pas grand-chose, mais cela compensera un peu pour toutes les années que vous avez travaillé au manoir.

— Mais Magdelon, je ne peux pas accepter. Qu'en pense Monsieur ?

— Il n'a strictement rien à dire là-dessus. C'est moi qui vous offre personnellement cet argent. Faites-moi le plaisir de l'accepter.

— Je ne vivrai jamais assez vieille pour vous remercier de ce que vous avez fait pour moi. Depuis votre arrivée au manoir, ma vie s'est transformée du tout au tout. Merci Magdelon. Grâce à vous, j'ai l'impression de rêver.

— Cela me fait vraiment très plaisir. Et il y a un dernier cadeau… J'ai demandé à Tala de vous préparer quelques provisions pour que vous passiez un bel hiver, bien au chaud avec votre Louis-Marie.

À ces mots, Jeanne se met à pleurer. Elle est déchirée entre l'envie de rester et celle de partir vivre sa vie. C'est au tour de Magdelon de la prendre dans ses bras et de la serrer très fort. Les deux femmes restent ainsi un bon moment. Tala vient rompre le charme quand elle frappe à la porte :

— Magdelon, vous avez un visiteur.

Chapitre 15

Depuis une semaine, les colons se succèdent au manoir, chacun venant payer son cens et sa rente à Pierre-Thomas pour l'année qui se termine. Bien que ceux-ci ne soient pas si élevés, il y a toujours quelques colons qui ont peine à rencontrer leurs obligations. C'est pourquoi certains préfèrent offrir leur temps au seigneur pour compenser le coût de la rente, ce qui n'a rien pour déplaire à Pierre-Thomas. Les travaux sont nombreux à la seigneurie et la main-d'œuvre rare. La simple opération du moulin banal demande une main-d'œuvre aguerrie, mais le meunier à lui seul ne peut suffire à la tâche au plus fort de la récolte du blé, d'autant que les colons ont vite fait d'aller faire moudre leurs grains dans une autre seigneurie si le moulin arrête ses activités pendant plus de quarante-huit heures. Encore cette année, malgré une surveillance très étroite des activités du moulin, près de deux jours d'arrêt n'ont pu être évités. À mesure que les heures passaient, les colons menaçaient d'aller faire moudre ailleurs. Pierre-Thomas était dans tous ses états. Il était dix fois plus désagréable qu'à l'habitude et rabrouait quiconque osait s'adresser à lui, sa fille y compris. Magdelon a tout essayé pour le raisonner, mais sans succès. Il lui répétait sans cesse :

— C'est ce qui nous rapporte le plus, ce n'est pourtant pas si difficile à comprendre ! Chaque minot de farine perdu met notre survie en péril.

— Vous ne croyez pas que vous exagérez un peu ?

— Absolument pas. Calculez vous-même. Il faut moudre treize minots de farine pour avoir un seul minot pour nous. Quand le moulin est arrêté deux jours au plus fort de la saison, cela fait la différence entre une bonne année et une mauvaise année. Et j'ai bien l'intention d'avoir une bonne année encore cette fois. Les récoltes n'ont jamais été aussi abondantes, il vaut mieux en profiter. Ici, on ne sait pas de quoi sera fait demain.

Tous profitent de ce bref moment en tête-à-tête avec leur seigneur pour exprimer leurs attentes et surtout leurs insatisfactions. Nombreuses, celles-ci concernent le prix élevé des redevances, la difficulté de se déplacer d'une seigneurie à l'autre faute de routes, la présence de Tala au manoir, les demandes sans cesse grandissantes du curé, la sécurité des forêts… En bon seigneur, Pierre-Thomas note chaque élément et promet de s'en occuper, et ne se prive pas de rappeler à chacun les réalisations de l'année.

— Nous avons vraiment de quoi être fiers. Grâce à nous, monsieur le curé sera bien au chaud dans son nouveau presbytère et il pourra même héberger les voyageurs. Nous avons aussi réussi à faire un pont sur la rivière, ce qui représente tout un exploit. Nous avons même développé un marché à Québec pour vendre notre surplus de farine. Je vous le répète, notre seigneurie est souvent citée en exemple, et cela, c'est uniquement grâce au travail de chacun d'entre nous. L'intendant a même envoyé une lettre au roi pour l'informer de notre croissance hors du commun.

Chaque soir, lorsqu'il s'installe à table, Pierre-Thomas se fait un plaisir malin de dire à Magdelon à quel point la présence de Tala dérange les habitants de la seigneurie.

— Pas un seul qui ne m'ait reproché sa présence au manoir. Quand allez-vous vous rendre compte à quel point vous me mettez dans l'embarras avec votre Indienne ? De quoi ai-je l'air auprès de mes colons ?

— Je refuse de revenir sur ce point. Tout a été dit, et plus d'une fois d'ailleurs. Les colons gèrent leur maison comme ils veulent. Pour ce qui est du manoir, cela ne les regarde en rien.

— Je vous rappelle que c'est uniquement grâce à eux que la seigneurie existe.

— Au nombre de fois que vous me l'avez répété, je serais bien mal placée de ne pas le savoir, répond-elle d'un ton moqueur. Dans un autre ordre d'idées, j'ai une nouvelle à vous annoncer. Ma mère m'a écrit il y a quelques semaines pour me proposer d'envoyer ma jeune sœur de quatorze ans pour m'aider. Étant donné que vous n'avez posé aucun geste pour remplacer Jeanne, j'ai décidé d'accepter son offre. Anne doit être sur le point d'arriver. Je vous le dis tout de suite, ne vous avisez pas de lever la main sur elle de quelque façon que ce soit, ni même de toucher à un de ses cheveux, sinon…

— Sinon quoi? demande Pierre-Thomas d'un ton provocateur.

— Sinon, je vous tuerai de mes propres mains.

Au moment où Pierre-Thomas s'apprête à répondre à sa femme, quelqu'un frappe violemment à la porte du manoir et entre précipitamment avant de s'écrier :

— Venez vite! La grange de Zacharie est en feu. Sa femme a peur qu'il soit à l'intérieur, elle ne le trouve nulle part.

Pierre-Thomas se lève brusquement, prend son chapeau au passage et sort du manoir en courant. Comme Zacharie a été le premier colon à s'installer à la seigneurie, des liens d'amitié se sont développés entre les deux hommes. Pierre-Thomas le considère comme un membre de sa famille, surtout depuis la disparition de son unique frère. Les deux hommes discutent souvent des façons de faire prospérer la seigneurie. Et il leur arrive à l'occasion de lever le coude ensemble, même un petit peu trop haut parfois aux dires de leurs femmes.

Magdelon appelle vite Tala et lui demande de veiller sur Marguerite. Elle prend sa trousse et sort en courant, souhaitant de tout son cœur qu'il n'y ait pas de blessés. De toutes les blessures qu'elle a soignées, celles causées par les brûlures la bouleversent le plus.

Quand elle arrive sur les lieux, tous les colons de la seigneurie tentent de maîtriser le feu, mais sans grand succès. La température a été plutôt clémente ces derniers jours, ce qui a pour conséquence que le bois de la grange est bien sec. Elle cherche Lucie, la femme de Zacharie, des yeux. Quand elle la trouve enfin, elle la rejoint et lui demande si elle a retrouvé son mari.

— Non, personne ne l'a vu. Il est sorti de la maison il y a à peu près une heure pour aller placer le foin et la paille. Ça faisait deux jours qu'il me disait que ce n'était pas à son goût. Les enfants l'ont cherché dans toute la seigneurie et, de mon côté, je l'ai appelé autant comme autant, sans succès. Pourvu qu'il ne soit pas dans la grange…

— Ne vous en faites pas, nous le retrouverons. Il a peut-être tout simplement changé d'idée et est parti à la pêche.

— Non, son canot est derrière la maison.

— Il est peut-être allé à la chasse ?

— Son mousquet est rangé à l'endroit habituel. Qu'est-ce que je vais faire sans mon Zacharie ? demande-t-elle à Magdelon, les larmes aux yeux. Et comment allons-nous pouvoir nourrir les bêtes cet hiver ? Je hais ce maudit pays.

— Allez, ne vous laissez pas abattre. Vous savez bien que nous vous aiderons.

— Et si Zacharie est dans la grange ?

— Attendez avant de vous en faire. Je suis certaine qu'il va réapparaître et vous rirez de vous être inquiétée pour rien.

— J'ai le pressentiment qu'il est dans la grange, en train de brûler lui aussi. Je ne survivrai pas à sa mort.

Magdelon entoure Lucie de ses bras et lui dit :

— Venez avec moi à la maison. Je vais vous faire une bonne tisane, cela vous aidera à vous calmer un peu.

Magdelon l'entraîne à l'intérieur de la maison. Elle met l'eau à chauffer et sort une tasse dans laquelle elle met quelques feuilles de camomille.

Dehors, les hommes tentent désespérément d'éteindre le feu, mais celui-ci fait rage, faisant fi de tous les seaux d'eau qui viennent à peine chatouiller ses flammes. Au bout d'un moment, Pierre-Thomas crie aux hommes :

— Arrêtez, c'est inutile. La grange va y passer au complet. Nous avons fait tout ce que nous pouvions. Il faut qu'on trouve Zacharie avant la nuit. Venez, on va se partager la seigneurie.

Quelques minutes plus tard, tous partent à la recherche de Zacharie. L'ensemble de la seigneurie sera couvert : les terres, les bâtiments, les abords de la rivière et du fleuve.

Le soleil vient de se coucher quand ils reviennent tous, fatigués et bredouilles. Les bras ballants, Magdelon les attend devant la grange dont il ne reste que quelques petites braises qui peinent à s'éteindre ici et là, quelques morceaux de métal et quelques ossements qui ne peuvent malheureusement appartenir qu'à Zacharie.

Quand Pierre-Thomas rejoint sa femme, il comprend vite ce qui se passe. La seconde d'après, il se laisse tomber par terre et se met à pleurer comme un bébé. Debout derrière lui, les colons enlèvent leur chapeau et fixe ce qui reste de la grange et de Zacharie. Les uns reniflent alors que les autres ne parviennent pas à retenir leurs larmes.

Tous restent ainsi un bon moment. C'est la femme de Zacharie qui les tire de leur silence. Quand elle sort de la maison et qu'elle les voit, elle comprend vite ce qui est arrivé et s'écrie :

— Non, je ne veux pas qu'il soit mort. Dites-moi qu'il va revenir, il le faut. C'est trop injuste. Non !

Magdelon court la rejoindre.

— Rentrez à la maison, il n'y a rien à voir. Gardez plutôt un beau souvenir de lui. Venez.

— Non, il n'est pas question que je rentre sans lui. Allez me chercher un drap, je vais le déposer dessus.

— Laissez, je vais m'en occuper. Vous vous feriez du mal inutilement.

— Non, je le dois à mon mari. Laissez-moi faire. Allez plutôt avertir monsieur le curé et assurez-vous d'avoir un cercueil pour demain. C'est tout ce que je vous demande.

— Restez avec elle, Magdelon, parvient à dire Pierre-Thomas. Je vais aviser monsieur le curé et…

— Je fabriquerai le cercueil, le coupe un voisin de Zacharie.

— Merci, dit Pierre-Thomas.

— Prévenez Tala que je ne rentrerai pas de sitôt, dit Magdelon à Pierre-Thomas.

Sans une parole de plus, Pierre-Thomas tourne les talons et se dirige vers l'église, espérant que monsieur le curé soit de retour de Québec.

Dans la soirée, tous les habitants de la seigneurie défilent chez Zacharie. Chacun trempe la branche de sapin dans l'eau bénite et asperge le drap entourant ses restes. Sa femme et ses enfants se tiennent debout, appuyés l'un contre l'autre, de l'autre côté du lit. Les yeux bouffis d'avoir trop pleuré, ils ont même peine à réciter le chapelet. Quelques amis et proches de la famille, dont Magdelon et Pierre-Thomas, restent toute la nuit pour veiller le défunt.

Au matin, on dépose le drap blanc dans le cercueil de planches noirci de fumée et on le sort de la maison. Une fois sur le perron, les hommes clouent le couvercle et le prennent ensuite sur leurs épaules pour le transporter à l'église.

— Prions pour notre frère Zacharie, conclut le curé. Que son âme repose en paix.

Le petit cortège chemine maintenant vers le cimetière. Une dernière prière est prononcée avant de descendre le cercueil dans la fosse. Au moment où les hommes jettent la dernière pelletée de terre dessus, une forte pluie s'abat sur eux, les trempant complètement en moins de quelques secondes. Toute cette eau met vite fin à la cérémonie. Chacun rentre chez lui le cœur chargé de peine.

Avant de pénétrer dans le manoir, les de la Pérade secouent leurs vêtements comme si ce simple geste pouvait suffire à lui seul à les sécher. Ils entrent et se laissent tomber sur un fauteuil, chacun perdu dans ses pensées. La mort de Zacharie est une grosse perte pour sa famille, c'est certain, mais aussi pour la seigneurie. Pierre-Thomas a perdu un bras droit exceptionnel, mais par-dessus tout il a perdu un frère. Pour lui qui s'attache difficilement aux gens, c'est une perte inestimable. Pour sa part, Magdelon se demande comment elle peut aider Lucie à passer à travers. Leur fils est en âge de prendre la relève, mais il aura besoin de soutien, d'autant qu'il est illettré, ce qui complique de plus en plus les choses quand on veut réussir sa vie. Et si elle lui montrait à lire et à écrire ?

Au bout d'un moment, Pierre-Thomas la tire de ses pensées :

— Nous ferons quand même la fête des moissons samedi.

— C'est sûrement ce que Zacharie aurait voulu, répond simplement Magdelon.

— Je compte sur vous pour qu'elle soit la plus belle des fêtes de toute notre vie.

Magdelon sourit. Dommage qu'il faille de tels événements pour qu'elle aperçoive la pointe du cœur de son mari.

— Vous pouvez compter sur moi. Venez, allons voir notre fille.

Chapitre 16

Magdelon trouve la maison bien vide depuis le départ de Jeanne. C'est fou ce qu'elle lui manque. Il lui arrive encore d'ouvrir la porte du manoir et de se retenir au dernier moment de l'appeler pour lui raconter sa partie de chasse ou sa promenade à cheval. Elle a l'impression d'avoir été amputée d'une partie d'elle-même. Elle aurait tant à lui dire. Mais Magdelon n'est pas la seule à la regretter. Il ne se passe pas une seule journée sans que Marguerite la réclame. Tala et Anne, la sœur de Magdelon, font leur possible, mais quand l'enfant a un gros chagrin, elle trottine de pièce en pièce en pleurant et en appelant Jeanne entre deux soupirs. Évidemment, chaque fois qu'il en est témoin, Pierre-Thomas profite de l'occasion pour reprocher à Magdelon de l'avoir laissée partir, ce à quoi elle a cessé de réagir depuis belle lurette. Même dans ces moments, elle est fière de ce qu'elle a fait. Elle aimait trop Jeanne pour la priver de se marier, de retrouver sa dignité et d'être mère à son tour. Jeanne n'avait rien d'une domestique. Elle était trop fière pour passer sa vie à servir les autres, d'autant plus que Pierre-Thomas ne lui a accordé aucune considération pour toutes les années qu'elle a passées à les servir, lui et sa chère mère. Un tel comportement est inadmissible pour Magdelon.

Contrairement à celui de Jeanne, le départ de madame de Lanouguère la laisse de glace, ce qui est loin d'être le cas pour Pierre-Thomas. Même si Montréal n'est pas au bout du monde, il a vu sa mère une seule fois depuis qu'elle s'est installée à Montréal avec son nouveau mari. Ses affaires l'amènent plus souvent qu'autrement à Québec et à Trois-Rivières, mais rarement à Montréal. Il faut dire qu'il a subi la perte de deux êtres chers coup sur coup. Il n'en parle jamais, mais Magdelon sait pertinemment que sa mère lui manque et Zacharie aussi, énormément. Il est plus songeur que jamais et le moindre petit écart de conduite d'un de ses colons le met rapidement hors de lui, ce qui n'a rien pour plaire à Magdelon. Dans ces moments, elle se permet de lui rappeler que c'est grâce à eux que la seigneurie est si prospère, ce qui n'a aucun effet sur lui.

* * *

Cette année, l'hiver s'est installé plus tôt que d'habitude, enfin c'est ce que plusieurs prétendent. Déjà, au début de novembre, le sol était couvert d'une épaisse couche de neige. Pour Magdelon, l'hiver vient toujours trop tôt de toute façon. Et il pourrait bien ne se manifester qu'une année sur deux, cela ne la rendrait nullement malheureuse, bien au contraire. Le plus grand plaisir que lui procure l'hiver, c'est qu'elle peut porter son manteau de castor. Il faut dire qu'elle a fait du beau travail. Aidée par Tala, pour traiter les peaux, et par Jeanne, pour le couper et le coudre, elle n'a rien à envier aux autres femmes de la seigneurie ou même de toute la Nouvelle-France qui ont elles aussi un manteau de fourrure. Le sien se démarque par son style et par sa coupe. Son grand capuchon la tient bien au chaud quand elle se rend à l'église le dimanche. Aucun froid, si mordant soit-il, ne l'atteint, ce qui l'aide un peu à supporter le long hiver qui isole les habitants de la seigneurie pendant plusieurs mois. À part Pierre-Thomas et les deux domestiques qui l'accompagnent partout, personne d'autre ne s'aventure très loin.

Dans une semaine, ce sera Noël. Magdelon est particulièrement fière d'elle, car elle a réussi à convaincre Pierre-Thomas de recevoir tout le monde de la seigneurie au manoir, après la messe de minuit. Les récoltes ont été excellentes. Les réserves de grains et de farine sont abondantes et les granges regorgent de foin pour nourrir les bêtes. Elle a expliqué patiemment à Pierre-Thomas l'importance de se rapprocher de ses gens, surtout après la perte de Zacharie. Elle lui a rappelé à quel point tous ont apprécié la fête des moissons, tellement que plusieurs lui en parlent encore. Elle a terminé sa plaidoirie en lui disant que ses gens ont besoin de fêter de temps en temps, qu'une petite récompense vaut plus souvent qu'autrement son pesant d'or pour les travaux à venir. Il l'a écoutée sans l'interrompre et, au bout de quelques secondes de réflexion, il lui a dit :

— Je pense que c'est une bonne idée. Allez-y. Je me chargerai de la bière et du vin.

Surprise qu'il adhère si facilement à sa proposition, elle a simplement répondu :

— Je m'occuperai du reste.

Décidément, elle aura toujours du mal à prévoir ses réactions. Elle était certaine qu'il rejetterait sa proposition du revers de la main, mais il a le don de la décontenancer au moment où elle s'y attend le moins. Il y a des jours où elle le déteste profondément tellement il est inatteignable, même pour sa propre fille. Ces jours-là, elle prendrait Marguerite sous son bras et retournerait à Verchères auprès des siens, et elle refuserait de le revoir pour le reste de ses jours, ne serait-ce qu'une seule fois. Elle reprendrait son rôle à la seigneurie et le tour serait joué. Ses jours s'écouleraient tranquillement. Heureusement, il y a les autres jours, ceux où il ouvre son cœur suffisamment longtemps pour la toucher, ceux qui la retiennent à Sainte-Anne. Dans ces moments, elle se prend à se laisser attendrir. Il lui arrive même de croire que leurs prochains rapports conjugaux pourraient être intéressants, qu'ils seront peut-être teintés de tendresse et, pourquoi pas, de passion. Mais la dure réalité la ramène vite sur terre. Ses souvenirs avec son Louis sont de plus en plus flous et ce n'est certes pas avec Pierre-Thomas qu'elle s'en créera de nouveaux. Ils font leur devoir conjugal, un point c'est tout. Le plaisir, c'est au-dessus des forces de Pierre-Thomas, là-dessus elle pourrait parier tout ce qu'elle possède, sa vie même, sans risque de se tromper. Il lui faut reconnaître que le jour où elle a découvert qu'il avait mis Maya enceinte, quelque chose s'est brisé au fond d'elle-même, à jamais.

Quand il est revenu de Québec et qu'il a constaté l'absence de Maya, il n'a posé aucune question. Il a fait comme si rien ne s'était passé. Depuis, Magdelon continue à faire ce qu'un mari est en droit d'attendre de sa femme, mais ce n'est strictement que pour agrandir la famille. À sa connaissance, Pierre-Thomas n'a pas eu d'autres écarts de conduite, du moins au manoir, mais il faut dire qu'elle ne lui en laisse pas le loisir. Elle surveille Anne de très près dès qu'il entre dans la maison. Elle a même demandé à Tala de veiller sur sa jeune sœur. Quant à ses nombreux voyages, elle aime mieux croire qu'il se comporte comme un gentleman.

Depuis plusieurs mois déjà, elle songe qu'il serait grand temps qu'elle ait un deuxième enfant. Uniquement pour cette raison, elle est prête à redoubler d'ardeur à l'ouvrage…

* * *

Voilà déjà deux semaines que Tala et Anne préparent la nourriture pour le réveillon, en plus d'accomplir leurs tâches régulières. Heureusement, la température froide leur permet de faire beaucoup de choses à l'avance. Les tartes aux pommes se retrouvent dans le grand coffre de bois sur la galerie, avec les brioches et les pains sucrés au sirop d'érable. Un immense ragoût de porc et de poulet sera préparé le jour même de la fête. Plusieurs lièvres et des perdrix quitteront le coffre pour venir rehausser le tout. Magdelon est très fière d'elle. Elle n'est pas revenue bredouille une seule fois depuis le début de l'hiver après avoir levé ses collets. Chaque fois, elle en profite pour tirer quelques perdrix. Ce ragoût sera succulent. Avec le mélange de viandes domestiques et sauvages, il ne peut en être autrement.

Elle a même pris le temps de préparer un petit cadeau pour chaque enfant. Elle a fait des sucres d'orge à l'érable. Elle se souvient de ses Noëls à Verchères quand elle était enfant. La table regorgeait de nourriture encore plus qu'à l'ordinaire. Mais ce qui lui faisait le plus plaisir, c'était le sucre d'orge que sa mère lui remettait au retour de la messe de minuit. Elle passait des jours à le regarder avant de donner son premier coup de langue dessus. Elle savait trop bien que, dès l'instant où elle y goûterait, elle le mangerait en entier. C'était la seule façon qu'elle avait trouvée pour faire durer le plaisir, ce qui n'était pas simple. En effet, il lui fallait redoubler de vigilance pour protéger son trésor de ses frères et sœurs, qui avaient tous croqué la précieuse sucrerie dès qu'ils l'avaient reçue.

Elle a pris soin de préparer quelques sucres d'orge de plus. Elle sait déjà à qui elle les offrira. Anne sera enchantée d'en recevoir un. Mais elle mériterait bien plus que cela. Depuis son arrivée au manoir, elle travaille sans relâche et ne se plaint jamais. Heureusement qu'elle est là, sinon Magdelon ne sait pas comment elle s'en tirerait. Anne et Tala s'entendent à merveille, et ce, malgré leur différence d'âge ; elles passent de longues soirées à discuter au coin du feu, tantôt en cousant, tantôt en brodant. Anne est très habile de ses mains. Chaque fois, Magdelon prend plaisir à la regarder manier l'aiguille de main de maître. Elle donnera également un sucre d'orge à Charles, le fils aîné de Zacharie. Ce sera sa manière à elle de lui dire qu'il est un bon élève. Il lui a fallu beaucoup de courage pour se lancer dans cette aventure : apprendre à lire et à écrire à son âge n'est pas chose simple. Elle gardera également une sucrerie pour Jeanne, qu'elle a bien l'intention d'aller visiter dès que l'hiver cédera sa place au printemps. Elles auront tant de choses à se raconter. Si la route peut enfin être construite, cela facilitera beaucoup les déplacements d'une seigneurie à l'autre, en tout cas au moins durant la belle saison.

Recevoir tous les gens de la seigneurie au manoir lui fait très plaisir, sans compter que cela lui permettra d'oublier un peu à quel point sa famille lui manque. D'aussi loin qu'elle se souvienne, chaque Noël à Verchères était rempli de magie. D'abord, ce jour-là, tous étrennaient un nouveau vêtement, rapporté par monsieur de Verchères de ses nombreux voyages à Montréal, ou parfois même commandé directement de France. C'était chaque fois la fête quand il ouvrait le mystérieux paquet et remettait à chacun son présent. Tous paradaient fièrement en riant. Lorsque son mari a rendu l'âme, Marie a poursuivi la tradition. Puis, avant d'aller à la messe de minuit, chacun préparait un petit quelque chose à présenter aux autres membres de la famille après le réveillon. C'est à qui surprendrait le plus le reste de la famille. Après chaque démonstration, tous les membres de la famille votaient. Le gagnant se voyait dispensé de ses tâches pendant toute une semaine de son choix au cours de l'année à venir. Chaque fois, sa mère lisait un conte de Noël alors que son père lisait quelques poèmes, écrits de sa main. Au Nöel qui avait suivi la mort de leur père, les enfants avaient décidé que chacun lirait un de ses poèmes. Ces moments resteront gravés dans la mémoire de Magdelon à jamais.

Les cris de Marguerite la sortent brusquement de ses pensées. Elle se lève vivement, dépose son tricot et sourit : « Quel bonheur me donne cette enfant ! », se dit-elle.

Lorsque les cris de sa fille redoublent d'ardeur, elle accélère le pas et crie :

— J'arrive ma chérie, j'arrive.

Dès qu'elle voit sa mère, l'enfant cesse instantanément de pleurer et lui tend les bras. Magdelon s'approche, prend sa petite et la serre contre sa poitrine. L'enfant se colle à sa mère.

— Comment va mon petit trésor ? Allons changer ta couche, tu es trempée jusqu'aux os… et moi aussi maintenant.

Aussitôt qu'elle sent un tissu sec sur sa peau, Marguerite se contorsionne comme un ver à chou pour aller par terre au plus vite, à un point tel que Magdelon a toutes les misères du monde à lui remettre sa culotte. C'est chaque fois pareil. Une fois qu'elle a les fesses au sec, elle n'a qu'une seule idée, aller trottiner dans toutes les pièces de la maison et tenter de monter quelques marches avant que quelqu'un ne l'en empêche. Quand sa mère la pose enfin par terre, elle pousse un grand cri de joie et se dirige tout droit à la cuisine. Toujours occupées à faire des tartes aux pommes pour le réveillon, Tala et Anne essuient vivement leurs mains sur leur tablier à la vue de l'enfant. Toutes deux lui tendent les bras, mais Marguerite les ignorent. Elle avance jusqu'à la table, se met sur la pointe des pieds et prend un morceau de pomme qu'elle porte aussitôt à sa bouche. Les deux femmes éclatent de rire et se remettent au travail.

Lorsque Magdelon fait son entrée dans la cuisine, Marguerite a les mains et la bouche remplies de morceaux de pomme. Magdelon s'esclaffe en constatant la mimique de l'enfant, qui vient de remarquer sa présence.

— Et vous la laissez faire en plus ? lance-t-elle à Tala et à Anne.

— Elle est tellement drôle à voir, répond Anne. On dirait une petite poupée. Ne me demande surtout pas de la punir, j'en serais incapable.

— La petite le sait très bien. Elle ne parle pas et elle marche à peine, mais elle connaît déjà ses alliées. Elle ira loin dans la vie, c'est moi qui vous le dis. Elle a du caractère.

— Elle a de qui tenir, se risque à dire Anne pour taquiner sa sœur.

— Que veux-tu insinuer au juste ? lui demande Magdelon qui feint d'être offusquée.

— Moi ? Rien, rien du tout, à part le fait que ma nièce n'a même pas encore deux ans et qu'elle mène toute la maisonnée par le bout du nez.

— Sauf son père, tranche Tala.

— Tu as bien raison, acquiesce Anne. Mon beau-frère ne s'en laisse pas imposer par sa fille, pas plus d'ailleurs que par quiconque. En tout cas, ce n'est pas de trop sourire qui va le faire rider.

Surprise par ses paroles, Anne met la main sur sa bouche et s'exclame :

— Je suis désolée, Magdelon. Je n'ai pas le droit de parler ainsi de ton mari.

— Ne t'en fais pas, je ne suis pas aveugle, dit Magdelon en prenant un morceau de pomme. Je suis bien placée pour savoir qu'il est loin d'être facile à vivre. Je partage sa vie depuis plusieurs années et il m'arrive bien souvent de penser que je vis avec un pur étranger.

— Eh! Arrête, s'écrie Anne en tapant sur les doigts de Magdelon. Tu es pire que Marguerite. Tu manges les pommes plus vite qu'on peut les couper. Si tu continues de cette façon, nous n'aurons jamais le temps de préparer assez de tartes pour le réveillon. Allez, file! Ce n'est pas aujourd'hui que Charles vient pour son cours?

— Heureusement que tu me l'as rappelé, j'allais l'oublier. Mais au fait, Anne, tu as l'air bien au courant des faits et gestes de Charles. Le trouverais-tu à ton goût par hasard?

Anne rougit instantanément jusqu'à la racine des cheveux. Elle baisse vite la tête et roule sa pâte avec un peu trop d'ardeur, ce qui n'échappe pas à Magdelon.

— Il n'y a pas de mal à ça. Charles est un bon parti. Penses-y, tu pourrais être ma voisine!

À ces paroles, Anne rougit de plus belle. Aucun son ne peut franchir ses lèvres tellement elle est gênée. Elle voudrait se voir à des lieues d'ici. C'est vrai qu'il lui plaît depuis la première fois qu'elle l'a vu. Et selon elle et Tala, il n'est pas insensible à son charme.

— Je lui parlerai de toi, ajoute Magdelon avant de sortir de la cuisine, Marguerite sur les talons.

Lorsqu'on frappe à la porte, Anne sent une bouffée de chaleur l'envahir tout entière. Elle prie de toutes ses forces que Magdelon tienne sa langue.

Chapitre 17

— Viens vite ma chérie. Viens voir ce que papa t'a rapporté de Québec.

Pierre-Thomas regarde fièrement sa fille qui avance dans sa direction. Il ne le dira pas, c'est certain, mais il adorerait que Marguerite se jette dans ses bras. Elle lui a tant manqué. Il tient à elle comme à la prunelle de ses yeux et donnerait sa vie pour elle. Il s'est absenté deux petites semaines et il est ému de voir à quel point elle a changé. En fait, tout a changé chez elle. Sa démarche est maintenant beaucoup plus sûre. Quand elle sourit, on découvre qu'elle a au moins deux dents de plus. Elle a grandi d'un bon pouce. Elle se dandine sur ses petites jambes et plus elle s'approche, plus elle augmente sa cadence. Une fois près de ses parents, elle s'immobilise un moment, les regarde tour à tour et dépose son regard sur le paquet emballé de papier brun que tient Magdelon. On dirait qu'elle réfléchit à ce qu'elle fera. Elle regarde à nouveau ses parents et, sans crier gare, s'élance et saute dans les bras de son père. Pierre-Thomas est si surpris qu'il s'en faut de peu qu'il perde pied. Elle met ses petits bras autour de son cou et se colle à lui. Il est ému au plus haut point. Il serre doucement sa fille dans ses bras et reste là sans bouger, à profiter de ce moment de bonheur dont il rêvait depuis si longtemps.

Il voudrait la cajoler, l'embrasser même, mais il en est incapable. Pourtant, dans sa tête, il y arrive très bien, mais quand elle est devant lui, il fige. Alors qu'il meurt d'envie de lui témoigner son amour, son corps démontre tout le contraire. Il faut dire que dans sa famille il n'y a guère de place pour ce genre de démonstration. D'aussi loin qu'il se souvienne, sa mère ne l'a jamais pris dans ses bras comme Magdelon le fait si souvent avec Marguerite, et la disparition de son frère n'a pas arrangé les choses. Bien sûr, il est proche de sa mère, mais jamais au point de lui exprimer son amour par des gestes concrets. D'ailleurs, il est certain qu'elle se raidirait à la moindre tentative. Il lui arrive souvent de se dire qu'heureusement il a grandi entouré de domestiques. Ils étaient les seuls à lui témoigner un peu d'affection.

La distance entre ses parents et leurs propres enfants était si grande qu'aucun ne se risquait à la franchir. Seuls les repas réunissaient les membres de la famille, mais ces moments empreints d'un protocole rigide étaient d'un tel ennui que tous mangeaient en silence et comptaient silencieusement les minutes qui restaient avant d'être enfin libérés. À tel point qu'il arrivait souvent à l'un d'entre eux de se priver de dessert plutôt que de supporter ce silence une minute de plus.

De tous les souvenirs qui habitent la mémoire de Pierre-Thomas, aucun ne le rattache à sa famille. Tous lui rappellent tantôt un colon, tantôt une cuisinière, tantôt une nounou qui, chacun à sa façon, sont venus embellir sa vie.

Magdelon observe sa fille et son mari, un sourire aux lèvres. et songe : « Et moi qui croyais que ce moment-là n'arriverait jamais. Décidément, Pierre-Thomas me surprendra toujours. »

Puis elle jette à son mari sur un ton taquin :

— Faites bien attention à elle, c'est une charmeuse. Un jour, elle vous mènera par le bout du nez.

— Je veux bien prendre le risque, répond-il en déposant la petite par terre. Viens voir ce que j'ai pour toi, Marguerite.

Pierre-Thomas prend le paquet des mains de Magdelon et file à la cuisine, sa fille sur les talons. Il pose d'abord le paquet sur la table et installe ensuite Marguerite juste à côté. L'enfant se tape dans les mains tellement elle est contente d'être assise sur la table. Lorsque Magdelon entre dans la cuisine et la regarde, elle redouble d'ardeur. Elle sait très bien qu'elle n'a pas le droit de grimper sur la table ; pourtant, ce n'est pas faute d'avoir essayé. Jour après jour, Tala, Anne ou sa mère la remettent par terre.

Pierre-Thomas déchire le paquet et en sort trois paires de lames pour faire du patin, des toutes petites pour Marguerite et des grandes pour Magdelon et pour lui.

— J'ai pensé qu'on pourrait patiner sur la rivière, dit-il à sa femme le plus sérieusement du monde. À Québec, la rivière Saint-Charles est noire de patineurs. Ça vous dirait qu'on aille essayer ?

— Avec grand plaisir, répond-elle sans hésiter. C'est une excellente idée. Laissez-moi juste le temps d'habiller Marguerite et je suis prête.

— Je vais vous attendre dehors. J'en profiterai pour enlever un peu de neige sur la glace.

— Viens Marguerite. On s'habille et on va rejoindre papa dehors. Vite ! lance-t-elle sur un ton enjoué.

Elle ne l'a jamais dit à Pierre-Thomas, mais elle rêve de patiner depuis longtemps. L'hiver dernier, dans une de ses lettres, sa mère lui avait appris qu'Alexandre avait rapporté des lames de Montréal et que ses jeunes frères et sœurs passaient tout leur temps libre à patiner. Magdelon avait demandé à sa mère de lui envoyer des lames, mais Anne les a oubliées quand elle a quitté Verchères.

Pendant qu'elle habille sa fille, elle ne peut s'empêcher de sourire. Dans quelques minutes, elle fera enfin une activité en famille. Depuis la naissance de Marguerite, c'est la première fois que cela arrive. En plus, l'idée vient de Pierre-Thomas lui-même. Un tel geste, pourtant si simple, la rend totalement heureuse et lui permet de s'accrocher encore à ses espoirs d'avoir une famille aussi unie que celle qu'elle a laissée derrière elle, à Verchères. Et si c'était encore possible ? Et si Pierre-Thomas se plaisait à être un peu plus humain ? Alors là, il ne lui en faudrait pas plus pour être comblée et, qui sait, pour enfin avoir du désir pour lui au lieu d'être une vraie statue de plâtre chaque fois qu'il s'étend sur elle.

— Attends-moi une minute, dit-elle à sa fille en la posant par terre. Je mets mon manteau et on va rejoindre papa.

Sitôt à terre, Marguerite se dirige vers la porte et tente de l'ouvrir. Magdelon sourit. Elle se dit que dans quelques semaines à peine sa fille y parviendra toute seule. Il faudra alors trouver une façon de garder un œil sur elle chaque instant. Ici, la rivière est proche du manoir, bien trop proche. Elle en parlera à Pierre-Thomas. Il vaut mieux prévenir que guérir, d'autant qu'elle sait qu'elle ne survivrait pas à la perte d'un enfant.

Lorsque Magdelon noue son foulard autour de son cou, Marguerite essaie toujours d'ouvrir la porte. Quand sa mère tourne la poignée, l'enfant la regarde sans comprendre pourquoi elle n'y arrivait pas.

— Allez, on y va, dit Magdelon en prenant la petite dans ses bras. Tu apprendras bien assez vite à ouvrir la porte. Allons-y, j'ai très hâte de patiner.

* * *

Ils se sont bien amusés sur la rivière et plusieurs éclats de rire résonnent encore dans les oreilles de Magdelon. Quand ils rentrent, l'odeur d'un bon bouilli leur rappelle vite à quel point ils sont affamés. Voyant la nouvelle complicité de la petite famille, Anne et Tala dressent les couverts pour trois personnes dans la salle à manger. Elles remplissent les assiettes et s'éclipsent. Magdelon apprécie beaucoup leur délicatesse.

— Je ne sais pas si c'est la même chose pour vous, dit Magdelon à Pierre-Thomas, mais j'ai mal partout.

— C'est un peu normal, vous êtes tombée tellement de fois. Vous n'avez rien de cassé au moins ?

— Rassurez-vous, ça va, mais je prendrais un petit verre. Cela me ferait le plus grand bien.

— C'est une excellente idée. Je m'en charge.

Quand Pierre-Thomas revient avec les verres, Magdelon lui fait signe de ne pas faire de bruit et pointe le doigt vers Marguerite. Elle dort la tête inclinée sur son assiette.

— Je vais aller la coucher, dit Pierre-Thomas sans aucune hésitation. Il dépose les verres sur la table et prend sa fille.

Il n'en faut pas plus pour que Magdelon se sente envahie par une vague de tendresse pour son mari.

— Je vous attends, réussit-elle à balbutier.

À son retour à la table, Pierre-Thomas sort une lettre de sa poche et la tend à sa femme :

— L'intendant me l'a remise pour vous.

— Merci. Je la lirai plus tard, dit-elle. À votre santé ! C'était vraiment une très bonne idée d'acheter des lames pour patiner.

— Tout le plaisir a été pour moi. À la vôtre !

* * *

Lorsqu'elle se réveille, Magdelon se frotte les yeux et regarde à côté d'elle, surprise que la place soit vide. Elle n'a eu connaissance de rien. Le grand air et l'alcool aidant, elle a dormi d'un sommeil de plomb. Elle n'a même pas entendu Marguerite, qui doit sûrement être réveillée. Sa fille est aussi matinale qu'un coq, peu importe l'heure à laquelle elle se couche. Peut-être Pierre-Thomas est-il allé la chercher ?

« Il vaut mieux ne pas pousser le rêve trop loin, sinon je risque d'être déçue, se dit-elle. Elle doit dormir encore, ou alors Anne ou Tala se sera occupée d'elle. Enfin, tant qu'elle ne pleure pas, je peux traîner un peu. »

Tout à coup, elle se rappelle que Pierre-Thomas lui a remis une lettre la veille. Elle se lève et court la chercher dans sa poche de tablier. Elle ouvre vivement l'enveloppe, curieuse de savoir qui lui a écrit.

Bonjour madame de la Pérade,

J'espère que l'hiver canadien ne vous fait pas trop souffrir. Ici, une pluie froide nous transit jusqu'aux os, à un point tel qu'il m'arrive de vous envier. Chez vous, les hivers sont rudes, mais au moins il y a de la neige. Peut-être faudrait-il que je me risque à venir y passer un hiver.

Comme vous me l'avez demandé lors de ma visite au manoir, j'ai fait ma petite enquête et je crois bien avoir trouvé l'homme que vous cherchez. Il s'appelle Jacques Archambault et, vous aviez raison, il est dans la marine. Il vit à Paris. Chaque fois qu'il en a l'occasion, il se vante d'avoir défloré la plus belle des princesses indiennes qu'il lui ait été donné de rencontrer. Il raconte à qui veut l'entendre la même histoire que celle que vous m'avez racontée. L'autre jour, je l'ai abordé et il m'a dit qu'il pensait venir s'installer en Nouvelle-France. Si j'en crois ce qu'il m'a dit, il devrait faire partie d'un prochain voyage.

Magdelon n'en lit pas plus. Satisfaite, elle replie la lettre et la remet dans la poche de son tablier.

« Jacques Archambault va payer, se dit-elle. Je le jure sur la tête de mon père. »

Elle se rafraîchit vitement et s'habille. En sortant de sa chambre, l'odeur du café chatouille ses narines. Elle accélère le pas. Il faut qu'elle parle à Tala le plus vite possible.

Lorsqu'elle entre dans la cuisine, il n'y a personne. Elle appelle Anne et Tala, mais elle n'obtient aucune réponse. Elle se risque ensuite à appeler Pierre-Thomas. Toujours pas de réponse. Elle revient sur ses pas et va voir dans la chambre de Marguerite. Elle est vide. Où peuvent-ils bien être tous passés ? C'est alors qu'elle entend des éclats de rire qui semblent venir de l'extérieur de la maison. Elle se rend jusqu'à la porte d'entrée, l'entrouvre et tend l'oreille. D'autres éclats de rire se font entendre. Ils semblent venir de la rivière. Elle étire le cou, mais ne voit rien. Par contre, elle distingue bien la voix de sa sœur.

— Anne, où êtes-vous ? Est-ce que Marguerite est avec vous ?

Au bout de quelques secondes, Anne lui crie :

— Nous patinons et Marguerite est avec nous.

— J'avale une bouchée et je viens vous rejoindre.

— Dépêche-toi. Nous ne tiendrons pas longtemps. Il fait un froid de canard ce matin ! s'écrie Anne.

Chapitre 18

— Magdelon, viens vite ! crie Anne. Nous avons des visiteurs.

Magdelon s'essuie les mains sur son tablier et suit sa sœur en courant. C'est chaque fois la même chose. La venue des premiers visiteurs est un événement. On dirait qu'avec leur arrivée la vie se remet à battre. La nature se réveille. Les travaux aux champs commencent. On sème le potager. On passe des heures à pêcher et à chasser. On étend le linge dehors. On planifie des voyages. On en profite pour agrandir la maison et les bâtiments. C'est aussi le temps des amours et, avant la fin de l'automne, plusieurs convoleront en justes noces. À la seigneurie, chaque printemps c'est l'euphorie. Même s'il s'agit du temps de l'année où on travaille le plus fort, c'est le temps préféré de la plupart des colons de la Nouvelle-France.

Quand elles arrivent au quai, quelques secondes suffisent à Magdelon pour reconnaître les de Saurel.

— Quelle belle surprise ! s'exclame-t-elle. Bienvenue à Sainte-Anne !

— Magdelon, je suis si contente de vous voir, s'écrie madame de Saurel. Je pensais qu'on n'arriverait jamais.

— Je t'avais avertie, lance monsieur de Saurel. Bonjour, Magdelon. Pierre-Thomas est à la seigneurie, j'espère ?

— Oui, il est allé rendre visite à quelques colons. Il sera avec nous pour le dîner.

Magdelon s'adresse à ses deux visiteurs :

— Venez, vous devez être affamés.

— Gelés surtout, dit madame de Saurel. Je prendrais bien un café pour me réchauffer.

— Suivez-moi, j'ai bien mieux à vous offrir, lui dit Magdelon, un petit sourire en coin.

Puis elle demande à sa sœur :

— Tu veux bien accompagner monsieur de Saurel au manoir quand il sera prêt ? Je compte sur toi pour donner à manger à ses hommes aussi.

Sans attendre la réponse d'Anne, Magdelon prend madame de Saurel par les épaules et, ensemble, elles se dirigent vers le manoir.

— Vous ne savez pas le pire, dit madame de Saurel. Nous nous sommes fait attaquer par les Indiens à la hauteur de Champlain. J'ai bien cru que ma dernière heure était arrivée. Ils nous tiraient dessus du rivage. Heureusement que les hommes étaient aux aguets, ils ont tout de suite riposté. J'ai eu la frousse de ma vie. J'en tremble encore.

— Les avez-vous vus ? demande Magdelon.

— Pas besoin de les voir pour savoir que c'était des Indiens. Qui d'autre cela pourrait-il bien être ? Vous devriez faire attention. Champlain, ce n'est pas très loin d'ici.

— Je suis désolée pour vous et je suis contente de voir qu'il ne vous est rien arrivé.

— Et moi donc ! Je tremble juste à l'idée qu'on va devoir repasser par là.

— Ne vous inquiétez pas. Je vais régulièrement seule à la chasse et jamais je ne me suis fait attaquer. Voilà, on arrive au manoir. Je vais vous servir une double ration d'alcool, cela vous fera le plus grand bien.

— J'en ai vraiment besoin, je vous le dis.

Quand elles entrent au manoir, elles croisent Tala. À sa vue, madame de Saurel recule d'un pas. Magdelon s'en aperçoit.

— Tala, je vous présente madame de Saurel. Elle et son mari passeront quelques jours avec nous.

— Je suis très heureuse de faire votre connaissance, madame, dit Tala en s'inclinant légèrement.

Sans attendre la réponse de madame de Saurel, Magdelon ajoute :

— Vous allez vous occuper de Marguerite ?

— Bien sûr.

Tala n'a pas encore fermé la porte que madame de Saurel lance à Magdelon :

— Je ne pouvais pas croire que vous gardiez une Sauvage chez vous. C'est donc vrai ?

— Tala n'a rien d'une Sauvage, répond doucement mais fermement Magdelon en regardant madame de Saurel dans les yeux. Laissez-moi vous expliquer pourquoi elle vit ici. Un jour, alors qu'elle était partie à la recherche d'une plante qui ne pousse qu'à proximité de Sainte-Anne, elle s'est fait violer sauvagement par un homme de la marine royale. Heureusement, Jeanne et moi l'avons trouvée en revenant de la chasse et nous l'avons ramenée au manoir. Elle a mis des jours à s'en remettre, et là, je parle uniquement des coups qu'elle a reçus. Pour le reste, je ne crois pas qu'on puisse se remettre totalement de cela. En tout cas, moi, je ne suis pas certaine que j'y arriverais. Autre chose… À cause de ce qui lui est arrivé, elle ne peut pas retourner chez elle. En plus d'avoir été victime d'un acte barbare, elle a dû tout laisser derrière elle et devra servir le reste de ses jours.

Magdelon s'arrête quelques secondes, le temps de reprendre son souffle. Au moment où madame de Saurel s'apprête à ouvrir la bouche, elle reprend :

— Laissez-moi finir. Depuis, elle travaille sans relâche au manoir. Elle connaît les plantes mieux que n'importe qui et elle me transmet ses connaissances. Et sachez aussi qu'elle m'a sauvé la vie à la naissance de ma fille. Sans elle, Marguerite n'aurait jamais connu sa mère. Et chaque fois qu'elle en a l'occasion, elle fait profiter tout le monde de la seigneurie des bienfaits des plantes. Plus d'un lui est redevable de son bien-être. Et vous osez la traiter de sauvage ! Avec tout le respect que je vous dois, permettez-moi de vous dire que le sauvage dans toute cette histoire porte l'uniforme. Et je vous jure qu'il paiera pour ce qu'il a fait à Tala. Venez, je vais vous servir un petit verre.

— Voyons, Magdelon, ne le prenez pas de si haut. Mon intention n'était pas de vous blesser.

— Parlons d'autre chose, vous voulez bien ? Tout a été dit sur le sujet.

Puis Magdelon poursuit sur un ton plus léger :

— Dites-moi comment s'est passé l'hiver à Saurel.

Madame de Saurel respire profondément et finit par se lancer :

— Comme tous les hivers, ma chère, comme tous les hivers. Je ne sais pas si je vous l'ai déjà dit, mais il n'y a rien que je déteste plus au monde que l'hiver. Et vous savez comme moi qu'il se fait toujours un plaisir de s'éterniser. J'en ai donc profité pour tricoter, coudre et broder. J'avais des fourmis dans les jambes quand le printemps s'est enfin montré le bout du nez. C'est d'ailleurs la raison pour laquelle je n'ai pas hésité à accompagner mon mari. Il était grand temps que je sorte de la seigneurie.

— Et chez vous, y a-t-il des inondations causées par la crue des eaux ?

— C'est très rare. En fait, il n'y a eu qu'une seule inondation depuis que nous vivons à la seigneurie. Il faut dire que le manoir a été bâti assez loin de l'eau. Et vous ?

— Ici, chaque printemps, il y a quelques semaines d'inquiétude. Le manoir est si proche de la rivière qu'il s'en est encore fallu de peu pour qu'il soit inondé cette année. Je me demande bien pourquoi le manoir a été construit si près de la rivière. En plus, cela nous oblige à une grande vigilance avec Marguerite. À son âge, elle ne connaît pas encore le danger, mais elle est curieuse comme une fouine, comme tous les enfants d'ailleurs. Nous ne sommes pas trop de trois pour la surveiller.

— Vous ne m'avez pas écrit que Jeanne s'était mariée ?

— Oui, à l'automne. Elle s'est installée à Batiscan avec son mari. En plus de Tala, il y a Anne, ma jeune sœur, que ma mère a envoyée ici pour qu'elle m'aide.

— Vous êtes trop bonne, Magdelon. Vous auriez dû refuser que Jeanne se marie.

— Jeanne ne méritait pas de servir toute sa vie. Elle avait droit au bonheur elle aussi. C'est moi qui l'ai encouragée à se marier et jamais je n'ai eu l'ombre d'un regret. Elle sera une mère extraordinaire. Mais dites-moi, comment vont vos enfants ?

— Plutôt bien. Le dernier parle de se marier en septembre avec une demoiselle de Québec. Son père est notaire.

— Et elle vous plaît ?

— Je ne peux le dire n'ayant pas encore eu le plaisir de la rencontrer.

— Où les futurs mariés ont-ils l'intention de s'installer ?

— À Québec même. Mon fils s'est trouvé un emploi dans le commerce du bois.

Les deux femmes continuent de discuter tranquillement jusqu'à l'arrivée des hommes. Pierre-Thomas vient saluer madame de Saurel avant de s'éclipser avec monsieur de Saurel dans son bureau.

— Votre mari m'a raconté ce qui vous est arrivé à Champlain. Si vous préférez rester au manoir avec Magdelon, je l'accompagnerai à Québec.

— Je ne dis pas non, dit madame de Saurel, en regardant Magdelon.

— En tout cas, vous êtes la bienvenue, dit celle-ci. Nous pourrons même prendre un peu de temps pour aller chasser.

— Vous venez de dire ce qu'il faut pour me convaincre. Quand irons-nous ?

— Demain, si vous voulez, lui répond Magdelon en riant.

* * *

C'est le sourire aux lèvres que Pierre-Thomas et monsieur de Saurel reviennent au manoir après plus d'une semaine d'absence.

— Aussitôt que les semences seront terminées, lance Pierre-Thomas, nous agrandirons le manoir et la grange.

— Mais pourquoi ? demande Magdelon. Le manoir est bien assez grand pour nous et la grange est pratiquement vide.

— Je vous expliquerai quand le temps sera venu. Pour l'instant, je peux seulement vous dire que monsieur de Saurel et moi avons fait des affaires d'or.

— C'est vrai ? demande madame de Saurel, tout excitée.

— On ne peut plus vrai, répond son époux. C'est extraordinaire. Nous avons même eu droit à quelques suppléments de la part de l'intendant, deux pour Pierre-Thomas et deux pour moi. Jamais je n'aurais pensé recevoir de tels cadeaux ! Votre mari a d'excellentes relations, ajoute-t-il à l'adresse de Magdelon, vraiment excellentes…

— Bon, si on passait aux choses sérieuses, le coupe Pierre-Thomas.

Il se tourne vers sa femme et lui dit :

— J'ai une proposition à vous faire. Je dois aller à Montréal et…

— Attendez avant d'aller plus loin… De quoi parliez-vous donc, monsieur de Saurel ? interroge Magdelon, quelque peu alarmée par le ton de celui-ci.

— Vous le saurez en temps et lieu, répond promptement Pierre-Thomas en jetant un regard noir à monsieur de Saurel au moment où celui-ci allait ouvrir la bouche, regard qui n'a pas échappé à Magdelon. Je disais donc que je dois aller à Montréal. Nous pourrions en profiter pour rendre visite à ma mère et à la vôtre et nous pourrions accompagner nos amis jusqu'à Saurel.

Magdelon ne réagit pas à la proposition de Pierre-Thomas. Elle songe aux cadeaux offerts à son mari et à monsieur de Saurel. Son petit doigt lui dit qu'elle devrait se méfier.

— Alors, vous venez avec nous ou non ? s'impatiente Pierre-Thomas.

Il y a des mois qu'elle rêve d'aller visiter sa famille, mais revoir sa belle-mère est loin de l'enchanter. Par contre, elle aura tout son temps pour en apprendre davantage sur le voyage des hommes à Québec. Contrairement à Pierre-Thomas, monsieur de Saurel est bavard.

— Ce sera avec grand plaisir. Quand partons-nous ?

— Demain, à l'aube.

— Pourrons-nous arrêter voir Jeanne ? demande Magdelon.

— Au retour, si vous y tenez.

— Bien sûr que j'y tiens !

— Vous pourrez prévoir quelques bouteilles pour moi ? s'enquiert madame de Saurel à Pierre-Thomas.

— Rassurez-vous, madame. Vous en aurez plus que vous êtes capable d'en boire. Tout l'espace qu'occupait le bois que votre mari a livré à Québec sera rempli par des caisses d'alcool.

— Et si on se fait attaquer par les Indiens ? s'affole madame de Saurel, prise tout à coup d'une peur si réelle que tous la ressentent.

— Ne vous inquiétez pas, madame, dit simplement Pierre-Thomas. Nous veillerons sur vous.

— Va-t-on coucher à Trois-Rivières comme la dernière fois ? demande madame de Saurel.

— Nous verrons, répond Pierre-Thomas. Commençons par partir.

Chapitre 19

Pierre-Thomas s'est vite aperçu que les exigences de madame de Saurel sont très supérieures à celles de Magdelon. Il a fallu deux jours pour se rendre à Saurel. Une chance qu'il a pris les choses en main, sinon lui et ses compagnons en seraient encore à devoir arrêter ici et là pour le confort de madame qui ne cessait de se plaindre de l'inconfort du canot. Elle a bien essayé de ramer un peu, mais la pauvre n'a aucun talent. Heureusement, au bout d'un moment qui a semblé éternel à tous, Magdelon lui a offert gentiment de la remplacer. Pierre-Thomas a laissé échapper un grand soupir de satisfaction. Elle est si forte et si déterminée sa Magdelon. Il a beaucoup d'admiration pour elle.

Comme chaque fois qu'elle voyage, Magdelon prend plaisir à profiter de chaque paysage. En ce temps de l'année, le fleuve est magnifique, les arbres sont d'un vert éclatant, les poissons sautent de partout, les oiseaux chantent à tue-tête. Tout reprend vie après de longs mois de veille. Elle adore le printemps pour toutes ces raisons, sans compter qu'avec lui revient la liberté de bouger, de se déplacer d'un endroit à l'autre à son aise. L'hiver en Nouvelle-France est une épreuve en soi, et ce, à plusieurs égards.

Magdelon est heureuse. Dans quelques heures, elle sera avec les siens. Elle ne les a pas vus depuis son mariage. Elle a échangé quelques lettres avec eux, mais c'est bien peu. Elle se réjouit déjà de passer du temps avec sa mère. Elle a tant de choses à lui dire. Elle lui parlera de Marguerite. À part Anne et Marie-Jeanne, personne ne connaît son petit trésor. Elle aurait tant aimé l'emmener avec elle, mais sa fille est encore trop jeune pour supporter un aussi long voyage. D'ailleurs, le simple fait de l'imaginer dans le canot la fait sourire. La petite aurait eu vite fait de vouloir en sortir pour aller explorer les alentours. Magdelon s'en ennuie tant. Avant de partir du manoir, elle l'a regardée longuement afin d'imprimer chaque détail de son visage dans sa mémoire. Elle l'a ensuite prise dans ses bras et l'a serrée très fort. Au bout d'un moment, l'enfant a demandé à être libérée et a couru rejoindre Tala qui sortait. Magdelon avait le cœur gros. Aussi jeune Marguerite soit-elle, on peut déjà sentir sa grande force de caractère.

* * *

Le soleil est à peine levé quand Magdelon, Pierre-Thomas et leurs deux serviteurs reprennent la direction de Verchères. Magdelon a des fourmis dans les jambes tellement il lui tarde de revoir les siens. Elle a toutes les misères du monde à contenir sa joie. Elle se surprend même à rire toute seule. Elle se promet bien une ou deux parties de cartes avec son jeune frère François. Elle a même quelques petites variantes à lui proposer, histoire de compliquer un peu plus leur jeu. Elle ira faire une grande marche avec Marie-Archange, comme toutes deux le faisaient si souvent autrefois. Elles en profiteront pour rendre visite à quelques colons et à tante Angélique, qu'il ne faut surtout pas oublier. Celle-ci aura sûrement quelques histoires un peu grivoises à raconter. Elle ira voir Jean, Marin…

Il est plus de quatre heures quand ils arrivent enfin à Verchères. Bizarre! Il n'y a personne pour les accueillir. Évidemment, ils n'ont pas annoncé leur visite, mais habituellement il y a toujours quelqu'un qui monte la garde. Magdelon s'interroge. Il doit être arrivé quelque chose. À part les mariages et les enterrements, peu d'événements mobilisent tous les gens de la seigneurie.

— Pourvu qu'il ne soit rien arrivé de fâcheux, songe-t-elle à voix haute, l'air préoccupé. Personne ne se marie à ce temps de l'année. Quelqu'un est peut-être mort. Pourvu que…

— Ne vous inquiétez pas, la coupe Pierre-Thomas. Venez, allons au manoir. Le garde a dû s'absenter quelques minutes. La seigneurie de Verchères doit commencer à être plus sécuritaire elle aussi, vous ne croyez pas ?

Puis, à l'adresse de ses serviteurs, Pierre-Thomas ajoute :

— Attendez ici. J'emmène ma femme au manoir et je reviens tout de suite.

— Ce n'est pas normal, dit Magdelon.

— Venez, allons-y. Il est inutile de vous en faire autant.

Ils prennent la direction du manoir, mais Magdelon est incapable d'apprécier le décor qui a meublé son enfance. La magie qu'elle ressentait avant de mettre le pied sur le quai s'est envolée d'un seul coup. Plus elle avance, plus l'inquiétude la gagne. Chaque fois qu'elle a ressenti une émotion aussi forte, quelque chose de grave s'était passé, ce qui n'est pas pour la rassurer. Elle marche aux côtés de Pierre-Thomas sans dire un mot. Une douleur intense lui brûle la poitrine.

Ils arrivent devant le manoir. Ici non plus, il n'y a personne pour les accueillir.

— Allons voir à l'église, s'écrie-t-elle en prenant les devants.

Elle marche tellement vite que Pierre-Thomas peine à la suivre. Ils ne rencontrent personne sur le chemin qui mène à l'église. C'est de plus en plus bizarre.

— Ça ne me dit rien de bon, dit-elle nerveusement.

Lorsqu'ils arrivent enfin à l'église, elle repère d'un seul coup d'œil le petit attroupement au cimetière.

— Venez, ils sont tous au cimetière.

— Il doit s'agir de quelqu'un d'important, risque Pierre-Thomas.

— Pas nécessairement. Il y a bien plus de chances qu'il s'agisse de quelqu'un que tout le monde aimait.

Quand ils rejoignent enfin les gens de la seigneurie, Magdelon est à bout de souffle. Entre deux respirations, elle réalise qu'elle est partagée entre deux sentiments : elle veut savoir de qui il s'agit et, en même temps, elle veut faire semblant qu'il ne s'est rien passé. Une minute lui suffit pour connaître le nom de la personne que l'on enterre :

— Il ne nous reste plus qu'à souhaiter que notre sœur Marie-Archange repose en paix à jamais. Au nom…

Magdelon sent instantanément la terre se dérober sous ses pieds. Une bouffée de chaleur l'envahit tout entière. Ne pouvant supporter la douleur qui l'accable, elle s'évanouit après avoir laissé échapper un petit cri. Pierre-Thomas l'attrape de justesse par un bras avant qu'elle s'écroule par terre. Il la prend dans ses bras et l'emmène sous le grand chêne.

Au même moment, tous les gens de la seigneurie se retournent. À la vue de Pierre-Thomas, Marie accourt, suivie de Marie-Jeanne, Alexandre et François.

— Magdelon ? Quelle belle surprise ! Allez, ma fille, réveille-toi. Je suis si contente de te voir. Il y a tellement longtemps…

— Depuis quand perds-tu connaissance ainsi ? lui demande Alexandre sans aucune précaution. Nous, les de Verchères, sommes plus forts que ça. Reviens avec nous. La journée est déjà bien assez triste.

François s'approche d'elle et lui caresse les cheveux, avant de l'embrasser sur la joue.

— Je savais que tu viendrais, Magdelon. Ça fait des jours que je prie pour que tu viennes. J'ai tellement de peine que Marie-Archange soit morte. Réveille-toi vite, Magdelon, ajoute-t-il en pleurant.

Lorsque Magdelon revient enfin à elle, elle est confuse. La première personne qu'elle voit, c'est Marie. Celle-ci lui sourit en lui passant la main dans les cheveux.

— Bonjour, ma fille. Je suis très contente que tu sois là. Viens, allons au manoir. Tu y verras tout le monde.

Marie aide Magdelon à se relever, puis elle lui passe un bras autour des épaules. Ensemble, les deux femmes prennent la direction du manoir, suivies du reste de la famille. Les questions fusent de partout, mais Magdelon n'est pas encore remise.

— Donnez-lui une chance, dit gentiment Marie. Vous pourrez lui poser toutes les questions que vous voudrez une fois au manoir.

— De quoi est-elle morte ? réussit enfin à demander Magdelon, la gorge serrée.

— Le médecin a dit que c'était son cœur. Depuis plusieurs semaines, elle se frottait la poitrine. Quand je lui demandais ce qui n'allait pas, elle me disait que tout allait bien. Tu le sais, elle détestait se plaindre. Si j'avais su que son état était aussi sérieux, j'aurais fait venir le médecin avant qu'il soit trop tard.

— Ce n'est pas votre faute, maman, dit Alexandre. Vous ne pouviez rien faire de plus.

— Quel âge avait-elle ? demande Magdelon.

— Trente-neuf ans. C'est bien jeune. Marie-Archange va beaucoup nous manquer, mais… parlons d'autre chose, si tu veux bien. Et toi, comment va ta nouvelle vie ? Et Marguerite ? Anne ? Je veux tout savoir.

Puis elle s'adresse à Alexandre :

— Tu veux bien t'occuper de Pierre-Thomas et de ses hommes ? Donne-leur tout ce dont ils ont besoin. Vous viendrez ensuite nous rejoindre au manoir.

Chapitre 20

Pierre-Thomas est sur le point de partir pour Montréal. Magdelon n'a toujours pas décidé si elle l'accompagnerait ou si elle resterait avec sa famille. Elle est déchirée entre le plaisir d'être chez elle, avec les siens, et celui de revoir Montréal, de faire des courses et de vivre quelques jours au rythme de la grande ville. Il y a tous ces plaisirs, mais il y a aussi cette visite qu'elle devra faire à sa belle-mère. À vrai dire, elle n'a aucune envie de la voir, ne serait-ce que quelques minutes, mais là-dessus, Pierre-Thomas a clairement annoncé ses couleurs. Ils passeront les deux jours avec elle ; enfin, il serait plus juste de dire qu'ils demeureront chez elle. Cependant, rien n'obligera Magdelon à lui tenir compagnie. Elle pourra aller et venir à sa guise pendant que Pierre-Thomas réglera ses affaires.

— Et si vous veniez avec moi, maman ? s'exclame subitement Magdelon.

— Je ne veux pas m'imposer, mais je trouve que c'est une excellente idée.

— Qu'en pensez-vous, Pierre-Thomas ? demande Magdelon.

— Pour ma part, cela ne me dérange nullement. Il y a une seule condition : que vous soyez toutes deux prêtes à partir dans quelques minutes. Je veux arriver à Montréal de clarté.

— Je vais vous aider à préparer votre sac, propose Magdelon à sa mère. Je suis si contente que vous m'accompagniez.

— Moi aussi, ma fille. Il y a si longtemps que je ne suis pas allée à Montréal.

Quelques minutes plus tard, les deux femmes rejoignent Pierre-Thomas sur le quai. Celui-ci tend la main à Marie et l'aide à monter dans le canot. Cette fois, Magdelon n'offre pas de ramer. Elle veut profiter de chaque minute avec sa mère. Installées côte à côte dans le canot, les deux femmes discutent pendant tout le voyage. Leurs éclats de rire résonnent sur le fleuve. On doit les entendre à des lieues. C'est un moment précieux pour Magdelon. Il y a si longtemps qu'elle a passé un peu de temps avec sa mère. Chaque minute lui rappelle à quel point vivre loin d'elle lui est difficile. Elle a tant de choses à lui raconter.

Le soleil commence à peine à baisser quand ils arrivent à Montréal. Avant même de toucher terre, Pierre-Thomas demande à un de ses hommes de trouver une calèche. Il aide ensuite les deux femmes à sortir du canot. Elles sont aussi excitées que des jeunes enfants à qui on vient de permettre de se coucher plus tard qu'à l'habitude. Elles parlent sans arrêt et n'ont pas les yeux assez grands pour tout voir.

— C'est toujours un grand plaisir pour moi de venir à Montréal, dit Marie. Merci de m'avoir demandé de t'accompagner.

— C'est moi qui devrais vous remercier d'avoir accepté de venir.

Puis, presque dans un murmure, elle ajoute :

— L'idée d'être prisonnière chez la mère de Pierre-Thomas pendant deux jours me donnait des nausées.

— Nous pourrons l'inviter à sortir avec nous si tu veux, lance Marie d'un ton moqueur.

— Attendez de faire sa connaissance et on s'en reparlera.

— Vous venez ? demande Pierre-Thomas. La calèche est arrivée. Montez derrière avec votre mère, je monterai devant avec le cocher. Vous y serez plus à l'aise.

Sitôt assises, les deux femmes reprennent leur conversation pendant que Pierre-Thomas discute tranquillement avec le cocher.

— Je n'arrive pas à croire que Marie-Archange soit morte. C'est trop injuste, elle était la bonté même. Jamais un mot plus haut que l'autre. Toujours prête à rendre service, s'oubliant plus souvent qu'autrement. J'espère qu'Anne ne le prendra pas mal. Vous savez à quel point elle l'aimait.

— Comme nous tous d'ailleurs, dit Marie. Elle était avec nous depuis si longtemps qu'elle faisait partie de la famille. Le manoir sera bien vide sans elle.

— Vous arriverez à vous en sortir sans Marie-Archange ?

— Ne t'inquiète pas. J'ai déjà demandé à ton oncle de me trouver quelqu'un pour la remplacer. Et puis tes sœurs ont bien grandi, elles peuvent maintenant aider aux travaux de la maison.

Soudain, la calèche ralentit avant de s'arrêter devant une superbe maison en pierre. Le cocher descend, suivi de Pierre-Thomas. Celui-ci tend la main à sa femme, puis à sa belle-mère.

— C'est ici qu'habite votre mère ? demande Magdelon.

— Nous sommes au bon endroit. Venez.

Pierre-Thomas frappe à la porte. Dans les secondes qui suivent, un serviteur ouvre la porte de bois massif.

— Je voudrais voir madame de Lanouguère, ou plutôt madame Deschambault. Je suis Pierre-Thomas de la Pérade, son fils.

Pierre-Thomas a beau faire des efforts, mais il continue toujours à appeler sa mère par le nom de son père.

— Entrez, je vous en prie. Madame fait la sieste à l'étage. Installez-vous au salon, je vais la chercher. C'est par ici.

Magdelon est surprise par tout ce qu'elle voit. De toute sa vie, elle n'a jamais vu autant de richesses dans une même maison. Le mari de sa belle-mère doit être vraiment très riche.

— Que fait votre beau-père dans la vie ? demande Marie à Pierre-Thomas.

— De l'argent, madame, de l'argent. En fait, il a toujours été dans le commerce du bois.

— Sûrement pas de l'épinette ! dit Magdelon à la blague.

— Non, il s'agit plutôt de chêne et d'autres essences pour lesquelles les Français sont prêts à payer le gros prix.

— Le chêne n'est-il pas réservé au roi ? interroge Marie.

— Oui, mais le roi ne peut pas utiliser tout ce qu'il reçoit de la Nouvelle-France. Les surplus de chêne se vendent à prix d'or en France. Il paraît que dans ce pays, il est de bon ton d'avoir quelques boiseries de chêne dans son château. Tout a un prix, vous le savez autant que moi.

— J'étais si jeune quand j'ai quitté la France que je ne me souviens pas de grand-chose, encore moins de la vie des riches. Mon père faisait partie des petites gens, sans aucune trace de noblesse si petite soit-elle. Il travaillait la terre dans le nord de la France et, malgré son dur labeur, avait peine à nourrir sa famille. C'est pour cela qu'il s'est embarqué pour la Nouvelle-France. C'est à l'île d'Orléans qu'il a enfin connu l'abondance. Au début, la vie était rude, mais la terre était si généreuse une fois défrichée qu'il en oubliait tous les efforts qu'il avait fournis jour après jour. Il a travaillé jusqu'à son dernier souffle. Il a laissé une terre à culture et à bois que plusieurs envient encore aujourd'hui. C'est mon frère qui a pris la relève.

À ce moment, madame de Lanouguère fait son entrée.

— Pierre-Thomas, comme je suis contente de vous voir. Il y a si longtemps. Venez que je vous embrasse.

— Bonjour, mère. Vous avez l'air bien. La vie vous plaît-elle à Montréal au moins ?

— Oui, oui. Elle est beaucoup plus facile ici qu'à Sainte-Anne.

Madame de Lanouguère sursaute légèrement quand elle voit Magdelon, ce que remarque cette dernière. Puis elle porte la main à son cou et s'avance lentement vers sa belle-fille.

— Soyez la bienvenue chez nous, Magdelon. Vous avez fait bon voyage, j'espère ?

— Merci. Nous avons fait un excellent voyage. Permettez-moi de vous présenter ma mère, madame Marie de Verchères, veuve du seigneur de Verchères.

— Je suis très heureuse de faire votre connaissance, madame. C'est un immense plaisir pour moi de vous recevoir chez moi. Assoyez-vous, je vais nous faire servir à boire.

— Et votre santé, madame, est-elle meilleure qu'à Sainte-Anne ? demande Magdelon, inquiète de voir sa belle-mère garder sa main sur son cou.

— Oui, je n'ai plus aucune souffrance depuis que je vis ici. Bizarre, n'est-ce pas ?

— Pourtant, depuis que nous sommes arrivés, vous vous tenez la gorge. Aimeriez-vous que j'y jette un coup d'œil ? J'ai toujours avec moi ce qu'il faut pour soulager les petits maux de tous les jours.

— Non, non, je vous remercie, je vais très bien. Je vais remonter mon châle et cela ira.

Pendant une fraction de seconde, Magdelon a cru voir son médaillon, celui-là même que Louis lui avait offert, mais elle se trompe sûrement. Comment pourrait-il être au cou de sa belle-mère ?

L'instant d'après, madame de Lanouguère saisit une petite cloche de sa main droite, tout en gardant sa main gauche à son cou. Au deuxième coup, un serviteur entre dans la pièce et se poste devant sa maîtresse.

— Apportez-nous à boire, Jean-Marie, lui dit-elle d'un ton autoritaire. Je suis certaine que nos invités aimeraient prendre un bon remontant. Apportez-nous aussi quelques pâtisseries. Ma belle-fille les adorera.

— Merci, c'est trop gentil! s'exclame Magdelon. Je me régale à l'avance. Chaque fois que Pierre-Thomas m'en rapporte de Québec, c'est la fête.

— Vous savez, madame, ce n'est pas d'hier que ma fille aime les pâtisseries. Déjà, toute jeune, elle essayait par tous les moyens d'obtenir une double part.

— Ah! Il faut bien avoir quelques petits caprices, sinon la vie serait bien triste, dit madame de Lanouguère.

— Vous avez une très belle maison, la complimente Marie.

— Je vous remercie. Mais elle est bien grande pour deux personnes. Je vous la ferai visiter quand je vous montrerai votre chambre.

Lorsque Jean-Marie revient avec les verres, madame de Lanouguère tend les mains pour prendre le plateau, ce qui donne la chance à Magdelon de voir le médaillon qu'elle porte au cou. Elle n'en croit pas ses yeux et se dit qu'elle doit avoir la berlue. Elle y regarde à deux fois, s'approche et reconnaît hors de tout doute son médaillon, celui-là même que Louis lui a offert. Elle saisit le plateau des mains de sa belle-mère, le dépose vivement sur la petite table d'appoint et se place devant elle, le regard chargé de mépris. Elle met sa main gauche sur l'épaule de madame de Lanouguère et, de sa main droite, en une fraction de seconde elle saisit le médaillon et tire dessus de toutes ses forces.

— Arrêtez, vous me faites mal! s'écrie la vieille dame.

Pierre-Thomas se lève et s'interpose entre les deux femmes.

— Qu'est-ce qui vous prend, Magdelon?

Mais Magdelon n'entend rien. Elle est furieuse comme jamais. Elle hurle.

— Comment avez-vous pu oser? Vous n'avez donc aucune morale! Ce médaillon m'appartient et vous saviez parfaitement que je l'avais perdu.

— Eh bien, il est à moi maintenant. Vous l'avez laissé tomber dans mon lit la dernière fois que vous êtes venue me soigner. Je l'ai trouvé au matin et, comme je me sentais mieux, je me suis dit que c'était un signe. D'ailleurs, je n'ai pas eu le moindre petit malaise depuis ce temps. Il me porte chance. Redonnez-le-moi, dit-elle d'un ton autoritaire, il est à moi.

— Jamais! N'y pensez même pas, il est à moi.

Puis, en se tournant vers Pierre-Thomas, elle annonce froidement:

— Je refuse de rester une minute de plus dans cette maison.

— Il va pourtant falloir vous calmer parce que nous resterons ici deux jours, que cela vous plaise ou non.

— Alors, je m'enfermerai dans ma chambre. Je ne veux plus avoir affaire à votre mère, et ce, jusqu'à la fin de mes jours. Elle n'avait pas le droit de me voler mon médaillon.

— Arrêtez de jouer à la vierge offensée, Magdelon, lance madame de Lanouguère. Je ne vous ai rien volé. C'est vous qui l'avez laissé tomber dans mon lit.

— Demandez à Jean-Marie de me montrer ma chambre.

— Comme vous voulez Magdelon, dit Pierre-Thomas.

Quelques minutes plus tard, Marie demande qu'on lui montre aussi sa chambre, prétextant la fatigue du voyage. Une fois à l'étage, elle va rejoindre Magdelon.

Celle-ci est debout à la fenêtre, les bras croisés sur sa poitrine.

— Es-tu toujours aussi fâchée ? demande Marie doucement.

Connaissant sa fille, elle sait très bien qu'elle en aura pour des jours à se remettre de ce qui vient de se passer, d'autant qu'il s'agit du seul souvenir qu'elle avait gardé de son Louis.

— Je suis furieuse. C'est une vraie mégère. J'espère que votre envie de l'inviter à nous accompagner vous a abandonnée parce qu'il n'est pas question que je lui adresse à nouveau la parole, même si je restais ici des lunes. Comment a-t-elle pu oser me voler mon médaillon ?

— Disons qu'elle te l'a emprunté un peu trop longtemps…

— N'essayez pas de la défendre, maman. Ce qu'elle a fait est inadmissible. Jamais je ne lui pardonnerai.

— Mais c'est la mère de ton mari. Tu vas devoir la rencontrer durant toute ta vie.

— C'est cela le pire. Parlons d'autre chose, vous voulez bien ?

— Alors, parle-moi encore de Marguerite.

À la seule mention du nom de sa fille, les yeux de Magdelon s'illuminent. Sans hésiter, elle part sur sa lancée, racontant une fois de plus toutes les finesses de sa petite.

Chapitre 21

Pendant tout l'été, aussitôt qu'ils avaient un moment de répit, les hommes de la seigneurie en profitaient pour poursuivre l'agrandissement de la grange et la construction de deux petites pièces qui donnent sur l'arrière du manoir.

— Quand allez-vous enfin me dire à quoi servira tout cet espace dans la grange? demande Magdelon à son mari d'un ton plutôt impatient.

Pierre-Thomas reste de glace.

— Et cet agrandissement à l'arrière de la maison? poursuit-elle. Ça fait des mois que vous me faites languir. C'est assez, vous ne trouvez pas?

— Vous le saurez en temps et lieu, répond-il.

Magdelon sait qu'il est inutile d'insister. Quand Pierre-Thomas décide de ne pas parler, il n'y a rien à faire. Il est aussi têtu qu'une mule. Elle a questionné madame de Saurel pendant le voyage, mais celle-ci n'a rien voulu lui dire. Tout ce qu'elle se contentait de faire, c'était de sourire chaque fois que Magdelon abordait le sujet. C'est pourquoi cela ne lui dit rien de bon.

— Au fait, ajoute Pierre-Thomas, c'est bien ce dimanche qu'Anne se marie?

— Oui, répond Magdelon sans grand entrain. Vous devriez vous en souvenir, c'est vous-même qui avez choisi la date.

— Je suis désolé, mais je ne pourrai pas être là. Il faut absolument que j'aille à Québec.

— Mais vous aviez promis de lui servir de père! s'indigne Magdelon. Anne va être déçue.

— Souhaitez-vous que je lui rapporte quelque chose ? demande-t-il sans prêter la moindre attention à ce qu'elle vient de dire.

— Vous pourriez retarder votre voyage de quelques jours, ce serait la moindre des choses.

— C'est impossible. J'ai reçu un courrier de l'intendant hier et il m'attend dans deux jours. Vous savez comme moi que je n'ai pas intérêt à lui faire faux bond.

Magdelon est furieuse. Elle ne s'habituera jamais à cette fâcheuse habitude qu'il a de prendre des engagements et de se dérober à la dernière minute. Ce qui la rend encore plus furieuse, c'est que ces engagements manqués concernent toujours la famille ou ses proches. Jamais, au grand jamais, il ne se permettrait d'agir ainsi pour ses affaires. Elle peut comprendre l'importance de son travail, mais il pourrait au moins s'abstenir de faire des promesses qu'il ne tiendra pas.

Elle se promet que c'était la dernière fois qu'il agissait ainsi. À partir d'aujourd'hui, elle fera tout pour éviter qu'il s'engage auprès des siens s'il y a le moindre risque qu'il ne respecte pas son engagement. De cette façon, elle évitera bien des déceptions à tout le monde, à commencer par elle. Mais pour l'instant, il faut qu'elle trouve quelqu'un pour servir de père à Anne.

— Avez-vous au moins quelqu'un à me suggérer pour vous remplacer ? s'informe-t-elle d'un ton sec.

— Parlez-en à Jean Picard, dit-il simplement. Veuillez m'excuser, j'ai quelques affaires à régler au moulin avant mon départ. Je tenterai de ramener quelqu'un pour vous aider.

— Ce n'est pas la peine, ma mère va m'envoyer ma jeune sœur.

C'est sur ces paroles que Pierre-Thomas sort du manoir. Magdelon reste là, sidérée par son comportement. Dire qu'il y a des jours où elle parvient presque à se convaincre qu'il est humain… Malheureusement, les moments où il se montre sous un meilleur jour se font rares, et ce, à sa grande déception. Elle devra pourtant en faire son deuil. Jamais Pierre-Thomas ne sera l'homme dont elle rêvait quand elle était jeune. Plus souvent qu'autrement, son prince à elle n'a rien de charmant. En tout cas, jamais il n'arrivera à la cheville de son père. Monsieur de Verchères était un homme exceptionnel, un homme attachant que toutes les femmes de la seigneurie auraient voulu avoir pour mari. Pierre-Thomas n'a pas le charme de son beau-père, c'est certain, mais son ambition de réussir est aussi grande que la Nouvelle-France, ce qui n'a rien pour déplaire à Magdelon. Avec lui, sa famille ne manquera jamais de rien sur le plan matériel. Pour ce qui est de la tendresse, sauf en de rares occasions, ce n'est pas de lui qu'elle la recevra.

Elle prend son chapeau de paille et son châle et sort à son tour du manoir. Elle prend la direction de la maison de Jean Picard. Il vaut mieux qu'elle règle la question tout de suite.

* * *

C'est maintenant la veille du mariage d'Anne et celle-ci ne se possède plus. Elle court comme une poule sans tête partout dans le manoir. Magdelon rit à la regarder aller. Elle ne l'a jamais vue si nerveuse.

— Viens t'asseoir un peu, Anne. Si tu continues ainsi, tu n'auras même pas la force de dire oui.

— Ne t'inquiète pas pour moi, répond joyeusement sa sœur. J'ai tellement hâte que rien ne pourra m'empêcher de me marier. Une chance que tu étais là, dit-elle à Magdelon en lui prenant la main, parce que j'ai bien peur qu'on en serait encore à se faire les yeux doux, Charles et moi. Je te serai reconnaissante toute ma vie d'avoir parlé à sa mère. Je ne pouvais pas trouver un meilleur parti.

— Je suis si contente pour toi. Tu n'en veux pas trop à Pierre-Thomas de t'avoir fait faux bond ?

— Bah ! Tu sais, je m'y attendais un peu. Il est comme l'eau, impossible de le retenir entre nos mains. J'ai vite compris que la seule façon de ne pas être déçue, c'est de n'avoir aucune attente envers lui. Et peu importe mon témoin, en autant que je puisse me marier avec Charles demain…

— Cela me fait vraiment plaisir de te voir aussi heureuse. Tu en as de la chance. Faire un mariage d'amour ici, en Nouvelle-France, tient pratiquement du miracle. C'est rassurant de voir que c'est possible.

— Je suis vraiment désolée pour toi. Si seulement Louis avait respecté sa parole, tu aurais eu, toi aussi, un mariage d'amour. Au lieu de cela, tu as dû te contenter d'un mariage de raison.

— Et Louis, d'une pimbêche… Mais j'aurais pu tomber sur bien pire que Pierre-Thomas, tu sais. C'est quand même un homme bon sous ses airs sévères et il s'occupe bien de Marguerite et de moi. Avec lui, je suis certaine de ne jamais manquer de rien. Pour le reste, je fais avec, comme dirait maman.

— Je t'admire, ma sœur. Tu es très courageuse. Moi, je ne pourrais pas vivre avec quelqu'un que je n'aime pas.

— Mais oui, tu y arriverais. Tu ferais comme toutes les femmes prises dans cette situation : tu passerais à travers. Un jour, je te raconterai comment je fais pour y arriver, mais pas aujourd'hui. Viens avec moi, je veux te montrer quelque chose.

Puis elle se lève, prend sa sœur par le bras et l'entraîne dans sa chambre. Anne s'assoit au pied du lit pendant que Magdelon ouvre son coffre. La seconde d'après, elle en sort un magnifique miroir qu'elle offre à sa sœur.

— C'est pour moi ? Vraiment ? Je n'ai jamais rien vu d'aussi beau ! Merci ! s'écrie Anne en sautant au cou de Magdelon. Je lui réserverai une place de choix, sois-en assurée.

— Je l'ai fait venir de France pour toi. Mais attends, j'ai autre chose.

Elle retourne à son coffre et en sort un plat en argent.

— C'est pour moi aussi ? Oh merci ! Il est vraiment superbe !

— Tu n'as pas à me remercier, tu le mérites. Pour tout ce que tu as fait pour nous depuis ton arrivée au manoir, je devrais t'offrir bien plus.

— Je l'ai fait avec grand plaisir et, en plus, cela m'a permis de t'avoir presque pour moi toute seule pendant tout ce temps.

— C'est très gentil de ta part. Il me reste une chose à te donner.

Cette fois, Magdelon va jusqu'à sa commode et ouvre le tiroir du haut. Elle en sort un petit sac brodé, rempli de pièces d'argent. Elle remet le présent à sa sœur et lui dit, en la regardant droit dans les yeux :

— Ces pièces sont pour toi, rien que pour toi. Quand tu voudras t'offrir quelque chose de spécial, au moins tu en auras les moyens. Je te défends de les partager avec qui que ce soit.

— Même pas avec Charles ?

— Même pas. Jure-le-moi !

— D'accord, répond Anne bien à contrecœur. Merci pour tout, Magdelon. Je ne pouvais espérer plus beaux cadeaux.

— Bon, maintenant, soyons sérieuses. Je ne veux pas te voir travailler aujourd'hui.

— Mais c'est impossible ! Il y a bien assez que Tala devra tout faire seule une fois que je serai mariée, laisse-moi au moins accomplir mes tâches jusqu'à la fin.

— Ne t'inquiète pas. Je ne suis pas manchote, je vais aider Tala. Et puis, maman est supposée envoyer Catherine pour m'aider. Je survivrai, ne t'en fais pas.

— Si tu veux, je pourrai venir te donner un coup de main.

— Il n'en est pas question. Tu devras t'occuper de ta nouvelle famille. La mère de Charles a beaucoup plus besoin de ton aide que moi.

— En tout cas, tu sais où je vais habiter. Si tu as besoin de moi, tu n'auras qu'à venir me chercher. Pour toi, je serai toujours là.

— Merci Anne ! Allez, puisque tu tiens tellement à travailler jusqu'à la dernière minute, viens me donner un coup de main au jardin. Je suis certaine que Marguerite s'y cache avec Tala. Je sais déjà de quelle couleur seront ses vêtements à la fin de la journée.

— Et sa bouche aussi ! s'exclame Anne en riant. Elle aura sûrement mangé quelques poignées de terre. Elle est tellement mignonne…

Les deux femmes sortent du manoir en riant. Elles rejoignent Tala et Marguerite et passent le reste de la journée au jardin.

* * *

Les quatre femmes sont attablées quand soudain des voix leur parviennent de dehors. Magdelon se lève promptement. D'un regard, elle fait signe à Tala de s'occuper de Marguerite. Elle prend le mousquet et se dirige vers la porte. Au moment où elle tourne la poignée, elle reconnaît la voix.

— Alexandre, est-ce bien toi ?

— Magdelon ? Ouvre vite, je suis affamé.

Elle ouvre vivement la porte et se jette dans les bras de son frère.

— Comme je suis contente de te voir ! s'écrie-t-elle.

— On n'arrive pas trop tard au moins ? Anne, viens ici que je t'embrasse.

— As-tu amené Catherine? interroge Magdelon pendant qu'Anne embrasse Alexandre.

— Comme promis. Elle est au quai avec mes hommes. Je vais aller la chercher.

— Je t'accompagne, dit Magdelon.

Puis, se tournant vers Anne, elle ajoute:

— Demande à Tala de te donner un coup de main et préparez à manger. Catherine et les hommes doivent être aussi affamés qu'Alexandre.

— J'ai tellement faim, dit ce dernier, que je mangerais un bœuf.

— Tu auras bien mieux à te mettre sous la dent, dit Anne. Tala a fait cuire un coq d'Inde. Un pur délice.

— Qui est Tala? s'informe Alexandre.

— C'est une princesse indienne, lui répond Anne. Viens, je vais te la présenter. Je te présenterai aussi la reine Marguerite, dit-elle à la blague. Je te garantis que c'est elle qui a le plus de pouvoir ici.

Alexandre suit Anne à la cuisine. Aussitôt qu'il voit Tala, ses yeux se fixent sur elle. C'est de loin la plus belle créature qu'il lui ait été donné de voir de sa vie. On dirait qu'elle sort tout droit d'un rêve. Il est sous le charme. Il ne peut détacher ses yeux d'elle. S'il le pouvait, il se perdrait dans son regard si sombre et pourtant si invitant. Tala le regarde elle aussi et lui sourit.

Anne se rend bien compte qu'il se passe quelque chose de spécial entre son frère et l'Indienne. Elle tente de faire diversion, mais sans succès. On dirait qu'ils sont soudés l'un à l'autre par un fil imaginaire. Ce n'est que lorsqu'elle tire Alexandre par le bras qu'elle obtient son attention.

— Et elle, c'est l'adorable Marguerite.

C'est bien à contrecœur qu'Alexandre se tourne vers Marguerite. Se faisant violence, il la soulève de terre et la prend dans ses bras. Apeurée par la rapidité du geste de son oncle, l'enfant se met à pleurer.

— Voyons, Marguerite, ne pleure pas, je suis ton oncle Alexandre.

À l'écoute de sa voix, les pleurs de l'enfant redoublent d'intensité, ce qui amène Magdelon jusqu'à la cuisine.

— Alexandre, tu connais ma fille seulement depuis une minute et tu as déjà réussi à la faire pleurer ! Prends-la, Anne, il faut qu'on aille chercher Catherine et les hommes au quai. Cesse de pleurer, ma chérie, tout va bien. Allez, viens Alexandre.

Ce n'est qu'après avoir jeté un coup d'œil à Tala qu'Alexandre suit Magdelon, ce que n'a pas manqué de remarquer celle-ci.

— Tu ne m'avais pas dit que Tala était aussi belle, lance Alexandre sitôt à l'extérieur du manoir.

— Ne t'avise pas de lui faire du mal parce que tu auras affaire à moi, je te le jure, et cela, même si tu es mon frère et que je t'adore.

— Je n'ai pas l'intention de lui faire du mal. C'est elle que j'attendais, tu comprends.

— Pas si vite, Alexandre, pas si vite. Tu ne la connais même pas et tu ne sais rien d'elle.

— Je te le répète, c'est elle que j'attendais. Je vais la marier.

— Tu ne trouves pas que tu exagères un peu ? Tu viens à peine d'arriver. Allons d'abord chercher Catherine et tes hommes et on en reparlera après le souper, d'accord ?

— D'accord. Je n'ai pas vu grand-chose de la seigneurie, mais j'en ai vu assez pour savoir que tu n'as pas été perdante en quittant Verchères.

— C'est vrai. Je suis très bien installée et la seigneurie est florissante. Je t'en ferai faire le tour demain. Au fait, voudrais-tu être le témoin d'Anne ? Je suis certaine qu'elle serait contente que ce soit toi.

— Avec grand plaisir ! Je suis venu pour cela, tu le sais bien.

Ils éclatent de rire et poursuivent leur marche jusqu'au quai. Dès que Catherine voit sa sœur, elle accourt et se jette dans ses bras. Elle n'a pas le caractère d'Anne. On dirait un petit agneau égaré. Magdelon la serre dans ses bras et lui dit à l'oreille :

— Ne t'inquiète pas, tout ira bien. Je te promets de veiller sur toi. Bienvenue à la seigneurie de Sainte-Anne-de-la-Pérade. Je suis sûre que tu vas t'y plaire. Viens, Anne nous attend au manoir.

Chapitre 22

— Merci pour tout, Magdelon, c'était le plus beau jour de ma vie, s'exclame Anne, les larmes aux yeux. Et c'est grâce à toi.

— Ce n'est rien, ne pleure pas, pas le jour de ton mariage.

— Ce sont des larmes de joie. Je ne savais pas que c'était possible d'être aussi heureuse. Il ne manquait que maman. J'aurais tant aimé qu'elle soit là.

— Approche que je te serre dans mes bras.

Magdelon la serre très fort. Puis elle l'embrasse sur les joues et lui dit :

— Fais-moi un sourire maintenant et promets-moi d'être heureuse.

Anne essuie ses larmes du revers de la main et sourit.

— C'est promis.

— Va rejoindre ton mari maintenant et sauvez-vous. Je m'occupe des invités.

Anne court jusqu'à Charles. Elle le prend par le bras et lui parle à l'oreille. Sans attendre, ils quittent la fête. Ils trouveront bien un petit coin à l'abri des regards indiscrets.

Magdelon demande à Catherine si elle a vu Alexandre.

— Il y a au moins une heure que je ne l'ai pas vu.

— Et Tala ?

— Je ne l'ai pas vue non plus depuis un bout de temps. On dirait qu'ils ont disparu en même temps. C'est bizarre, tu ne trouves pas ?

— Merci Catherine. Tu veux bien t'occuper de Marguerite ? Je dois m'assurer que les invités ne manquent de rien.

— Ne t'inquiète pas, je m'occupe de la petite reine. Elle est si drôle.

Les derniers invités sont partis depuis un bon moment déjà quand Alexandre et Tala font leur entrée au manoir sous le regard chargé de reproches de Magdelon.

— Alexandre, il faut que je te parle.

— Cela peut-il attendre à demain ? Je suis crevé.

— Non, il faut que je te parle maintenant.

Mal à l'aise, Tala file en douce à sa chambre, laissant le frère et la sœur seuls.

— Qu'y a-t-il de si urgent ? demande doucement Alexandre. Vas-y, grande sœur, je t'écoute.

— Je t'ai dit que je n'accepterais pas qu'on fasse du mal à Tala. Elle a déjà assez souffert.

— Je sais, elle m'a tout raconté. C'est un salaud, ce type. Il vaut mieux pour lui qu'il ne croise jamais mon chemin. Comment a-t-il pu lui faire cela ?

— Il le paiera un jour, fie-toi à moi. Mais pour l'instant, ce n'est pas de lui dont il est question, mais de toi. Quelles sont tes intentions envers elle ?

— Je te l'ai dit hier, c'est elle que j'attendais. Je vais la marier.

— Et qu'en dit Tala ?

— Vas-tu me croire si je te dis que c'est la même chose pour elle ? Je te le répète, nous sommes faits l'un pour l'autre.

— Et moi, je te le dis une dernière fois : ne lui fais pas de mal. Sinon, tu auras affaire à moi et je serai impitoyable.

— Je peux aller dormir maintenant ?

— Bonne nuit, lui dit-elle simplement.

Elle souffle les quelques chandelles encore allumées, sauf une, dont elle se saisit avant d'aller dans sa chambre. La journée a été longue et elle a grand besoin de dormir.

* * *

Le lendemain, au déjeuner, les discussions sont fort animées. Et Marguerite, encouragée par tous et chacun, fait le pitre autant qu'elle le peut. Il faudrait être aveugle pour ne pas voir les regards que se jettent Tala et Alexandre. Magdelon a l'impression de se revoir avec son Louis. Et s'ils avaient de l'avenir ensemble ? Ils pourraient vivre à Verchères. Là-bas, personne ne ferait de commentaires sur leur union. En tout cas, la vie y serait plus facile pour eux qu'à Sainte-Anne, Magdelon en est sûre. Plus elle les observe, plus elle se dit que ce qu'elle voit augure bien. Alexandre serait le meilleur des maris pour Tala, et il aurait une merveilleuse femme à ses côtés.

Après le déjeuner, Alexandre demande à sa sœur :

— Alors, tu me la montres cette seigneurie ?

— Je te signale que je ne demandais pas mieux que de te la montrer hier, mais pour cela il aurait fallu que tu sois là, lui répond-elle avec une pointe d'humour. Viens.

Puis elle s'adresse à Catherine :

— Tu peux te joindre à nous, si tu veux. Nous arrêterons dire bonjour à Anne. Viens Marguerite, viens avec maman.

— Je rangerai tout pendant votre absence, dit Tala.

— À plus tard! lance Alexandre en lui souriant.

Quand Magdelon, Catherine et leur frère reviennent au manoir, Tala travaille au jardin depuis un bon moment.

— Je prends un peu d'eau et je viens t'aider, lui crie Alexandre.

— Je te laisse Marguerite, annonce Magdelon à Catherine. Je dois retourner voir la petite dernière de Mathurin. J'espère que je me trompe, mais cela ressemble beaucoup à la rougeole. Si c'est le cas, il faudra se préparer au pire.

Lorsque Magdelon est de retour, elle explique à Tala que la petite a une forte fièvre et que tout son corps est couvert de rougeurs. Elle ajoute que ses yeux sont rouges et larmoyants et que son nez coule. Elle a même vomi. Magdelon n'a pas réussi à faire baisser la fièvre. La mère de l'enfant lui a dit que sa petite est dans cet état depuis deux jours.

— J'ai bien peur qu'il s'agisse de la rougeole, dit Magdelon.

— Cette maladie apportée par les Blancs, laisse tomber Tala du bout des lèvres. Quand j'étais jeune, je me souviens qu'il y a eu une épidémie de rougeole. Plusieurs enfants du village en sont morts. On ne savait pas quoi faire pour enrayer ce mal. Depuis, les ancêtres ont découvert des plantes qui peuvent aider. Venez, je vais vous montrer. Si vous voulez, je vais retourner voir la petite avec vous. Il vaut mieux ne pas attendre à demain. Savez-vous comment elle aurait pu attraper la maladie?

— Son père m'a dit qu'il était allé à Québec la semaine dernière et qu'il a pris une bière au port avec des marins qui venaient juste d'accoster. Il paraît qu'il y a eu plusieurs morts pendant la traversée, mais personne n'en a précisé la cause… Allons-y avant la tombée de la nuit.

Les deux femmes prennent ce qu'il faut pour soulager l'enfant et s'en vont chez Mathurin. Comme la maison est presque aux limites de la seigneurie, elles ont tout le temps de discuter.

— Même si Alexandre est mon frère, je veux que vous m'en parliez s'il vous fait le moindre mal. Je vous l'ai dit plusieurs fois, je ne laisserai jamais personne vous faire du mal. Tant que vous vivrez sous mon toit, je vous protégerai.

— Ne vous inquiétez pas. Votre frère est parfait, dit Tala, les yeux pétillants.

— On ne doit pas connaître la même personne, blague Magdelon. Alexandre, parfait ? C'est bien la première fois que j'entends une telle chose. Il va falloir que je raconte cela à ma mère. C'est vrai qu'il est très bien, mais de là à dire qu'il est parfait, la marge est grande !

— Pour moi, Alexandre est parfait, dit doucement Tala. Il est attentionné, sensible et drôle… En plus, il est très beau garçon. J'aime être avec lui. Si je le pouvais, je passerais le reste de ma vie avec lui, mais je ne me fais pas d'illusion. Nos mondes sont si différents. Il repartira à Verchères dans quelques jours et il se mariera avec une belle femme blanche avec qui il aura beaucoup d'enfants. La belle princesse indienne sera vite oubliée, je le sais. Et je continuerai ma vie à la seigneurie en pensant aux beaux moments passés avec lui. J'aurai le cœur déchiré, mais au moins j'aurai de beaux souvenirs. Ne vous inquiétez pas, il me fait du bien.

— Je m'inquiète au contraire. Je n'aime pas vous entendre dire que vous ne le méritez pas. Il m'a dit la même chose de vous. Il veut vivre avec vous. Il veut vous marier.

— C'est trop beau pour être vrai. Vous le savez bien, Magdelon, que c'est impossible.

— Pas dans ma famille. Ce n'est pas pour nous vanter, mais nos parents nous ont appris que la valeur d'une personne ne réside pas dans la couleur de sa peau ni dans son portefeuille, mais bien dans son âme. Vous pourriez tous deux vous installer à Verchères. Je suis certaine que l'endroit vous plairait. Alexandre a pris la relève à la seigneurie quand je l'ai quittée.

— Mais je ne peux pas vous abandonner ! Vous avez fait tellement pour moi.

— Arrêtez ! Vous êtes loin d'être en reste avec moi. Vous m'avez tout montré sur les plantes et vous travaillez d'arrache-pied depuis votre arrivée au manoir. Saisissez le bonheur quand il passe, n'attendez pas !

— Ce n'est pas raisonnable, qui vous aidera aux tâches ménagères ? Je ne peux pas vous abandonner.

— Ne vous inquiétez pas pour moi, je me débrouillerai. Il y a Catherine et je peux demander à Pierre-Thomas de ramener une domestique de Québec. À notre retour, je parlerai à Alexandre.

— Vous êtes mon ange gardien. Merci Magdelon !

Elles sont arrivées devant la maison de Mathurin. Deux membres de la famille sont assis sur la galerie, pliés en deux, et vomissent leurs tripes.

— Ça ne me dit rien qui vaille, dit Magdelon, d'autant que tous les habitants de la seigneurie étaient au mariage d'Anne. Il faut nous préparer au pire.

— Commençons d'abord par soigner cette famille, vous voulez bien ?

— Allons-y !

Dans les jours qui suivent, comme Magdelon le craignait, la rougeole se propage dans toute la seigneurie, aussi vite qu'une traînée de poudre. Elle et Tala dorment peu. Elles sont sur un pied d'alerte et courent d'une maison à l'autre pour soulager les douleurs de l'un et de l'autre. Au plus fort de l'épidémie, elles ont réussi à éviter le pire. Personne n'a été emporté par la maladie, mais plusieurs ont été largement éprouvés et tardent à s'en remettre. Heureusement que la seigneurie ne se trouve pas en période de pleine récolte. Cela donne quelques jours de plus aux malades pour reprendre du poil de la bête.

Au grand bonheur de Magdelon, personne au manoir n'a encore contracté la rougeole. Cependant, une personne de la famille les inquiète au plus haut point. Anne est clouée au lit par une forte fièvre depuis bientôt quatre jours. Elle ne réagit à aucun traitement. Bien au contraire, la fièvre ne cesse de monter. À bout de ressources, Magdelon dit à Charles de continuer à mettre des compresses d'eau fraîche sur le front de son épouse et de prier pour son âme. Le pauvre, il est affligé. Magdelon aussi.

Le soir, alors que Tala et Magdelon viennent à peine de s'asseoir à table, on frappe à la porte. Les deux femmes se demandent qui cela peut bien être. Alexandre vient tout juste de partir avec Catherine pour rendre visite à Anne. Elles sont seules avec Marguerite qui dort à poings fermés depuis un bon moment déjà.

Prudence oblige, Magdelon se lève et, avant de se diriger vers la porte, elle prend un mousquet. On ne sait jamais à qui on a affaire, surtout à cette heure. Sans faire de bruit, Tala se lève à son tour, prend un autre mousquet et se place en retrait.

— Qui va là ? demande Magdelon.

— Vous n'avez pas à avoir peur, madame, je suis un soldat de la marine royale. J'ai un colis pour vous.

— Par qui a-t-il été envoyé ?

Elle n'a aucun souvenir d'avoir commandé quoi que ce soit ces derniers mois. Mais peut-être Pierre-Thomas, lui, l'a-t-il fait.

— Un certain Michel Roy. Je l'ai rencontré à Paris et il m'a demandé de vous remettre personnellement ce colis. Il m'a dit que vous étiez au courant.

— Désolée, je n'attends aucun colis. Poursuivez votre route.

— Mais, madame, j'ai été largement payé pour ce service. Et je respecte toujours mes engagements. Je m'appelle Jacques Archambault.

Ce nom lui dit quelque chose… Elle fouille dans sa mémoire et subitement, comme un coup de poing en plein visage, elle se souvient. C'est celui-là même qui a violé Tala. Il faut qu'elle réfléchisse à ce qu'elle fera, et vite. Il n'est pas question qu'elle le laisse filer maintenant qu'il est à sa portée. Il faut qu'elle gagne du temps.

— Vous avez bien dit Jacques Archambault ?

— Oui, madame, c'est le nom que je porte fièrement depuis ma naissance.

— Attendez-moi une minute, je viens vous rejoindre.

Il ne faut surtout pas qu'il voit Tala. Magdelon rejoint celle-ci à la cuisine et lui dit :

— Je vais sortir quelques minutes. Pouvez-vous rester avec Marguerite ?

— J'ai l'impression d'avoir déjà entendu cette voix, dit Tala, songeuse.

— Vous vous trompez sûrement. Il débarque à peine de France. Allez vous coucher, j'en ai pour quelques minutes seulement.

— Faites attention, Magdelon !

— Rassurez-vous, je ne cours aucun danger. Mon mousquet est chargé et je n'hésiterai pas à m'en servir si je cours le moindre risque. À demain !

Magdelon entrouvre la porte et se glisse à l'extérieur, empêchant ainsi Tala de voir quoi que ce soit. Une fois dehors, elle salue son visiteur et l'invite à la suivre jusqu'à la grange. Elle l'y installera pour la nuit et, au matin, elle demandera à Alexandre de venir l'aider à l'attacher. Son frère le conduira ensuite à Québec pour qu'il soit jugé pour son crime. Pour réussir son plan, il faut absolument qu'elle tienne Tala loin de lui. Elle lui demandera d'aller voir Anne dès qu'elle se réveillera, ce qui lui laissera le champ libre. Si elle avait su que son informateur lui livrerait l'agresseur de Tala sur un plateau d'argent, elle se serait organisée en conséquence.

Pendant ce temps, Tala fait les cent pas dans la cuisine. Elle essaie désespérément de se rappeler où elle a entendu cette voix. Sa mémoire lui refuse tout souvenir. Pourtant, une telle voix, légèrement juchée et claire, ne s'oublie pas. Dans quelle situation a-t-elle bien pu l'entendre ?

Dès qu'elle a fini de ranger la cuisine, elle s'en va dans sa chambre. Elle est si fatiguée qu'elle se laisse tomber sur son lit toute habillée. En fermant les yeux, elle revit chaque seconde de son viol en accéléré et c'est là qu'elle reconnaît la voix de son agresseur. Aucun doute, c'est l'homme avec qui Magdelon discutait il y a quelques minutes. Elle sort de sa chambre, prend le mousquet au passage et court rejoindre Magdelon. Celle-ci est en danger.

Il n'y a personne sur la galerie, ni dans la cour. Seulement un paquet bien ficelé. À moins que Magdelon et l'homme ne se trouvent dans la grange. Pourvu qu'il ne soit pas en train de faire du mal à Magdelon. En quelques enjambées, elle arrive à la grange. Elle ouvre brusquement la porte et se retrouve nez à nez avec son agresseur. Elle relève son mousquet et le pointe en sa direction. Surpris, celui-ci ne perd toutefois pas son sang-froid :

— Tiens, si je m'attendais à revoir ma belle princesse indienne. C'est gentil de venir me retrouver.

— Espèce de salaud ! lui crie Tala. Vous n'aviez pas le droit de me violer.

— J'ai tous les droits, ma beauté. Je travaille pour la marine royale.

— Vous, taisez-vous ! hurle Magdelon. Et vous, Tala, déposez votre arme. Vous ne pouvez vous faire justice.

— Écoute la dame, dit l'homme d'un ton mielleux. Ce n'est pas un joujou pour les belles princesses indiennes. Si tu es gentille avec moi, je ne te ferai aucun mal cette fois. Allez, viens.

— Si vous ne vous taisez pas sur-le-champ, c'est à moi que vous allez avoir affaire, tranche Magdelon. Tala, écoutez-moi. Demain matin, je vais demander à Alexandre de l'amener à Québec où il sera jugé pour son crime. Je vous avais promis de trouver le coupable. Maintenant, vous devez me laisser faire.

— Je n'ai pas confiance en la justice des Blancs.

Sans aucun avertissement, Tala appuie sur la gâchette et atteint son agresseur en plein cœur. La seconde d'après, il s'écroule par terre.

— Tala, vous n'auriez pas dû faire cela ! Je ne pourrai plus vous protéger dorénavant. Il va falloir que vous partiez, loin. Demain, plusieurs seront à vos trousses. Ils attendent depuis longtemps de pouvoir vous chasser de la seigneurie.

— Que se passe-t-il ? demande Alexandre qui arrive sur ces entrefaites. J'ai entendu un coup de feu. Vous n'avez rien au moins ?

— J'ai tué le type qui m'a violée, avoue Tala.

— Ramassez vite vos affaires, dit Magdelon et sauvez-vous dans la forêt. C'est le seul endroit où vous serez en sécurité.

— Je pars avec toi, dit Alexandre.

— Non, je ne veux pas. Tu ne dois pas gâcher ta vie pour moi.

— Ma vie n'a aucun sens si je ne suis pas avec toi. Allons prendre quelques affaires et filons, le temps presse… Ah oui, Magdelon, j'oubliais, Anne ne fait plus de fièvre.

— Tant mieux. Et Catherine ?

— Elle va dormir là-bas au cas où Anne aurait besoin de quelque chose. C'est maintenant au tour de Charles de faire de la fièvre.

— Prends bien soin de Tala et fais-moi savoir où vous serez.

— Ne t'en fais pas pour moi. Écris à maman et dis-lui que je ne rentrerai pas de sitôt. Viens, Tala, il faut qu'on parte.

Chapitre 23

Au matin, lorsque les gens de la seigneurie apprennent ce qui est arrivé, chacun y va de son petit commentaire sur Tala :

— On ne pouvait pas s'attendre à autre chose. Ils sont tous pareils. Ce sont de vrais sauvages. On n'aurait pas dû lui permettre de rester à la seigneurie. On aurait dû tenir notre bout.

Magdelon les écoute, mais sans plus. Elle n'essaie même pas de leur faire entendre raison. Elle sait pertinemment que ce serait peine perdue. Elle entend les mêmes choses depuis l'arrivée de Tala au manoir et ce n'est pourtant pas faute d'avoir essayé de leur faire entendre raison. Les colons prennent tout ce qu'ils peuvent des Indiens, mais sitôt que leur vie est le moindrement bousculée par l'un d'eux, ils voudraient tous les faire brûler sur le perron de l'église. Tala a soigné leurs enfants, soulagé leurs parents ; elle a même sauvé la vie de certains, mais tout cela n'a plus aucune importance aujourd'hui.

Après quelques minutes, sans crier gare, elle quitte le petit groupe réuni près du moulin banal. Elle est très inquiète pour Tala. Elle sait qu'elle sera jugée trop sévèrement. Elle craint même qu'on la condamne à la peine de mort, d'autant que le procès risque d'être très rapide, si procès il y a. En Nouvelle-France, les femmes accusées d'un crime, si mineur soit-il, ont toujours droit à des peines plus lourdes que les hommes. Si, en plus, cette femme est une Indienne, l'affaire sera bien vite réglée. Personne ne prendra le temps de chercher à savoir ce qui s'est vraiment passé. Ici, une vie indienne n'a pas beaucoup de valeur, peu importe les circonstances entourant un crime. Et les hommes voudront que Tala serve d'exemple à toutes les femmes de la seigneurie. Magdelon paierait cher pour savoir où les deux fugitifs se cachent. Elle entre au manoir en coup de vent et file à la cuisine. Elle prend vite son mousquet et sa poudre. Puis elle crie à Catherine avant d'aller rejoindre les hommes de la seigneurie :

— Occupe-toi de Marguerite. Je ne sais pas quand je vais revenir.

Au moment où elle sort du manoir, des hommes passent devant elle, armés jusqu'aux dents.

— La Sauvage doit payer, crie l'un d'entre eux. Elle ne s'en tirera pas comme ça, je le jure devant Dieu. Elle va payer pour son crime.

— Elle n'avait pas le droit de tuer ce pauvre homme, renchérit un autre. Peut-être a-t-il une famille en France…

Magdelon court derrière eux et tente de les raisonner, mais une fois de plus sans succès. Un esprit de vengeance les habite tout entier. Ils ignorent ce qui s'est passé et ne veulent pas le savoir non plus. Un des leurs a été tué à bout portant par une Sauvage, et cela leur suffit amplement pour vouloir abattre cette dernière. Que ce type l'ait violée ou non n'a aucune espèce d'importance. Elle n'avait pas le droit de le tuer.

Magdelon parvient enfin à rattraper le peloton de tête. De cette manière, elle pourra défendre Tala et Alexandre ; enfin, elle l'espère. Bien sûr, son intention n'est pas de tirer sur les colons, mais en cas de force majeure elle tirera au risque de passer le reste de sa vie en prison. Il n'est pas question que qui que ce soit tire sur Tala après tout ce que celle-ci a enduré. Certes, elle n'est toujours pas d'accord avec le fait que la Huronne ait tiré sur Jacques Archambault, mais il a eu ce qu'il méritait. La justice étant ce qu'elle est, les risques qu'il s'en sorte sans aucune peine étaient bien grands. Jamais Magdelon n'oubliera les paroles de l'homme quelques secondes avant que Tala lui tire dessus. Archambault était un être dont aucune femme ne souhaite croiser le chemin. Il avait au fond des yeux un mépris profond pour les femmes, celui-là même qui donne la chair de poule.

Le groupe arpente la forêt, à la recherche du moindre indice qui pourrait les mener à l'Indienne. Quand les hommes ont su qu'Alexandre était avec elle, certains ont crié à la mutinerie. Comment un des leurs ose-t-il protéger une meurtrière ? Une Indienne par-dessus le marché !

— Il devra payer lui aussi, a lancé l'un d'entre eux. Je me chargerai personnellement de lui.

— Nous les pendrons ensemble, a crié un autre.

Magdelon a beaucoup de respect pour les colons. Tous travaillent d'arrache-pied pour défricher la terre et nourrir leur famille. Tous contribuent volontiers aux travaux de la seigneurie. Tous se relèvent sans cesse des coups durs que leur assène leur pays d'adoption, et Dieu sait combien ils sont nombreux. L'hiver, la crue des eaux, la maladie, la mort… Ici, en Nouvelle-France, rien n'est gratuit. Mais cette fois, elle n'a aucune admiration pour ces hommes. Ils sont aussi étroits d'esprit que le plus vieux des curés dans ses sermons.

Elle songe que si Pierre-Thomas était ici, il mènerait sûrement le groupe. Il faut dire qu'il a toujours toléré Tala, non pas par choix mais par obligation. Il doit d'ailleurs être sur le point de rentrer. Il avait annoncé qu'il partait quelques jours seulement et son départ a eu lieu voilà déjà plus d'une semaine.

Ils ont déjà piétiné une grande partie de la forêt environnant la seigneurie. Aucune trace de Tala ni d'Alexandre. Magdelon est rassurée. Elle aime Tala comme une sœur. Au fil des jours, les deux femmes ont développé une grande complicité. Elles ont appris à se connaître et veillaient l'une sur l'autre. Encore aujourd'hui, malgré son geste, Magdelon est prête à donner sa vie pour la sauver. La savoir avec Alexandre la rassure beaucoup. C'est un homme de grande valeur. Il la protégera, elle en est certaine. Il connaît bien la forêt ; elle n'a donc aucune crainte pour la survie des amoureux. Alexandre a passé son enfance et son adolescence en forêt, ce qui a donné beaucoup d'inquiétudes à Marie. Surtout qu'alors les Iroquois étaient nombreux à fouler le sol de la seigneurie pour se rendre d'un point à l'autre, et ils avaient la gâchette facile. C'est ainsi qu'au cours d'une partie de chasse sa sœur Marie-Jeanne a perdu son premier mari puis, un an plus tard, le deuxième.

Le soleil est couché depuis plus d'une heure lorsque le petit groupe décide enfin de rentrer. Bredouille, la mine basse, chacun prend la direction de sa maison, avec la ferme intention de reprendre les recherches le lendemain. Magdelon est soulagée. Cela donnera une chance aux fugitifs de s'éloigner de la seigneurie… à moins qu'ils ne soient déjà loin, ce qui n'étonnerait pas Magdelon. Peut-être sont-ils partis en direction du village de Tala… Lorsqu'elle ouvre la porte du manoir, elle se retrouve face à face avec Pierre-Thomas.

— Ah! Vous êtes finalement rentré! lui lance-t-elle en déposant son mousquet par terre. Il me semblait que vous deviez vous absenter seulement quelques jours.

— Bonsoir, Magdelon. Je ne vous demanderai pas comment vous allez. Catherine m'a tout raconté.

— Ne me dites surtout pas que vous saviez que cela finirait mal.

Sans faire attention aux paroles de sa femme, Pierre-Thomas dit:

— Venez avec moi, j'ai une surprise pour vous.

Il l'entraîne au salon et l'invite à s'asseoir. La seconde d'après, il fait sonner une petite cloche. Une jeune fille aux longs cheveux blonds tressés arrive en courant.

— Je vous présente Marie-Charlotte. Elle vous aidera dans vos travaux ménagers.

La jeune fille salue Magdelon de la tête et lui sourit timidement, mais celle-ci est trop furieuse pour lui rendre la pareille.

— Mais je n'ai pas besoin d'aide, répond sèchement Magdelon. Catherine est là.

— Voyons, Magdelon, vous ne pouvez pas tout faire. Et vous venez de perdre Tala. Elle ne reviendra pas. Soyez raisonnable. Marie-Charlotte arrive juste à point. Elle est jeune et vaillante. Elle vous plaira, vous verrez.

— Et elle est belle… siffle-t-elle du bout des lèvres de sorte que seul Pierre-Thomas a pu entendre. J'ai bien peur que c'est à vous qu'elle plaira le plus. Je vous avertis, si vous touchez un seul de ses cheveux, je vous tuerai de mes propres mains.

— Ne dites pas de bêtises. Je ne pouvais pas refuser, c'est un cadeau de l'intendant. Elle vous sera très utile quand nous aurons un deuxième enfant.

— Êtes-vous en train de me dire que c'est une esclave? demande Magdelon, de plus en plus furieuse.

— Qu'avez-vous contre les esclaves?

— Tout, justement. Tout. Dois-je vous rappeler comment les choses ont tourné la dernière fois? Vraiment, vous n'avez aucun respect des gens. Comment pouvez-vous accepter un tel cadeau?

— Facilement, ma chère, très facilement. Je vous informe que l'intendant vient de légaliser le statut d'esclave en Nouvelle-France. Les esclaves sont maintenant considérés comme des biens meubles pour ceux qui les possèdent.

— Vous êtes ignoble! Vous parlez d'êtres humains comme s'il s'agissait d'une table ou d'une chaise. Pire encore, je pense que vous avez plus de respect pour vos chevaux que pour les personnes. Vous êtes dégoûtant!

— Je vous en prie, prenez sur vous. Dans quelques jours, vous me remercierez de vous avoir offert deux esclaves pour remplacer Anne et Tala. D'ailleurs, comment celle-ci a-t-elle pu oser tirer sur un homme de la marine royale?

— Ai-je bien compris? Vous avez dit deux esclaves?

— Vous avez très bien compris, répond Pierre-Thomas le plus calmement du monde. La deuxième s'appelle Marie-Joseph. Je vous la présente à l'instant.

Puis il prend la petite cloche sur la table et en donne deux coups. Une belle et jeune fille brune arrive en courant. Elle se poste devant Magdelon et la salue timidement. Magdelon voit rouge. Elle se lève, met ses mains sur ses hanches et crie à son mari:

— Je vous le redis. Ne touchez pas un seul cheveu de ces deux jeunes filles, sinon vous aurez affaire à moi. Vous me donnez envie de vomir. C'est donc cela que vous maniganciez avec monsieur de Saurel à votre retour de Québec. Et moi qui croyais que l'histoire avec Maya vous avait servi de leçon... Je me suis trompée sur toute la ligne. Vous me faites pitié. Comment pouvez-vous seulement penser posséder des êtres humains?

— Il faut être de son temps, madame. Je ne fais rien d'illégal, je viens de vous le dire.

— J'en ai assez entendu pour ce soir, je vais dormir.

— Je vous rejoins dans quelques minutes.

— Comme vous voulez.

Magdelon se sent dépassée par les événements. La journée a été très difficile. D'un côté, elle vient de perdre Tala et Alexandre et, de l'autre, elle vient d'hériter de deux esclaves, ce qui ne fait pas du tout son affaire.

Pour la première fois depuis la naissance de Marguerite, elle ne va pas embrasser sa fille. D'un pas décidé, elle entre dans sa chambre et ferme vivement la porte. Elle est furieuse. Elle voudrait bien croire que Pierre-Thomas ne touchera pas aux filles, mais elle en est incapable. Un homme ne change pas aussi facilement. Elle peut le surveiller, mais elle doit être réaliste. C'est impossible pour elle d'être constamment derrière son mari. Il faut pourtant qu'elle trouve le moyen de protéger les deux jeunes filles, qui ont à peine quinze ans. Peu importe leur origine, elles ne méritent pas que Pierre-Thomas les agresse. La vie est déjà assez dure sans qu'une femme ait à subir ce genre de sévices.

Elle se déshabille, se glisse dans son lit et remonte les couvertures jusqu'à son cou. Elle ferme les yeux et attend que le sommeil la gagne, certaine que cela prendra un moment tellement elle est furieuse.

Lorsque Pierre-Thomas vient se coucher, elle ne dort pas encore. Il se prépare pour la nuit et se glisse à son tour dans le lit. Sans crier gare, il se tourne vers sa femme, relève sa jaquette et se couche sur elle en lui disant :

— Si vous ne voulez pas que je les touche, il faudra faire ce qu'il faut.

— Je ferai mon devoir pour la procréation, chaque fois que vous le souhaiterez.

Au bout de quelques minutes qui lui ont semblé une éternité, Magdelon baisse sa jaquette, se tourne sur le côté et prie pour s'endormir sur-le-champ. La journée a été longue et difficile, et les journées à venir ne lui disent rien qui vaille.

Chapitre 24

Magdelon est bien obligée de l'admettre, les choses se passent bien avec Marie-Charlotte et Marie-Joseph. Elles sont charmantes et surtout très dévouées. Plus le temps passe, plus elle se demande ce qu'elle aurait fait sans les deux jeunes filles. L'automne a été très occupé et les récoltes, plus abondantes que jamais. Elles ont travaillé aux champs, au jardin et au moulin, sans jamais se plaindre. De l'aube jusqu'au coucher du soleil, elles se dépensent sans compter. Et Marguerite les a adoptées tout de suite. Elles les appellent Marie toutes les deux, mais ce n'est pas parce qu'elle les confond. Quand elle s'adresse à l'une d'entre elles et que c'est l'autre qui répond, elle se dépêche de crier :

— Non, pas toi, Marie.

— Mais c'est moi Marie, tu le sais bien.

— Non, pas toi, Marie.

Ce petit jeu amuse beaucoup les jeunes filles. Toutes deux considèrent Marguerite comme leur petite sœur et la traînent partout avec elles. Aujourd'hui, en revenant de l'église, elles l'emmènent patiner sur la rivière alors que Magdelon en profite pour pêcher le poulamon avec Anne.

— Moi, je suis certaine que tu attends des jumeaux, dit Magdelon. En tout cas, si ce n'est pas le cas, tu attends un bien gros bébé. Si j'étais à ta place, j'aurais peur qu'il marche en sortant… ajoute-t-elle à la blague.

— Arrête, tu m'énerves avec tes jumeaux ! Je veux avoir une grosse famille, mais un seul bébé pour commencer ce serait suffisant. D'ailleurs, je ne sais même pas où je coucherais le deuxième. Je te rappelle que je n'ai qu'un berceau et une seule chambre.

— Ne t'inquiète pas pour le berceau, je te prêterai le mien.

— Tu ne m'as pas dit que tu souhaitais tomber enceinte ?

— Aide-moi, ça mord, s'écrie Magdelon. Attrape-le, vite !

— Attends ! Je l'ai ! Regarde comme il est gros.

Anne décroche le poisson et le lance sur la glace.

— Remets vite ta ligne à l'eau, dit-elle à Magdelon. Il nous faut plusieurs poissons pour le souper.

Mais Magdelon n'a pas entendu la dernière phrase. La seule vue du petit poisson blanc lui donne des haut-le-cœur qu'elle a peine à retenir. Lorsque Anne s'en aperçoit, elle lance à sa sœur :

— Et tu voulais me prêter ton berceau ? Si j'étais à ta place, je le garderais. Je crois qu'il va te servir plus vite que tu ne le pensais.

— Tu pourras au moins l'utiliser jusqu'à la naissance de mon bébé, répond Magdelon en riant, soit… laisse-moi compter… jusqu'à la fin d'octobre.

— D'accord. Si j'ai des jumeaux, cela donnera du temps à Charles pour fabriquer un autre berceau. Es-tu contente au moins d'être enceinte ?

— Bien sûr que oui. Il est grand temps que j'aie un deuxième enfant, Marguerite aura bientôt trois ans.

— Crois-tu que Pierre-Thomas sera content ?

— J'aimerais te dire qu'il sera fou de joie, mais je n'en sais rien. Tu sais comme moi qu'il n'est pas très démonstratif. Alors, on les pêche ces petits poissons ?

— Vas-y, lance ta ligne à l'eau. As-tu eu des nouvelles d'Alexandre et de Tala ?

— Non, aucune nouvelle depuis le fameux jour. Chaque fois qu'un coureur des bois passe au manoir, je lui pose des questions. Mais à ce jour, aucun ne semble les avoir vus.

— Pourvu qu'il ne leur soit rien arrivé.

— Ne t'inquiète pas pour eux. Je pense qu'ils ont dû aller s'installer au village de Tala.

— Tu crois ? Moi, je serais très étonnée qu'ils y soient seulement allés. Tala a déjà dit qu'elle ne pourrait jamais retourner dans son village parce qu'elle a déshonoré les siens. Tu ne te souviens pas ?

— Si, très bien. Toutefois, depuis le temps, je me dis que les gens du village de Tala ont peut-être fini par changer d'idée. En tout cas, je l'espère.

— Je ne gagerais pas là-dessus. Mais au moins, les hommes de la seigneurie ont l'air d'avoir abandonné l'idée de les chercher.

— Ils vont sûrement reprendre leurs recherches au printemps. Ils n'abandonneront pas si facilement, crois-moi.

— Es-tu en train de me dire que nous ne reverrons plus jamais Alexandre ? demande Anne. Oh ! Tu as pris un autre poisson. Je m'en occupe.

Sitôt le poisson décroché, Anne le lance sur la glace. Magdelon remet sa ligne à l'eau, le cœur au bord des lèvres depuis qu'elle a vu le petit poisson. Elle prend quelques secondes pour se remettre et dit à sa sœur :

— C'est bien triste, mais je pense qu'en partant avec Tala Alexandre a mis fin à la vie qu'il menait à Verchères.

— Tu en as un autre ! s'écrie Anne.

— T'ai-je dit que j'avais enfin reçu une lettre de Jeanne ? Elle a eu son bébé : une belle fille de presque neuf livres. Je suis tellement contente pour elle.

— Elle se plaît à Batiscan ?

— Beaucoup. Tu devrais voir sa maison. Son mari est très habile de ses mains. Il travaille le bois de manière exceptionnelle. Dans quelques années, leur maison sera une des plus belles de la région. Il a fait un berceau pour leur bébé ; si tu voyais comme il est beau ! Je lui ai dit qu'il devrait fabriquer des berceaux pour en vendre. Je suis convaincue que les bourgeois paieraient beaucoup pour en posséder un.

— Tu sais comme moi qu'il a autre chose à faire que de fabriquer des berceaux. Il n'a que trois ans pour défricher sa terre.

— Ne t'inquiète pas pour lui, il va y arriver. C'est un gros travaillant et Jeanne travaille aussi fort que lui.

— Avec un bébé, les choses risquent de changer un peu. N'oublie pas qu'elle n'a pas de domestiques… ni d'esclaves, ajoute Anne en souriant.

— Ne me parle pas d'esclaves. Tu sais très bien ce que j'en pense.

— N'empêche que tu as trois paires de bras avec Catherine, alors que Jeanne ne peut compter que sur elle-même. Toi, quand tu veux sortir du manoir, tu n'as qu'à demander à une des filles de s'occuper de Marguerite. Pour Jeanne, c'est tout à fait différent. On peut dire que tu as bien frappé.

— Serais-tu jalouse, ma sœur ?

Sans attendre qu'Anne réponde, Magdelon continue sur sa lancée.

— Tu sais, si je pouvais changer tout ce que j'ai pour un mariage d'amour, je le ferais. Je ne manque de rien, c'est vrai.

J'ai une fille adorable, un beau manoir et je peux m'offrir beaucoup de choses. Je peux même dire que j'ai un bon mari, en tout cas au sens où tout le monde l'entend. Il ne me bat pas, c'est vrai, mais chaque fois qu'il soulève ma jaquette avant de laisser tomber son gros corps sur moi, j'ai l'impression que je vais devenir folle. Et quand il donne un grand coup pour s'introduire en moi, chaque fois j'ai peur que mon bas-ventre éclate en mille morceaux. Crois-moi, j'échangerais tout ce que j'ai pour un petit moment de tendresse, même pour une seule seconde de passion. Alors, quand tu dis que j'ai bien frappé, c'est à la fois vrai et faux.

— Je suis désolée. J'ignorais que les choses étaient aussi difficiles pour toi.

— Aide-moi! s'écrie Magdelon, j'ai un autre poisson. Si tu veux en avoir suffisamment pour le souper, je te suggère de mettre une ligne à l'eau toi aussi. Ils ont l'air d'être très nombreux là-dessous.

Au bout d'un moment, une cinquantaine de petits poissons gigotent sur la glace autour des deux sœurs.

— Tu ne crois pas qu'on en a assez? demande Anne. Moi, je n'en peux plus d'être debout. On dirait que mes jambes ne me soutiennent plus.

— Allons au manoir, je vais t'aider à arranger tes poissons.

— Tu peux en garder si tu veux.

— Ce ne sera pas nécessaire, merci. Leur vue me suffit largement pour me donner mal au cœur. Je te les laisse tous. Catherine m'a dit qu'elle préparerait un gros bouilli pour le souper.

Les deux femmes mettent les poissons dans une grande couverture. Elles en prennent chacune un bout et retournent tranquillement vers le manoir en discutant. Une neige fine recouvre leurs pas à mesure qu'elles avancent.

— Je ne sais pas si tu es comme moi, dit Magdelon, mais j'en ai assez de cet hiver et de toute cette neige qui ne cesse de nous tomber dessus.

— Ce n'est rien de nouveau. D'aussi loin que je me souvienne, jamais je ne t'ai entendu prononcer une seule parole positive sur l'hiver. En tout cas, on peut dire que tu n'es pas née dans le bon pays, parce qu'ici, en Nouvelle-France, quand l'hiver s'installe, c'est chaque fois pour plus de la moitié de l'année.

— Inutile de me le rappeler, je le sais très bien. Chaque fois que la première neige tombe, j'ai envie de pleurer.

— Alors que pour moi, tu vois, c'est un plaisir. Ce que j'aime par-dessus tout, c'est une grosse tempête.

— Mais je trouve quand même un avantage à l'hiver.

— Laisse-moi deviner, dit Anne en s'esclaffant. Tu peux porter ton manteau de castor.

— Tu as tout deviné !

C'est en riant que les deux sœurs entrent au manoir. Elles ont à peine franchi le seuil de la porte que Marguerite vient à leur rencontre en courant. Une fois à leur hauteur, elle se jette dans les bras de sa mère. Celle-ci la soulève au bout de ses bras et l'embrasse dans le cou. L'enfant rit aux éclats.

Lorsque sa mère la pose par terre, elle part en courant vers la cuisine. Quelques secondes plus tard, elle en ressort avec un quartier de pomme dans les mains.

— Viens voir les petits poissons qu'on a pêchés, dit Magdelon, en tendant la main à sa fille.

Pendant qu'Anne dépose les poissons sur la table, Magdelon installe Marguerite sur une chaise. Celle-ci touche les poissons du bout des doigts.

— Je coupe les têtes, dit Anne, et tu les vides. D'accord ?

— Pas de problème.

Quelques minutes plus tard, on frappe à la porte. Magdelon s'essuie les mains et va répondre. À peine a-t-elle entrebâillé la porte qu'un homme de la seigneurie lui dit :

— Venez vite, un homme s'est blessé. Il saigne comme un cochon.

— Que lui est-il arrivé ?

— Je ne sais pas, il est trop faible pour parler. Mathurin l'a trouvé au pied d'un arbre en faisant la tournée de ses collets. Il baignait dans son sang. Il s'est sûrement fait attaquer par un Indien.

— Je prends ma trousse et je vous suis.

Une fois à l'extérieur, Magdelon relève le col de son manteau. Un vent glacial vient de se lever. Elle marche d'un bon pas jusqu'à la maison de Mathurin. Sitôt qu'elle y entre, elle jette son manteau sur le dossier d'une chaise et se rend dans la chambre où l'homme est étendu sur le lit. Il respire difficilement. Elle déboutonne sa chemise pour voir d'où vient tout ce sang. Il a une vilaine blessure juste sous le sein gauche. À première vue, cela ressemble à un coup de couteau. Magdelon demande de l'eau à la femme de Mathurin pour désinfecter la plaie. Elle applique ensuite une bonne couche de pommade à base de plantes pour arrêter l'hémorragie. Au bout d'un moment, l'homme reprend connaissance. Il regarde tout autour de lui, en pleine confusion.

— Restez tranquille, lui dit Magdelon. Vous êtes à la seigneurie de Sainte-Anne-de-la-Pérade. Un de nos colons vous a trouvé en pleine forêt. Vous avez eu de la chance. Il faudrait que vous dormiez un peu, vous avez perdu beaucoup de sang.

— Il faut absolument que je vois madame de la Pérade. J'ai quelque chose à lui remettre.

— Vous tombez bien, je suis madame de la Pérade.

— Il y a une lettre dans la poche de ma veste pour vous.

— Qui vous l'a donnée ?

— Un homme blanc. Je ne l'avais encore jamais vu.

— Décrivez-le-moi.

L'homme s'exécute. Plus il avance dans sa description, plus Magdelon comprend qu'il s'agit d'Alexandre.

— Je vous remercie, lui dit-elle. Puis-je vous demander de ne pas parler de votre rencontre avec cet homme à qui que ce soit ?

— Vous venez de me sauver la vie. Vous avez ma parole, madame.

— Je reviendrai vous voir demain matin. D'ici là, il vaudrait mieux que vous dormiez. Mais au fait, qui vous a fait cette blessure ?

— Je marchais tranquillement en forêt quand un Indien a surgi devant moi en hurlant de toutes ses forces. On aurait dit le diable en personne. Il m'a sauté dessus sans aucun avertissement. Il m'a ensuite donné une série de coups de poing en pleine face. Après, il a sorti son couteau et me l'a planté dans la poitrine avant de s'enfuir avec mon gésier d'orignal. Il était rempli d'alcool jusqu'au bord.

— Toute cette eau-de-feu rend les Indiens fous. Et on continue de leur en donner jour après jour.

— Je vous le dis, madame, je n'ai jamais eu aussi peur de toute ma vie. J'étais certain que ma dernière heure était arrivée.

— Tâchez de vous reposer, lui dit-elle en lui mettant la main sur l'épaule. Je reviendrai vous voir demain.

Sur le chemin du retour, Magdelon se hâte. Elle est impatiente de lire la lettre que lui a remise l'homme. Elle souhaite de tout son cœur qu'elle vienne d'Alexandre. La température a encore chuté ; cette année, le mois de mars s'entête à garder l'air aussi froid qu'en plein cœur de janvier. Le vent glacial fouette son visage. Elle resserre son capuchon autant qu'elle le peut, mais rien n'y fait. Elle accélère le pas. Ses mains sont complètement gelées, car elle est partie si vite du manoir qu'elle a oublié de prendre ses mitaines. En changeant constamment sa trousse de main, elle peut ainsi réchauffer sa main libre dans la poche de son manteau.

Elle pense à l'homme qu'elle vient de soigner. Il l'a échappé belle. Dire qu'il a failli mourir pour un peu d'alcool…

Quand les Français sont arrivés en Nouvelle-France, ils ont apporté avec eux l'eau-de-vie, dont tout un chacun se sert encore aujourd'hui comme monnaie d'échange. Mais depuis quelques années, la présence de l'alcool a pris des proportions qui font peur. Plusieurs seigneuries ont maintenant un espace pour en entreposer, alors que d'autres ont même poussé l'odieux jusqu'à fabriquer leur propre alcool. C'est d'ailleurs, à son grand désarroi, le cas de la seigneurie de la Pérade. Elle a mis du temps à savoir à quoi servirait l'agrandissement de la grange. En octobre dernier, Pierre-Thomas est arrivé de Québec avec de grosses caisses de bois. Il les a placées dans la grange avant de repartir pour Trois-Rivières. Comme elle n'a obtenu aucune réponse quand elle l'a interrogé à propos du contenu des caisses, elle les a ouvertes. Elle n'a pas vu souvent un tel matériel, mais assez pour le reconnaître. Elle s'est retenue de tout détruire. Pourquoi aider les gens à courir à leur perte ? Pourquoi aider l'homme à perdre tout jugement ? Pourquoi entretenir la rivalité entre les Indiens et les colons ? Avant, on se battait pour des terres alors qu'aujourd'hui on est prêt à se battre pour quelques gouttes d'alcool. C'est vraiment désespérant !

Elle a essayé de dissuader Pierre-Thomas de se lancer dans une telle entreprise, mais sans succès. Il lui a simplement répondu que si ce n'était pas lui, ce serait quelqu'un d'autre. Alors pourquoi se priverait-il de faire des affaires d'or ? Elle est revenue à la charge les jours suivants, mais elle s'est butée chaque fois à un mur de silence. Même le fait de contrevenir à la loi n'a eu aucun effet sur lui. Pierre-Thomas a de bonnes relations, ce qu'elle ne sait que trop bien. Il est de tous les projets que l'intendant met de l'avant ; enfin, de tous ceux qui risquent de rapporter beaucoup d'argent. Si ce n'était pas de ses colons, la seigneurie de la Pérade ne serait pas ce qu'elle est aujourd'hui, ce que Magdelon lui répète souvent. En réalité, Pierre-Thomas s'occupe de tous les aspects autres que celui de défricher la terre et de la cultiver. Cette portion, il la laisse volontiers aux autres. Il est là pour régler les conflits, parfois même pour en créer, et réclamer son dû. Mais pour le reste, il brille par son absence plus souvent qu'autrement. Ses voyages à Québec, Trois-Rivières et Montréal sont de plus en plus nombreux. Il règne sur son royaume à distance et s'en porte très bien, et ses colons aussi il faut le reconnaître. Pierre-Thomas n'est pas et ne sera jamais l'homme le plus diplomate de la terre. Il traite ses gens avec brusquerie, oubliant trop souvent qu'il s'adresse à des humains. Il arrive même à Magdelon de se demander s'il connaît la définition du mot « humain ». À le voir agir, il semblerait que non. Certains de ses colons ont une peur bleue de lui, ce qui, aux dires de Magdelon, n'est pas normal du tout.

Elle arrive enfin au manoir. Elle accélère le pas. Elle ne sent plus ses doigts. Juste à penser qu'ils dégèleront bientôt la fait souffrir encore plus. Elle peut endurer beaucoup de choses, voir du sang, soigner les gens, travailler des jours durant, mais geler des doigts passe à un cheveu de lui tirer les larmes des yeux. « Dommage que je ne sache plus comment faire », songe-t-elle.

Chapitre 25

Il est à peine cinq heures du matin quand Magdelon se réveille. Elle se frotte les yeux et saute en bas du lit. Elle s'habille vitement et se rend à la cuisine. Toute la maison est encore endormie, ce qui fait son affaire. Ainsi, elle ne sera pas obligée de fournir des explications. Elle laisse quand même une note :

Je suis partie lever mes collets. À plus tard !

Magdelon

Elle sort un grand sac de toile et le remplit de nourriture. Deux pains cuits la veille par Marie-Joseph viennent occuper l'espace restant. Avant de sortir, elle déchire un morceau de pain, y étend un gros morceau de beurre et se sert un grand verre de lait. Elle mord à pleines dents dans son pain et mâche si vite qu'elle passe à un poil de s'étouffer. Elle avale son verre de lait d'un seul trait. Puis elle enfile ensuite son manteau et ses bottes, prend ses mitaines, son mousquet et ses raquettes au passage et sort du manoir sur la pointe des pieds alors que le jour commence à peine à penser à se lever. Sitôt dehors, elle prend la direction de la forêt. Heureusement, la température est plus clémente que la veille. Elle prend une grande respiration et accélère. Elle regarde autour d'elle afin de s'assurer qu'elle ne sera pas suivie.

C'était bien une lettre d'Alexandre que le coureur des bois qu'elle a soigné lui a remise. Son frère va bien et Tala aussi, même qu'elle est enceinte. Son frère lui a donné rendez-vous à quelques lieues de la seigneurie, en amont de la rivière. Elle marche d'un bon pas. Au passage, elle regarde ses collets, mais sans s'arrêter. Elle prendra les lièvres pris au piège au retour.

Une fois dans la forêt, elle chausse ses raquettes. Il a tellement neigé cet hiver que, même avec des raquettes, il est difficile de marcher en forêt. Elle avance lentement et se dit qu'à cette vitesse-là elle ne sera pas de retour au manoir avant la fin de la journée. Au moins, elle ne reviendra pas bredouille, ce qui lui permettra d'expliquer son retard. La majorité de ses pièges portent un lièvre au manteau tout blanc. Quand elle arrivera au manoir, elle les laissera dégeler et elle s'installera ensuite avec Marguerite pour les « éplucher », comme l'enfant le dit si bien. Magdelon a beau lui répéter que ce sont les épis de maïs qu'on épluche et non les lièvres, la fillette s'entête à utiliser ce verbe. C'est chaque fois une vraie partie de fous rires. La mère et la fille s'installent sur une chaise, face au dossier, alors que Catherine s'installe sur une autre chaise en face. Marguerite donne un nom au lièvre et le flatte du bout des doigts, comme si elle avait peur qu'il reprenne vie. Ensuite, sa mère et elle tiennent solidement chacune une des pattes de la bête pendant que Catherine tire la peau.

Magdelon se perd dans ses souvenirs.

* * *

— Tire, tire, crie Marguerite à Catherine de sa petite voix, plus fort, tire.

Rien qu'à l'entendre, les deux femmes rient de bon cœur. Encouragée, Marguerite répète son petit manège, encore et encore. Plus elle crie à Catherine de tirer, plus celle-ci rit et plus elle manque de force. Quand elle réussit enfin à en terminer un, Catherine offre toujours une patte à Marguerite. Chaque fois, l'enfant la repousse du revers de la main et dit à sa tante :

— Non, non, garde-la pour toi, tante Catherine.

Si Catherine insiste, elle descend à toute vitesse de la chaise et court se réfugier dans les bras d'une des Marie.

— Arrête de lui faire peur, dit Magdelon à sa sœur. Tu vois bien qu'elle n'aime pas cela.

— Elle est tellement drôle à voir que je ne peux pas résister. Tant pis, je les donnerai à Marie-Joseph, ajoute-t-elle d'un air moqueur. Elle, au moins, elle sera contente.

— Ne te moque pas d'elle.

— Tu ne vas pas me dire qu'elle aura plus de chance dans la vie si elle ramasse toutes les pattes des lièvres que tu prends que si elle n'en conserve qu'une seule. Elle doit maintenant en avoir un plein sac sous son lit. Je n'ose même pas imaginer combien elle en aura dans dix ans. Tu devrais la voir ! Chaque fois que je lui remets une patte, elle compte toutes celles qu'il y a dans son sac. Gare à moi si j'ai le malheur d'en avoir jeté une !

— Oui, je sais. Chaque fois elle pleurniche : « Ça va me porter malheur. »

— Et elle part en courant pour aller chercher la patte manquante. Moi, j'appelle ça de la folie. Entre toi et moi, on ne peut pas dire que les pattes de lièvre lui portent vraiment chance. En tout cas, être esclave n'est pas un signe de grande chance.

— Ne sois pas si dure avec elle. Je te rappelle qu'on a eu beaucoup de chance de naître dans une famille comme la nôtre. Chez nous, tout le monde sait lire et écrire ; Marie-Joseph est illettrée. Nous n'avons jamais manqué de rien, alors qu'elle a manqué de tout. Nous avons une mère aimante et notre père était un père exceptionnel, alors qu'elle n'a pas connu ses parents. Tu pourras te marier et fonder une famille, alors qu'elle passera toute sa vie à servir les autres.

— Notre vie n'est pas toujours aussi rose que tu le dis, Magdelon. Papa est mort. Marie-Jeanne a perdu deux maris. Alexandre est parti pour toujours. Et toi, toi tu as marié un homme que tu n'aimes pas. Il n'a jamais un mot gentil pour toi et il est toujours parti.

— Tu as raison, mais j'ai fait ce choix, alors qu'elle n'a pas le choix. C'est pourquoi quand tu ris du fait qu'elle collectionne les pattes de lièvre pour se porter chance, je ne suis pas d'accord avec toi. Maman nous l'a pourtant répété si souvent : « Moins les gens sont instruits, plus ils croient à des chimères. » Alors, laisse-lui ses croyances, c'est tout ce qu'elle a pour survivre, la pauvre.

— Je ne suis pas comme toi, moi. Je ne peux pas défendre tout un chacun comme tu le fais. Quand quelque chose me choque, je ne peux pas m'empêcher de le dire.

— Tu vas vieillir comme tout le monde et la vie va t'apprendre à respecter les autres. Ce n'est pas parce qu'on ne croit pas à quelque chose que les autres ne peuvent pas y croire.

— Tu y crois, toi, aux sorcières ? À toutes ces histoires qui donnent la chair de poule rien qu'à les écouter ?

— Pas nécessairement. Mais si de telles histoires existent, c'est parce que les gens en ont besoin.

— Ne viens pas me dire que tu crois aux sorcières et qu'il faut les brûler. En tout cas, moi, je refuse d'y croire.

— C'est ton droit, Catherine, mais tu dois respecter ceux qui y croient.

Au bout de quelques secondes de silence, Catherine poursuit :

— Marie-Charlotte est différente. Elle ne parle presque jamais et elle ne collectionne rien. En fait, même si je la croise chaque jour depuis des mois, je ne la connais pas. Et toi ?

— Laisse-moi te raconter son histoire.

* * *

Magdelon tente d'augmenter sa cadence. Elle doit fournir beaucoup d'efforts pour marcher. La neige folle ne supporte pas son poids. Chaque fois qu'elle fait un pas, elle s'enfonce jusqu'aux genoux et peine à avancer. Seul le plaisir de revoir son frère et Tala la motive à poursuivre sa route. Elle pourra enfin donner des nouvelles à sa mère qui se meurt sûrement d'inquiétude. Il faudra qu'elle trouve quelqu'un de fiable pour lui porter sa lettre. Même si les colons ont cessé leurs recherches pour l'hiver, ils n'ont pas mis pour autant de côté leur soif de vengeance envers Tala. Magdelon se dit qu'elle devra aussi être très prudente dans ses propos. Un simple petit détail pourrait compromettre la vie d'Alexandre, de Tala et du bébé à naître.

Elle doit admettre que Catherine avait raison quand elle a dit que la vie n'est pas facile pour leur famille non plus. Alexandre n'a commis aucun crime, mais pourtant sa vie à la seigneurie s'est terminée pour toujours le jour où il a décidé de suivre Tala. Il n'a maintenant d'autre choix que celui de se cacher.

« C'est trop injuste, se dit-elle en redoublant d'ardeur pour avancer. Tout cela est arrivé parce qu'un jour un homme de la marine s'est cru tout permis, même le fait de violer une princesse indienne. Et le pire, c'est que ce viol n'était pas un cas isolé, loin de là. La seule différence, c'est que Tala a osé tirer sur le violeur alors que les femmes des seigneuries, elles, choisissent plutôt de se taire et de souffrir en silence, priant de toutes leurs forces de ne pas être enceintes en plus, ce qui représenterait un changement radical et irréversible dans leur vie. Naître femme en Nouvelle-France n'est pas facile, il faut bien l'avouer. Il faut être forte et avoir de la chance. »

Magdelon s'arrête quelques minutes pour reprendre son souffle. Elle est en nage tellement elle doit fournir d'efforts pour avancer. Elle s'essuie le front et décide d'enlever son capuchon. Elle le remettra quand elle arrêtera de marcher. En attendant, sa coiffe suffira amplement à la tenir au chaud. Elle sort sa gourde et prend plusieurs gorgées d'eau. Elle ne doit plus être très loin de l'endroit où Alexandre lui a donné rendez-vous. Elle est impatiente de les revoir, lui et Tala. Elle ne comprend toujours pas comment les gens de la seigneurie peuvent être si assoiffés de vengeance après tout ce que Tala a fait pour eux. Elle reprend sa route. Au moins, le chemin du retour devrait être plus facile, elle n'aura qu'à suivre les traces qu'elle a laissées dans la neige.

Elle marche un long moment quand elle aperçoit enfin une petite clairière au loin. Elle s'approche doucement et s'arrête pour repérer le chemin à suivre. C'est alors qu'elle entend des voix derrière elle. Elle se retourne vivement, avec son mousquet en position de tirer, et voit Alexandre et Tala, bien emmitouflés dans des peaux. Le visage de Magdelon s'illumine. Elle dépose son arme et son sac sur le sol. Puis elle parcourt la distance qui la sépare de son frère et de Tala en une fraction de seconde et se jette dans leurs bras.

— Je suis si contente de vous voir, je pensais que je n'arriverais jamais, s'écrie-t-elle. Vous allez bien?

— Ça va, répond laconiquement Alexandre.

— Tu as maigri, toi, dit-elle à l'adresse de son frère. Et vous, Tala, comme vous avez engraissé! Il y a si longtemps que j'attendais de vos nouvelles. Je vous ai apporté plein de choses. Je meurs de faim, et vous? On pourrait discuter tout en mangeant.

Sans plus tarder, elle ouvre son sac, sort un pain et en déchire un bon morceau dans lequel elle mord sans rien ajouter dessus. Elle est rapidement imitée par Alexandre et Tala.

— Le bébé est prévu pour quand? demande-t-elle entre deux bouchées.

— Il devrait venir au monde en juin, répond Tala.

— Je suis si contente de vous voir. Allez, racontez-moi tout.

Magdelon se laisse tomber sur la neige et attend, bien impatiemment, qu'Alexandre commence à parler. Celui-ci prend une grande respiration et se lance:

— Le jour où on est partis de la seigneurie, on a marché tant qu'on a pu. On est restés cachés plusieurs jours. On est ensuite allés au village de Tala, mais on s'est vite aperçus qu'on n'y était pas les bienvenus.

— Pourquoi ? demande Magdelon. Je pensais que vous étiez là-bas depuis le soir où vous êtes partis.

— Je vous ai déjà expliqué, répond Tala, que je ne pouvais plus retourner dans mon village après le viol. Nous avons quand même tenté notre chance. Mais les anciens nous ont clairement fait comprendre que nous ne pouvions pas rester.

— En plus, Tala s'était présentée avec un Blanc. Si elle avait une petite chance de faire changer d'idée les siens, c'était bien fini. On est partis et on s'est installés sur le bord d'une petite rivière, en retrait de tout. On s'est construit une cabane et on a pêché et chassé pour se nourrir. J'ai pu faire du troc avec les coureurs des bois pour obtenir ce qu'on ne pouvait pas trouver dans la forêt. Quand l'hiver s'est pointé, on a préparé la cabane pour le froid. Voilà, il n'y a pas grand-chose d'autre à ajouter si ce n'est que nous allons avoir un bébé dans quelques mois, et que malgré tout ce qui nous est arrivé nous sommes très heureux, ajoute Alexandre en regardant tendrement Tala.

— Je suis si contente de voir que vous allez bien.

— Dites-moi comment va Marguerite, s'informe Tala. Et Jeanne ? Et Anne ? Je m'ennuie tellement de vous toutes !

— Vous aussi, vous nous manquez, répond Magdelon en mettant sa main sur l'épaule de Tala. Il ne se passe pas un seul jour sans qu'on parle de vous au manoir.

Magdelon leur donne des nouvelles de tout le monde. Elle sort même de son sac un dessin que Marguerite a fait pour Tala un jour où elle s'ennuyait trop d'elle. Celle-ci en a les larmes aux yeux.

— Je suis tellement désolée, dit Tala, mais je ne pouvais pas faire autrement que de partir.

— J'aurais sûrement fait la même chose. Notre justice est tout sauf parfaite, et les femmes doivent s'attendre au pire, même si elles ne sont coupables de rien. Notre monde en est un pensé par et pour les hommes, un monde où ils tolèrent tout juste notre présence, et ce, uniquement parce qu'ils ont besoin de nous. C'est quand même triste… Bon, ajoute Magdelon, il faut que je retourne au manoir. Mais avant de partir, il faut me dire quand et où je peux venir vous voir tous les deux.

— Viens avec nous, nous allons te montrer où est notre cabane. Tu peux venir nous voir quand tu veux. C'est tout près.

— Je vous suis. Vous n'aurez qu'à me dire ce qui vous manque et je vous l'apporterai la prochaine fois.

— Si tu pouvais nous apporter quelques affaires pour le bébé, ce serait parfait.

— C'est d'accord.

Sur le chemin du retour, Magdelon pense à sa discussion avec son frère et Tala. Elle se dit qu'il leur faut bien du courage pour vivre de cette façon, surtout qu'ils auraient pu se marier et jouir d'une vie beaucoup plus confortable à Verchères. Ce qui l'inquiète par-dessus tout, c'est l'enfant qui naîtra. Il y a peu de chance qu'il connaisse un jour une vie normale.

Perdue dans ses pensées, elle avance comme une automate jusqu'au moment où un bruit sec la fait sursauter. Elle saisit son mousquet. Prête à tirer, elle regarde tout autour. Au bout de quelques secondes, elle finit par apercevoir un homme au loin. À cette distance, impossible de dire si c'est quelqu'un de la seigneurie, un Indien ou un coureur des bois. Elle est sur le point de l'interpeller quand soudain elle change d'idée. Il ne marche pas dans ses traces, alors il vaut mieux le laisser aller pour éviter de devoir répondre à des questions. Elle replace son mousquet et poursuit sa route. Dans quelques minutes, elle pourra commencer la cueillette de ses lièvres, à moins que l'homme ne l'ait fait avant elle. Elle devrait être au manoir avant la brunante.

Elle est à peine à une lieue du manoir quand elle aperçoit un autre homme au loin. Plus elle s'approche de lui, plus elle pense le reconnaître. Il ressemble à Charles.

Elle n'a pas le temps de penser plus longtemps. Dès qu'il l'aperçoit, l'homme se met à crier :

— Magdelon, venez vite. C'est Anne.

Malgré la distance qui les sépare, elle reconnaît la voix : il s'agit bien de Charles. Mais qu'a-t-il dit ? Elle accélère sa cadence. Une fois à sa hauteur, son beau-frère s'écrie :

— Il faut faire vite. Il y a des heures qu'on vous attend. C'est Anne, elle ne va pas bien du tout.

— Je te suis, s'écrie-t-elle. Prend mon sac, il est rempli de lièvres.

Chapitre 26

Quand elle quitte enfin la maison de Zacharie, le soleil vient de se lever. Elle est épuisée. Si ce n'était pas du froid qui lui mord les joues et qui lui donne envie de marcher plus vite, elle s'appuierait sur un arbre au passage et fermerait les yeux quelques minutes. Elle n'a pas quitté Anne depuis la veille et n'a pas fermé l'œil une seule seconde. À son arrivée, Anne, brûlante de fièvre, se lamentait en se frottant le ventre. Magdelon lui a donné un mélange d'herbes pour faire baisser la fièvre et a demandé à Charles de lui apporter une pleine chaudière de neige pour mettre sur le front de sa sœur. Même si Anne ne devait accoucher que dans un mois, plus les heures passaient, plus elle était prise de contractions. Celles-ci se rapprochaient à un rythme vertigineux. Les choses se présentaient plutôt mal pour la future mère. Il fallait au moins que la fièvre tombe avant que le bébé se présente.

Magdelon revoit toute la scène comme si elle y était encore.

* * *

— Anne, je crois bien que c'est aujourd'hui que tu vas être maman, dit Magdelon d'un air joyeux.

— Mais je ne suis pas prête, s'écrie Anne entre deux contractions.

— Le bébé, lui, est prêt et c'est lui qui décide.

— Mais je n'ai même pas fini sa couverture.

— Ne t'inquiète pas pour ça, je te donnerai ce qu'il faut. Maintenant, je vais te préparer pour l'accouchement. Je reviens tout de suite.

— Ne me laisse pas toute seule ! supplie Anne en tirant sur la manche de sa sœur. J'ai peur, j'ai tellement peur.

— Tout ira bien, dit Magdelon en lui passant la main sur le front. Je vais chercher la mère de Charles et je reviens.

De grosses larmes coulent silencieusement sur les joues d'Anne. Magdelon la regarde avec tendresse avant de sortir de la chambre. Elle se dit que les choses seraient beaucoup plus faciles si Tala était là, mais elle n'a pas le temps de s'apitoyer sur son sort. Il y a un bébé qui ne demande qu'à venir au monde. Elle revient vite avec la mère de Charles et tout ce qu'il faut pour préparer la venue du bébé.

Heureusement, la fièvre d'Anne finit par tomber. Magdelon lâche un grand soupir de soulagement. Anne aura besoin de toute son énergie pour mettre au monde son enfant, d'autant qu'on ne sait jamais à quoi s'attendre lors d'un accouchement.

Plusieurs heures s'écoulent sans que le travail avance vraiment. Anne est de plus en plus fatiguée. Entre les pics de contractions, elle pose toutes sortes de questions à Magdelon. Elle est terrorisée à l'idée que son bébé ait des problèmes. Et s'il lui manquait un membre ? Et s'il était sourd ? Ou aveugle ? Ou pire, s'il mourait ? Chaque fois, sa sœur la rassure du mieux qu'elle peut, sachant pertinemment que tout peut arriver, même le pire.

La nuit est déjà très avancée quand le bébé se décide enfin à voir le jour.

— Pousse, Anne, pousse encore. Je vois sa tête. Encore. Tu y es presque.

— Je ne suis plus capable de pousser, murmure celle-ci, à bout de forces.

— Allez, fais un dernier effort, pousse. Je tiens sa tête maintenant. Allez !

Quelques secondes après, Magdelon tient le bébé dans ses bras.

— C'est un beau petit garçon. Il a l'air en pleine forme.

Magdelon coupe le cordon et tend le bébé à la mère de Charles. Celle-ci l'enveloppe rapidement dans une couverture et le donne à Anne. Celle-ci pleure à chaudes larmes en regardant son fils. C'est alors qu'elle est prise de nouvelles contractions, à un point tel qu'elle passe près d'échapper le nouveau-né. Sans trop comprendre, la mère de Charles reprend le bébé et s'éloigne un peu pour laisser la place à Magdelon. Celle-ci pèse sur le ventre d'Anne et plisse les yeux. Ce n'est pas normal. Sa sœur vient d'accoucher et son ventre est encore très tendu. Magdelon réfléchit un moment et dit comme pour elle-même :

— À moins qu'il y en ait un deuxième…

Après s'être placée au bout du lit, elle constate vite qu'une deuxième tête se pointe. Énervée, elle s'écrie :

— Je te l'avais bien dit que tu aurais des jumeaux ! Pousse, pousse fort, Anne. La tête est engagée. Ça achève.

Sans trop chercher à comprendre, Anne s'exécute et donne tout ce qu'il lui reste d'énergie. C'est pratiquement d'un seul souffle que le deuxième bébé voit le jour.

— C'est une belle petite fille ! annonce Magdelon. Tu es une championne. Tu as fait deux bébés en même temps.

Magdelon demande une couverture à la mère de Charles pour envelopper le bébé.

— Toutes mes félicitations, dit-elle en embrassant Anne. Tu as fait du beau travail. Tu auras dorénavant beaucoup de pain sur la planche, j'aime mieux te le dire. Je vais aller chercher Charles, il doit être mort d'inquiétude après t'avoir entendue crier de la sorte.

— Je voudrais dormir, je suis si fatiguée.

— Tu dormiras tout à l'heure. Laisse-moi faire ta toilette avant.

Mais Anne n'entend plus rien. Elle vient de perdre conscience. Lorsque Magdelon s'en rend compte, elle secoue sa sœur de toutes ses forces et crie :

— Anne, Anne, reste avec moi ! Tu ne peux pas t'en aller. Tu as deux beaux enfants qui ont besoin de toi et un mari. Anne, je t'en prie, reviens.

Mais son appel demeure sans réponse. Elle est désespérée. Elle pose ensuite son oreille sur la poitrine de sa sœur et se relève au bout de quelques secondes, le regard vide. Le cœur ne bat plus.

— Elle est morte, souffle Magdelon d'une voix à peine audible au moment où Charles fait son entrée dans la chambre, le sourire aux lèvres. Je suis désolée, j'ai fait tout ce que j'ai pu. Je suis vraiment désolée.

Charles s'approche du lit et passe délicatement sa main dans les cheveux de sa femme avant de déposer un baiser sur son front. Il se tourne vers sa mère et lui dit :

— Vous pouvez vous occuper des bébés ? Je dois aller travailler, j'ai deux bouches à nourrir.

Il sort ensuite de la chambre. Seul son dos, légèrement courbé, trahit la douleur intense qui l'habite. Magdelon donnerait tout ce qu'elle a pour changer le cours des choses. «Pourquoi a-t-il fallu que Dieu vienne chercher Anne ? Elle n'a jamais fait de mal à personne. Pourquoi ? C'est trop cruel !»

Elle s'affaire ensuite à nettoyer le lit et à préparer la morte. Magdelon a l'air d'une automate. Cette nuit, elle aimerait de tout son cœur être capable de pleurer. Elle sait que la boule qui lui oppresse la poitrine mettra du temps à partir, beaucoup de temps. Elle avait quatorze ans la dernière fois qu'elle s'est permis de pleurer. Elle venait de sauver la seigneurie après une attaque des Iroquois, alors que ses parents l'avaient laissée avec ses jeunes frères au fort pour quelques jours. Durant tout le temps qu'a duré l'attaque, pas une seule seconde ne s'est écoulée sans qu'elle pense que sa dernière heure était arrivée. Jamais elle n'a eu aussi peur de toute sa vie. Une fois dans son lit, elle a pleuré toutes les larmes de son corps. Au matin, elle s'est juré de ne plus jamais avoir peur et de ne plus jamais verser une larme de toute sa vie.

Il faut qu'elle prévienne sa mère. Pas plus tard qu'hier, elle était si heureuse de pouvoir enfin lui donner des nouvelles d'Alexandre…

Comme elle est certaine de ne pas trouver le sommeil de sitôt, elle décide de faire un petit détour pour aller chez Mathurin vérifier l'état de santé du coureur des bois. Elle évitera ainsi d'être obligée de ressortir plus tard dans la journée. Elle espère de tout son cœur qu'il va bien, sinon elle ne sait vraiment pas si elle aura la force de le soigner. Sa tête est comme dans un étau.

Lorsqu'elle arrive chez Mathurin, elle se garde de frapper avant d'entrer de peur de réveiller toute la maisonnée, mais tous sont déjà attablés. La femme de Mathurin lui offre un café qu'elle s'empresse d'accepter. Magdelon les informe du décès d'Anne et fait un effort pour participer à la conversation. Elle se rend ensuite au chevet du coureur des bois qui l'accueille chaleureusement :

— Je suis si content de vous voir, madame de la Pérade !

— Vous avez l'air plutôt bien. Laissez-moi voir cette plaie, dit-elle en s'approchant.

Pendant une fraction de seconde, elle se sent happée par le regard du coureur des bois. Ses yeux couleur des flots un jour de tempête lui font tourner la tête. Se faisant violence, elle détourne vivement le regard et se concentre sur la plaie. Son cœur bat à tout rompre.

— Vous avez eu beaucoup de chance, vous savez, parvient-elle à bafouiller. Vous pourrez reprendre votre route dans un jour ou deux.

C'est alors que, sans crier gare, le coureur des bois lui prend la main et déclare :

— Toute ma vie, je vous serai redevable. Vous pouvez me demander tout ce que vous voulez.

Il pousse l'audace jusqu'à déposer un baiser sur le dessus de la main de Magdelon, ce qui cause à la jeune femme une bouffée de chaleur jusqu'à la pointe des cheveux. Gênée, elle retire brusquement sa main et recule d'un pas. Quand elle reprend ses esprits, elle dit :

— J'aurais besoin que vous apportiez des choses à l'homme qui vous a remis la lettre quand je ne pourrai plus me déplacer à mon aise, dit-elle en se frottant le ventre.

— Votre bébé est attendu pour quand ?

— Pour novembre. Alors ?

— Ce sera avec grand plaisir. Je passerai vous voir chaque fois que je viendrai dans le coin. Je devrais revenir par ici dans environ deux mois.

— Merci. Je dois partir maintenant.

Sans plus attendre, Magdelon sort de la chambre, encore toute retournée.

« Je suis une imbécile, se dit-elle sur le chemin du retour. Ma sœur vient de mourir en couches et je m'excite pour un simple petit baiser sur le dessus de ma main. Il faut vite que je dorme. Une tisane me fera le plus grand bien. »

Lorsqu'elle arrive enfin au manoir, Marguerite lui saute au cou en la voyant. Magdelon la serre dans ses bras et l'embrasse dans le cou, ce qui fait rire l'enfant aux éclats. Elle va ensuite à la cuisine, certaine d'y trouver Catherine. Il vaut mieux lui apprendre la triste nouvelle tout de suite. À sa vue, Catherine se lève et lui demande :

— Alors, comment va Anne ? J'étais tellement inquiète que je m'apprêtais à aller aux nouvelles.

Comme Magdelon met un peu de temps à répondre, Catherine revient à la charge :

— Alors, comment va-t-elle ?

Magdelon soulève les épaules et respire à pleins poumons avant de plonger :

— Elle a eu des jumeaux, un garçon et une fille. Ils sont en pleine santé et…

Magdelon s'arrête. Les mots refusent de franchir ses lèvres.

— J'ai donc deux neveux de plus. Crois-tu que je pourrais être la marraine de l'un d'eux ? Et Anne, comment va-t-elle ? Parle !

Magdelon prend son courage à deux mains et annonce :

— Anne est morte quelques minutes après la naissance de ses jumeaux.

Catherine blêmit des pieds à la tête. Elle a l'impression de ne plus avoir une seule goutte de sang dans les veines. Elle a sûrement mal compris. Anne ne peut pas être morte, c'est impossible. Elle refuse de le croire.

— Anne ne peut pas être morte ! hurle-t-elle. Tu te trompes sûrement.

— Je suis vraiment désolée, Catherine, mais Anne est bel et bien morte.

— Non ! s'écrie-t-elle en réalisant tout à coup la portée de ce que Magdelon vient de dire. Tu aurais dû la sauver et laisser mourir les enfants.

— Tu sais aussi bien que moi que ce n'est pas aussi simple. Si j'avais eu le choix, je les aurais sauvés tous les trois, mais le destin en a voulu autrement. Je suis désolée. Nous la mettrons en terre demain.

— Et Charles ?

— Il est fort, il survivra. Et ses enfants l'aideront à passer à travers.

— Il faut avertir maman.

— Je m'en occupe tout de suite, avant d'aller dormir un peu. À mon réveil, je dois te parler d'une autre chose.

— S'il s'agit d'une autre mauvaise nouvelle, tu peux bien la garder pour toi, dit Catherine en s'essuyant les yeux. Je sors prendre l'air avec Marguerite.

Chapitre 27

— Prenez sur vous, s'écrie Magdelon, je vous en prie.

— Comment voulez-vous que je prenne sur moi, hurle Pierre-Thomas, quand mes propres colons vont faire moudre leurs grains dans une autre seigneurie ?

— Vous deviez bien vous douter que cela arriverait un jour ou l'autre. Vous les traitez comme des moins que rien. Le seul que vous ayez jamais respecté, c'est Zacharie et il est mort.

— Laissez reposer Zacharie en paix, ce n'est pas de lui dont il est question. Je fais tout pour mes colons et, à la première occasion, ils me privent de moudre leurs grains. Trouvez-vous cela normal ? Je vais leur montrer de quel bois je me chauffe, vous allez voir.

Sans attendre, Pierre-Thomas prend son mousquet et s'assure qu'il est bien chargé. D'un pas assuré, il se dirige vers la porte. Magdelon court se placer devant la porte.

— Vous n'irez nulle part, dit-elle d'une voix autoritaire, les deux mains sur les hanches. Je ne vous laisserai pas poser un geste que vous regretteriez. Rangez ce mousquet immédiatement. Ce n'est pas une bonne manière de régler vos problèmes. Je vous rappelle que vous avez une famille à nourrir. Il ne faut donc pas que vous vous retrouviez en prison.

— Ôtez-vous de mon chemin tout de suite, sinon…

— Sinon quoi ? Vous ne me faites pas peur. J'aime autant vous le dire tout de suite, je ne bougerai pas d'ici tant et aussi longtemps que vous n'aurez pas retrouvé vos esprits. Vos colons sont déjà suffisamment traumatisés par vous sans que vous alliez les menacer avec une arme en plus. Un coup est vite parti, vous le savez.

— Puisque vous savez tout, dites-moi ce que je dois faire alors, vocifère-t-il entre ses dents. Je vous ferai remarquer que vous n'êtes pas toujours très douce à leur égard vous non plus.

— C'est vrai, mais je ne vous arrive pas à la cheville. À ce jeu, vous êtes le meilleur. Si j'étais un de vos colons, je serais la première à aller faire moudre mes grains ailleurs. Jamais vous n'avez un bon mot pour eux. Chaque fois que vous leur adressez la parole, c'est pour leur faire un reproche ou pour leur faire perdre la face devant leurs pairs. Comptez-vous chanceux qu'ils n'aient pas fait affaire plus souvent avec un autre moulin.

— Eh bien, je vous jure que c'était la dernière fois que l'un d'entre eux osait même penser y aller. Laissez-moi passer maintenant.

— Je vous le répète : vous ne sortirez pas avec votre mousquet.

Pierre-Thomas se rapproche et regarde sa femme droit dans les yeux. Elle soutient son regard sans sourciller. Elle met sa main sur la poitrine de son mari comme si elle voulait garder une certaine distance entre eux, puis poursuit sur un ton ferme :

— Écoutez-moi. Vous vous souvenez de la soirée que nous avons organisée pour fêter le Nouvel An avec les colons ?

Sans lui laisser le temps de réfléchir, elle continue sur sa lancée :

— Cette année-là, aucun d'entre eux n'a même pensé à aller faire moudre ailleurs. Pourtant, dois-je vous rappeler que vous n'aviez pas un meilleur caractère ? Je vous le redis, il faut que vous changiez d'attitude avec eux et rapidement. Donnez-moi votre mousquet, ordonne-t-elle en mettant la main sur la crosse. Allez ! On ne va pas passer toute la soirée à discuter ici.

Vous me donnez votre mousquet et je vous sers à boire, un double si vous voulez.

Pierre-Thomas respire fortement sans quitter sa femme des yeux. S'il avait des fusils à la place des yeux, elle serait déjà probablement morte. Au bout de quelques secondes, il tourne les talons et va ranger son mousquet. Puis il va s'asseoir au salon.

— Alors, ça vient ? demande-t-il d'un ton autoritaire.

Magdelon sourit. Pour cette fois, elle peut bien obéir à son ordre. Elle va chercher la bouteille d'alcool et deux verres qu'elle remplit jusqu'au bord. Elle en tend un à son mari et prend ensuite l'autre qu'elle élève devant elle à la santé de son époux. Il imite son geste, mais la seconde d'après il boit son verre d'un seul trait. Sans qu'elle ait même le temps de prendre une seule gorgée, il s'empare ensuite du verre de Magdelon et le boit également d'un coup. Il se lève et dit :

— Il est vraiment bon, vous devriez y goûter.

— Où allez-vous ?

— Me coucher.

Elle se sert à boire et prend le temps de savourer chaque gorgée. « Pierre-Thomas avait raison. Il est vraiment très bon cet alcool. »

Elle ferme ensuite les yeux et pense à sa vie. Elle fait partie à coup sûr des femmes à qui la vie sourit. Elle n'a certes pas fait un mariage d'amour et aujourd'hui elle sait que jamais elle ne sera amoureuse de Pierre-Thomas. Il y a des moments où elle maudit le jour où elle a connu son Louis. Pierre-Thomas est tout le contraire de ce dernier : il est bourru et elle peut compter sur les doigts d'une main les occasions où il a eu un mot tendre pour elle. Elle sait aussi que jamais elle ne ressentira l'ombre d'un désir pour lui. Quand il se laisse tomber sur elle de tout son poids et qu'il la pénètre, chaque fois elle voudrait perdre conscience et revenir à elle uniquement quand tout est fini. Depuis le temps, elle y est presque arrivée. Heureusement, Pierre-Thomas n'est pas exigeant de ce côté-là, ni sur la durée, ni sur la fréquence, ce qui fait plutôt son affaire.

Elle doit reconnaître qu'il est un bon père pour Marguerite. On dirait qu'avec elle il se transforme et devient presque humain. Son attitude avec leur fille la rassure pour la venue de leur deuxième enfant. Elle passe sa main sur son ventre arrondi et sourit. Dans moins de deux mois, elle tiendra un petit être dans ses bras. Elle espère de tout son cœur que ce sera un garçon. Elle a déjà retenu plusieurs prénoms. Il faudra d'ailleurs qu'elle s'occupe de trouver quelqu'un pour l'aider à accoucher. Elle pourrait peut-être demander à Lucie, la femme de Zacharie. Elle est calme et sûre d'elle et a elle-même accouché plusieurs fois. Il suffit de la regarder faire avec les jumeaux d'Anne et on reconnaît vite son expérience de mère. Magdelon a un moment de nostalgie en pensant à Anne. Elle aurait fait une si bonne mère… Elle pense tout à coup à Catherine qui tourne autour de Charles depuis la mort de sa sœur et qui prend soin des jumeaux chaque fois qu'elle a un moment. Compte tenu de la situation, ce serait sans doute une bonne idée de marier Catherine et Charles. Il faudra qu'elle en parle à Catherine.

Elle poursuit sa réflexion. En quittant Verchères pour Sainte-Anne-de-la-Pérade, elle n'a pas, comme bien d'autres femmes lors de leur mariage, diminué de statut, bien au contraire. Sainte-Anne est une belle seigneurie où les terres font l'envie de plus d'un colon. D'ailleurs, elle est certaine que si les colons de Verchères voyaient la seigneurie de Sainte-Anne, ils voudraient tous y déménager. Sans compter que les Iroquois sont plutôt absents ici la plupart du temps, alors qu'à Verchères derrière chaque arbre il y en a un qui se cache. Un grand frisson la parcourt tout entière. Il y a encore des nuits où elle revit chaque seconde de l'attaque qui a marqué sa vie à jamais. Elle était jeune, bien trop jeune pour être placée devant une telle situation. Elle secoue vivement la tête pour chasser ce souvenir qui empoisonne trop souvent ses nuits. Pourtant, ce jour-là, elle est devenue populaire bien malgré elle. Il faudrait d'ailleurs qu'elle écrive au roi un de ces jours.

Avec Pierre-Thomas, elle ne manquera jamais de rien, même qu'elle peut dire qu'elle a beaucoup plus que la grande majorité des femmes de la Nouvelle-France. Elle n'a rien à envier à aucune, même pas à sa belle-mère qui habite une grande maison en plein cœur de Montréal. Elle a des domestiques – elle préfère les appeler ainsi – qui lui facilitent drôlement la tâche et qui lui laissent toute liberté d'action. Elle peut aller à la chasse quand elle veut, ou aller pêcher, ou, encore mieux, monter à cheval. Pierre-Thomas a même accepté de lui réserver un cheval pour ses promenades. Elle seule peut le monter. C'est une belle bête, haute et fière, d'un caractère à la fois fort et doux. La première fois qu'elle l'a vue, elle est tombée sous le charme. Elle a appelé son cheval Frisson. Et maintenant, elle peut partir avec Marguerite, assise devant elle. C'est alors chaque fois un moment unique. Magdelon sait très bien qu'elle est privilégiée de pouvoir vivre une si belle vie.

Depuis son arrivée à Sainte-Anne, elle a eu la chance de rencontrer des gens d'exception. Jeanne… Elle se souvient comme si c'était hier du jour où la servante est venue l'accueillir sur le quai et lui a ensuite montré sa chambre. Ce jour-là, elle a tout de suite su qu'elle avait une nouvelle amie, une complice de tous les jours. Depuis, il ne se passe pas une seule journée sans qu'elle ait une pensée pour elle. Jeanne est si heureuse avec sa petite famille que son bonheur fait mal à voir. Magdelon a peu d'occasions de la voir, mais chaque fois c'est avec grand plaisir. Chaque fois, Jeanne ne manque pas de la remercier de lui avoir permis de se marier… comme si on avait droit de vie ou de mort sur le bonheur de quelqu'un.

Et Tala, sa princesse indienne… Quand Jeanne et elle l'ont trouvée dans la forêt, elle aurait bien voulu avoir devant elle l'ordure qui venait de la violer. Elle aurait tué l'homme sur-le-champ. Si elle a un regret dans la vie, c'est celui de ne pas avoir pu empêcher Tala de tuer son agresseur. Cette nuit-là, la vie de l'Indienne a basculé à jamais. Et du même coup, celle d'Alexandre, ce frère qu'elle aime tant. Elle leur rend visite de temps en temps, mais elle donnerait cher pour les savoir en sécurité. Ce n'est pas une vie de passer son temps caché, surtout avec un bébé. Elle craint que les choses tournent mal pour eux. Elle a un pressentiment qu'elle n'arrive pas à chasser de ses pensées.

« Bon, c'est assez pour ce soir, songe-t-elle finalement. Il est temps que j'aille dormir. »

Magdelon se lève péniblement de sa chaise. Elle prend son châle et va dans la chambre de Marguerite. Celle-ci dort à poings fermés. Elle lui passe la main dans les cheveux et remonte sa couverture avant de sortir de la pièce. Elle se dirige ensuite vers sa chambre. Pierre-Thomas ronfle comme une cheminée et toute la pièce empeste l'alcool.

« Mais au moins, il n'a blessé personne ce soir. C'est beau d'avoir du caractère, mais autant c'est trop. Arrivera-t-il un jour à comprendre que s'il traitait mieux ses colons il obtiendrait tellement plus d'eux ? »

Elle se prépare à se coucher quand soudain Pierre-Thomas la fait sursauter. Il ne crie pas, il hurle. Mais de quoi parle-t-il au juste ?

— Arrête de me poursuivre, c'est tout ce que tu méritais. Arrête, je te dis, tu n'avais qu'à ne pas te mettre en travers de mon chemin.

Non seulement il crie, mais il gesticule comme s'il se défendait contre quelqu'un qui l'attaque. Ce n'est pourtant pas la première fois qu'il fait ce cauchemar, mais chaque fois elle en a la chair de poule.

— Arrête, sinon je vais te tuer.

Un silence s'installe, quelques secondes à peine, mais qui semblent durer une éternité. Puis Pierre-Thomas reprend de plus belle en faisant de grands gestes comme s'il était en train de noyer quelqu'un :

— Je t'avais prévenu, je t'avais prévenu…

Et il force comme un bœuf. C'est alors que Magdelon le secoue jusqu'à ce qu'il se réveille, ce qui prend parfois quelques minutes. Quand il revient à lui, elle lui pose des questions, mais il prétend ne se souvenir de rien.

« J'aimerais savoir ce qu'il me cache, songe-t-elle dans ces moments-là. On ne fait pas ce genre de cauchemar sans raison. »

Chapitre 28

— C'est au-dessus de mes forces, je ne peux pas, déclare Catherine en posant une pile de vêtements devant elle. J'ai essayé, mais je n'y arrive pas. Chaque fois que j'en mets un, je la vois devant moi. Donne-les à quelqu'un d'autre, mais pas à la sœur de Charles, je t'en prie. Je ne supporterais pas de les voir sur quelqu'un que je côtoie souvent.

— Qu'est-ce qui t'arrive, Catherine ? Ce ne sont que des vêtements et ils te vont très bien. Si tu acceptes de les garder, tu serais sûrement la femme qui possède le plus de vêtements dans toute la seigneurie.

— Tu ne comprends pas, Magdelon. Ce sont les vêtements de ma sœur, dit-elle en insistant sur le « ma ». Je ne peux pas me marier avec Charles et porter les vêtements de sa veuve. Je ne suis pas Anne et je refuse d'être son fantôme. J'aime Charles de tout mon cœur, mais je ne pourrais pas accepter de me glisser dans la peau de quelqu'un d'autre pour qu'il m'aime. Je veux qu'il m'aime pour moi, pas parce que je lui rappelle Anne.

Sur ces mots, Catherine se met à pleurer à chaudes larmes. Magdelon s'approche d'elle et la prend par les épaules.

— Voyons, ne pleure pas. Même si tu m'en avais parlé quelques fois, je ne me doutais pas que c'était aussi sérieux. Je vais les envoyer à maman. De cette manière, tu n'auras pratiquement aucune chance de voir les vêtements d'Anne sur quelqu'un.

Catherine renifle un bon coup et dit à sa sœur en l'embrassant sur la joue :

— Merci ! Tu es la meilleure des sœurs !

— Tu n'es pas mal non plus, répond Magdelon, le sourire aux lèvres. Donne-moi une minute et je reviens.

Magdelon prend la pile de vêtements et va dans sa chambre. Elle revient avec une autre robe, blanche cette fois. À sa vue, Catherine s'écrie :

— Depuis quand l'as-tu ?

— Elle est arrivée hier.

— Je meurs d'envie de l'essayer ! Je peux ?

— Bien sûr. Il est trop tôt pour faire les altérations, mais rien ne t'empêche de l'essayer chaque fois que tu en as envie.

Sans attendre, Catherine prend la robe des mains de sa sœur et file dans sa chambre. Quand elle revient dans la cuisine, Magdelon en a le souffle coupé tellement elle est belle.

— Tu as l'air d'un ange. Cette robe te va comme un gant. Tourne sur toi-même lentement que j'y regarde de plus près.

Catherine s'exécute. Elle a l'impression de flotter tellement elle est heureuse. De toute sa vie, jamais elle n'a eu aussi hâte que l'été finisse. Elle est chaque jour plus impatiente de vivre avec Charles et les jumeaux. Elle aura enfin sa petite famille à elle. Sans l'aide de Magdelon, elle n'y serait jamais arrivée. Il a fallu quelques visites à la mère de Charles pour faire débloquer les choses. Charles était perdu depuis la mort de sa femme ; il ne faisait que travailler et s'occuper de ses enfants. Magdelon et Lucie ont dû beaucoup insister pour lui faire entendre raison. À plusieurs reprises, Catherine a été tentée de tout laisser tomber et de jeter son dévolu sur un autre prétendant, mais elle ne pouvait s'y résoudre. Elle ne l'a jamais dit à personne, pas même à Magdelon, mais elle est tombée amoureuse de Charles dès qu'elle l'a vu. Pendant qu'il échangeait ses vœux avec sa sœur, elle aurait tout donné pour se substituer à elle. Elle le voyait partout. Le jour où Magdelon lui a annoncé qu'Anne était morte en couches, elle aurait voulu mourir à sa place. Les semaines qui ont suivi ont été les plus difficiles de sa vie. Même si elle savait qu'elle n'avait rien à voir dans la mort de sa sœur, pas une seule journée ne se passait sans qu'elle se sente coupable d'aimer le mari d'Anne. Un bon matin, elle s'est dit que c'était assez. Il fallait qu'elle avoue ses sentiments pour Charles à Magdelon. Ce n'est qu'alors qu'elle a enfin pu retrouver la paix. Et voilà que la date de son mariage est maintenant fixée.

— Il n'y a rien à retoucher. On dirait que cette robe a été faite pour toi.

Mais Catherine n'a rien entendu. Elle est perdue dans ses pensées et sourit. Magdelon la secoue doucement et lui dit :

— Je ne sais pas à quoi tu pensais, mais mon petit doigt me dit que c'était très plaisant. Allez, va enlever cette robe, elle est parfaite.

— Est-ce que je peux la ranger dans ma chambre ?

— Bien sûr ! Tu peux même l'essayer chaque jour si le cœur t'en dit, répond Magdelon en riant. Je ne te demande qu'une seule chose : ne la mets pas pour aller à l'étable.

Les deux sœurs éclatent de rire en chœur.

— Fais vite, ajoute Magdelon. Je t'attends pour faire les tartes aux pommes.

— Donne-moi une minute et je serai là. C'est moi qui couperai les pommes.

— Comme tu voudras. Je fais un saut dehors pour vérifier si Marie-Charlotte s'en tire bien avec les enfants et je reviens.

Une fois sur la galerie, Magdelon s'arrête un moment et observe ses enfants à distance. Marguerite tient le coin du tablier de Marie-Charlotte alors que le bébé s'agrippe à celle-ci en lui tirant les cheveux. Ils sont si beaux à voir. Elle sent une grande fierté l'envahir à la vue de sa petite famille. Charles François Xavier a presque six mois. Pourtant, elle a l'impression d'avoir accouché la veille. Tout a été si facile cette fois. Heureusement d'ailleurs, cela l'a réconciliée avec la maternité. En moins de deux heures, son fils était au monde. Lucie a su s'y prendre avec elle. Magdelon se sentait en sécurité. Chaque fois que l'inquiétude de revivre un accouchement comme son premier ou, pire encore, comme celui d'Anne refaisait surface, Lucie trouvait les mots pour la rassurer.

— Arrêtez de vous inquiéter. Il n'y a pas un accouchement pareil. Tout ira bien, vous verrez. Je vous le promets. Tout se présente bien. Faites-moi confiance.

Magdelon ne sait pas pourquoi, mais chaque fois la voix la calmait et elle pouvait ainsi trouver la paix de l'esprit au moins pour quelques minutes. La mort de sa sœur en couches l'a infiniment bouleversée. Pendant des semaines, après la mort d'Anne, elle rêvait nuit après nuit que celle-ci la suppliait de l'aider. Et Magdelon restait là, impuissante, à la regarder mourir. Au matin, elle n'avait alors qu'une envie : oublier toutes ses connaissances pour soigner les gens et jeter le contenu de ses fioles dans la rivière. Ces jours-là, immanquablement, quelqu'un avait besoin d'elle et elle retrouvait le courage et le plaisir d'aider.

Elle porte ensuite son regard sur sa fille. Elle a beaucoup grandi. C'est une vraie petite demoiselle. Ses longs cheveux bouclés lui donnent des airs de poupée de porcelaine. Mais il ne faut pas se fier aux apparences ; derrière ses airs d'enfant sage, elle a un peu trop de caractère pour son âge. Chaque matin, mademoiselle choisit les rubans qu'elle veut mettre dans ses cheveux et gare à qui la contrarie. Hier, elle a piqué une colère mémorable. Magdelon avait beau lui présenter ses rubans l'un après l'autre, ce n'était jamais le bon. L'enfant répétait sans cesse :

— Je veux le bleu, le bleu de tante Marie-Jeanne.

Magdelon a sorti une fois de plus tous les rubans de Marguerite – et Dieu sait qu'elle en a –, sans succès. La fillette était inconsolable. Et ce n'était pas la première fois qu'elle demandait un ruban introuvable. Au déjeuner, Magdelon a demandé à Catherine si elle savait de quel ruban il s'agissait.

— Mais oui, c'est son plus beau. Il est brodé. Tu ne te souviens pas? Marie-Jeanne le lui a donné lors de sa dernière visite. Elle l'avait fait venir exprès de Montréal. Il y a des choses qui disparaissent mystérieusement dans cette maison. À ma connaissance, c'est au moins le quatrième ruban de Marguerite qui est introuvable. Laisse-moi faire ma petite enquête.

Tout à coup, Marguerite lâche le tablier de Marie-Charlotte et part en courant. Un peu plus loin, la fillette s'arrête et se penche pour ramasser quelque chose, qu'elle tient précieusement dans sa main. Puis elle va rejoindre Marie-Charlotte.

«Quel trésor vient-elle encore de découvrir? se demande Magdelon. Pourvu que ce ne soit pas une autre bestiole.»

Satisfaite, Magdelon rentre aider Catherine. Elle salive déjà à l'idée de l'odeur que les tartes aux pommes répandront dans tout le manoir.

— Que dirais-tu d'aller pêcher après? J'ai très envie de manger de la truite.

— Je veux bien t'accompagner à la pêche, dit Catherine. Je peux même pêcher avec toi, mais ne compte pas sur moi pour manger le poisson.

— Tu devrais y goûter à nouveau.

— Non merci! J'aime encore mieux sauter un repas.

— Tu ne sais pas ce que tu manques!

Le soir, alors qu'elle peut enfin s'offrir une petite heure de lecture à la lueur de la chandelle, on frappe à la porte. Prise par son roman, Magdelon sursaute. Elle se lève et s'empare de son mousquet avant d'aller ouvrir.

— Qui va là ? demande-t-elle d'une voix autoritaire.

— C'est moi. J'ai une lettre pour vous.

Elle met quelques secondes pour reconnaître la voix du coureur des bois. Il lui apporte sûrement des nouvelles d'Alexandre. Rassurée, elle ouvre la porte :

— Entrez.

— Je vous prie de m'excuser pour l'heure. J'ai été quelque peu retardé.

— Mais vous saignez juste au-dessus de l'œil ! Qui vous a fait ça ?

— Ce n'est rien, rassurez-vous. C'est juste une égratignure.

— Entrez et attendez-moi à la cuisine. Je vais chercher ma trousse.

Elle examine la plaie du coureur des bois. Elle est si près de lui qu'elle sent sa respiration. Elle sent son cœur s'emballer.

— C'est loin d'être une petite égratignure. La plaie est profonde. Il va falloir la désinfecter. Comment vous êtes-vous blessé ?

— Ce n'est rien, je vous dis. Une petite mésentente avec un Indien à quelques lieues d'ici.

— Je ne voudrais pas voir de quoi vous avez l'air quand il s'agit d'une grosse mésentente… Ne bougez pas, ça va chauffer un peu.

Au contact du liquide sur sa plaie, l'homme soulève légèrement les épaules.

— C'est presque fini. Je vais mettre un peu de pommade sur votre plaie pour aider à la cicatrisation.

C'est bien à regret qu'elle s'éloigne de lui. Mais même à distance, son cœur refuse de ralentir sa cadence. Elle range les articles dans sa trousse pour se donner une contenance. Pourquoi faut-il que son cœur sorte soudainement de sa léthargie ? Elle était pourtant parvenue à le faire taire depuis son mariage. Elle avait presque réussi à oublier qu'elle en avait un et, surtout, à quel point il était bon de l'entendre battre à tout rompre, même pour un parfait étranger. Elle referme sa trousse et la met de côté. Elle est si énervée qu'elle en oublie même les règles les plus élémentaires de politesse. Elle pourrait au moins offrir à boire à l'homme. Il représente quand même un lien privilégié entre elle et Alexandre. L'entrée subite de Catherine dans la cuisine la tire de ses réflexions.

— Que se passe-t-il ici ? s'informe celle-ci, les yeux à demi fermés.

— Tu te souviens du coureur des bois que j'ai soigné l'an passé ? interroge nerveusement Magdelon.

Catherine cherche dans sa mémoire. Au bout de quelques secondes, elle hausse les épaules. Aucun souvenir ne lui revient.

— Ça n'a pas d'importance, dit Magdelon. Il nous apporte des nouvelles d'Alexandre.

À ces mots, Catherine ouvre grand les yeux.

— Tu veux bien lui servir à boire ? demande Magdelon. Je suis sûre qu'il est assoiffé.

Sans un mot, Catherine se dirige au salon et revient avec trois verres et une bouteille d'eau-de-vie. Elle dépose le tout sur la table, prête à recevoir des nouvelles de son frère, de Tala et du bébé. Elle remplit les verres à ras bord et en offre un au coureur des bois avant de lui dire :

— Allez-y, nous vous écoutons.

Magdelon la regarde, surprise de son attitude qu'elle trouve un peu trop cavalière à son goût.

— Avant, laissez-moi au moins le plaisir de me présenter. Antoine Le Roy, pour vous servir.

— C'est un plaisir, monsieur, parvient à balbutier Magdelon.

Antoine sourit à Magdelon avant de se lancer, ce qui n'échappe pas à Catherine.

— Je suis donc passé les voir hier. Ils allaient bien… et le bébé a beaucoup grandi. Il a de belles joues rondes. Mais je ne peux pas vous en dire plus, je ne suis resté que quelques minutes avec eux. Il m'a demandé de vous remettre une lettre.

Antoine fouille dans sa poche et sort la lettre qu'il tend à Magdelon :

— Elle est un peu froissée, je suis désolé.

— Ne soyez pas désolé. Je ne sais pas quoi dire pour vous remercier.

— Vous m'avez sauvé la vie, c'est bien assez. Et puis, votre frère m'a l'air d'être quelqu'un de bien.

— Allez, Magdelon ! Qu'est-ce que tu attends pour la lire ? demande Catherine d'un ton impatient.

Magdelon lit la lettre de son frère d'un seul trait avant de la passer à sa sœur. Dès qu'elle l'a lue, Catherine la redonne à Magdelon.

— Veuillez m'excuser, dit Catherine. Maintenant que je sais que mon frère va bien, je retourne me coucher. À demain !

Après le départ de Catherine, Magdelon se sent de plus en plus mal à l'aise en présence d'Antoine. Son cœur bat toujours la chamade et il faut qu'elle se fasse violence pour ne pas lui sauter dessus. Au bout d'un moment, elle parvient enfin à dire :

— Mon mari est absent. Il serait donc inconvenant que je vous offre de dormir dans le manoir. Mais je peux au moins vous guider jusqu'à la grange.

— Ce sera parfait.

— Venez, dit-elle en prenant une chandelle. Vous pouvez apporter la bouteille si vous voulez.

La grange est tout près du manoir, mais jamais elle n'a paru si loin à Magdelon. À chacun de ses pas, elle sent ses jambes défaillir. Le bas de son ventre grouille de millions de petits feux qui lui rappellent qu'elle est une femme et combien la passion peut être bonne. Il ne faut pas qu'elle s'attarde dans la grange, ce serait trop dangereux. Elle ouvre la porte et se glisse à l'intérieur, Antoine sur les talons. Quand elle se retourne pour lui donner la chandelle, il est si près qu'il pose doucement ses lèvres sur les siennes. Il n'en faut pas plus pour qu'elle capitule. Son seul réflexe est de fermer les yeux et de profiter pleinement de cet instant. La seconde d'après, tous deux plongent dans une mer de passion où la raison n'a plus sa place. Leurs corps, assoiffés de plaisir, prennent la relève et guident chacun de leurs gestes.

Quand ils parviennent à se détacher, Magdelon saisit ce moment pour se sauver. Sans crier gare, elle se lève, sort de la grange et court jusqu'à sa chambre, où elle se jette sur son lit sans même se déshabiller. Cette nuit, même si le sommeil n'est pas au rendez-vous, elle aura des souvenirs plein la tête et des odeurs plein le corps. Les remords devront attendre au lendemain…

Chapitre 29

Toute la maisonnée est attablée quand Magdelon réussit enfin à s'extraire de son lit. Elle n'a pas beaucoup dormi et n'a qu'une seule envie : boire un café de la mort. C'est la seule chose qui lui permettra de garder les yeux ouverts toute la journée, d'autant que les remords ont déjà commencé à l'envahir.

« Pourvu que Pierre-Thomas ne revienne pas aujourd'hui », se dit-elle en son for intérieur.

Elle entre dans la cuisine sans faire de bruit. En la voyant, les enfants la saluent par des cris de joie. Elle embrasse Marguerite au passage et lui passe la main dans les cheveux. Puis elle prend le bébé dans ses bras avant de s'asseoir. Elle le serre fort contre elle.

— Marie-Charlotte, pourriez-vous me servir un café ? demande-t-elle d'une voix encore remplie de sommeil.

Assise au bout de la table, Catherine l'observe. Elle trouve sa sœur bizarre ce matin.

— Qu'est-ce qui t'arrive, Magdelon ? s'enquiert-elle en souriant. On dirait que tu ne t'es pas couchée.

— J'ai très mal dormi.

— À te voir l'air, je n'en doute pas. Au fait, est-ce que notre visiteur est parti ?

— Il faudrait justement que quelqu'un aille le chercher pour qu'il vienne manger. Vous voulez bien y aller, Marie-Joseph ?

La jeune fille s'exécute sur-le-champ. Magdelon en profite pour remettre le bébé dans sa chaise. Elle prend ensuite son café entre ses mains et y trempe les lèvres. Quand elle repose sa tasse sur la table, Antoine fait son entrée. Elle sent son cœur s'emballer, aussi fort que la veille. Dans un effort surhumain, elle réussit à lui dire :

— Bonjour, Antoine ! Assoyez-vous. Laissez-moi vous présenter tout le monde.

Une fois les présentations achevées, Magdelon demande à Marie-Charlotte de servir à manger au visiteur. Heureusement que Catherine entretient la conversation parce que Magdelon en serait incapable. Si elle s'écoutait, elle irait se cacher et réapparaîtrait seulement quand Antoine aurait quitté la seigneurie. C'est fou ce qu'il lui fait de l'effet, cet homme. Il faudra qu'elle s'en tienne loin, bien loin.

Elle songe à quel point la vie peut être étrange parfois. Depuis qu'elle est mariée avec Pierre-Thomas, elle est en manque de passion. Et maintenant, alors que la passion est venue jusqu'à elle, voilà qu'elle donnerait tout pour qu'elle s'en aille. Elle se trouve quand même un peu bête de réagir ainsi. Les hommes, eux, ne se gênent pas pour batifoler à gauche et à droite. Plusieurs poussent même l'audace jusqu'à forcer la porte de leurs domestiques même s'ils partagent toujours la couche de leur femme… Et la vie continue. Pourquoi n'en serait-il pas de même pour les femmes ?

« Au fond, pense-t-elle, il n'en tient qu'à moi de changer les choses. Pour toutes les nuits de passion manquées à ce jour et pour toutes celles à venir, je peux bien m'offrir une petite aventure de temps en temps. Pierre-Thomas ne s'en priverait pas, lui ! Je jure devant Dieu qu'à partir de ce jour je ne laisserai aucun remords venir me hanter de jour comme de nuit. J'ai grand besoin de passion moi aussi si je veux tenir le coup. »

Son énergie revenue, Magdelon se joint à la conversation. Catherine la regarde, étonnée par son changement soudain d'attitude. Que se passe-t-il donc ? Il faudra qu'elle lui parle.

— Emmenez les enfants dehors, dit Magdelon à Marie-Joseph et à Marie-Charlotte. Vous rangerez plus tard.

Dès qu'elle entend la porte se fermer, Magdelon se lance :

— J'ai relu la lettre de mon frère et je ne suis pas rassurée. Je ne pourrais pas expliquer pourquoi, mais je sens qu'il est inquiet. Avez-vous remarqué quelque chose de spécial quand vous l'avez vu ? demande-t-elle à Antoine.

— Comme je vous l'ai dit, je ne suis pas resté longtemps. Je n'ai rien remarqué.

— Vous n'oubliez rien ?

Antoine réfléchit. Au bout de quelques secondes, il dit :

— Ça me revient maintenant. Il m'a demandé si j'étais sûr que personne ne m'avait suivi. Je lui ai répondu que j'en étais certain. J'ai voulu savoir s'il avait des raisons de s'inquiéter. Il m'a alors dit qu'il avait posé la question par mesure de prudence, car il devait protéger sa famille. Désolé, c'est tout ce que je sais. Vous allez m'excuser, mais je dois y aller.

— Merci encore. Vous savez, vous n'êtes pas obligé de vous blesser pour venir nous voir, lui lance joyeusement Magdelon.

— Vous êtes trop bonne, madame.

Magdelon et Catherine saluent leur visiteur et le raccompagnent à la porte. Magdelon tremble de tout son corps. Elle meurt d'envie de se coller à lui une dernière fois avant qu'il parte. Hélas, elle devra se contenter d'un regard entendu échangé avec lui.

Sitôt la porte fermée, Catherine prend sa sœur par le bras et l'entraîne jusqu'à la cuisine.

— Il ne faudrait pas me prendre pour une idiote, dit-elle en souriant. Où as-tu passé la nuit ?

Pour toute réponse, Magdelon pouffe de rire. Catherine l'imite.

— C'est vrai ? s'écrie Catherine. Mais qu'est-ce qui t'a pris ?

— Demande plutôt à mon corps ; moi, je n'ai pas eu mon mot à dire.

— Trop facile, madame. Je te rappelle que c'est toi qui habites ce corps. Si maman savait ce que tu as fait…

— Évidemment, je compte sur ta discrétion.

— Tu peux compter sur moi à la condition que tu me dises comment c'était.

— Petite fûtée, va ! Eh bien, c'était… comment dire… c'était un pur festin.

Catherine prend sa sœur par les épaules et l'embrasse sur la joue.

— Je suis vraiment fière d'être ta sœur. Je t'admire.

— Attention, je ne suis peut-être pas la bonne personne à admirer. Aime-moi, ce sera bien suffisant. Mais revenons aux choses sérieuses maintenant. Je suis vraiment inquiète pour Alexandre et sa famille. J'ai un mauvais pressentiment.

— J'ai lu la lettre d'Alexandre deux fois plutôt qu'une et je n'ai rien remarqué, même entre les lignes.

— J'espère sincèrement que tu as raison. Il faudra que j'aille vérifier par moi-même.

* * *

Il fait presque nuit quand Pierre-Thomas fait son entrée au manoir. Magdelon est couchée depuis belle lurette et elle dort à poings fermés. Il se glisse dans le lit, relève les couvertures et la jaquette de sa femme avant de se laisser tomber sur elle sans aucune précaution. Réveillée en sursaut, le premier réflexe de Magdelon est de le repousser :

— Laissez-moi tranquille ! hurle-t-elle. Vous me faites mal et vous empestez l'alcool à des lieues. Ôtez-vous, je vous dis !

Elle pousse de toutes ses forces sur son mari, mais sans succès. Il est aussi lourd qu'une charrette chargé de billots de bois.

— Lâchez-moi. Vous me faites mal.

— Si vous ne voulez pas que je touche aux petites esclaves, faites votre devoir. Ouvrez les jambes.

— Pas avant que vous ayez dégrisé. Je vous ordonne de me laisser tranquille, sinon…

— Vous ne me faites pas peur, bafouille Pierre-Thomas. Vous ouvrez les jambes ou bien je m'en charge moi-même.

— Parlez moins fort, vous allez réveiller toute la maisonnée.

— Je m'en fiche. Ouvrez les jambes. Ouvrez-les !

Voyant bien qu'elle n'aura pas le dessus, Magdelon ferme les yeux de toutes ses forces et obéit. La seconde d'après Pierre-Thomas la pénètre d'un seul coup. Elle a l'impression que tout le bas de son corps éclate, mais elle fait la morte. Aucun cri ne sort de sa bouche. Pour toute réaction, elle ferme les yeux encore plus fort et court se réfugier dans les bras d'Antoine. Là, au moins, elle ne recevra pas de coups.

Après avoir joui, Pierre-Thomas roule sur le côté et s'endort presque instantanément. Après avoir baissé sa jaquette, Magdelon sort de la chambre.

Un liquide blanchâtre et chaud coule le long de ses jambes, mais elle ne prend même pas le temps de l'essuyer. Elle a le bas du ventre en feu et le cerveau comme pris dans un étau. Elle est incapable de faire quoi que ce soit, pas même de penser. Elle s'arrête devant la fenêtre du salon et regarde dehors, mais elle ne voit rien. Certes, ce n'est pas la première fois qu'il la force. C'est chaque fois plus douloureux pour le corps, mais surtout pour le cœur. Elle était pourtant bien décidée à apprendre à l'aimer quand elle l'a marié. Cependant, il y a des jours où il lui donne toutes les raisons du monde pour le détester.

Au matin, quand il se réveille, Pierre-Thomas est étonné de voir que la place de Magdelon est vide. Elle n'a pourtant pas l'habitude de se lever à l'aurore. « Pourvu que les enfants ne soient pas malades », se dit-il.

Il se lève et constate qu'il a dormi tout habillé. Bizarre ! Ce n'est pas dans ses habitudes. Il passe la main dans ses cheveux et sa barbe de même que sur ses vêtements, histoire de leur redonner un peu de corps. Il a une très grosse journée devant lui. Il attend la visite de six seigneurs des environs. Si tout se passe comme il l'espère, tous commanderont leur alcool directement de Sainte-Anne.

Ses affaires sont florissantes. On reconnaît maintenant la qualité de son eau-de-vie jusqu'à Québec. Même l'intendant ne manque pas de lui en commander. Pierre-Thomas est fier. La seigneurie se développe bien. Et il a épousé une femme admirable qui lui a donné deux merveilleux enfants. C'est bien plus que ce qu'il espérait de la vie.

Il faut absolument qu'il parle à Magdelon avant de partir. En entrant dans le salon, il la voit installée sur une chaise droite. « Pourquoi diable dort-elle ici ? » s'étonne-t-il.

Il s'approche lentement et prend quelques secondes pour la regarder. Il ne le lui a jamais dit, mais il est fier de partager sa vie avec elle. D'ailleurs, plus d'un l'envie d'avoir épousé Magdelon. Elle est intelligente et elle a le sens des affaires, ce qui n'est pas le lot de la majorité des femmes. Heureux, il se dit qu'il a vraiment eu de la chance qu'elle accepte de le prendre pour époux. Ce n'était sûrement pas faute de prétendants. S'il ne se retenait pas, il lui caresserait la joue et passerait ensuite sa main dans ses cheveux qui sont si doux. Mais personne ne lui a appris comment se comporter avec les femmes. Tout ce qu'il a connu, c'est de la distance entre les gens, et c'est ce qu'il reproduit jour après jour malgré une envie grandissante de faire les choses autrement. Pas une seule journée ne se termine sans qu'il regrette de ne pas avoir osé.

Il met sa main sur l'épaule de sa femme et la secoue doucement.

— Magdelon, pourquoi dormez-vous ici ? Vous seriez bien mieux dans le lit.

Elle met quelques secondes à réaliser que quelqu'un lui parle. Mais dès qu'elle ouvre les yeux et qu'elle voit Pierre-Thomas, une vague de colère l'envahit des pieds à la tête.

— Ne me touchez pas, siffle-t-elle entre ses dents. Ôtez vos sales pattes de sur moi et tout de suite.

— Que vous arrive-t-il ? Je ne comprends pas. Je vous ai seulement demandé pourquoi vous dormiez ici.

— Vous osez me demander pourquoi ! Vous n'avez vraiment aucune gêne.

— Arrêtez ! Je ne sais pas du tout de quoi vous parlez.

— Ne me dites pas que vous avez déjà oublié ce qui s'est passé hier soir quand vous êtes rentré.

— Tout ce que je me souviens, c'est d'avoir pris un peu trop d'alcool avant de rentrer et de m'être réveillé tout habillé ce matin. Entre les deux, c'est le vide total.

— C'est trop facile. Je refuse de vous croire.

— Comme vous voulez, madame.

Magdelon se lève et se place en face de Pierre-Thomas. Elle est si proche de lui qu'elle sent sa respiration. Il empeste l'alcool autant que la veille.

— Ne vous avisez pas de me toucher une autre fois quand vous êtes soûl parce que je vous tuerai.

— De quoi parlez-vous ? demande Pierre-Thomas, abasourdi.

— Ne faites pas l'innocent ! Et n'oubliez pas ce que je viens de vous dire.

Sans demander son reste, elle pivote sur elle-même et file en direction de sa chambre. Pierre-Thomas reste planté là sans comprendre. Au moment où elle pousse la porte, il l'interpelle :

— Au cas où cela vous intéresserait, j'ai croisé un coureur des bois hier et je lui ai demandé de venir m'informer s'il croisait votre frère et sa princesse indienne. Même l'intendant veut la peau de Tala. Bonne journée, madame.

Chapitre 30

Il est à peine quatre heures quand Magdelon se réveille. Elle est bien trop excitée pour dormir. C'est aujourd'hui que Jeanne doit arriver. Elle profite d'un voyage à Québec de son mari pour venir passer quelques jours à Sainte-Anne. Il y a des mois que les deux femmes ne se sont pas vues. Seules quelques lettres échangées leur ont permis d'avoir des nouvelles l'une de l'autre, mais rien ne vaut une bonne discussion au coin du feu, une petite partie de chasse ou une randonnée à cheval pour se remettre à jour. Magdelon est si heureuse à l'idée de revoir son amie. Ce sera la première fois que Jeanne revient au manoir depuis son départ pour Batiscan.

Pierre-Thomas s'est vite organisé pour être absent lors de la visite de Jeanne. Même après tout ce temps, il lui en veut encore de l'avoir abandonné. Magdelon a eu beau insister, il s'est emmuré à double tour comme lui seul peut le faire et a prétendu qu'il devait absolument aller à Québec. Magdelon lui a dit qu'il ne fallait pas en vouloir à Jeanne d'avoir choisi d'être heureuse. À cela, il n'a rien répondu ; il a simplement pivoté sur lui-même et s'est éloigné.

« Au fond, il vaut mieux qu'il soit absent, pense Magdelon, que d'avoir à supporter sa mauvaise humeur. Il y a des choses qu'on peut espérer voir changer chez les gens, mais je crois bien que chez lui c'est peine perdue pour ce qui est de pardonner à Jeanne, qui a osé le quitter pour un autre. »

Magdelon a déjà tout organisé. Elle et Jeanne iront se balader à cheval. Elle veut aussi proposer à son amie de rendre une petite visite à Tala. Dans sa dernière lettre, Jeanne lui écrivait à quel point elle s'inquiétait pour l'Indienne. Et en même temps, Magdelon pourra vérifier si elle a raison de se faire du souci pour son frère et pour Tala. Il ne se passe pas une seule journée sans qu'elle pense à eux.

Magdelon se dit qu'une petite escapade entre femmes lui fera le plus grand bien. Les voyages de plus en plus fréquents de Pierre-Thomas ont passablement augmenté sa tâche à la seigneurie, ce qui n'a rien pour lui déplaire, bien au contraire. Mais heureusement que les Marie et Catherine sont là, sinon elle dormirait très peu. Ce printemps, c'est elle qui a géré toutes les semences. Elle a dû argumenter quelques fois avec Pierre-Thomas pour le choix des cultures, mais tout compte fait elle s'en est bien tirée. Elle a été ferme avec les colons, mais juste. En tout cas, aucun ne s'est plaint de sa façon de faire, même que certains ont eu l'audace de lui dire que c'était bien plus facile de traiter avec elle qu'avec Pierre-Thomas. Évidemment, cela lui a fait un petit velours.

Elle a aussi prévu faire un pique-nique avec Jeanne. Elles partiront toutes les deux à pied. Depuis le départ de son amie, Magdelon a découvert une belle petite crique à moins d'une lieue du manoir. Jeanne et elle en profiteront pour faire tremper leurs pieds dans l'eau glacée tout en bavardant.

Elles pourront aussi aller à la pêche. Magdelon se souvient à quel point Jeanne aime la truite. Elle est si abondante dans la rivière à cette période de l'année qu'il devrait être possible de s'offrir au moins un repas de poisson. Elle demandera à Jeanne d'apprêter leurs prises car Magdelon ne lui arrive pas à la cheville pour cette tâche. Le simple fait de penser à ce festin la fait saliver.

Et le soir, elles poursuivront leurs discussions en sirotant un petit verre d'alcool.

« Au fait, se dit Magdelon, il me semble je n'ai jamais vu Jeanne prendre une seule goutte d'alcool. Eh bien, je l'initierai. Cette fois, elle sera ici en tant qu'invitée, ce qui sera différent. »

Magdelon se demande ce qu'elle pourrait faire en attendant Jeanne. Bien sûr, ce n'est pas le travail qui manque, mais aujourd'hui c'est un jour trop spécial pour vaquer à ses occupations habituelles. Tout à coup, une idée traverse son esprit : «Je pourrais faire des brioches. Ainsi, je serais occupée une bonne partie de l'avant-midi. De plus, tout le monde sera bien content de pouvoir manger des pâtisseries.»

Sans plus de réflexion, elle sort les ingrédients et se met au travail en sifflotant. Il y a bien longtemps qu'elle n'a pas été aussi heureuse. En fait, depuis que Pierre-Thomas l'a obligée à faire son devoir conjugal, elle n'a pas eu le cœur aussi léger. Elle ne sait pas si c'est par peur ou par honte, mais depuis ce jour il ne s'est pas approché une seule fois pour avoir son dû et, il va sans dire, elle ne s'est pas offerte non plus. Comme il s'absente de plus en plus souvent, leurs rapports ne s'en portent que mieux. Elle a pensé à Antoine quelques fois, mais ce qui s'est passé avec Pierre-Thomas le lendemain est venu estomper quelque peu les souvenirs de ce court moment de bien-être.

Il est à peine cinq heures quand Catherine la rejoint à la cuisine.

— Veux-tu me dire ce que tu fais debout si tôt ? Tu fais tellement de bruit que tu m'as réveillée.

— Je fais des brioches, répond joyeusement Magdelon.

— Des brioches ? Oh non ! Tu ne vas pas me dire qu'on va être obligés de les manger ! On te l'a déjà dit, tu es bien meilleure pour les pot-au-feu. Tu devrais demander à Marie-Joseph de faire les brioches, pitié, la supplie Catherine en s'agenouillant devant elle.

— Tu ne trouves pas que tu exagères ?

— J'aimerais bien, mais non. Tu ne m'as toujours pas dit pourquoi tu t'es levée de si bonne heure.

— Tu ne te souviens pas ? Jeanne arrive aujourd'hui.

— Je ne la connais même pas. A-t-elle eu déjà le plaisir de goûter à tes brioches ? demande Catherine sur un ton moqueur.

— Non, seulement à mon pain.

— Et ?

— Elle s'est mordu la langue en essayant de le mâcher et elle m'en a parlé pendant des semaines.

— Moi, si j'étais toi, je laisserais tomber les brioches. Je ne veux surtout pas te faire de peine, mais si elle n'a pas aimé ton pain, il y a de grosses chances qu'elle n'aime pas plus tes brioches.

— Tu es bien dure avec moi, dit Magdelon d'un ton plaintif.

— C'est pour ton bien. Tu as l'air de tellement tenir à ton amie… Allez, assois-toi, je vais te préparer un bon café. Quand Marie-Joseph se lèvera, on lui demandera de faire des brioches. Tu es d'accord ?

C'est à regret que Magdelon dépose les armes. Elle s'assoit et s'essuie les mains sur son tablier. Il faut bien qu'elle se rende à l'évidence : elle n'a aucun talent pour la boulangerie et pour la pâtisserie. Et pourtant, ce n'est pas faute d'avoir essayé. Catherine a raison, elle pourrait préparer un pot-au-feu pour le dîner.

En voyant sa sœur abandonner son projet, Catherine se réjouit intérieurement.

* * *

Il est plus de midi quand Jeanne arrive enfin. Excitée à l'idée de revoir Magdelon, dès sa sortie du canot, elle prend la direction du manoir.

— Viens me rejoindre au manoir, lance-t-elle à son mari, en marchant d'un pas pressé. Peux-tu apporter mon sac ?

Une fois devant le manoir, elle s'arrête et regarde tout autour d'elle. Elle a quand même passé une bonne partie de sa vie ici.

Certes, les de la Pérade n'étaient pas des maîtres faciles, mais au moins ils lui ont permis de retrouver un peu de dignité. Avec eux, elle n'a jamais manqué de rien, contrairement à bien des filles de sa condition. Elle leur sera toujours reconnaissante. Puis, un beau jour, elle s'en souvient comme si c'était hier, Magdelon est arrivée au manoir. Jeanne était très inquiète à l'idée de faire sa connaissance, mais dès qu'elle l'a vue toutes ses craintes se sont envolées. C'est d'ailleurs là que toute sa vie a basculé. En fait, il serait plus juste de dire que Magdelon lui a donné une seconde vie, cette vie qui ne faisait même plus partie de ses rêves les plus fous. Jamais elle ne pourra la remercier comme il se doit. Grâce à son amie, aujourd'hui, elle a un mari qui l'aime et qu'elle aime de tout son cœur et une petite fille adorable. Elle ne l'a pas écrit à Magdelon, mais elle est de nouveau enceinte. Avoir un enfant bien à elle tenait déjà de l'impossible, en avoir deux la comble.

Elle porte son regard sur les dépendances, puis sur le manoir. Elle pense à cette autre vie qu'elle a vécue ici. Elle est là depuis suffisamment longtemps pour que son mari ait eu le temps de la rejoindre. Il la prend par les épaules et lui dit :

— Viens, Jeanne. Je suis certain que Magdelon t'attend avec impatience. Moi, je prends une bouchée et je file à Québec.

Une fois devant la porte, Jeanne frappe, mais elle est incapable d'attendre. Elle ouvre la porte et s'écrie :

— Magdelon ? C'est moi ! Vous êtes là ?

Du fond de la cuisine, on entend des pas qui se pressent et une voix qui s'exclame :

— Jeanne ? C'est bien vous ! J'arrive !

Quelques secondes suffisent pour que les deux amies se retrouvent face à face. Elles se regardent, se sourient et se jettent dans les bras l'une de l'autre.

— Je suis si contente de vous voir, dit Jeanne, les larmes aux yeux.

— Et moi donc, répond Magdelon. Il y a bien longtemps qu'un avant-midi ne m'avait paru aussi long. Venez, j'ai cuisiné pour vous.

— Ça sent bon en tout cas. Et j'avoue que j'ai une petite faim. Mais Magdelon, vous n'allez pas me dire que vous m'avez fait des brioches! ajoute Jeanne en riant.

— Rassurez-vous, j'ai préparé un pot-au-feu. Quant aux brioches, je dois avouer que vous l'avez échappé belle. Catherine a tout fait pour me décourager d'en faire. Ici, je ne sais pourquoi, personne ne veut subir ni mon pain ni mes brioches.

— J'ai bien hâte de faire la connaissance de Catherine... et de la remercier.

Les deux femmes éclatent de rire.

— C'est à votre belle-mère que vous auriez dû faire des brioches, reprend joyeusement Jeanne.

— Je vous parlerai d'elle plus tard, dit Magdelon. Mais au fait, j'espère que Louis-Marie n'est pas parti pour Québec sans manger?

— Soyez sans crainte, il ne part jamais le ventre vide. Depuis notre mariage, jamais je ne l'ai vu sauter un repas, même malade. Il doit être dehors, il me suivait. Je vais aller le chercher. Il m'a suivie jusqu'à la porte, il ne doit pas être bien loin.

— Laissez, je vais demander à Marie-Charlotte de s'en charger. Venez avec moi.

Une fois à la cuisine, Magdelon invite Jeanne à s'asseoir.

— Je suis si contente de vous recevoir. Je nous ai préparé tout un programme. J'espère qu'il vous plaira.

— Juste le fait de passer du temps avec vous, c'est déjà plus que je ne pouvais espérer. J'aime beaucoup vivre à Batiscan, mais Sainte-Anne me manque. Et pour tout vous dire, c'est vous qui me manquez le plus. Pas une seule journée ne passe sans que je pense à vous. J'ai vécu tellement de bons moments avec vous.

— C'est pareil pour moi, Jeanne. Bon, allez, on ne va pas se mettre à pleurer quand même. D'ailleurs, je serais bien embêtée, je ne me souviens même plus comment faire. Je propose plutôt qu'on profite de chaque seconde. Attendez, je n'en ai pas pour longtemps. Je vais demander à Marie-Charlotte d'aller chercher Louis-Marie.

Magdelon revient au bout d'une minute à peine, en compagnie de Louis-Marie.

— Il était assis bien sagement sur la galerie. C'est un ange que vous avez marié, pas un homme! Il nous laissait faire nos retrouvailles tranquilles.

— Je remercie le ciel chaque jour de l'avoir mis sur ma route, mais c'est vous que je devrais remercier.

— Arrêtez de remercier tout le monde et profitez de votre bonheur. Alors, je vous sers à manger? demande-t-elle à ses invités.

— Avec plaisir, répondent-ils en chœur.

Après le repas, Louis-Marie poursuit sa route vers Québec. Il reviendra chercher Jeanne dans quatre ou cinq jours. Les deux femmes lui envoient la main une dernière fois avant de quitter le quai.

— Ça vous dirait de faire le tour de la seigneurie? propose Magdelon. Vous verrez, beaucoup de choses ont changé. Et j'en connais plusieurs qui seront bien contents de vous voir. J'ai dit à tout le monde que vous veniez me rendre visite.

Il fait presque nuit quand elles reviennent au manoir, et elles n'ont même pas eu le temps de voir tout le monde.

— Je n'ai jamais tant bu de café dans une même journée, lance joyeusement Jeanne.

— Alors que diriez-vous d'un petit verre d'eau-de-vie pour faire changement?

— Ce sera avec plaisir.

— Et moi qui croyais que je serais obligée d'insister pour que vous buviez une seule petite gorgée d'alcool, s'étonne Magdelon. Dites-moi, qui vous a initiée à l'alcool?

— C'est Louis-Marie. Il nous arrive, le soir, après une grosse journée de travail, de siroter tranquillement un petit verre au coin du feu. Il m'a même montré comment reconnaître un bon alcool. Je ne vous l'ai peut-être jamais dit, mais sa famille a toujours travaillé dans les vins et les alcools. Je vous assure qu'il n'a pas besoin d'en boire un grand verre pour connaître la qualité d'un alcool. Une seule gorgée lui suffit.

— Je suis sûre que Pierre-Thomas sera content d'apprendre cela. Assoyez-vous au salon. Je vais embrasser les enfants et je reviens avec une bonne bouteille.

Une fois au salon, Jeanne regarde les quelques sièges et, sans trop réfléchir, elle choisit celui qu'occupait madame de Lanouguère dimanche après dimanche. Elle se cale bien au fond du fauteuil et sourit. Qui aurait dit que la petite bonne qui a servi pendant près de vingt ans compterait un jour au nombre des amis de la famille? Ou plutôt de la moitié de la famille? Là-dessus, Jeanne ne se leurre pas. Jamais monsieur de la Pérade ne lui pardonnera son départ, il est bien trop têtu. Cela l'a beaucoup affectée au début, mais maintenant cela ne lui fait plus rien. Elle a trouvé le bonheur avec Louis-Marie et c'est le plus important. Quelques souvenirs de sa vie au manoir lui reviennent en mémoire. C'est là qu'elle constate à quel point sa vie d'alors était remplie d'austérité et de sévérité. Ici, avant l'arrivée de Magdelon, le rire était interdit et le plaisir était toujours trop sérieux. Elle se souvient entre autres du premier Noël qui a suivi la disparition du frère de monsieur de la Pérade. Ce jour restera marqué à jamais dans sa mémoire. Les de la Pérade avaient invité quelques personnes dont un lieutenant de la marine qui avait décidé de passer l'hiver en Nouvelle-France afin de vérifier s'il s'y plairait suffisamment pour s'y installer. Jeanne se souvient très bien du personnage : un gros et grand gaillard au rire facile. Inutile de dire qu'il détonnait avec les autres invités qui étaient d'un grand sérieux et qui respectaient le protocole à la lettre. Tous le prenaient un peu de haut. Les de la Pérade ont toujours eu la réputation de savoir recevoir. Ils ont aussi la réputation de toujours offrir les meilleurs alcools à leurs invités. Au bout d'un moment, le lieutenant commença à avoir la langue plutôt déliée. Comme il se promenait de seigneurie en seigneurie, il en savait long sur la vie de chacun, bien plus long que plusieurs ne l'auraient souhaité. Il racontait histoire après histoire sur l'un et sur l'autre. Par moments, les invités riaient jaune. Quand il avait commencé à raconter cette histoire, Jeanne venait de faire son entrée avec le café et le dessert.

— Je ne sais pas si c'est vrai, mais quelqu'un m'a raconté avoir été témoin d'un meurtre à quelques lieues à peine d'ici. Le type chassait le chevreuil quand tout à coup il a entendu deux hommes s'engueuler à proximité. Il s'est approché sans faire de bruit et a assisté à toute la scène. Un des deux hommes, un type assez costaud, agrippait l'autre, un type jeune et fin, au collet, et lui criait :

— Je ne te le répéterai pas deux fois. Ôte-toi de mon chemin, sinon je te tue.

— Jamais je ne te laisserai faire une telle chose. Pas plus tard que ce soir, je vais tout dire à mère.

— Tu ne diras rien à personne, a hurlé l'autre. Je vais te tuer.

Puis, sans crier gare, il s'est rué sur l'autre et l'a empoigné au collet. Il a mis ses mains autour de son cou et a serré jusqu'à ce que son compagnon rende l'âme. Il l'a ensuite traîné sur quelques mètres et l'a jeté dans le fleuve.

Jeanne se souvient qu'à ces mots monsieur de la Pérade était devenu blanc comme un linge. Il s'était levé en criant :

— J'en ai assez entendu pour ce soir. Vraiment, c'est n'importe quoi.

— Ne le prenez pas comme ça, avait lancé joyeusement le lieutenant. Attendez au moins de connaître la fin.

Monsieur de la Pérade était sorti sans se retourner. Surprise de l'attitude de Pierre-Thomas, madame de Lanouguère l'avait excusé auprès des invités et avait prié le lieutenant de poursuivre son récit. Elle était si attristée de la disparition de son fils que toutes les pistes pour le retrouver, aussi farfelues soient-elles, l'intéressaient au plus haut point.

— Eh bien, il n'y a pas grand-chose à ajouter sinon que l'homme qui a été témoin de ce meurtre n'a vu le tueur que de dos.

— A-t-il dit quand c'était arrivé ? avait demandé madame de Lanouguère.

— L'an passé, au début de l'automne, si je me souviens bien.

— C'est justement à cette période que mon fils a disparu ! Vous pourriez essayer d'en savoir plus ? Je serais même prête à vous payer.

Bien des années après, Jeanne en a encore le frisson quand elle pense à cette histoire. Elle ne sait pas pourquoi, mais elle a toujours eu l'impression que monsieur de la Pérade avait quelque chose à y voir. Il y a même des jours où elle se dit que c'était peut-être lui le meurtrier de l'histoire. Son frère et lui étaient aussi différents que l'eau et le feu. Ils n'avaient aucun air de famille, si petit soit-il. Jeanne aimait beaucoup Louis. Il était bon et droit comme une ligne. C'était le seul membre de la famille à traiter les domestiques avec respect. Il passait ses journées à lire et à se promener en forêt. Les affaires de la famille ne l'intéressaient pas beaucoup. Le seul moment où il haussait le ton, c'était en présence de son frère Pierre-Thomas. Depuis leur enfance, dès qu'ils se trouvaient dans la même pièce, le feu prenait, au grand désespoir de leur mère. Il faudrait peut-être qu'elle raconte cette histoire à Magdelon.

Quand celle-ci fait son entrée avec la bouteille, Jeanne lui dit :

— Vous savez, Magdelon, le manoir a rajeuni depuis votre arrivée. Je me disais aussi que j'ai beaucoup de chance de vous avoir pour amie.

— Alors, buvons à notre amitié, répond Magdelon en leur servant à toutes deux une bonne ration d'alcool.

Chapitre 31

Les deux amies n'ont pas vu le temps passer. Louis-Marie doit revenir de Québec demain. C'est donc la dernière chance de Magdelon d'emmener Jeanne voir Tala. Quand elle a annoncé à Jeanne qu'elles iraient faire une longue promenade à cheval, cette dernière était folle de joie. Sa nouvelle vie ne lui permet pas de monter à cheval, d'autant qu'elle et son mari n'ont pour le moment que deux chevaux de trait. L'un d'entre eux accepte bien de faire des petites balades, mais sans plus. Dire qu'elle a commencé à monter à cheval uniquement quand Magdelon est arrivée à la seigneurie ! Avant, il n'en était pas question. Seuls les maîtres montaient, et les domestiques se contentaient de les regarder faire.

— Ah, Magdelon, vous ne savez pas à quel point vous me faites plaisir. Il y a si longtemps que je ne suis pas allée à cheval. On y va ? Moi, je suis prête.

— Attendez une minute, je n'ai pas encore pris mon café. Assoyez-vous, je vous promets de faire vite.

— Je peux aller seller les chevaux en attendant.

— J'ai demandé à Marie-Joseph de s'en charger. Allez, prenez un café avec moi et parlez-moi encore de votre fille. Elle a l'air d'être si mignonne.

C'est après un petit soupir que Jeanne s'assoit. La seconde d'après, elle est emportée par toutes les finesses de sa fille et les raconte à Magdelon dans les moindres détails.

Quand Magdelon boit sa dernière gorgée, Jeanne se lève, pousse sa chaise et dit :

— Alors, on y va maintenant ?

— Allez-y, lui répond Magdelon en riant. Je dois donner quelques consignes à Catherine pour la journée. Je vous rejoindrai ensuite avec les mousquets et le pique-nique. Demandez à Marie-Joseph de sortir mon cheval.

Quelques minutes plus tard, Magdelon arrive. Jeanne est déjà installée sur son cheval, prête à partir.

— Vous me faites penser à une petite fille, lance Magdelon en souriant.

— Je suis tellement heureuse d'être ici. Je m'ennuie de ma fille, mais je suis si bien avec vous.

— Allons-y maintenant.

Magdelon ouvre la marche. Elle prend la direction de la forêt. Elle attendra d'avoir parcouru un petit bout de chemin avant de donner leur destination à Jeanne. Elle s'assurera aussi que personne ne les suit. Elle sait très bien que nul à la seigneurie n'a oublié que Tala a tué un des leurs. Les colons sauteront sur la moindre occasion de lui régler son compte. S'il y a une chose qu'elle ne se pardonnerait pas, ce serait de leur livrer son frère et sa famille sur un plateau d'argent. La demande qu'a faite Pierre-Thomas à Antoine lui est restée en travers de la gorge. Antoine est-il un homme intègre ou l'argent peut-il le faire changer de camp? Elle s'est promis d'en parler avec lui à la première occasion.

La forêt est magnifique à cette période de l'année. Les feuilles des arbres sont pratiquement arrivées à maturité. Il a tellement plu ce printemps que toute la nature est verdoyante à souhait. Les fleurs pointent de partout. Les fruits commencent à se former. Les oiseaux crient haut et fort leur joie de vivre. Et une odeur de frais flotte sur toute la forêt, une odeur pas encore corrompue par les chaudes journées de juillet.

Au bout d'un moment, Magdelon s'arrête et attend Jeanne.

— Vous êtes certaine qu'on va retrouver notre chemin? interroge celle-ci.

— Ne vous inquiétez pas, je sais parfaitement où on va.

— Allez-vous enfin me le dire? demande gentiment Jeanne. J'ai ma petite idée, mais…

— Nous allons voir Tala, la coupe Magdelon sur le ton de la confidence.

— C'est bien ce que je pensais. Vous ne pouviez me faire plus plaisir.

— Nous sommes à mi-chemin seulement. Tiendrez-vous le coup?

— Ne vous en faites pas pour moi. Je suis bien plus résistante que vous ne pouvez l'imaginer. On y va? Je suis impatiente de revoir Tala.

Lorsqu'elles arrivent à destination, Magdelon descend de sa monture et demande à Jeanne de l'attendre près des chevaux. Elle prend un petit sentier et descend en direction de la rivière. Elle est maintenant assez près pour entendre gazouiller le bébé. Elle fait du bruit pour annoncer sa présence et dit:

— C'est moi, Magdelon. J'ai apporté ce qu'il faut pour pique-niquer et j'ai une belle surprise pour Tala.

Aussitôt, la petite famille s'avance vers elle. Le bébé a beaucoup changé. Alexandre porte la barbe. Magdelon jurerait qu'il a maigri encore, lui qui n'avait déjà pas de poids en trop. Et Tala est toujours aussi belle. On dirait qu'elle flotte au-dessus du sol tellement elle est en harmonie avec son environnement.

Magdelon les serre tous les trois dans ses bras et leur fait la bise sur les joues.

— Je suis vraiment contente de vous voir, il y a si longtemps que je n'ai pas eu de vos nouvelles. Et avec ce printemps pluvieux, je ne pouvais pas venir jusqu'ici.

— Ne t'en fais pas pour nous, dit Alexandre. Nous allons bien.

— À t'entendre, dit Magdelon, je suis loin d'être convaincue. Enfin, nous en reparlerons un peu plus tard. Ne bougez pas. Je vais chercher le pique-nique et ma surprise.

Alexandre et Tala surveillent le retour de Magdelon. D'abord pour le pique-nique. Un peu de variété leur fera le plus grand bien. Et puis, ils sont curieux de voir la surprise. Jeanne marche derrière Magdelon, ce qui empêche Tala de la voir. Quand Magdelon se pousse et que les deux femmes se voient enfin, elles courent se jeter dans les bras l'une de l'autre en criant. Elles restent ainsi un bon moment. Alexandre et Magdelon les regardent en souriant.

— Tu te souviens peut-être, dit Magdelon à Alexandre, que je parlais de Jeanne dans mes lettres à maman. Elle vit à Batiscan.

— Non, je ne me souviens pas.

— Tu m'as l'air bien songeur, mon frère. Dis-moi ce qui t'arrive.

— Allons marcher, lui dit-il.

Alexandre entraîne Magdelon jusqu'à une petite crique.

— Ici, nous serons tranquilles.

— Vas-y, je t'écoute.

— Je ne sais pas trop par quoi commencer. Disons que ces dernières semaines, j'ai l'impression d'être tout le temps épié, quoi que je fasse, où que je sois. Je suis inquiet. J'ai du mal à dormir. Je deviens fou. J'essaie de ne pas le laisser paraître devant Tala, mais elle lit en moi comme dans un livre ouvert. Elle ne mérite pas la vie que nous menons.

— Permets-moi de te rappeler que c'est quand même de sa faute.

— Tu as raison, mais le violeur méritait son sort. Si je l'avais eu devant moi, j'aurais réagi exactement de la même manière que Tala. La seule différence, c'est que moi je ne suis pas un Indien. Jamais elle ne se plaint de quoi que ce soit. Un rien la rend heureuse. Mais tu sais comme moi que la vie en forêt n'est pas ce qu'il y a de plus facile, surtout quand on a connu autre chose. Si ce n'était que de moi, je vivrais très bien cette vie, mais avec une femme et un enfant ça change tout. Je veille sur eux et je fais tout mon possible pour les protéger, mais sans jamais être certain que c'est suffisant. Et il m'arrive de plus en plus souvent de penser qu'un beau matin un homme va surgir de nulle part et va abattre Tala à bout portant. J'ai beau me raisonner, me dire que personne ne sait où on est, mais l'image me revient jour après jour, aussi claire que de l'eau de roche. Je te le dis à toi, je ne supporterais pas de perdre Tala. Elle est toute ma vie. Je l'ai aimée dès la première seconde où mes yeux ont croisé les siens. C'est fou, je sais, mais c'est la seule façon d'aimer pour moi… J'ai eu une idée dont j'ai parlé avec Tala.

Magdelon écoute attentivement son frère.

— Nous voulons protéger notre fils et ici nos moyens pour le faire sont limités. Nous croyons qu'il serait préférable qu'il soit élevé dans une vraie maison, par une famille qui a une vie plus normale que la nôtre.

— Tu n'es pas sérieux ? s'exclame Magdelon, secouée par ce qu'elle vient d'entendre.

— Je suis très sérieux, crois-moi. La décision n'a pas été facile à prendre. Tala et moi en avons beaucoup parlé, et en sommes venus à la conclusion que c'est ce qu'il y aurait de mieux pour lui. S'il reste avec nous, il sera forcé de vivre en retrait toute sa vie et nous l'aimons trop pour lui imposer ça. Nous voulons ce qu'il y a de meilleur pour lui.

Alexandre fait une petite pause avant de poursuivre :

— Alors, peux-tu l'emmener avec toi ?

— Aujourd'hui ? demande-t-elle, la voix remplie d'émotion.

— Oui. Maintenant que tu es ici, je ne supporterais pas de mettre sa vie en danger un jour de plus.

Elle comprend la décision d'Alexandre. C'est probablement la meilleure chose qui pourrait arriver à son fils, mais que va-t-elle pouvoir faire de lui ? Il n'est pas question qu'elle le prenne avec elle au manoir, même si c'est ce qu'elle voudrait. Elle impose bien des choses à Pierre-Thomas, mais là ce serait trop risqué. Il n'est pas non plus question de le confier à une famille de la seigneurie. Tôt ou tard, quelqu'un finirait par lui trouver des ressemblances avec Tala, ce qui risquerait de compromettre sa vie. Elle pourrait demander au curé de lui trouver un foyer. Elle lui dirait que Jeanne et elle ont trouvé l'enfant dans la forêt, abandonné et affamé. À moins qu'elle l'envoie à Verchères, chez sa mère. Mais qui l'emmènerait là-bas ? Elle ne peut pas le confier à n'importe qui.

— Je veux parler avec Tala avant, dit-elle finalement.

Lorsqu'ils reviennent au campement, Tala et Jeanne discutent toujours.

— Si on mangeait ? suggère Magdelon.

— Tout est prêt, annonce joyeusement Jeanne. Nous n'attendions que vous.

Puis Magdelon s'adresse à Tala :

— Alexandre m'a tout raconté, mais je veux vous entendre.

— Je peux tout de suite vous dire que je suis entièrement d'accord avec lui. Notre fils ne mérite pas de payer toute sa vie pour ce que j'ai fait.

— Tala m'a tout raconté, dit timidement Jeanne, et j'ai eu une idée. Louis-Marie et moi pourrions l'adopter. Nous voulons tous les deux une grosse famille, mais vu mon âge, à moins d'avoir des jumeaux chaque fois, je ne crois pas que nous pourrons dépasser cinq enfants.

Tous les regards se tournent vers Jeanne.

— Vous croyez que Louis-Marie acceptera? interroge Magdelon, surprise par son offre.

— Je suis certaine. Nous avons déjà pensé adopter des enfants abandonnés.

— Je serais la plus heureuse des mères si mon fils était élevé par vous, dit Tala, les larmes aux yeux.

— Et moi, je peux vous assurer qu'il ne manquera jamais de rien. Louis-Marie est un homme exceptionnel et un père aimant. Et je vous promets de lui parler de vous, ajoute-t-elle à l'adresse de Tala et d'Alexandre. Si vous souhaitez toujours qu'il sorte de la forêt, je l'emmènerai à Batiscan dès demain.

— C'est d'accord, dit Alexandre en regardant Tala. Merci! Je suis triste de me séparer de lui, mais heureux à la pensée qu'il vivra dorénavant avec vous.

— Vous pourrez nous donner de ses nouvelles? demande Tala, les larmes aux yeux.

— Aussi souvent que cela sera possible.

Le repas se passe bien, mais tous ont le cœur serré. Les discussions sont plutôt superficielles. Magdelon donne des nouvelles de l'un et de l'autre sans grande conviction. Le départ du bébé plane au-dessus de leurs têtes comme le couperet du bourreau à l'heure de l'exécution.

Sitôt la dernière bouchée avalée, Magdelon sonne l'heure du départ.

— Je vais chercher ses affaires, dit simplement Tala.

— Je le prendrai avec moi, dit Magdelon à Jeanne.

De longues minutes s'écoulent avant que Tala et Alexandre mettent leur fils dans les bras de Magdelon. Ils pleurent à chaudes larmes tous les deux. Jeanne aussi. Comme chaque fois dans ces moments-là, Magdelon sent une boule de feu dans sa poitrine. Elle a l'impression que celle-ci est sur le point d'exploser. « Sois forte, se répète-t-elle sans arrêt. Ce n'est pas le temps de s'effondrer. Il faut vite partir d'ici. »

Elle salue son frère et Tala une dernière fois et fait signe à Jeanne de la suivre. Depuis son arrivée au campement, elle est habitée par un drôle de sentiment qui la rend très mal à l'aise. Elle a l'impression que c'est la dernière fois qu'elle les voit. Avant de sortir de leur champ de vision, elle s'arrête, se retourne et leur dit :

— Faites bien attention à vous.

Et elle reprend son chemin, suivie de près par Jeanne qui, elle, est habitée par toutes sortes de sentiments. Elle est heureuse d'avoir revu Tala, triste à mourir que son amie doive se séparer de son fils à jamais et folle de joie d'avoir un petit être de plus à aimer. Elle en prendra soin comme la prunelle de ses yeux. Elle en a fait la promesse à Tala. Louis-Marie sera content lui aussi. Et leur fille aura un petit frère avec qui jouer.

Les deux femmes n'échangent aucune parole sur le chemin du retour. Juste avant de sortir de la forêt, Magdelon s'arrête et attend Jeanne.

— Vous n'avez pas changé d'idée ?

— Non, répond sa compagne.

— Nous dirons que nous avons trouvé l'enfant un peu plus loin avec un mot attaché à son vêtement. Évidemment, il ne faut faire aucune mention de Tala et d'Alexandre parce que nous mettrions leur vie en danger.

— C'est d'accord pour moi, confirme Jeanne.

* * *

Cette nuit-là, le bébé a pleuré sans relâche. Quand Louis-Marie est arrivé sur le coup de midi, Jeanne lui a parlé. Quelques minutes plus tard, ils ont repris leur route pour Batiscan, avec le bébé. Jeanne le serrait contre elle et le regardait, le cœur rempli de joie.

Après leur départ, Magdelon a pris Catherine à part et lui a tout raconté. Celle-ci a essuyé quelques larmes au coin de ses yeux, a reniflé un bon coup et a simplement dit :

— Il sera bien mieux avec Jeanne.

Chapitre 32

Magdelon lit au salon quand Pierre-Thomas revient de Québec. Comme chaque fois, il lui a rapporté des pâtisseries, ce qui lui fait toujours aussi plaisir. Elle met son livre de côté et les regarde attentivement avant de faire son choix.

— Vous avez fait bon voyage ? réussit-elle à lui demander entre deux bouchées.

— Excellent, je vous remercie. J'ai passé un bon moment avec l'intendant. Nous avons fait le point sur les travaux à faire pour la construction de la route. Non seulement il veut que je m'occupe de la portion qui passe sur les terres de la seigneurie, mais il veut également que je prenne en charge les travaux jusqu'à Trois-Rivières.

— Mais c'est énorme ! Vous allez y arriver tout seul ?

— Rassurez-vous. Je vais seulement contrôler les travaux, mais pour cela il faut que je trouve des gens de confiance pour les exécuter. J'ai déjà plusieurs noms en tête.

— Si je peux vous aider…

— C'est certain que je serai encore moins présent ici. En tout cas, pour le temps des récoltes, je serai parti plus souvent qu'autrement. Il faut absolument que je vois chaque seigneur jusqu'à Trois-Rivières pour convenir avec eux des arbres à abattre dès cet hiver. Vous allez vous débrouiller ?

— Ne vous en faites pas pour moi, tout ira bien. Gérer la seigneurie en votre absence ne me gêne pas du tout, bien au contraire. Rappelez-vous, je m'occupais de celle de Verchères avant notre mariage. Au fait, savez-vous qui s'occupe de la portion de Verchères ?

— Notre ami de Saurel. Il était à Québec lui aussi. D'ailleurs, il m'a prié de vous saluer et m'a remis une lettre de sa femme pour vous.

Pierre-Thomas sort la lettre de sa poche et la lui donne.

— Prendriez-vous un verre ? demande-t-il à sa femme. Moi, cela me ferait le plus grand bien.

— Avec plaisir.

— Comment vont les enfants ?

Surprise qu'il s'informe des enfants, Magdelon manque de s'étouffer avec sa dernière bouchée. Elle se reprend de justesse.

— Très bien. J'ai promis à Marguerite que vous iriez l'embrasser en arrivant.

— J'irai les voir, elle et son frère, avant d'aller dormir. Et Jeanne ? s'informe-t-il du bout des lèvres.

— Elle est resplendissante de bonheur. Elle attend un deuxième enfant.

— Parlant d'enfant, c'est vrai ce qu'on m'a dit sur le quai ? Il paraît que vous avez trouvé un bébé dans la forêt.

— On ne peut plus vrai. Il avait été laissé au pied d'un arbre. Il y avait un petit mot attaché à sa jaquette : *Merci de vous en occuper.* On ne sait même pas son nom. C'est désespérant de voir de telles situations. Comment des parents peuvent-ils seulement songer à abandonner leur enfant ? En plus, ils ne pouvaient être certains que quelqu'un allait le trouver. Cela me dépasse.

— Ce genre de choses arrive souvent à Québec. Là-bas, on ne laisse pas les enfants au pied d'un arbre, mais sous un porche ou sur le perron de l'église. On m'a aussi dit que Jeanne était partie avec le bébé. C'est vrai ?

— Oui. Quand on l'a trouvé, elle a tout de suite offert de l'adopter. Et Louis-Marie était aussi content qu'elle de partir avec le bébé. Cet homme est vraiment extraordinaire.

— C'est tant mieux pour l'enfant, parce que moi je n'aurais pas accepté de l'adopter sans connaître ses parents. On n'est jamais trop prudent de nos jours. On ne sait jamais, tout à coup que ce serait le fils d'un meurtrier ou d'une fille de joie…

À ces mots, Magdelon rougit légèrement. Pierre-Thomas s'enquiert aussitôt :

— Ça va ? Vous êtes toute rouge.

— Ne vous inquiétez pas, je vais très bien. J'ai eu une bouffée de chaleur. C'est sûrement à cause de ma pâtisserie. Je vous l'ai dit tout à l'heure, elle était très sucrée. Il vaudrait peut-être mieux que je réduise le sucre, ce n'est pas la première fois qu'une telle chose m'arrive.

— Faites attention à vous.

Changeant de sujet, il enchaîne :

— J'ai rencontré un coureur des bois à Québec. Il m'a dit avoir croisé un couple avec un jeune enfant, en plein cœur de la forêt, à quelques lieues d'ici. Je lui ai demandé de me décrire l'homme et la femme. D'après sa description, tout porte à croire qu'il s'agirait de votre frère et de son Indienne. J'ai passé l'information à l'intendant, qui enverra une patrouille pour vérifier. Vous m'en voyez vraiment désolé. Je sais à quel point vous les aimez, mais je n'ai pas d'autre choix si je veux continuer à assurer la survie de ma propre famille. Cette affaire m'a mis plus d'une fois dans l'embarras, c'est pourquoi je dois collaborer avec l'intendant.

— Savez-vous quand la patrouille doit se rendre en forêt ?

— Vous disposez d'au plus trois semaines, répond Pierre-Thomas du bout des lèvres.

Magdelon a très bien compris le message. Il faut maintenant qu'elle trouve un moyen de prévenir son frère.

— Connaissez-vous le nom du coureur des bois ?

— Jean… C'est un grand gaillard aux cheveux noir corbeau et à la barbe longue.

À l'intérieur d'elle-même, Magdelon pousse un soupir de soulagement. Il n'aurait pas fallu qu'il s'agisse d'Antoine. Elle se ressaisit et demande à Pierre-Thomas :

— Vous avez mangé ?

— Mon dernier repas remonte à ce matin.

— Venez, je vais vous préparer quelque chose.

— Ce n'est pas nécessaire, je peux très bien prendre un bout de pain.

— Ça me fait plaisir. Nous pourrons continuer à discuter. J'ai quelques idées à vous proposer pour la seigneurie.

Magdelon se dit que Pierre-Thomas a quand même de bons côtés. Il n'était pas obligé de l'informer des intentions de l'intendant concernant Tala. Il faut maintenant qu'elle trouve un moyen d'informer Alexandre, à moins qu'elle n'y aille elle-même. Elle pourrait peut-être emmener Catherine avec elle. Ce sera probablement la dernière fois qu'elles verront Alexandre et Tala.

— Il faut que je vous parle de Catherine, dit-elle à Pierre-Thomas une fois à la cuisine.

— Elle n'est pas malade au moins ?

— Non, elle est en pleine forme. Elle essaie sa robe de mariée chaque jour depuis que je l'ai reçue de Verchères. Heureusement que son mariage approche parce qu'elle ne tient plus en place. Elle m'a demandé de vous parler.

— Je vous écoute.

— Je vais d'abord vous demander de bien réfléchir avant de répondre, c'est extrêmement important. Elle aimerait que vous lui serviez de père à son mariage. Qu'en dites-vous ?

— Je suis flatté, répond Pierre-Thomas, la voix chevrotante, très flatté même. J'aime beaucoup Catherine et j'espère que ma propre fille lui ressemblera quand elle aura son âge. Vous pouvez lui dire que j'accepte avec plaisir.

— Vous ne changerez pas d'idée ? Il ne faudrait pas décevoir Catherine. Vous comprenez, c'est très important pour elle.

— J'y serai, promet Pierre-Thomas. Je m'engage à être là au jour et à l'heure qu'elle choisira.

La réponse de son mari la surprend beaucoup. Reste à voir maintenant s'il respectera sa parole…

— Je vous remercie. Maintenant, je dois vous entretenir d'un autre sujet. Plusieurs rubans de Marguerite ont disparu ces derniers temps, ce qui nous donne droit à des crises monumentales de sa part quand on ne trouve pas le ruban qu'elle désire. Catherine a fait sa petite enquête et a trouvé la coupable.

— Qui peut bien voler des rubans pour les cheveux ?

— Geneviève, la dernière de Zacharie. Catherine les a vus sur la poupée de la fillette.

— Qu'avez-vous fait ?

— Pour le moment, rien. J'ai dit à Catherine que je vous en parlerais avant d'entreprendre quoi que ce soit.

— Vous avez bien fait. C'est une enfant. Dites à Catherine de récupérer les rubans de Marguerite. Qu'elle dise à Geneviève que je lui rapporterai des rubans la prochaine fois que j'irai à Québec.

— Ça me paraît juste. Je ferai le nécessaire.

Magdelon lui fait ensuite part de ses projets pour la seigneurie. Pierre-Thomas l'écoute avec intérêt.

— Qu'en dites-vous?

— Vous avez de très bonnes idées. Laissez-moi y réfléchir un moment et je vous en reparlerai. Vous venez dormir maintenant?

— Je range la cuisine et j'arrive.

— Laissez, les filles le feront demain matin.

Cette fois, c'est avec un certain plaisir que Magdelon s'abandonne aux avances de Pierre-Thomas. Elle ne pourrait pas dire qu'il est plus aimant, mais au moins il est plus respectueux.

La place à côté d'elle est déjà vide quand elle se réveille. Il ne doit pourtant pas être tard, le soleil est à peine levé. Elle sort du lit, se rafraîchit un peu et s'habille avant de se rendre à la cuisine. La maison est silencieuse. Elle aime beaucoup ces moments où la vie bat au ralenti. Elle se prépare un café, s'en verse une grande tasse et s'assoit à la table pour lire la lettre de madame de Saurel.

Chère Magdelon,

Je profite de l'occasion pour vous donner de mes nouvelles.

J'ai trouvé l'hiver particulièrement dur et long. Je ne sais pas si c'est l'âge, mais mes vieux os me faisaient souffrir un jour sur deux. Je n'avais alors d'autre choix que de m'enrouler dans une couverture près du feu et d'attendre que la douleur passe. J'ai horreur d'être malade. À vous, je peux bien le dire, je suis incapable d'offrir ma souffrance à Dieu comme le suggère le curé. Je déteste souffrir et je n'ai alors qu'une hâte, c'est d'aller mieux. Mon mari dit que j'ai très mauvais caractère quand je suis malade.

Vous vous souvenez à quel point je souhaitais avoir des esclaves? Eh bien, maintenant que nous en avons une, je voudrais qu'elle parte. Depuis son arrivée au manoir, ma vie n'est plus pareille. J'ai l'impres-

sion qu'il se passe des choses entre elle et mon mari. Il me demande de moins en moins de faire mon devoir conjugal et il la traite aux petits oignons. J'ai beau surveiller, je suis certaine que beaucoup de choses m'échappent. Et j'ai peur, Magdelon, tellement peur qu'elle soit enceinte. Je ne sais pas si je me fais des idées, mais elle est plus ronde depuis quelque temps. Je comprends maintenant votre manque d'enthousiasme à l'idée d'avoir des esclaves. Je sais ce que vous avez vécu et c'est pourquoi je m'adresse à vous. Je suis désespérée. Écrivez-moi vite.

Votre amie,

Madame de Saurel

Magdelon plie la lettre et la met dans une poche de son tablier. Elle lui répondra ce soir. Il faudra aussi qu'elle écrive à sa mère pour lui donner des nouvelles du fils d'Alexandre. Une grosse journée l'attend.

Chapitre 33

Magdelon a dû attendre deux semaines avant de pouvoir enfin s'absenter une journée avec Catherine. Elles ont pris toutes les précautions nécessaires pour ne pas éveiller les soupçons. Elles se sont levées à l'aurore et sont parties sans manger. Elles prendront une bouchée en chemin. Les chevaux avancent à un rythme soutenu. Le temps s'est passablement réchauffé ces derniers jours, ce qui a eu pour effet de faire éclore plus de moustiques qu'il est possible d'en endurer. Les pauvres bêtes ont beau balayer l'air avec leur queue et brasser la tête d'un côté à l'autre, rien n'y fait. Une nuée d'insectes leur tourne autour continuellement. Même Frisson, de nature pourtant paisible, semble très incommodé par eux.

Quand elles ont franchi suffisamment de distance pour s'assurer que personne ne les a suivies, elles s'arrêtent pour manger. Elles attachent leurs chevaux à un arbre et font quelques pas jusqu'à la rivière pour leur apporter de l'eau.

— Moi, j'ai bien envie de mettre les pieds à l'eau, dit Catherine. Il fait vraiment chaud. Si je ne me retenais pas, je sauterais à l'eau toute habillée.

— Tu peux prendre le temps de te rafraîchir. On a le temps, on est déjà à la mi-chemin.

— Je vais juste mettre mes pieds dans l'eau et ce sera bien suffisant.

— Comme tu veux. Est-ce que tu sais qu'il te reste quelques jours à peine pour changer d'idée ? lui demande joyeusement Magdelon.

— N'y pense même pas ! J'ai tellement hâte au mariage, tu ne peux pas t'imaginer à quel point. Il y a plus d'une semaine que je n'arrive pas à dormir.

— Et Charles ?

— Il m'a dit qu'il avait hâte que je sois sa femme. Ça m'a fait très plaisir. Mais certains jours, cela me fait tout drôle de marier le veuf de ma sœur.

— Si vous êtes heureux, c'est tout ce qui compte. Et ce sera beaucoup mieux pour les jumeaux.

— En tout cas, j'ai l'intention de tout faire pour que ça aille bien.

— À ta place, je ne m'inquiéterais pas. Le comportement de Charles quand il est avec toi en dit long. Il t'aime, c'est clair.

— Et moi, je l'adore, répond Catherine. Mais assez parlé de moi. Je ne veux pas t'inquiéter, mais je suis très nerveuse d'aller voir Alexandre et Tala. J'ai comme un mauvais pressentiment depuis que je suis réveillée. J'espère de tout mon cœur que je me trompe.

— Moi aussi, dit Magdelon, j'ai une boule dans la gorge depuis que Pierre-Thomas m'a révélé les intentions de l'intendant. Il y a des jours où j'aimerais que la vie s'écoule tranquillement.

— Tu ne tiendrais que quelques heures et tu t'en irais. Tu sais très bien que tu as besoin d'action.

— Mais je préfère de loin les bonnes actions.

Les deux femmes remontent à cheval et reprennent leur route. Catherine espère que sa sœur connaît bien le chemin, parce que seule elle n'est pas certaine qu'elle arriverait à le retrouver. Contrairement à Magdelon, elle n'a aucun sens de l'orientation, particulièrement en forêt.

Au bout d'un moment, Magdelon fait s'immobiliser son cheval et indique d'un signe de la main à Catherine de faire la même chose. Elles descendent de cheval et prennent un petit sentier qu'il faut absolument connaître pour remarquer son existence. Un peu plus loin, elles débouchent sur une petite clairière d'où on entend le gazouillis de l'eau.

— C'est bizarre, dit Magdelon. La porte est grande ouverte et il n'y a pas l'air d'avoir âme qui vive. Viens, allons voir.

Catherine suit sa sœur de près. Avant de franchir le seuil de la cabane, Magdelon se risque à appeler son frère :

— Alexandre ? C'est moi. Je suis avec Catherine. Est-ce qu'on peut entrer ?

Comme personne ne lui répond, elle entre dans la cabane. Il lui faut quelques secondes pour s'habituer à l'obscurité qui y règne. Elle cligne plusieurs fois des yeux avant de réaliser que ce qu'elle voit est bien réel. On dirait une scène d'horreur. Elle met sa main sur sa bouche, soudain prise d'un haut-le-cœur, et s'écrie :

— Mon Dieu, dites-moi que je rêve. Non ! Non ! Nous arrivons trop tard ! Qui a bien pu faire ça ?

Alexandre et Tala baignent dans leur sang. Magdelon est désespérée à un point tel qu'elle en a oublié Catherine. Celle-ci s'est écroulée par terre sur le pas de la porte et ne cesse de répéter :

— Je ne veux pas qu'Alexandre soit mort, je ne veux pas. C'est trop injuste.

Prenant son courage à deux mains, Magdelon s'agenouille à côté de la paillasse et vérifie le pouls de son frère et de Tala, bien qu'elle soit certaine qu'ils sont morts depuis un moment déjà. Elle caresse ensuite tour à tour les cheveux des deux victimes. Dans sa tête, une petite voix ne cesse de lui répéter : « Si tu étais venue plus vite aussi, tu aurais pu les sauver. »

Elle met ses mains sur ses oreilles, mais la voix persiste, chaque fois un peu plus accusatrice. Elle secoue la tête et parvient enfin à se relever. Elle va rejoindre Catherine et l'aide à se remettre debout.

— On ne peut pas les laisser ainsi, il faut les enterrer. Viens m'aider. C'est inutile de rester ici trop longtemps, on ne peut plus rien faire pour eux, sauf leur rendre un peu de dignité. Alexandre ne serait jamais parti sans prendre une pelle avec lui. Il faut la trouver.

Une fois dehors, Magdelon regarde partout autour de la cabane. Soudain, elle voit quelque chose briller à travers les feuilles. La pelle était cachée sous la cabane. Elle la sort de sa cachette et regarde autour d'elle avant de décider où enterrer les corps. Catherine la suit comme son ombre.

— Nous les enterrerons ici, décide Magdelon. Regarde autour pour trouver des petits bouts de planche et de la corde. Nous ferons une croix pour mettre sur les sépultures.

Voyant que Catherine ne réagit pas, Magdelon se tourne vers elle. Elle prend sa sœur par les épaules et la secoue de toutes ses forces en l'implorant :

— Catherine, Catherine, reste avec moi, j'ai besoin de toi.

Au bout de quelques secondes de ce régime, Catherine sort de sa torpeur. De grosses larmes coulent sur ses joues. Elle regarde Magdelon et se jette dans ses bras.

— Ce n'est pas juste. Pourquoi on les a tués ?

Magdelon la serre contre elle, incapable de prononcer une seule parole. Les deux sœurs restent ainsi sans bouger pendant un bon moment, l'une pleurant toutes les larmes de son corps et l'autre luttant de toutes ses forces pour qu'aucune ne se pointe au coin de ses yeux. C'est le bruissement des feuilles qui alerte Magdelon. Elle se détache instantanément de Catherine et se place devant elle pour la protéger. Son cerveau travaille à la vitesse de l'éclair. Elle se souvient d'avoir déposé son mousquet à l'entrée de la cabane. Elle fait signe à Catherine de ne pas bouger et, en deux temps, trois mouvements, elle revient avec l'arme à la main. Elle la pointe devant elle, prête à tirer au moindre danger. Deux morts dans sa famille, c'est déjà plus que ce qu'elle peut endurer.

D'après les pas, il y a probablement une seule personne qui approche. Magdelon est rivée au paysage, surveillant la plus petite variante du décor. Il lui faut encore quelques secondes avant de voir Antoine s'avancer vers elle.

— Vous m'avez fait très peur! s'écrie-t-elle. J'ai pensé qu'il revenait finir son sale travail.

— Ne vous inquiétez pas, dit Antoine, il ne reviendra pas. Il a eu ce qu'il voulait. J'ai fait la macabre découverte hier soir et je voulais vous en informer moi-même. Je voulais aussi vous offrir de venir enterrer les corps. Je suis passé au manoir ce matin et on m'a dit que vous étiez partie à cheval pour la journée avec votre sœur. J'espérais de tout mon cœur ne pas vous trouver ici.

Il s'approche de Magdelon pour lui prendre la pelle. Au lieu de lui donner l'outil, elle le laisse tomber par terre et se jette dans les bras d'Antoine.

— Je suis si contente de vous voir.

Au bout de quelques secondes, elle se détache de lui et murmure :

— Vous vous souvenez de Catherine ?... Venez voir, j'ai trouvé un endroit où l'on pourrait enterrer Alexandre et Tala.

Une fois les deux corps enterrés, Magdelon et Catherine se laissent tomber par terre. Elles sont dépassées par les événements. Antoine les regarde sans dire un mot. On dirait qu'elles portent toute la détresse du monde sur leurs épaules. Au bout d'un moment, il se risque à demander :

— Y a-t-il quelque chose que vous souhaitez garder d'eux ?

Surprises par la question, elles le regardent et haussent les épaules.

— Je ne sais pas, finit par répondre Magdelon. Donnez-moi une minute et je vais aller regarder.

— Après, si vous êtes d'accord, je vais brûler tout le reste.

— Parfait, répond simplement Magdelon.

Catherine n'a pas bougé. Elle a l'impression de faire un cauchemar et n'a qu'un souhait : se réveiller au plus vite. La tête lui tourne tant que même si elle arrivait à se lever elle ne tiendrait pas debout. Quelles dures épreuves… Anne est morte en couches et Alexandre s'est fait tirer dessus. Pourquoi ? Comment peut-il avoir été tué alors qu'il n'a rien fait d'autre qu'essayer de sauver la femme qu'il aimait ? De grosses larmes recommencent à couler silencieusement sur ses joues.

Magdelon entre dans la cabane et regarde les maigres avoirs de son frère et de Tala. Soudain, son regard est attiré par un bracelet de perles. Elle le prend, le regarde de plus près et le passe à son poignet. À elle-même, elle se promet qu'à compter de ce jour il ne la quittera plus. Chaque fois qu'Alexandre et Tala lui manqueront trop, il lui rappellera les bons moments passés avec eux.

Elle a mal comme jamais elle n'a eu mal, encore plus que le jour où Anne est morte dans ses bras, encore plus même que lorsqu'elle a su que son Louis s'était marié avec une autre femme. Cette fois, aucune raison logique ne peut expliquer ce double meurtre. D'accord, Tala a tué un homme, mais cela ne donnait pas à quiconque le droit de l'assassiner. Et comment a-t-on osé réserver le même sort à Alexandre ? Comment peut-on avoir autant de haine dans le cœur ?

— Maudite soit la Nouvelle-France ! souffle-t-elle du bout des lèvres.

Elle se remémore sa discussion avec Pierre-Thomas à son retour de Québec, il y a deux semaines. Lui a-t-il dit la vérité ? Savait-il que la patrouille viendrait avant ?...

« Non, songe-t-elle, il ne m'aurait jamais laissée venir s'il avait su ce que j'allais trouver. Il est dur, c'est vrai, mais je ne crois pas qu'il soit méchant à ce point. Non, cela n'a aucun sens. »

Elle secoue la tête, respire profondément et sort de la cabane. Elle se dirige vers Antoine et lui dit :

— Je vous remercie. Sans vous, je ne sais pas si nous y serions arrivées. Il faut qu'on rentre avant la noirceur.

— Voulez-vous que je vous accompagne ? Je repasserai par ici demain.

— Non, ce n'est pas la peine. De toute façon, je ne serai pas d'agréable compagnie.

— Je vais chercher vos chevaux.

Magdelon rejoint Catherine et l'aide à se relever. Elles prennent ensuite la direction du manoir. Jamais un chemin ne leur a paru aussi long.

Chapitre 34

Il y a maintenant plus de deux ans qu'Alexandre et Tala ont été tués et, pourtant, la douleur de Magdelon est toujours aussi vive. Tous à la seigneurie ont fini par savoir ce qui était arrivé, mais personne ne lui a jamais posé de question, pas plus qu'à Catherine d'ailleurs. Il arrive à Magdelon de penser qu'une sorte de pacte a été passé avec chacun des colons pour éviter de laisser échapper quelque indice que ce soit sur le coupable du double meurtre. Magdelon a posé maintes questions ici et là, sans succès. Un jour, Pierre-Thomas lui a dit :

— Il faut vous rendre à l'évidence. Personne ne parlera de quoi que ce soit, et c'est beaucoup mieux ainsi, croyez-moi. Laissez reposer les morts en paix.

Elle a demandé à Antoine de faire sa petite enquête, mais elle n'a pas obtenu davantage de réponses à ses questions.

— Passez à autre chose, lui a-t-il dit, c'est tout ce qu'il vous reste à faire. Ce n'est pas nécessaire de tout savoir.

Il arrive parfois que les deux sœurs échangent quelques mots sur cette tragique journée, mais c'est très rare. Chaque année, à la date de l'événement, elles se rendent à l'église et allument quelques lampions pour le repos de l'âme d'Alexandre et de Tala.

Marie a mis des mois à s'en remettre. Perdre un conjoint est déjà très difficile. Perdre un enfant tient de l'impossible. Comment surmonter l'épreuve quand c'est le troisième qu'on perd ? Marie a la réputation d'être une femme forte, mais là, le destin se montrait vraiment trop cruel. Au début, Marie-Jeanne ne quittait pas sa mère une seconde. Elle la voyait maigrir sans trop savoir quoi faire. Elle avait beau lui préparer des plats succulents, rien n'y faisait. Marie passait ses journées à fixer l'horizon comme si elle avait décidé de baisser les bras. Elle disait que c'était trop pour elle, qu'elle n'en pouvait plus, que ce n'était pas normal pour un parent d'enterrer ses enfants. Heureusement d'ailleurs que les enfants qui vivaient encore à la maison ont insisté pour qu'elle s'occupe à nouveau d'eux. C'est ce qui a finalement eu raison de sa léthargie. Un jour, alors que le plus jeune faisait le pitre devant elle, elle a enfin souri. À partir de là, elle a lentement remonté la pente.

Magdelon aurait voulu être proche de sa mère pour l'aider, mais en même temps elle se disait qu'elle n'aurait pas su quoi faire. En fait, elle avait déjà assez de mal à garder elle-même la tête hors de l'eau. Et elle devait veiller sur Catherine. Celle-ci s'était mariée comme prévu le mois suivant et, même le jour de son mariage, elle avait le cœur dans l'eau. Elle n'arrivait pas à oublier ce qu'elle avait vu dans la cabane. Elle faisait des cauchemars terribles et se réveillait en sursaut, complètement trempée. Heureusement, pour une fois, Pierre-Thomas a rempli sa promesse. Il l'a conduite fièrement à l'hôtel et lui a offert un cheval en cadeau. Elle était si contente qu'elle lui a sauté au cou. Surpris, il a d'abord figé sur place avant de lui rendre son étreinte. Magdelon était émue par le tableau. Il est si rare de voir Pierre-Thomas manifester une quelconque émotion.

Jeanne a donné naissance à un beau garçon dans les mois qui ont suivi. Elle écrit régulièrement à Magdelon pour lui donner de ses nouvelles, et surtout des nouvelles du fils d'Alexandre et de Tala. On dirait vraiment qu'il est de la famille, à tel point que la dernière fois que Magdelon l'a vu elle lui a trouvé des ressemblances avec Jeanne et Louis-Marie, ce qui a fait sourire ces derniers. Ils sont si heureux avec leur petite famille ! Il arrive même quelquefois à Magdelon d'être un peu jalouse de leur bonheur.

* * *

Cette année, la fonte des neiges a amené avec elle son lot de maladies. Comme c'est souvent le cas à cette période de l'année, de nombreux cas de diarrhée se succèdent. Magdelon ne sait plus où donner de la tête. Elle a à peine le temps de dormir. Elle soigne tous les membres d'une même famille l'un après l'autre, et ce, maison après maison. Elle finit sa tournée à un bout de la seigneurie et recommence inlassablement à l'autre. À mesure qu'elle soulage tous et chacun, elle voit sa réserve d'herbes et de plantes diminuer à vue d'œil, ce qui n'est pas sans l'inquiéter. Certains jours, elle se demande sérieusement si elle viendra à bout de la maladie. Jamais une épidémie de diarrhée n'a été aussi sévère.

Un matin de mai, alors que le soleil brille de tous ses feux, elle soigne enfin son dernier malade. Le dernier, mais non le moindre : Pierre-Thomas vient de tomber à son tour. Il gueule comme un déchaîné et refuse de se faire soigner. Personne au manoir n'ose l'approcher, pas même ses propres enfants. À bout de patience, Magdelon finit par le menacer d'aller chercher quelques colons pour lui faire prendre de force la potion qu'elle lui a préparée. Devant la détermination de sa femme, il finit par abdiquer, d'autant qu'il ne veut absolument pas que ses colons le voient dans cet état. Magdelon a visé juste. Sa fierté l'a emporté sur sa résistance habituelle.

Le dernier malade rétabli, elle peut enfin se reposer. Elle dort plus de douze heures d'affilée. Au matin, elle se lève fraîche et dispose, avec une envie irrésistible d'aller faire une promenade à cheval en forêt. Elle a besoin de prendre l'air. Elle se sert un café et le boit en quelques gorgées. Elle attrape un bout de pain, prend son mousquet et sort du manoir, à la recherche des enfants et des Marie. Quand elle arrive près de la grange, elle entend la voix claire de Marguerite. Elle sourit en se disant que Charles François Xavier ne doit pas être bien loin de sa sœur. Ils sont comme les deux doigts de la main. Elle entre sans faire de bruit et avance sur la pointe des pieds. Elle cligne des yeux pour s'habituer à la noirceur et repère ses enfants. Ils sont dos à elle alors que les Marie lui font face. Elle fait signe aux servantes de se taire, s'avance doucement et soulève de terre ses deux enfants en moins de temps qu'il n'en faut pour qu'ils se rendent compte de ce qui leur arrive.

— Ah! Ah! Je vous ai attrapés, s'écrie-t-elle avant de les reposer par terre et de les serrer contre elle.

Les deux enfants crient de joie et se collent sur leur mère.

— Maman, dit Marguerite, vous voulez bien jouer à la cachette avec nous? C'est à Marie-Charlotte de nous chercher.

— D'accord. Tournez-vous, Marie-Charlotte, et comptez jusqu'à cent.

— Mais je ne sais pas compter, Madame, dit tristement la jeune fille après quelques secondes d'hésitation.

— Désolée… Dans ce cas, chantez une berceuse et venez nous chercher après.

Magdelon donne la main à ses enfants. Aussitôt, ils partent en courant tous les trois pour aller se cacher. Elle repère une vieille couverture de laine. Marguerite s'assoit sur ses genoux et Charles François Xavier s'installe sur les genoux de sa sœur. Puis elle étend la couverture sur eux. Elle trouve la pièce de tissu bien petite pour abriter trois personnes. Un silence de mort règne jusqu'à ce qu'elle soit prise d'un fou rire incontrôlable rien qu'à penser que beaucoup de parties d'eux trois doivent dépasser de la couverture. Les enfants lui disent à tour de rôle:

— Chut, maman! Arrêtez de rire, sinon Marie-Charlotte va nous trouver tout de suite. Chut!

Leurs mises en garde ont un effet contraire à celui escompté. Elle rit de plus belle. Ses enfants sont si mignons.

«Il commence à faire chaud sous cette couverture, se dit Magdelon. La grange n'est pourtant pas si grande et le nombre de cachettes y est limité. Que fait donc Marie-Charlotte?»

En tendant l'oreille, Magdelon réalise que la jeune fille chante encore. On dirait un ange. Elle arrête de rire un moment et écoute plus attentivement. « Cette fille a vraiment une voix magnifique. Il faudrait qu'elle chante à l'église. »

À la fin de sa chanson, Marie-Charlotte s'écrie :

— Prêt, pas prêt, j'arrive.

Lorsqu'elle soulève la couverture, les enfants éclatent de rire, imités par leur mère.

— Qui vous a appris à chanter ? demande Magdelon à la jeune fille, en secouant ses vêtements des brindilles de paille qui s'y sont collées.

— Je chantais tout le temps avec ma mère, répond Marie-Charlotte en baissant les yeux.

— Vous chantez vraiment bien. Connaissez-vous d'autres chansons ?

— Des dizaines.

— Aimeriez-vous chanter à l'église ?

— Je serais bien trop gênée.

— J'en parlerai au curé. Bon, il faut que j'y aille. Je vous laisse les enfants. Dites à Monsieur que je suis allée à cheval et que je rentrerai pour le souper.

Sur ce, Magdelon embrasse ses enfants et sort de la grange. Une fois sur le seuil de la porte, elle se retourne et dit à Marie-Charlotte :

— Je pourrais vous apprendre à lire et à compter si vous voulez.

Sans attendre la réponse de la jeune fille, elle poursuit son chemin. Quelques minutes plus tard, elle entre dans la forêt. Comme à chaque fois, elle se sent instantanément envahie d'une grande paix. Elle oublie toutes les petites misères qui lui empoisonnent la vie et se laisse bercer au rythme du chant des oiseaux et du bruissement des feuilles dans les arbres. Ici, elle arrête de se faire des reproches sur la mort d'Alexandre et de Tala. Il ne se passe pas un seul jour sans que cette pensée vienne la hanter au lever comme au coucher.

Ici, son cerveau peut prendre un peu de repos, ce qui fait le plus grand bien à Magdelon. Les nombreuses absences de Pierre-Thomas lui demandent beaucoup de travail, de rigueur et de fermeté pour gérer la seigneurie. Les colons sont nombreux et certains cherchent toujours l'occasion de tirer la couverture de leur côté. Un jour, ils oublient de compter un ou deux sacs de farine. Un autre, ils viennent emprunter un outil au manoir et omettent de le rapporter. Il arrive parfois qu'elle soit obligée d'argumenter un long moment avec eux pour avoir gain de cause.

Ici, elle oublie qu'il est urgent qu'elle remplace Catherine. Depuis que sa sœur a quitté le manoir pour aller vivre chez Zacharie, il arrive plus souvent qu'autrement qu'elle doive mettre la main aux tâches quotidiennes. Ce n'est pas que le travail lui fasse peur, mais elle ne peut voir à tout. Là-dessus, elle ne peut pas en vouloir à Pierre-Thomas de lui offrir, semaine après semaine, de ramener quelqu'un de Québec. Mais au fond d'elle-même, elle craint qu'il revienne avec une autre esclave, ce qu'elle ne pourrait supporter. Il lui reproche d'ailleurs souvent de trop bien traiter les Marie.

— Comment peut-on trop bien traiter un être humain? lui demande-t-elle chaque fois.

Elle ne lui en a jamais parlé, mais le jour où les filles sont arrivées au manoir, elle s'est juré de trouver le moyen de les libérer de leur statut d'esclave.

Ici, elle peut réfléchir en paix et concevoir des projets pour tout et pour tous. Frisson connaît si bien le sentier qu'elle n'a qu'à se laisser bercer doucement. Quand Catherine vivait au manoir, chaque fois que Magdelon revenait d'une promenade à cheval, elle lui disait :

— Ne me fais pas languir, je t'en prie, dis-moi tout de suite quels sont tes nouveaux projets.

Alors, les deux sœurs s'assoyaient à la table et, en sirotant un café, Magdelon faisait part à Catherine de toutes les choses auxquelles elle avait pensé et, surtout, de toutes celles qui restaient à faire ou à changer. Ces moments lui manquent. C'est pourquoi, plus souvent qu'autrement, elle trouve un prétexte pour aller visiter Catherine au retour de ses promenades à cheval.

« Je ferai un saut chez Catherine avant de rentrer au manoir, se dit-elle, pour lui demander si elle veut m'aider pour Marie-Charlotte et Marie-Joseph. Du même coup, je pourrai voir les enfants. Il y a une bonne semaine que je ne les ai pas vus. Peut-être aura-t-elle une bonne nouvelle à m'apprendre. Pauvre Catherine, elle donnerait cher pour être enceinte, mais on dirait que la vie en a décidé autrement. Et le curé qui profite de chacune de ses visites pour lui reprocher de ne pas avoir d'enfants. Il ferait mieux de prendre garde à ses discours parce que le jour où Catherine en aura assez, elle ne mâchera pas ses mots. Je sens que cela ne saurait tarder. J'aimerais bien assister à la scène… À part le fait qu'il arrive encore à Charles de l'appeler Anne, Catherine file le parfait bonheur. Ce n'est pas pour excuser Charles, mais il faut quand même dire qu'elles ont des airs de famille. Elle a été très touchée quand il lui a dit que les jumeaux devraient l'appeler maman. En voilà au moins une qui est bien casée. »

Ici, on entend couler la rivière. Elle est juste à côté. Magdelon ne peut résister à l'envie d'aller s'asseoir sur le bord de l'eau et de la regarder couler. Elle descend de cheval et entraîne la bête avec elle jusqu'à la grève. Elle lui laisse le temps de boire avant de l'attacher à un arbre, puis va s'asseoir face à la rivière, le dos appuyé sur un arbre mort. Elle dépose ensuite son mousquet sur ses genoux et ferme les yeux pour se laisser porter par le bruit de l'eau, donnant ainsi libre cours à ses pensées. C'est alors que le visage d'Antoine s'impose à elle. À sa vue, elle sourit. C'est un homme d'une grande bonté. Dommage que la vie ne l'ait pas mis sur sa route avant. Ils auraient très bien pu vivre ensemble. Elle aurait continué à s'occuper de la seigneurie de Verchères et lui à courir les bois. Ils auraient eu des enfants et ils seraient heureux. Magdelon en est certaine parce que chaque fois qu'elle le voit, elle est heureuse. Avec lui, tout est facile. Il prend soin d'elle comme si elle était le plus beau trésor. Il lui fait des compliments, lui offre des cadeaux. La dernière fois qu'elle l'a vu, il lui a donné un pendentif avec des perles d'eau douce. Elle en a été très touchée. Sans trop réfléchir, elle a tout de suite enlevé celui que Louis lui avait offert et a demandé à Antoine de le lui attacher. Depuis, le bijou ne l'a pas quittée.

Quand Pierre-Thomas est rentré de Québec, elle lui a dit qu'elle pensait offrir son vieux pendentif à sa mère :

— Vous vous souvenez à quel point elle l'aimait ?

Surpris, Pierre-Thomas lui a demandé :

— Vous êtes sérieuse ? Je me souviens encore de la scène que vous avez faite quand vous avez vu qu'elle le portait.

— Je continue de croire qu'elle l'avait bien cherché, mais j'avoue quand même que c'était peut-être un peu exagéré. Mais si vous croyez que mon cadeau ne lui fera pas plaisir, je peux donner mon collier à Catherine.

— Non, je crois qu'elle sera contente. Cela ne pourra lui faire que du bien. Je ne sais pas si c'est une coïncidence, mais elle n'est pas au meilleur de sa forme depuis notre visite chez elle. Elle a toujours quelques petits bobos ; enfin, c'est ce qu'elle m'écrit. Je lui remettrai moi-même le pendentif, si vous n'y voyez pas d'objection. Je pense y aller avant les récoltes. Mais, dites-moi, pourquoi ce soudain élan de générosité envers ma mère ?

— Ma mère vient de m'offrir un pendentif et je me suis dit que je pourrais en profiter pour faire plaisir à la vôtre. Après tout, je ne peux en porter qu'un seul à la fois.

Elle ne voit pas Antoine très souvent. Chaque fois qu'il passe dans le coin, il arrête la saluer. Il lui arrive aussi de le croiser en forêt. Leurs rencontres sont toujours teintées de regards enflammés, de frôlements et de sous-entendus. Quand ils ont plus de chance, ils peuvent donner libre cours à l'envie qu'ils ont l'un de l'autre. Leurs rapprochements se passent parfois dans la grange à la brunante, parfois en forêt. Ces brefs moments de passion lui permettent de garder son équilibre. Ils lui sont maintenant aussi précieux que l'air qu'elle respire. Ils lui permettent de tolérer chaque intrusion de Pierre-Thomas au plus profond d'elle-même, de tolérer sa froideur et son indifférence.

Un craquement soudain la sort de sa rêverie. Elle prend son mousquet et se lève. Elle scrute attentivement autour d'elle. Au bout de quelques secondes, elle se rassoit, pose son mousquet sur ses genoux et ferme de nouveau les yeux.

Cette fois, sa pensée la ramène très loin en arrière. Elle était seule au manoir avec ses jeunes frères quand, une fois de plus, les Iroquois ont attaqué, mais elle ne laissera pas cette pensée faire long feu. Elle secoue vivement la tête pour la chasser. Cet événement fait partie de ceux enfouis au fond de sa mémoire. Elle a bien assez de le revivre cauchemar après cauchemar. Tout ce qu'elle veut se rappeler de cette journée, c'est que cela lui a permis d'avoir une pension et qu'elle a alors été qualifiée d'héroïne par le roi lui-même. Encore aujourd'hui, elle est incapable de penser qu'elle aurait pu se comporter autrement. Sa vie et celle des siens en dépendaient.

Un nouveau craquement la sort de ses pensées. Cette fois, quand elle ouvre les yeux, un chef indien est devant elle et l'observe. Elle cligne des yeux pour chasser cette image, mais rien n'y fait. Il est toujours là. Sans plus de réflexion, elle saisit son mousquet, se lève et lui fait face :

— Que me voulez-vous?

— Baissez votre arme, je ne vous veux aucun mal.

Sur ses gardes, Magdelon ne bouge pas.

— Je vous le répète, je ne vous veux aucun mal. Je veux seulement parler avec vous. Je vous observe de loin depuis quelque temps. Vous devez être Magdelon.

— Comment savez-vous mon nom? lui demande-t-elle, encore plus sur ses gardes.

— Je suis le père de Tala.

— Oh! laisse-t-elle simplement échapper, surprise, en baissant son arme. Je suis vraiment désolée. J'ai tout fait pour que les choses ne finissent pas ainsi. Tala était une femme merveilleuse, elle était plus qu'une sœur pour moi.

— Je sais, elle me l'avait dit. Elle vous aimait beaucoup elle aussi.

— Il n'avait pas le droit de la tuer. Je vous jure que je vais trouver le coupable.

— C'est inutile, ça ne la ramènera pas. Ne perdez pas votre temps à chercher à vous venger, c'est mauvais pour vous. La vengeance ne mène à rien. Tala a tué un des vôtres et ils l'ont tuée. Il y a eu assez de morts.

La seconde d'après, il s'approche de Magdelon et s'assoit à côté d'elle. Il prend la main droite de cette dernière dans ses mains si ridées qu'on dirait du papier froissé et lui déclare :

— Je voulais vous remercier de tout ce que vous avez fait pour elle.

— C'était naturel… après ce que le violeur lui avait fait.

— Pour vous, peut-être, mais pas pour tout le monde. Vous êtes une bonne personne et Tala a eu de la chance de croiser votre chemin.

Magdelon regarde soudainement son poignet. Elle retire son bracelet et le tend au père de Tala :

— C'est tout ce qui reste d'elle. Je vous l'offre.

— Merci, dit le vieil homme.

— Quelques mois avant de mourir, Tala a eu un fils. Le saviez-vous ?

— Je l'ignorais. A-t-il été tué aussi ?

— Non. Deux semaines avant qu'on abatte Tala et Alexandre, je leur ai rendu visite avec mon amie Jeanne. C'est alors que votre fille et mon frère nous ont demandé d'emmener leur petit avec nous. Il vit maintenant à Batiscan avec Jeanne et sa famille.

À ces paroles, le vieil homme essuie deux petites larmes au coin de ses yeux. Magdelon est touchée par sa sensibilité.

— Je ne peux rien vous promettre, mais je pourrais peut-être vous l'amener quand Jeanne me rendra visite.

— Quel âge a-t-il ?

— Un peu plus de deux ans.

Sur ces paroles, le vieil homme se lève et tend la main à Magdelon.

— Faites-moi le plaisir de m'accompagner à mon village. Je vous présenterai la famille de Tala. C'est à moins d'une heure. Je vous ramènerai ici après.

— À une seule condition : que vous répondiez à quelques questions.

— Venez, dit-il simplement.

Sans se faire prier, Magdelon suit l'Indien. Cette rencontre lui fait déjà le plus grand bien.

* * *

De retour au manoir, Magdelon file chez Catherine. Elle a beaucoup de choses à lui raconter. Quand elle frappe à la porte, c'est une Catherine blême à faire peur qui lui répond.

— Catherine, que t'arrive-t-il ? Tu es si pâle. Quelque chose ne va pas ?

— Moi, je n'ai rien. C'est Louise. Je l'ai veillée toute la nuit. Elle fait tellement de fièvre qu'elle délire. Je ne sais plus quoi faire. Je t'ai envoyé quérir ce matin, mais tu étais déjà partie. Je vais devenir folle si ça continue.

— Calme-toi, je suis là maintenant. Elle est dans sa chambre ?

— Non, au salon. Ma belle-mère la berce. Elle s'est peut-être endormie, je ne l'entends plus pleurer.

— Il ne faut justement pas qu'elle dorme. Il faut vite que quelqu'un aille chercher plusieurs chaudières d'eau à la source. On va lui donner un bain d'eau froide pour faire tomber la fièvre.

— J'ai tout essayé, dit Catherine en pleurant, je t'assure, mais rien ne marche. Je ne dois pas être une bonne mère.

— Arrête tout de suite, lui dit Magdelon en la prenant par les épaules. Regarde-moi dans les yeux.

Dès que Catherine obtempère, Magdelon lui dit :

— Tu es une très bonne mère, je t'interdis de penser le contraire. Allons-y, il faut vite faire baisser cette fièvre.

Quand elle entre dans le salon, Magdelon prend l'enfant dans ses bras. Elle est bouillante comme un feu de cheminée en plein cœur de l'hiver. Elle tape les joues de l'enfant, mais rien n'y fait. Puis elle dit :

— Louise, Louise, c'est tante Magdelon, ouvre les yeux. Louise, regarde-moi.

Elle continue de lui parler encore et encore jusqu'à ce que Catherine l'avise que le bassin d'eau de source est prêt. Sans même dévêtir l'enfant, Magdelon l'assoit dans l'eau. Louise réagit fortement. Elle hurle tellement le contraste est grand entre la température de l'eau et celle de son corps. Elle se débat. Magdelon la maintient dans l'eau et crie à Catherine d'apporter une autre bassine d'eau de source. La seconde d'après, elle plonge l'enfant dedans. La petite fille crie à fendre l'âme. Tout le monde de la maison vient aux nouvelles. Pourquoi Magdelon fait-elle crier Louise alors qu'elle venait à peine de se taire ?

— Viens toucher son front, Catherine.

Catherine ose à peine toucher sa fille, de peur qu'elle soit encore brûlante. De grosses larmes coulent silencieusement de ses yeux.

— Je ne suis pas certaine, mais je pense qu'elle est un peu moins chaude, parvient-elle à dire.

— Tiens-la bien dans l'eau, je vais vérifier par moi-même.

Magdelon passe sa main sur le front de l'enfant, sur sa tête et dans son cou.

— Elle est moins chaude. Envoie quelqu'un chercher ma mallette, je vais lui donner un peu de sirop. Aussi, apporte-moi un linge pour essuyer Louise, je vais la sortir de l'eau. On va la laisser en couche, il vaut mieux qu'elle grelotte plutôt qu'elle ait chaud.

Catherine sort de la pièce et revient quelques minutes plus tard avec un linge. Elle le remet à sa sœur et lui dit :

— Laisse-moi la sortir de l'eau.

— Je m'en charge. Va te chercher un café et viens t'asseoir. J'ai des choses à te raconter.

Quand Magdelon quitte la maison de Zacharie, Louise dort à poings fermés et Catherine aussi. Charles insiste pour la raccompagner car il se fait tard.

Sur le chemin qui les mène au manoir, ils bavardent tranquillement :

— Catherine est une très bonne mère, vous savez. Je n'aurais pas pu souhaiter mieux pour mes enfants.

— Et comme femme ? risque Magdelon.

— Elle est tout aussi parfaite, répond-il, un peu gêné. Elle est à la fois semblable à Anne et tellement différente. J'ai beaucoup de chance qu'elle m'aime.

— Et vous, l'aimez-vous ?

— Jamais je n'aurais accepté de la marier si je n'avais pas eu de sentiments pour elle. Jamais.

Charles la laisse devant sa porte et retourne chez lui sous un ciel étoilé. Magdelon sourit. Elle est touchée par ce qu'elle vient d'entendre. Elle passe à la cuisine, se prend un morceau de pain et y ajoute une bonne épaisseur de beurre. La seconde d'après, elle mord à pleines dents dedans. Elle s'assoit au salon, prend son livre et s'offre quelques minutes de détente. Elle adore ce moment de la journée où tout est silencieux et où seuls le chant des grillons et le coassement des grenouilles viennent rompre le silence.

Demain, Pierre-Thomas revient de Trois-Rivières.

Chapitre 35

La soirée est déjà bien avancée quand Magdelon peut enfin s'asseoir. Aujourd'hui, les enfants ont été particulièrement turbulents. Elle a dû intervenir à quelques reprises, les Marie n'en venaient pas à bout. Ils faisaient mauvais coup sur mauvais coup, se disputaient, se tiraient les cheveux. Ils ont passé plus de temps en punition qu'à l'ordinaire, alors que d'habitude ils sont cités en exemple par les parents de la seigneurie à leurs enfants. Comme on le dit si bien, si leur comportement annonce une tempête, il vaut mieux se préparer à pelleter parce qu'elle risque d'être mémorable.

Cette année, l'hiver a été particulièrement doux et sans grosses précipitations, ce qui n'a rien pour déplaire à Magdelon. Elle a beau faire des efforts pour aimer l'hiver, c'est peine perdue. Elle le subit chaque fois un peu plus. Quand avril se pointe enfin, elle recommence à vivre, d'autant que ce printemps sera très spécial. Il amènera avec lui un nouveau bébé. Contrairement à ses deux premières grossesses, elle n'a pas eu de nausées et elle a senti dès les premières semaines un surcroît d'énergie dont elle profite jour après jour. Et puis, même si selon ses calculs elle est à moins de deux semaines de l'accouchement, elle ne ressent aucune inquiétude. Elle est sereine comme elle ne l'a jamais été. Chaque petit mouvement de son bébé dans son ventre lui confirme que tout va bien, et cela lui suffit. Cette fois encore, Lucie viendra l'assister, ce qui la met doublement en confiance.

La dernière fois qu'elle a vu Antoine, les feuilles des arbres n'étaient pas encore toutes tombées. Il lui manque. Il ne se passe pas une seule journée sans qu'elle pense à lui. Dans ces moments, elle tourne machinalement son pendentif entre ses doigts et sourit. Chaque fois qu'elle est témoin du manège de sa sœur, Catherine la taquine.

— Jamais je ne me serais douté que tu aimerais autant le pendentif que maman t'a offert…

Magdelon donne joyeusement des petits coups de poing à sa sœur sur les bras si elles sont seules toutes les deux. Quand ce n'est pas le cas, elle dit simplement en souriant :

— J'ai toujours adoré les perles d'eau douce ; tu devrais le savoir après toutes ces années. Combien de fois vais-je devoir encore te le répéter ?

Antoine occupe beaucoup de place dans sa vie, plus qu'elle ne l'aurait souhaité. Elle le voit peu, mais chaque fois c'est un plaisir renouvelé. Les moments passés en sa compagnie sont si intenses qu'elle est prête à les attendre. Elle soupire en pensant à lui. Si la température se maintient, il ne saurait tarder à venir la visiter. Chose curieuse, aucune de ses visites n'a jamais coïncidé avec la présence de Pierre-Thomas au manoir. Et c'est très bien ainsi.

Elle prend une gorgée de son beuvrage et sort la lettre de Jeanne de la poche de son tablier. Elle approche la chandelle et commence sa lecture.

Chère Magdelon,

Ici, tout va pour le mieux. L'hiver s'en retourne enfin, ce qui nous permettra à nouveau de sortir de nos chaumières. Et je peux vous dire qu'il est grand temps pour moi. Je commence à trouver les murs bien proches l'un de l'autre. Les enfants ont grandi et Louis-Marie travaille toujours aussi fort. Il est increvable, cet homme. Depuis notre mariage, il a réussi à doubler la superficie de terre à cultiver. Je ne pouvais pas mieux tomber. C'est un homme exceptionnel. Il prend soin de moi comme si j'étais le plus beau des trésors, et les enfants l'adorent. Et moi aussi ! J'aurai peut-être le plaisir de connaître ses parents. Ils doivent venir nous rendre visite cet été. Il y a même des chances qu'ils viennent s'installer à Batiscan.

Cette semaine, j'ai cousu le dernier tissu que vous m'aviez offert en cadeau de mariage. J'ai hâte de vous montrer la robe que je me suis faite. Je suis certaine que vous l'aimerez. J'ai même brodé un petit col de dentelle. Grâce à vous, je suis toujours la femme la mieux habillée à des lieues autour de Batiscan, ce qui me rend bien fière.

Dans votre dernière lettre, vous me disiez que monsieur de la Pérade faisait de plus en plus de cauchemars. J'ai hésité longuement, mais je pense qu'il est temps de vous raconter une certaine soirée au manoir. C'était un an après la disparition du frère de Monsieur…

Magdelon n'en croit pas ses yeux. Jeanne n'a pas pu inventer tout ça, ce n'est pas son genre. Tout coïncide parfaitement, ses propos et ceux des cauchemars de Pierre-Thomas. Et s'il avait tué son frère ? Mais pour quelle raison aurait-il agi ainsi ? Elle en a la chair de poule rien qu'à y penser. Il faut qu'elle en ait le cœur net. Elle en parlera à Pierre-Thomas.

Elle poursuit sa lecture :

Deux nouvelles familles se sont installées à la seigneurie. À elles deux, elles ont déjà dix enfants. Avant de s'installer à Batiscan, elles vivaient à Montréal dans des conditions pratiquement inhumaines. On croit souvent à tort que la vie à la ville est facile, alors que c'est tout le contraire pour la majorité. Je les trouve très courageuses de passer ainsi d'un extrême à l'autre. Vous le savez autant que moi, cultiver la terre comprend aussi son lot de difficultés.

Si votre invitation tient toujours, je me propose de vous rendre visite tout de suite après les récoltes. Je me réjouis d'avance à l'idée de vous revoir. Marguerite doit avoir beaucoup grandi. Et votre fils aussi. Embrassez-les fort pour moi. J'espère que tout se passera bien pour votre accouchement.

J'attendrai votre lettre avec impatience.

Jeanne

Elle replie la lettre, puis reste là quelques minutes à réfléchir à ce qu'elle vient de lire. Elle espère de tout son cœur que l'histoire de Jeanne ne vise pas Pierre-Thomas. Si elle a vu juste, elle ne sait pas du tout comment elle réagira. Elle prend la chandelle et s'en va dans sa chambre. Une bonne nuit de sommeil lui fera le plus grand bien.

Au matin, ce sont les cris des enfants qui la tirent du sommeil. On dirait que quelqu'un leur tord les bras tellement ils crient fort.

« Ce n'est pas vrai qu'on va passer une autre journée comme celle d'hier, s'insurge-t-elle en se levant sur-le-champ. Oh que non ! S'il le faut, ils passeront la journée dans leur chambre. »

Elle ne prend même pas le temps de s'habiller et sort à la hâte de sa chambre. Elle n'a pas fait deux pas qu'elle s'arrête subitement. Des petites bêtes viennent de passer à ses pieds à la vitesse de l'éclair, poursuivies par Marie-Joseph. Dès que celle-ci aperçoit Magdelon, elle fige sur place et se perd aussitôt en excuses. Elle parle si vite que Magdelon ne comprend rien.

— Arrêtez, arrêtez ! Reprenez votre explication, mais plus lentement.

La jeune fille rougit jusqu'à la racine des cheveux avant de répondre timidement :

— Ce matin, quand j'ai voulu compter mes pattes de lièvre, je me suis aperçue que certaines étaient rongées. J'ai tiré mon lit pour mieux voir et j'ai découvert des dizaines de petites souris occupées à gruger mes pattes de lièvre. J'ai poussé un grand cri, ce qui a fait peur aux souris. Elles se sont alors mises à courir dans tous les sens. Plusieurs sont allées dans la cuisine. Quand elles y ont fait leur entrée, les enfants et Marie-Charlotte se sont mis à hurler. Je ne savais plus quoi faire. Il y en avait partout. J'ai pris le balai et je les ai poursuivies. Je suis désolée, Madame.

— Ça va, Marie-Joseph, calmez-vous. Nous allons régler le problème. Donnez-moi deux minutes pour m'habiller et je reviens. Dites à Marie-Charlotte d'aller dehors avec les enfants et ensuite sortez toutes les pattes de lièvre de sous votre lit. Nous les ferons brûler.

Marie-Joseph blêmit. Magdelon connaît l'importance que la jeune fille accorde à ses pattes de lièvre.

— Pour le moment, Marie-Joseph, faites ce que je vous dis. Plus vite nous sortirons les petites bêtes, mieux ce sera pour tout le monde. Plus tard, je vous aiderai à trouver autre chose à collectionner qui aura la même valeur pour vous. Faites-moi confiance. Allez !

Lorsque Magdelon rejoint Marie-Joseph, celle-ci achève de sortir les pattes de lièvre de sous son lit. Leur quantité est impressionnante.

— Est-il possible que j'aie pris autant de lièvres depuis que vous êtes arrivée ici ? demande Magdelon.

— Il y en a autant dehors, répond Marie-Joseph d'un air gêné.

— C'est à croire que nous n'avons mangé que ça. Allez chercher la bassine pour les transporter à l'extérieur.

Quelques minutes plus tard, une montagne de pattes de lièvre trônent au centre de la cour, sur une plaque de neige. Magdelon apporte du bois d'allumage et craque une allumette. Une odeur peu agréable s'échappe rapidement du brasier.

— Surveillez le feu, dit-elle à Marie-Joseph. Je vais aller au moulin et je reviens tout de suite.

Lorsque Magdelon revient, les dernières pattes de lièvre finissent de brûler. Il faut maintenant qu'elle trouve un autre objet à collectionner pour Marie-Joseph, quelque chose qui ne présente aucun danger pour qui que ce soit. Elle a beau penser, aucune idée ne lui vient pour le moment. Il faut pourtant qu'elle trouve.

— Mettez un peu de neige sur le feu pour bien l'éteindre et venez me rejoindre à l'intérieur. On va passer de l'eau sur le plancher de votre chambre. Je pense bien avoir quelques gouttes d'huile pour enlever aux souris toute envie de rester dans votre chambre.

En fouillant dans sa mallette, Magdelon tombe sur un petit sachet. Elle en sort un trèfle à quatre feuilles. Elle l'a rapporté de Verchères. Elle était allée pêcher avec son père le jour où elle l'a trouvé ; elle devait avoir environ dix ans. Quand elle le lui avait montré, il lui avait dit :

— Garde-le précieusement, ça porte chance.

Elle se dit qu'elle pourrait l'offrir à Marie-Joseph. Contrairement aux pattes de lièvre, il n'attirera jamais la vermine et il prend bien moins de place. « Il ne reste plus qu'à lui vendre l'idée maintenant », se dit-elle.

Elles viennent à peine de terminer leur corvée de nettoyage quand on frappe à la porte. Magdelon s'essuie les mains et va répondre.

— Bonjour, monsieur le curé. Quelle belle surprise ! Vous avez fait bon voyage depuis Batiscan ?

— Oui, oui. Bonjour, ma fille. Vous m'avez l'air en très grande forme. C'est pour quand, ce nouveau bébé ?

— Quelques semaines tout au plus, lui répond-elle gaiement. Entrez. Ah ! Mais vous n'êtes pas seul. Dites-moi qui est cette belle jeune fille ?

— Elle s'appelle Geneviève, répond le curé Lefebvre.

La jeune fille incline légèrement la tête en guise de salut.

— Ses parents sont très malades. Ils n'arrivaient plus à nourrir leurs enfants. J'ai réussi à placer tous ses frères et sœurs dans des familles de Batiscan, mais j'ai pensé que vous pourriez peut-être prendre Geneviève chez vous. C'est une très bonne fille. Si je me souviens bien, l'automne dernier vous n'aviez toujours pas remplacé Catherine. Avec un troisième enfant en route, je me suis dit qu'il fallait que je vienne vous en parler.

Quelques secondes suffisent à Magdelon pour prendre sa décision. Il est grand temps qu'elle embauche quelqu'un pour l'aider aux travaux.

— C'est une excellente idée, dit-elle avec enthousiasme. J'accepte à deux conditions. Je lui montrerai à lire et à écrire et je lui verserai une petite allocation pour son travail. Ainsi, si un jour elle veut se marier, elle n'arrivera pas les mains vides.

— Vous êtes trop bonne, Magdelon. Je n'en demandais pas tant.

— C'est tout à fait normal.

Puis, à l'adresse de la jeune fille, elle ajoute :

— Entrez vos affaires et allez rejoindre Marie-Joseph et Marie-Charlotte à la cuisine. Elles vous montreront votre chambre. Quant à vous, monsieur le curé, vous prendrez bien un petit verre ? Venez, allons au salon, nous y serons plus tranquilles.

Une fois au salon, monsieur le curé dit à Magdelon :

— Au fait, j'ai reçu des nouvelles de madame de Lanouguère. Elle m'a écrit que depuis qu'elle portait le pendentif que vous lui avez donné, sa santé allait beaucoup mieux.

— C'est de la pure superstition, ne peut-elle s'empêcher de lancer. Entre vous et moi, comment un simple pendentif pourrait-il redonner la santé à une vieille dame ? Jamais vous ne me ferez avaler ça.

— À chacun sa croyance, Magdelon. Votre belle-mère est une bonne chrétienne, mais elle a besoin de croire en plus à des choses qui, pour vous comme pour moi, ne sont que chimères. Laissez-la en paix. Je voulais simplement souligner que vous aviez fait une bonne action en lui offrant votre pendentif.

Sans lui laisser le temps de répondre, il poursuit sur sa lancée :

— Je voulais vous parler de quelque chose. C'est très délicat, mais en tant que directeur spirituel de la famille, je me dois de le faire.

Le curé fait une pause. Il respire profondément et reprend :

— Il y a quelqu'un qui se plaît à dire qu'il vous a vue en compagnie d'un coureur des bois. D'après lui, vous étiez dans une position… euh… plutôt réservée aux gens mariés, si vous voyez ce que je veux dire. Mais j'imagine que tout cela n'est que pure médisance.

Folle de rage, Magdelon se dresse sur sa chaise et s'écrie :

— Ce que je fais de ma vie ne regarde que moi, que cela soit bien clair pour vous !

— Alors, déclare le curé en ménageant ses mots, si je comprends bien vous ne réfutez rien.

— Ne me faites pas dire ce que je n'ai pas dit. C'est bien mal me connaître que de penser que je vais prêter attention à tous ces ragots. Comment pouvez-vous croire de telles choses ? Vous n'avez donc rien de mieux à faire ?… Occupez-vous donc de sauver l'âme de vos ouailles.

— Ne le prenez pas ainsi. Je voulais simplement vous avertir…

Mais Magdelon ne lui laisse pas le temps de finir sa phrase et réplique :

— Comment devrais-je le prendre d'après vous ? C'est un manque de confiance total de votre part. Si vous n'avez pas mieux à me dire, je vous demanderais de partir, j'ai beaucoup à faire. Si vous vouliez voir Pierre-Thomas, il est à Québec pour quelques jours encore.

Lorsque Magdelon se lève, elle est prise d'une contraction qui la fait plier en deux ; elle en a le souffle coupé. La seconde d'après, un liquide chaud coule entre ses jambes. Elle se laisse tomber sur sa chaise et hurle au curé :

— Dites à Marie-Charlotte d'aller chercher Lucie. Vite ! Le bébé n'attendra pas, lui.

Chapitre 36

— Comment allez-vous ce matin? demande Lucie à Magdelon, en ouvrant les rideaux.

— Je suis en grande forme. Plus ça va, plus mes accouchements sont faciles. Si ça continue ainsi, je pourrai avoir au moins douze enfants. Et avec vous comme sage-femme, je me sens vraiment en sécurité. Encore merci pour tout.

— Il n'y a pas de quoi. Vous aidez tout le monde durant toute l'année, c'est bien normal que quelqu'un prenne soin de vous au moins pendant vos accouchements. Ça me fait vraiment plaisir, ajoute-t-elle en lui serrant affectueusement le bras. C'est votre mari qui va être surpris!

— Vous savez, je suis à peu près certaine qu'il ne savait même pas quand j'étais supposée accoucher. Mais j'imagine que tous les hommes sont comme lui.

— Pas tous, croyez-moi. Mon Zacharie savait pratiquement mieux que moi quand j'allais accoucher, tellement il me surveillait et prenait soin de moi. Chacune de mes grossesses fait partie des plus beaux moments de ma vie. Zacharie était de loin le meilleur des hommes dont une femme peut rêver. J'ai été très chanceuse de partager sa vie aussi longtemps.

La pauvre femme a les yeux dans l'eau. Malgré les années qui ont passé depuis la mort de son mari, on sent encore une grande peine l'habiter. Refusant de se laisser attendrir plus longtemps, elle se racle la gorge et ajoute:

— Alors, vous allez l'appeler comment ce beau garçon?

— Pierre-Thomas m'a demandé qu'on l'appelle Louis Joseph.

— Il a au moins choisi le nom de son fils, dit Lucie sur un ton taquin. Vous voyez, au moins il savait que vous étiez enceinte.

Les deux femmes rient de bon cœur.

— De toute façon, même si je voulais changer Pierre-Thomas, ce serait peine perdue. Moi, la première, je refuse de changer, alors… Au fond, il est ce que plusieurs appelleraient un bon mari. Avec lui, je suis certaine que les enfants et moi ne manquerons jamais de rien. Je suis peut-être un peu trop exigeante.

— Ne soyez pas trop dure avec vous-même, vous venez à peine d'accoucher. Aimeriez-vous que je vous apporte à manger ?

— Non. Dites simplement à Marie-Charlotte de venir me voir, je vais m'arranger. Vous avez bien assez de votre besogne. Allez retrouver les vôtres.

— Je vais revenir vous voir ce soir. En attendant, reposez-vous.

— Je veux bien me reposer quelques jours, mais pas plus. Je dois préparer les semences.

— Ce n'est pas à moi de vous dire quoi faire, mais vous devriez prendre un peu de temps pour vous avant de reprendre vos tâches. Bon, j'y vais. À ce soir !

La fin de la journée est marquée par le retour de Pierre-Thomas. Magdelon est surprise de voir à quel point la naissance de son fils le touche. Il le prend dans ses bras et lui fredonne une berceuse. Il lui a même apporté un cadeau. Décidément, il est encore capable de la surprendre. La plupart du temps, il est de glace et rien ne le touche, mais là, il s'émerveille devant son fils. Magdelon le regarde et sourit. Ces moments de tendresse lui font du bien. « Heureusement d'ailleurs qu'il y en a de temps en temps, de ces moments, songe-t-elle. Sans eux, je ne sais pas comment je ferais. Vivre avec un homme comme Pierre-Thomas n'est pas simple. Si c'était à refaire, je ne suis pas certaine que je me marierais avec lui. Je préférerais de loin vivre plus sobrement, mais avoir de la tendresse, de l'attention et de la passion. Pourquoi la vie est-elle ainsi faite ? Pourquoi ne peut-on pas tout retrouver chez le même homme ? Il y a des jours où j'envie Jeanne et Catherine. À les entendre, elles ont vraiment trouvé la perle rare. À croire que je ne méritais pas cela ! »

Pierre-Thomas vient de déposer le bébé dans son berceau. Il regarde sa femme et lui dit :

— C'est un très beau fils que vous m'avez donné là. Merci.

Puis, comme si une seule phrase gentille suffisait, il poursuit sans plus de ménagement :

— Je repartirai dans deux jours pour Trois-Rivières. Allez-vous vous en tirer ?

— Ne vous inquiétez pas pour moi, je suis bien entourée. Et j'ai l'intention de me lever de ce lit avant de faire des plaies.

Pierre-Thomas sourit. Magdelon réfléchit quelques secondes avant d'ajouter :

— J'aimerais discuter avec vous un moment.

— Allez-y, je vous écoute.

— Je voudrais vous parler de votre frère.

À ces mots, Pierre-Thomas blêmit et se met instantanément sur la défensive.

— Je n'ai rien à vous dire sur mon frère que vous ne saviez déjà.

— Vos cauchemars semblent si réels ces derniers mois que cela me fait peur. Et quelqu'un m'a raconté une histoire sur la façon dont votre frère serait mort ; celle-ci coïncide en tous points avec ce que vous répétez cauchemar après cauchemar. Comprenez-moi bien, il faut que je sache.

— Depuis quand prêtez-vous attention aux histoires ? Je vous croyais plus intelligente, lance Pierre-Thomas d'une voix remplie de colère.

— Il paraît qu'il est mort…

Pierre-Thomas ne la laisse pas terminer sa phrase :

— Je vous le redis une dernière fois, laissez mon frère en paix. Il est disparu, un point c'est tout. Lui seul sait ce qui s'est passé et il ne reviendra pas nous le dire.

— Mais pourtant, il…

— Je ne veux plus en entendre parler, la coupe-t-il de nouveau sur un ton qui n'encourage aucune réplique. Vous allez m'excuser, j'ai du travail à faire.

Au moment où il est sur le point de franchir la porte de la chambre, Magdelon lui lance :

— À qui appartenait la montre que vous portez ?

Pierre-Thomas se retourne et fixe sa femme droit dans les yeux. Son regard est si méchant qu'il intimiderait la plus brave des femmes, mais pas elle. Elle soutient son regard jusqu'à ce qu'il baisse les yeux avant de tourner les talons.

Une fois seule, elle réfléchit à sa brève discussion avec Pierre-Thomas. S'il n'avait rien à se reprocher, il ne réagirait pas aussi violemment. Mais si l'histoire que lui a racontée Jeanne est véridique, pourquoi aurait-il tué son frère ? D'après sa réaction quand elle l'a interrogé au sujet de la montre, tout porte à croire qu'elle a quelque chose à voir avec son frère. C'était peut-être la sienne. Il faudra qu'elle vérifie les initiales gravées sur le boîtier. Mais si Pierre-Thomas a effectivement tué son frère, pour quelle raison porterait-il sa montre jour après jour ?

Différents scénarios défilent dans sa tête et, dans tous les cas, Pierre-Thomas a quelque chose à voir avec la mort de son frère. Cela lui donne la chair de poule. Elle a beau réfléchir, elle ne sait pas comment elle réagira si elle découvre qu'il est impliqué dans l'affaire ou, pire encore, si c'est lui le meurtrier. Elle mènera sa petite enquête. Elle pourrait en parler avec Lucie.

L'entrée de Marie-Charlotte la tire de ses réflexions.

— Qu'est-ce que vous m'avez préparé de bon ? Je suis affamée.

— Je vous ai fait une omelette et du café. Mais si vous préférez autre chose, ajoute la jeune fille d'un air gêné, vous n'avez qu'à me le dire et j'irai vous le chercher.

— C'est parfait. Assoyez-vous, il faut qu'on parle de dimanche.

— Je voulais justement vous en parler. Je suis morte de peur à l'idée d'oublier une seule parole. Je ne suis pas certaine que ce soit une bonne idée que j'aille chanter à la grand-messe. J'en ai même perdu le sommeil.

Magdelon met sa main sur l'épaule de la jeune fille et la rassure :

— Ne vous inquiétez pas, tout va bien aller. Croyez-moi, vous n'avez rien à craindre.

— Mais vous ne serez même pas là ! s'exclame la jeune fille au bord des larmes.

— Qui a dit que je ne serais pas là ? Je ne manquerais pas cet événement pour tout l'or du monde. Il faut que vous arrêtiez de vous inquiéter. Vous aviez à peine fredonné quelques mesures que monsieur le curé avait déjà accepté que vous chantiez à l'église, ce qui n'est pas rien, laissez-moi vous le dire. Vous avez la voix d'un ange. Voulez-vous pratiquer vos chants ? Allez-y, je vous écoute.

Sans se faire prier, Marie-Charlotte entonne un premier chant. Magdelon est tout de suite transportée par sa voix. Elle sourit et profite de chaque note. Elle se dit que cette enfant est faite pour chanter.

Chapitre 37

— Il ne manque plus que Catherine, dit Magdelon. C'est toujours pareil. C'est elle qui reste le plus près du manoir et elle est toujours la dernière arrivée.

Avant qu'une des femmes n'ait le temps de répondre, Catherine entre en coup de vent.

— Vous ne devinerez jamais ce qui m'est arrivé, lance-t-elle d'un seul trait avant de se laisser tomber sur une chaise.

Avant que quelqu'un ne pense à répondre, elle poursuit sans se donner le temps de reprendre son souffle :

— J'étais à mi-chemin quand soudain un homme à moitié habillé a sorti subitement de la forêt devant moi. Je pensais que le cœur allait m'arrêter tellement j'ai été surprise. La seconde d'après, je hurlais comme une folle, si fort que Charles m'a entendue de la maison. L'homme avait beau me dire que je n'avais rien à craindre, j'étais morte de peur. Quand Charles nous a rejoints, je lui ai sauté dans les bras, incapable de parler.

Toutes les femmes sont suspendues à ses lèvres. Il est si rare qu'il arrive des choses exceptionnelles à la seigneurie que personne ne veut perdre un seul détail de l'histoire.

— Vas-tu enfin nous dire de qui il s'agissait ? demande Magdelon d'un ton impatient.

— Même si je vous le dis, vous ne me croirez pas.

— Cesse de nous faire patienter, dit une des femmes.

— Il a dit : « Je suis le frère de Zacharie. J'étais presque arrivé à la seigneurie quand je me suis fait attaquer par deux Indiens à l'alcool mauvais. Ils m'ont sauté dessus et je me suis cogné la tête sur un arbre. J'ai perdu connaissance. Quand je suis revenu à moi, je n'avais plus que mes sous-vêtements. Ils m'ont pris tout ce que j'avais. »

— Je n'étais pas au courant que Zacharie avait un frère, dit l'une des femmes.

— Il vivait plus haut dans les terres depuis près de dix ans, explique Catherine. Il ne savait pas que Zacharie était mort. Pourtant, Charles lui avait envoyé une lettre pour l'avertir, mais il faut croire qu'elle ne s'est jamais rendue.

— Il a suffi qu'il change de place pour ne jamais la recevoir, dit Magdelon. Chaque fois qu'on demande à quelqu'un de porter une lettre, c'est presque un acte de foi. On n'est jamais sûr que la personne la recevra. J'ai déjà vu un homme remettre une lettre à mon père un an plus tard. Il l'avait oubliée au fond de la poche de sa veste.

— J'espère que la lettre n'avait rien d'urgent, dit une des femmes pour rigoler.

— Je ne me souviens plus très bien, il y a trop longtemps. Au moins, ce sera beaucoup plus facile quand le chemin du Roy sera prêt.

— Ce n'est pas pour demain, dit Catherine. À la vitesse où vont les travaux, on en a pour plusieurs années encore.

— C'est certain, confirme Magdelon. Ce n'est pas une petite affaire, mais au moins notre premier pont a été construit. Revenons au frère de Zacharie… Où est-il maintenant ?

— Charles l'a emmené à la maison. Je ne vous l'ai pas encore dit, mais il ressemble à Zacharie comme deux gouttes d'eau.

— J'ai bien hâte de le rencontrer. Je ne veux pas te vexer, Catherine, mais pour juger de la ressemblance des personnes, tu n'es pas la meilleure, dit Magdelon.

— Tu verras bien, se contente de répondre Catherine.

— Si on brodait maintenant ? lance Magdelon.

— C'est vous qui voulez broder ? On aura tout vu, dit une des femmes en riant. Vous souvenez-vous de notre première soirée de broderie ?

— Comme si c'était hier, déclare Magdelon. J'arrivais à peine à enfiler mon aiguille toute seule. Et j'étais morte de peur à l'idée de ne jamais pouvoir être aussi bonne que vous toutes.

À ces mots, les femmes rient de bon cœur. Elles ont taquiné Magdelon pendant de longs mois à ce sujet.

— Il faut dire que vous vous êtes nettement améliorée, dit une des femmes.

— Une chance que je me suis améliorée ! Mon cas était pathétique. Attendez que je vous montre ce que j'ai fait pour le bébé de Catherine.

Elle sort du panier sur ses genoux une petite chemisette blanche sur laquelle elle a brodé de minuscules marguerites tout autour du col et au bout des manches. Elle la montre fièrement aux femmes. Toutes s'extasient devant son travail.

— Je n'ai jamais rien vu d'aussi beau ! s'exclame Catherine. Je vais la garder pour le baptême. Merci, tu es une sœur en or, ajoute-t-elle en serrant Magdelon dans ses bras.

— Ce n'est rien, dit celle-ci, gênée de l'effet produit par son travail. Je suis si contente que tu sois enfin enceinte.

Puis, sur un ton plus léger, elle demande aux femmes :

— Ça vous dirait de prendre un petit verre d'alcool ? Il faut bien qu'on fête la grossesse de Catherine et… pourquoi pas l'arrivée du frère de Zacharie à la seigneurie aussi.

Sans attendre, elle se lève et va chercher des verres et la bouteille. Elle sert une bonne ration à chacune. Elles lèvent leur verre et prennent une gorgée. Certaines font la grimace. La première gorgée provoque toujours cette réaction. C'est avec le temps qu'on finit par apprécier l'alcool.

Les conversations vont bon train et les éclats de rire sont de plus en plus nombreux. On profite de ces rares soirées pour se mettre à jour sur l'un et sur l'autre. Chaque famille de la seigneurie a son heure de gloire. Comme les absents ont toujours tort, l'accent est bien sûr mis sur eux. Le fils aîné de Mathurin est parti vivre à Québec, au grand désespoir de son père qui comptait sur lui pour l'aider à la ferme. La femme de Jean attend son douzième enfant alors qu'ils sont déjà très à l'étroit dans leur maison. La fille de Pierre est partie subitement pour Montréal, et ce n'est certainement pas pour entrer dans les ordres… Nicolas a pris une énorme truite, la plus grosse pêchée par quelqu'un de la seigneurie à ce jour.

Quand les femmes se lèvent pour rentrer chez elles, la bouteille est vide depuis un bon moment. Elles ont le rire facile et la démarche légèrement hésitante. Elles remercient Magdelon pour la belle soirée et sortent du manoir en poursuivant leurs conversations. Catherine reste avec sa sœur. Charles a promis de venir la chercher à neuf heures.

— Tu n'aurais pas un bout de pain pour moi? demande Catherine. Je suis affamée.

— Viens à la cuisine, il y reste quelques brioches fraîches. Rassure-toi, ajoute-t-elle avant que Catherine n'y aille de son commentaire, c'est Marie-Charlotte qui les a faites.

— Alors je veux bien une brioche avec un gros morceau de beurre.

Entre deux bouchées, Catherine demande à sa sœur :

— As-tu reçu des nouvelles du fils d'Alexandre et de Tala ?

— Oui, Jeanne m'a écrit que tout allait bien. Elle est supposée venir au manoir cet été, mais je ne sais pas encore si elle emmènera les enfants ou non.

— J'aimerais beaucoup le revoir. Il avait à peine quelques mois quand il est parti avec Jeanne.

— Je suis sûre qu'il a une très belle vie avec Jeanne et Louis-Marie. Je ne sais pas si c'est la même chose pour toi, mais il ne se passe pas une seule journée sans que je pense à Tala et à Alexandre et au fait que si j'y étais allée plus tôt ils seraient encore en vie. Ça m'empêche même de dormir.

— Arrête de te torturer, ce n'est pas ta faute. Tu as fait tout ce que tu as pu.

— N'empêche que j'aurais dû prendre plus au sérieux ce que Pierre-Thomas m'avait dit et aller avertir Alexandre et Tala le plus vite possible. Ils auraient au moins eu la chance de s'en aller plus loin.

— Tu sais comme moi que, de toute façon, tôt ou tard, ils auraient connu le même sort. Jamais on ne les aurait laissés en paix. On les aurait poursuivis tant et aussi longtemps qu'on ne les aurait pas retrouvés. En tuant un des nôtres, Tala a signé son arrêt de mort et celui d'Alexandre parce qu'il vivait avec elle.

— Je sais que tu as raison, mais c'est plus fort que moi. Je n'aurai de cesse que le jour où j'aurai mis la main sur le salaud qui les a abattus.

— Que feras-tu alors ? Tu l'abattras à ton tour et tu partiras te cacher en forêt ? Ou, pire encore, tu finiras pendue sur la place publique et on laissera ton corps aux corbeaux jusqu'à ce qu'il n'en reste plus qu'un paquet d'os ? Réfléchis, cela n'en vaut pas la peine. Passe à autre chose et enterre vite l'esprit de vengeance qui t'habite.

— C'est facile à dire, mais…

— Voyons, Magdelon, la coupe Catherine, tu ne vas pas me dire que tu serais prête à abandonner ta famille pour venger Tala et Alexandre. Jamais, ils ne t'auraient demandé une telle chose et tu le sais aussi bien que moi. Ils étaient parfaitement au courant de la vie qui les attendait.

— Je vais y penser. Je te trouve bien sage depuis que tu es mariée. On dirait que c'est toi l'aînée, dit-elle en souriant.

— Tu sais, devenir mère de deux enfants le jour de son mariage ferait vieillir n'importe quelle femme. Je les adore, mais je dois bien avouer que je n'ai pas toujours trouvé la situation facile. Me faire une place dans la vie de Charles n'a pas été une mince affaire non plus. Tu n'as pas idée à quel point il aimait Anne.

— Mais il t'aime, il me l'a dit.

— Je sais qu'il m'aime, mais je demeurerai toujours son deuxième choix. Rassure-toi, je vis bien avec ça… Changeons de sujet, tu veux bien ? J'ai reçu des nouvelles de Maya dans la dernière lettre que maman m'a envoyée. Tu veux que je te raconte ?

Intéressée, Magdelon opine du bonnet. Catherine poursuit :

— Elle travaille comme domestique dans une famille noble de Montréal.

— Tu as bien dit comme domestique et non comme esclave ?

— Tu as bien compris. Maman a réussi à la faire libérer. Elle l'a même adoptée pour lui redonner sa dignité.

— Je suis si contente. Elle ne méritait pas ce qui lui était arrivé. Pauvre Maya ! Le pire, c'est que les patrons comme Pierre-Thomas qui abusent de leurs esclaves et de leurs domestiques courent les rues. Jamais je ne lui pardonnerai ce qu'il lui a fait.

— Arrête d'en vouloir à tout le monde ! Ce n'est pas bon pour toi. Moi, je trouve que Maya s'en est fort bien tirée compte tenu des circonstances.

— C'est vrai, mais l'esclavage ne devrait pas exister, un point c'est tout. Et les vieux cochons qui couchent avec leurs esclaves et leurs domestiques, non plus. On devrait les pendre par ce qui les distingue des femmes.

— Je suis d'accord avec toi, mais à nous deux nous ne pourrons pas tout changer d'un seul coup. Si on pendait tous les hommes qui vont voir ailleurs, il n'en resterait peut-être pas beaucoup pour nous !

— Toi, ma vieille sage, dit Magdelon en poussant doucement sa sœur. En tout cas, je peux te dire que je vais faire la même chose que maman pour les Marie.

— C'est une très bonne idée. Et tu peux compter sur moi pour t'aider.

Lorsque Charles arrive, les deux sœurs sont en pleine discussion au sujet de la fête des moissons. Cette année, Magdelon a bien l'intention de souligner dignement le travail de chacun. Grâce aux colons, la seigneurie ne cesse de s'agrandir et est de plus en plus reconnue pour la qualité de ses grains. La majorité de sa farine est vendue depuis l'année dernière à une boulangerie de Québec. Comme la population de cette ville ne cesse de croître, les demandes en pains et en pâtisseries augmentent elles aussi, ce qui, il va sans dire, nécessite de plus grandes quantités de farine.

Pierre-Thomas a donc demandé à ses colons d'agrandir leur superficie de terre cultivable, et les a assurés qu'il achèterait tous les surplus de leurs récoltes. Comme tout le monde y trouvait son compte, les colons ont passé l'automne à défricher. Grâce à un travail collectif acharné, ils ont réussi à agrandir d'au moins dix pour cent la superficie de la terre à semer. Au grand désespoir de Pierre-Thomas, Magdelon a même promis aux colons de leur offrir les semences. Elle a eu beau lui expliquer en long et en large que son investissement lui serait rendu au centuple, il ne cessait de lui dire qu'elle n'avait pas le droit de jeter son argent par les fenêtres de cette manière. Quand elle revenait à la charge en lui disant que ce simple petit geste suffirait à améliorer leurs relations avec les colons, il lui répétait que ceux-ci n'avaient qu'à se taire et à travailler. À cela, elle soulevait les épaules et s'éloignait, se disant que ce ne serait pas encore cette fois qu'elle aurait gain de cause avec lui.

— Alors, comment ta mère a-t-elle pris l'arrivée de ton oncle ? demande Magdelon à Charles.

— Plutôt bien. Je peux même dire qu'elle avait l'air très contente, même si les choses ne s'étaient pas très bien passées entre lui et mon père à leur dernière rencontre. J'ignore d'ailleurs pourquoi. En tout cas, elle lui a dit qu'il pouvait s'installer sur la ferme avec nous.

— Et toi, qu'est-ce que tu en penses ?

— Honnêtement, j'en suis bien heureux. J'ai besoin de bras pour agrandir la ferme. Tout seul, je ne peux pas tout faire. Et mes frères sont encore trop jeunes pour aider davantage.

— Tu n'as pas peur qu'il prenne ta place ?

— Non. Maman m'a assuré que la ferme me reviendrait et que mon oncle serait mon employé.

— Ta mère est vraiment une bonne personne. Dis-moi, Catherine prétend que ton oncle ressemble beaucoup à ton père. Est-ce vrai ?

— Il lui ressemble comme deux gouttes d'eau ! Quand je le regarde vite, j'ai l'impression de voir mon père.

— Je te l'avais bien dit, lance Catherine à sa sœur.

Puis, en se tournant vers son mari, elle ajoute :

— On y va ?

— Bien sûr, répond-il en la regardant tendrement.

— Demain, dit Magdelon à Catherine, j'ai pensé aller cueillir des fraises. Ça te dirait de venir avec moi ?

— Oui. Tu n'as qu'à venir me chercher quand tu seras prête.

— À demain !

Chapitre 38

— Faites attention de ne rien briser, lance Pierre-Thomas à ses serviteurs d'un ton brusque comme seul lui peut le faire. On a réussi à le garder intact jusqu'ici, ce n'est pas le temps de l'abîmer.

— Il faudrait vraiment qu'on le pose un peu, j'ai peur de l'échapper, dit l'un des hommes. Je n'en peux plus.

— Pas question de s'arrêter maintenant, dit Pierre-Thomas. Je vais vous aider.

Quand il se penche pour soulever le meuble, il accroche la chaîne de sa montre, ce qui a pour effet de faire tomber celle-ci par terre. Magdelon s'approche, ramasse la montre et en profite pour regarder les initiales gravées au dos. *LDLP*, pour Louis de la Pérade… «Cette fois, pas d'échappatoire possible. Pierre-Thomas va devoir m'expliquer pourquoi il porte la montre de son frère.»

Lorsque le meuble est enfin déposé par terre, les hommes de Pierre-Thomas lâchent un grand soupir. L'un d'eux sort son mouchoir et s'essuie le front alors que l'autre s'appuie au mur pour reprendre son souffle.

— Ces meubles sont aussi pesants que du plomb, dit l'un des deux serviteurs.

— Attends qu'on transporte la table… rétorque l'autre.

Pierre-Thomas s'approche de Magdelon et lui tend la main pour reprendre sa montre, sans dire un mot. Leurs regards se croisent quelques secondes à peine, ce qui suffit à Magdelon pour faire comprendre à son mari qu'il lui doit des explications. Elle s'approche ensuite du buffet et passe sa main sur le dessus.

— C'est une pure merveille ! dit-elle. Celui qui l'a fabriqué est un artiste exceptionnel.

— C'est un ébéniste de Québec, dit Pierre-Thomas. Il fabrique des meubles pour tout le gratin de la ville, et même pour l'intendant. Mais attendez de voir la table et les chaises. Venez, dit-il à ses hommes, allons chercher le reste.

Les deux hommes emboîtent le pas à Pierre-Thomas. Quand ils reviennent avec la table, ils sont tout rouges tant ils forcent pour ne pas l'échapper. La table pèse encore plus que le buffet et sa longueur ne leur facilite pas la tâche. Ils la déposent enfin par terre et enlèvent les couvertures qui l'ont protégée pendant le voyage. Magdelon s'approche tout de suite du meuble et admire le travail sur tout son pourtour.

— Voici les pattes. Posez-les tout de suite, ordonne Pierre-Thomas aux hommes. Vous n'avez qu'à appuyer la table contre le mur.

— Mais laissez-leur reprendre leur souffle, dit Magdelon. Il n'y a pas le feu.

— Il faut qu'on rentre les chaises avant que la pluie tombe.

— Il ne pleuvra pas aujourd'hui, il fait un soleil de plomb.

Elle poursuit à l'adresse des deux hommes :

— Je vais vous chercher de l'eau.

— Ce n'est pas le temps des civilités, grogne Pierre-Thomas. Nous avons bien d'autres choses à faire.

— Vous les laisserez prendre un peu d'eau, riposte Magdelon, que cela vous plaise ou non.

Quand elle revient de la cuisine, les hommes ont fini de poser les pattes de la table. Elle leur tend un pichet d'eau et une tasse et s'approche du meuble.

— Cette table est vraiment très belle déclare-t-elle à son mari. Mais, dites-moi, comment avez-vous réussi à avoir du chêne?

— C'est simple, je l'ai échangé à de Saurel.

— Mais le chêne n'est-il pas réservé au roi?

— Je vous l'ai déjà dit, le roi reçoit plus de chêne qu'il est capable d'en employer. Et entre vous et moi, on risque peu qu'il débarque ici. De toute façon, l'intendant est d'accord, alors on ne risque rien.

— En tout cas, jamais je n'aurais espéré avoir d'aussi beaux meubles. Ils sont vraiment magnifiques. Merci!

Il ne prend même pas la peine d'ajouter au commentaire de sa femme.

— Bon, vous allez nous excuser, il faut qu'on aille vider le bateau. Je passerai ensuite au moulin et chez Catherine avant de rentrer. On m'a dit que le frère de Zacharie était revenu, il faut que j'aille le voir. C'était de loin le meilleur meunier à des lieues.

— Mais Charles a besoin de lui sur la ferme… et nous avons déjà un meunier.

— Je verrai tout ça avec lui, la coupe-t-il. Ne couchez pas les enfants avant que je revienne, je leur ai apporté des cadeaux. Ah oui, j'oubliais, je vous ai apporté des pâtisseries. J'ai pris tout ce qu'il y avait de nouveau. Vous m'en donnerez des nouvelles. Mes hommes vous les apporteront.

Avant de partir, les hommes placent les douze sièges autour de la table. Après avoir remercié les serviteurs, Magdelon examine les chaises de plus près. Leur haut dossier est décoré des mêmes motifs que la table et le buffet. «C'est vraiment du travail de maître, se dit-elle. J'ai hâte que maman les voit, elle qui adore les beaux meubles.»

Certes, Magdelon est contente d'avoir des meubles de cette valeur, mais elle sait pertinemment qu'ils ne serviront pas souvent. À part les quelques visites du curé de Sainte-Anne et de celui de Batiscan, les visiteurs se font rares au manoir. Ils reçoivent bien les colons aux Fêtes, mais ce n'est pas certain que Pierre-Thomas acceptera de les laisser utiliser son nouveau mobilier. En réalité, le fait d'habiter à distance des grands centres favorisent peu les mondanités. Elle regarde à nouveau les meubles et soupire, fière comme un paon. « Je suis vraiment chanceuse. Je possède sûrement les plus beaux meubles d'ici à Québec. »

Elle reste encore un moment à les contempler. Quand ses yeux tombent sur le sac de pâtisseries, elle sourit et se dépêche d'aller le chercher. Elle file à la cuisine, se sert une grande tasse de lait et plonge la main dans le sac, heureuse comme une enfant. À la première bouchée, elle se sent transportée dans un monde de volupté. À la deuxième, elle se lèche les babines et se dandine sur sa chaise tellement la pâtisserie est délicieuse. À la troisième, elle sait qu'elle ne s'arrêtera qu'au moment où elle sera prise d'un haut-le-cœur. Inutile de résister, c'est chaque fois pareil. Si les enfants sont chanceux, ils pourront en goûter une. Sinon, elle fera disparaître le sac avant qu'ils le voient.

Lorsque Pierre-Thomas rentre enfin, les enfants ne se possèdent plus tellement ils sont fatigués. Ils ont passé la journée dehors avec les Marie et Geneviève à désherber le jardin. Enfin, il serait plus juste de dire qu'ils ont passé la journée à jouer dans la terre. À leur arrivée, ils étaient maculés de la tête aux pieds, à un point tel que Magdelon les a retournés dehors et a demandé aux Marie de leur enlever au moins le plus gros pour qu'ils ne salissent pas toute la maison. Les enfants se sont alors sauvés en courant, ce qui s'est vite transformé en jeu. Chaque fois que l'une des Marie feignait de les attraper, ils riaient aux éclats. Cette course folle s'est terminée dans la grange. Étendus sur la paille, tous les quatre riaient aux éclats et tentaient de reprendre leur souffle. Charles François Xavier a tellement ri qu'il en a même attrapé le hoquet. Une fois dans le manoir, les Marie ont débarbouillé les enfants et leur ont mis des vêtements propres.

Dès qu'elle entend la porte s'ouvrir, Marguerite se précipite à la rencontre de son père, son frère sur les talons. Quand ils arrivent à sa hauteur, les deux enfants se jettent dans ses bras. La seconde d'après, il les soulève de terre et rit. Il va même jusqu'à les embrasser dans le cou. Chaque fois que Magdelon voit Pierre-Thomas poser le moindre petit geste tendre, elle est émue. « Dommage que cela ne lui arrive pas plus souvent… Si je n'étais pas leur mère, je crois bien que je serais jalouse des enfants. Jamais il ne me manifeste autant d'attention. »

Avant de poser les enfants par terre, Pierre-Thomas se permet même de les chatouiller, ce qui provoque bien vite des éclats de rire de leur part. Magdelon irait même jusqu'à jurer qu'elle a entendu Pierre-Thomas rire aux éclats, oh pas longtemps, c'est certain, à moins que ce soit son imagination qui lui joue des tours. « Je l'ai vraiment entendu, se dit-elle, folle de joie. C'est un miracle ! Je suis toujours surprise que les enfants soient aussi contents de le voir. Au peu de fois qu'ils le voient dans un mois, je pense toujours qu'ils vont l'oublier entre ses apparitions, ou pire l'ignorer, mais c'est tout le contraire qui se produit. Je les envie d'avoir cette facilité de vivre le moment présent et de ne pas remâcher continuellement les mêmes vieilles histoires comme nous, les adultes. »

— Attendez-moi, je reviens tout de suite, dit Pierre-Thomas aux enfants. J'ai une surprise pour vous.

Ils sont impatients de voir ce que leur père leur a rapporté. Quand il revient enfin, ils ont les yeux rivés sur lui. Il tient dans ses mains deux paquets enveloppés dans du papier brun. Il en remet un à sa fille et un à son fils :

— Allez-y, ouvrez-les, leur lance-t-il, aussi pressé qu'eux. Je les ai fait venir de Paris pour vous.

— C'est où Paris ? demande Marguerite à son père.

— Très, très loin d'ici. Il faut dormir sur le bateau des nuits et des nuits avant d'y arriver.

— Je ne veux pas y aller, dit la petite fille. J'aime mieux dormir dans mon lit.

— Tu as bien raison, dit Pierre-Thomas.

Marguerite déchire le papier et ouvre grand les yeux quand elle aperçoit une belle poupée habillée de tissu soyeux sur lequel de petites perles ont été brodées.

La seconde d'après, elle étreint la poupée sur son cœur. Elle est vraiment mignonne à voir. Magdelon est touchée par la scène qui se joue sous ses yeux. Elle se retient même de prendre son mari par le cou et de l'embrasser sur la joue, mais cette fois encore elle devra se contenter d'y penser. Elle ne supporterait pas de se faire repousser.

Quand Charles François Xavier réussit enfin à déchirer le papier et qu'il découvre un cheval de bois, il imite immédiatement le bruit de l'animal avec sa bouche et fait galoper son cheval dans la pièce. Pierre-Thomas regarde fièrement ses enfants. Il gonfle le torse et se frotte le menton. Magdelon sourit à son tour. C'est une belle famille que la sienne. Elle est loin d'être parfaite et, plus souvent qu'autrement, elle se plaint de ne pas avoir le mari idéal, mais c'est sa famille et elle ne la changerait pas pour tout l'or du monde. Même tous les Antoine de la Nouvelle-France n'arriveraient pas à lui faire sacrifier des moments comme celui-là. Ils sont rares, mais combien extraordinaires.

Au bout de quelques minutes, Magdelon prend son fils dans ses bras et va le coucher. Il dépose son cheval par terre, près de son lit, et ferme les yeux. Pour une fois, il ne se fait pas prier pour se coucher. Quand elle retourne chercher Marguerite, Pierre-Thomas n'est plus là.

«Les grands épanchements, très peu pour lui», ne peut-elle s'empêcher de se dire en haussant les épaules.

Elle tend la main à sa fille et l'accompagne jusqu'à sa chambre. La fillette couche sa poupée près d'elle. Magdelon borde Marguerite, lui passe la main dans les cheveux et retourne au salon. Elle se sert un verre, s'assoit puis prend une première gorgée qu'elle laisse descendre doucement dans sa gorge. Elle se dit que l'alcool serait encore meilleur si elle n'était pas seule. Mais pas question d'aller déranger son mari, qui s'est enfermé dans son bureau. Elle attendra demain pour lui parler de la montre de son frère.

* * *

Quand Magdelon se lève, la place est déjà vide à côté d'elle. Elle s'habille en vitesse et sort de la chambre. Son petit doigt lui dit qu'il se passe quelque chose. Elle marche sur la pointe des pieds. Il faut croire que les planches dorment encore parce qu'aucune ne craque sous son poids. Elle ouvre doucement la porte de la chambrette de Marie-Joseph; la jeune fille dort à poings fermés. Elle ouvre ensuite celle de Marie-Charlotte. À sa vue, celle-ci sursaute. Magdelon lui fait signe de se taire et sort de la chambre.

Elle se dirige sans plus tarder vers la chambre de Geneviève. Une fois devant la porte, elle prend une grande respiration et tourne doucement la poignée, en souhaitant trouver la jeune fille en train de dormir. Elle est partagée entre l'envie de savoir et celle de fermer les yeux. Mais il vaut mieux qu'elle sache, et le plus tôt sera le mieux. Elle tourne la poignée d'un seul coup et pousse la porte. Elle donnerait dix ans de sa vie pour ne pas voir ce qu'elle découvre alors. Elle pourrait refermer la porte et s'enfuir, mais elle reste là sans bouger, ne sachant comment réagir. Elle pourrait aller chercher son mousquet et tuer son mari à bout portant en lui criant des injures. Elle prendrait ensuite Geneviève dans ses bras, la bercerait comme on berce une enfant de son âge et lui demanderait pardon pour tout le mal que Pierre-Thomas lui a fait. Elle pourrait aller chercher le balai et rouer de coups son mari jusqu'à ce que toute la colère qui l'habite s'estompe. Elle pourrait retourner vivre à Verchères avec ses enfants et ne plus jamais le revoir de toute sa vie. Elle pourrait aussi le pendre par les bourses et le regarder souffrir jusqu'à ce qu'il rende son dernier soupir. Mais c'est alors qu'une force insoupçonnée monte en elle. En une fraction de seconde, elle se retrouve près du lit, empoigne Pierre-Thomas par un bras et le jette par terre.

— Espèce de salaud, hurle-t-elle, en lui donnant des coups de pied dans les côtes. Vous n'aviez pas le droit de toucher à cette enfant. Jamais je ne vous le pardonnerai. Vous êtes un monstre.

— Arrêtez de me frapper tout de suite !

— Vous n'avez pas d'ordre à me donner, lui répond-elle du tac au tac. Comptez-vous chanceux que je ne vous tue pas. Dites-vous bien que ce n'est pas l'envie qui manque.

— Je vous ai dit d'arrêter, lui dit-il en lui serrant la cheville. Vous m'avez fait jurer de ne pas toucher à nos esclaves et j'ai respecté ma parole, mais jamais il n'a été question de ne pas toucher à Geneviève. Regardez-la, elle n'a pas l'air de trop se plaindre.

— Comment pouvez-vous parler ainsi ? Ce n'est qu'une enfant. Je ne suis pas certaine que monsieur le curé appréciera le traitement que vous lui avez réservé.

— Laissez la religion en dehors de tout ça et arrêtez de jouer à la sainte nitouche. Faites le tour des manoirs et vous verrez qu'il y a bien pire que moi.

— Ce qui se passe ailleurs ne m'intéresse pas. Sortez immédiatement de cette chambre.

Faisant fi des paroles de sa femme, Pierre-Thomas dit :

— Vous demanderez à de Saurel le sort qu'il réserve à son esclave.

— Je vous ai dit de sortir de cette chambre, siffle Magdelon entre ses dents.

Magdelon s'éloigne pour le laisser passer. S'appuyant contre le mur, elle ferme les yeux et tente de reprendre ses esprits. Elle est tellement en colère qu'elle tremble de tout son corps. Décidément, jamais elle ne comprendra cet homme.

Ce sont les pleurs de Geneviève qui la ramènent à la réalité. Elle s'approche de la jeune fille, la prend dans ses bras et lui dit à l'oreille :

— Je te jure que je ne le laisserai plus jamais te faire de mal.

La jeune fille pleure en silence dans les bras de Magdelon. Les enfants sont levés depuis un bon moment quand elle sort de la chambre de Geneviève. Elle file à la cuisine, se sert un café de la mort et se laisse tomber sur une chaise. Que fera-t-elle de Geneviève ?

« Je ne peux pas la garder ici. J'aurais trop peur qu'il recommence. Je vais d'abord en parler au curé. Peut-être acceptera-t-il que je l'envoie à Verchères. Maman pourrait la prendre avec elle. J'espère au moins qu'il ne l'a pas engrossée. Quel fumier ! Je jure devant Dieu qu'à partir d'aujourd'hui il n'entrera au manoir que des domestiques mâles. Je jure aussi de libérer les Marie au plus vite. »

Chapitre 39

— Tu aurais dû voir la tête du curé quand je lui ai dit ce que Pierre-Thomas avait fait à Geneviève, dit Magdelon à Catherine. Un peu plus et je le frappais. Écoute bien ça :

— Voyons ma fille, dit-elle en imitant le curé, vous avez sûrement imaginé des choses. Pierre-Thomas est un bon chrétien. Jamais il n'aurait touché à Geneviève et, de toute façon, il a déjà deux esclaves à ce que je sache.

— Vous êtes aussi ignoble que lui, ai-je crié. Comment pouvez-vous seulement oser penser ainsi ? Et c'est vous qui parlez de chrétienté ! Nous ne devons pas prier le même Dieu ; en tout cas, je l'espère de tout mon cœur.

— Ne blasphémez pas, ma fille.

— Je ne suis pas votre fille, arrêtez de m'appeler comme ça. Et si votre Dieu est aussi ignoble que vous, j'aime mieux pourrir en enfer le reste de mes jours.

— Je vous aurai avertie, ma fille. Ne parlez…

Je ne l'ai pas laissé finir sa phrase. J'ai filé à la porte et lui ai dit sur un ton qui ne permettait aucune discussion :

— Sortez si vous ne voulez pas que je vous sorte moi-même.

— Ne le prenez pas ainsi, a-t-il dit en se levant bien à regret.

— Comment voulez-vous que je le prenne ? Vous parlez d'êtres humains comme s'il s'agissait de vulgaires animaux. Vous avez plus de respect pour votre cheval que pour vos fidèles. Sortez ! Je ne vous le répéterai pas.

— Et Geneviève ? a-t-il risqué avant de partir.

— Je vais m'occuper moi-même de son bien-être.

Le sourire aux lèvres, Catherine dit :

— Ah, j'aurais tellement voulu être là. Est-il revenu ?

— Je peux te dire qu'il avait tout intérêt à ne pas revenir.

— Et Pierre-Thomas ?

— Depuis le matin où je l'ai surpris étendu sur Geneviève, il se fait très discret et, crois-moi, c'est bien mieux ainsi. À peine revient-il d'un de ses voyages qu'il repart pour un autre. Et chaque fois que je le croise et que j'essaie de lui parler, il se sauve presque en courant. Les seules paroles que j'ai réussi à échanger avec lui touchent la seigneurie ou les enfants. Pour le reste, ce n'est que partie remise, crois-moi.

— Tu veux dire que tu ne sais toujours pas pourquoi il a la montre de son frère ?

— Entre autres. Je ne sais toujours pas non plus si c'est lui qui l'a tué. Et les gens pensent que je mène une vie de rêve ! Je voudrais bien les voir à ma place. C'est bien plus près du cauchemar que du rêve. Je ne manque de rien, c'est vrai. J'ai plus que la plupart des gens, c'est vrai. Mais j'ai aussi tout ce qui vient avec.

— En tout cas, moi, je ne changerais pas de place avec toi.

— Je ne souhaiterais pas un tel sort à ma pire ennemie, alors encore moins à toi que j'aime tant. Au fait, quand Charles doit-il revenir de Verchères ?

— Demain au plus tard. Il ne peut pas traîner longtemps là-bas, on est à la veille des récoltes. En tout cas, au moins Geneviève est en lieu sûr maintenant.

— Tu as bien raison. Une chance que maman a accepté de la prendre avec elle. Tout ce que j'espère, c'est qu'elle ne soit pas enceinte.

— Ne te torture pas pour ça. Les choses ne peuvent pas toujours mal aller.

— Une chose est certaine, Pierre-Thomas ne fera pas une troisième victime.

— Je ne veux pas être défaitiste, mais comment peux-tu en être aussi sûre ?

— Maman m'a aidée à trouver une nouvelle place aux Marie. Charles devrait revenir avec les détails concernant leur départ.

— Comment vas-tu te débrouiller avec trois paires de bras en moins ?

— Ne t'inquiète pas pour moi, j'ai trouvé une solution. Maman est allée à Montréal rencontrer la sœur directrice de l'orphelinat. Celle-ci va m'envoyer trois orphelins d'ici la fin du mois.

— Ai-je bien entendu ? Tu as bien dit trois orphelins ? Des garçons ?

— Tu as parfaitement compris. Je te l'ai dit, de mon vivant, il ne rentrera plus personne de la gent féminine au service de Pierre-Thomas.

Catherine s'esclaffe.

— Et que pense Pierre-Thomas de tout ça ?

— Après ce qu'il a fait, crois-moi, il est bien mieux de ne rien dire. Que je le vois seulement lever la main sur l'un d'entre eux…

— En tout cas, on ne peut pas dire que ta vie soit ennuyante.

— En effet !

Sur ce, les deux sœurs éclatent de rire.

Il y a des jours où Magdelon envie sa sœur. Elle mène une vie tranquille et heureuse avec son mari et les jumeaux. Elle est resplendissante, encore plus depuis qu'elle est enceinte. Elle a eu de la chance de tomber sur Charles, qui est un bon garçon. Malgré ses épreuves, il a su garder sa joie de vivre. Avec lui, Catherine vit des jours heureux, d'autant que l'arrivée à la ferme de Thomas, le frère de Zacharie, a ramené le soleil dans la maison. Il est même question de mariage entre lui et Lucie. Pierre-Thomas a essayé de le convaincre de venir travailler au moulin, mais sans succès. Quand il a su ce qui était arrivé à son frère, il a promis à sa veuve de veiller sur elle et sur toute la famille.

— Tu viens avec moi ? demande Magdelon à Catherine. J'ai promis aux enfants de leur faire une tarte aux fraises. J'ai vu qu'il y en avait beaucoup près du moulin.

— Allons-y.

Au moment où les deux femmes sortent du manoir, Antoine entre dans leur champ de vision. Magdelon est tout de suite envahie d'une bouffée de chaleur. Il y a bien longtemps qu'elle l'a vu. Une fois à leur hauteur, il salue les deux sœurs et dit à Magdelon :

— Je vous ai apporté une truite. Je l'ai pêchée ce matin. Et j'ai aussi cueilli un peu de fraises pour vous, ajoute-t-il en lui tendant un cornet d'écorce rempli de fraises des champs. Je crois me souvenir que vous les aimez beaucoup.

— Elle les adore, dit Catherine en souriant. Vous le savez bien, vous lui apporteriez des chardons et elle les aimerait. Bon, je vous laisse, ajoute-t-elle sans se préoccuper aucunement de l'effet de ce qu'elle vient de dire. Les enfants m'attendent.

— Vous ne partez pas à cause de moi au moins ? dit gentiment Antoine.

— Non, ne vous en faites pas.

Catherine prend le chemin de la ferme et sourit. « Cette visite fera le plus grand bien à Magdelon, se réjouit-elle. Antoine ne pouvait mieux tomber. »

— Entrons, propose Magdelon à Antoine. Vous prendrez bien un verre ?

— Avec plaisir. Mais avant, si vous voulez, je vais faire un feu pour cuire la truite.

— Je vous attends au salon, dit simplement Magdelon, le cœur léger.

Chaque fois qu'elle est avec Antoine, elle a l'impression de rajeunir. Elle ne marche pas, elle flotte. Son corps tout entier est soumis à une bouffée de chaleur qui lui donne des frissons tellement celle-ci est intense. Si elle ne se retenait pas, elle sauterait sur Antoine sur-le-champ, là, au beau milieu de la cour. Avec lui, elle se sent belle et désirée. Chaque fois qu'elle le voit, il a toujours de petites attentions pour elle. Un cornet de fraises. Il ne pouvait mieux tomber. Comment a-t-il su qu'elle les adorait ? « C'est simple, se dit-elle, il m'écoute quand je parle et il s'intéresse à moi. »

Toutes ses visites sont inscrites dans sa mémoire à jamais. Chacune est marquée d'un événement plus souvent qu'autrement banal, mais combien important pour elle. Jamais un homme ne l'a traitée aussi bien que lui.

Quelques minutes plus tard, Antoine la rejoint au salon. Elle lui sert un verre. En le lui donnant, leurs mains se touchent à peine. Mais ce simple petit effleurement suffit pour réveiller les quelques cellules qui résistaient encore à l'éclatement de la passion qu'ils ont l'un pour l'autre. Elle le regarde dans les yeux, prend une grande respiration et lui dit, bien à contrecœur :

— Nous devrons attendre la brunante.

— Je comprends. À votre santé ! s'exclame-t-il avant de vider son verre d'un seul trait. Il vaut mieux que j'aille faire cuire le poisson. Vous auriez un peu de sel et quelques herbes ?

— Bien sûr. Suivez-moi à la cuisine.

Chapitre 40

Ce matin, Magdelon s'est réveillée de très bonne heure. Elle dispose d'une heure avant que les enfants se réveillent. Elle en profite pour faire les comptes du moulin. Les récoltes ont été si abondantes cette année que toutes les granges de la seigneurie sont remplies à pleine capacité. Ils pourront livrer deux fois plus de farine à la boulangerie de Québec que l'an dernier. Le meunier travaille pratiquement jour et nuit depuis des semaines. Il est vert mousse, comme se plaît à dire Catherine, tellement il est fatigué. Déjà qu'il a naturellement le teint gris, le mélange n'est pas très heureux à voir. Et la patience de l'homme tire à sa fin. Si un enfant se pointe dans son champ de vision, il sort vite de ses gonds pour tout et pour rien. Il faut aussi ajouter qu'il vaudrait mieux que Pierre-Thomas ne se montre pas trop souvent au moulin pour se plaindre… Ce n'est pas pour rien qu'il a essayé de convaincre le frère de Zacharie de prendre le moulin en charge ; lui et le meunier sont comme chien et chat depuis le jour où ils ont fait connaissance. Au moins, Pierre-Thomas est capable de reconnaître ses qualités en tant que meunier, ce qui n'est pas rien dans son cas.

Les colons ont travaillé d'arrache-pied cette année et, pour une fois, la nature a été de leur bord. Il a plu juste ce qu'il faut et, chaque jour, le soleil s'est au moins montré le bout du nez. Tous sont fiers des résultats obtenus et, au grand désespoir de Pierre-Thomas, plusieurs d'entre eux abusent de l'alcool depuis quelques jours. Il faut dire, comme aime le lui rappeler Magdelon, qu'ils n'ont pas loin à faire pour s'en procurer.

« Une si belle récolte, c'est du jamais vu, se dit Magdelon. Il va falloir souligner dignement cet exploit. J'en parlerai à Pierre-Thomas, même si je sais à l'avance ce qu'il me répondra. Je trouverai bien le moyen de le convaincre, comme à chaque année. »

Elle range tous ses papiers et se rend à la cuisine. Si elle est chanceuse, elle aura le temps de prendre un café avant que la maisonnée reprenne vie. C'est demain que les Marie s'en vont à Verchères. Juste à penser à l'effet qu'aura leur départ sur Marguerite et Charles François Xavier, elle en a la chair de poule. Elle leur a expliqué plusieurs fois qu'elles allaient trouver grand-maman Marie, mais ils croient qu'elles reviendront une fois leur visite terminée. Il n'a pas été facile de convaincre les Marie qu'il était mieux pour elles de quitter le manoir. À un certain moment, Magdelon a eu peur d'être obligée de les forcer à partir. Mais elle a pris son mal en patience et leur a expliqué à nouveau pourquoi elle ne pouvait plus les garder au manoir. C'est alors que Marie-Joseph a finalement dit :

— Merci Madame, de tout ce que vous avez fait pour nous. Nous partirons comme vous le souhaitez et ferons tout en notre pouvoir pour ne pas vous décevoir.

Marie-Charlotte, elle, a éclaté en sanglots et a demandé :

— Est-ce que je vais au moins pouvoir encore chanter ?

— Ne vous inquiétez pas, ma mère va s'en occuper. Vous pourrez chanter, je vous le promets. Elle se chargera aussi de vous faire libérer de votre statut d'esclave. Un jour, vous pourrez vous marier comme toutes les autres filles et avoir des enfants.

Les deux Marie ont souri. Comme toutes les jeunes filles de leur âge, elles rêvent d'un mari charmant et d'une ribambelle d'enfants. Elles commencent à réaliser la portée qu'aura leur départ sur toute leur vie.

En sirotant son café, Magdelon se fait la réflexion qu'elle n'est pas au bout de ses peines. D'abord, il se passera quelques jours entre le départ des Marie et l'arrivée des trois orphelins, ce qui lui laissera tout ce temps pour s'occuper des enfants, de la cuisine, du manoir et de la seigneurie. Catherine lui a offert de venir l'aider, mais elle a déjà tant à faire avec sa propre maisonnée qu'elle se sent mal à l'aise d'accepter son offre.

L'arrivée des garçons au manoir risque de changer bien des choses dans le quotidien de Magdelon. Les enfants devront s'habituer à eux, ce qui risque de prendre un moment, les trois étant très attachés aux Marie. Quant à Pierre-Thomas, elle sait d'avance qu'il fera tout pour ne pas s'acclimater. Il saisira toutes les occasions pour lui reprocher le départ des Marie. Et il n'a pas encore digéré le départ de Maya, sans parler de celui de Geneviève. D'ailleurs, concernant cette dernière, sa mère lui a annoncé une bonne nouvelle : la jeune fille n'est pas enceinte.

Lorsqu'elle avale sa dernière gorgée de café, on frappe à la porte. Elle sursaute. « Il est bien tôt pour rendre visite aux gens, s'étonne-t-elle en se levant de sa chaise. Qui cela peut-il être ? À moins que quelqu'un soit malade… »

Elle n'a pas encore ouvert qu'elle entend déjà son visiteur à travers la porte :

— C'est votre curé. Ouvrez-moi.

À peine a-t-elle entrouvert la porte qu'il se glisse à l'intérieur comme s'il était poursuivi par une bête féroce.

— Monsieur le curé, que me vaut l'honneur d'une visite aussi matinale ?

— Il faut que je vous parle et cela ne pouvait pas attendre.

— Vous avez bien le temps de prendre un café ?

— Pour le moment, écoutez-moi. Je n'irai pas par quatre chemins. Je veux que Marie-Charlotte vienne s'installer au presbytère.

— Je ne comprends pas, vous avez déjà une servante. Il n'est rien arrivé à Béatrice au moins ?

— Rassurez-vous, elle va très bien. Mais je ne peux plus imaginer la grand-messe sans chant. Vous comprenez, j'ai ma fierté. Il faut que Marie-Charlotte reste à Sainte-Anne. Je vous promets de veiller sur elle comme à la prunelle de mes yeux.

— Je ne suis pas certaine que ce soit une bonne idée.

— Je vous assure qu'elle sera bien traitée.

— Le problème, c'est qu'avec vous elle restera une esclave. Elle mérite un meilleur sort. C'est une bonne fille. Non, elle sera mieux à Verchères, je suis désolée.

— Quel mal y a-t-il à être esclave ? Dites-le-moi ! Elle sera logée et nourrie. En échange, tout ce que je lui demanderai, ce sera de chanter chaque dimanche à la grand-messe. Vous ne pouvez pas me refuser cela, allons donc.

— Je ne peux accepter votre offre. Chez vous, elle n'aura aucune chance d'avoir une vie normale. Elle sera toujours au service de quelqu'un.

— Vous êtes aussi têtue qu'une mule, s'écrie-t-il. Je ne vous demande pas la mer à boire, seulement les services d'une jeune esclave à qui il pourrait arriver bien pire que de passer sa vie dans un presbytère.

— Vous pouvez dire ce que vous voulez, je ne changerai pas d'idée. Marie-Charlotte sera bien mieux loin d'ici. Tenez-vous vraiment à ce que je vous répète pourquoi ?

— Arrêtez de vous inventer des histoires, ma fille. Je comprends Pierre-Thomas. Avec un général tel que vous comme femme, il n'a pas d'autre choix que celui de trouver son plaisir ailleurs. Je le plains, le pauvre homme. En tout cas, on peut dire qu'il gagne son ciel chaque jour.

— J'en ai assez entendu, lance-t-elle d'un ton autoritaire. Je vous raccompagne.

— Ce ne sera pas nécessaire, dit-il, les yeux sortis de la tête tellement il est fâché. Je connais le chemin.

Sans un mot de plus, il sort du manoir en claquant la porte, si fort que toute la maisonnée se réveille en sursaut. Instantanément, les trois enfants se mettent à pleurer et à réclamer leur mère.

«Je sens que la journée va être longue, songe Magdelon. Qu'ont-ils donc tous, ces curés? Ne pourraient-ils pas rester dans leur presbytère et se contenter de prier pour notre âme?»

La journée s'écoule lentement entre les rires et les larmes des enfants et des Marie. Tous sont à fleur de peau : les enfants parce qu'ils se sont fait réveiller en sursaut, et les Marie parce que c'est leur dernier jour au manoir. Magdelon fait son possible pour gérer la situation. Elle console les enfants et met sa main tour à tour sur les épaules des Marie. Heureusement qu'elle a fait les comptes ce matin, parce que depuis le départ du curé elle n'a fait que réconforter toute la maisonnée. Elle a même préparé le dîner. Histoire de changer les idées des enfants, elle a tué un gros poulet, l'a déplumé avec eux et, ensemble, ils l'ont mis à cuire. Ils étaient si fiers qu'ils ne tarissaient pas d'éloges quand ils l'ont mangé.

— C'est le meilleur poulet que j'aie jamais mangé, a dit Marguerite, rapidement imitée par Charles François Xavier. On va pouvoir en faire un autre demain?

Quand l'heure du coucher arrive enfin, Magdelon pousse un grand soupir. Il vaut mieux qu'elle s'y fasse, les prochains jours risquent de ressembler à celui-ci avec les Marie en moins. À bien y penser, peut-être devrait-elle accepter l'offre de Catherine. Au moins, les jumeaux s'amuseraient avec les enfants pendant que Catherine et elle s'occuperaient des travaux. «Je passerai voir Catherine avant que les Marie partent. Bon, je mérite bien un petit remontant.»

Elle vient tout juste de s'asseoir quand on frappe à la porte à grands coups. Elle se lève d'un trait et court ouvrir avant que tout ce bruit ne réveille les enfants.

— Oui, oui, j'arrive, annonce-t-elle.

En ouvrant la porte, elle se retrouve face à l'un des hommes de Pierre-Thomas.

— Venez vite, Madame. C'est Monsieur. On ne sait pas ce qu'il a. Il est bouillant et il raconte des histoires qui n'ont ni queue ni tête.

— Où est-il?

— Dans le canot.

— Je prends mon châle et je viens avec vous.

Malgré tout ce qui les oppose, Magdelon se porte au secours de Pierre-Thomas sans réfléchir une seconde. Ce n'est pas la grande harmonie entre eux et tout probable que les choses n'iront pas en s'améliorant, mais jamais elle n'oserait souhaiter sa mort. Il existe une sorte d'entente tacite entre eux qui fait son affaire à bien des égards, et sûrement celle de Pierre-Thomas aussi. Avant même son arrivée au quai, elle l'entend parler. Il serait plus juste de dire qu'il crie. « Il fait sûrement de la fièvre pour divaguer de la sorte », se dit-elle.

— Allez tous au diable, hurle-t-il à qui veut l'entendre. Personne d'entre vous ne sait quelle vie de merde je mène. Allez-vous-en, sinon je tire.

Elle s'approche de son mari et lui parle doucement.

— Pierre-Thomas, c'est moi, Magdelon. Venez avec moi, on va rentrer au manoir. Je vais vous soigner et demain vous irez mieux. Donnez-moi la main, je vais vous aider à descendre du canot.

— Ne me touchez pas! Je ne vous le dirai pas deux fois. Allez-vous-en, sinon je tire.

— Aidez-moi, dit-elle aux deux serviteurs de Pierre-Thomas, sans accorder d'importance aux paroles de son mari. Il faut l'emmener au manoir. Faites attention, il risque de se débattre.

Les hommes se placent de chaque côté de Pierre-Thomas et l'aident à se lever. Curieusement, ce dernier ne leur oppose aucune résistance. Elle s'approche de lui pour replacer son col, mais à peine l'a-t-elle effleuré qu'il hurle :

— Ne me touchez pas, sinon je tire.

Surprise par son ton, elle bat en retraite et dit aux hommes :

— Je vous suis.

Une fois au manoir, les deux hommes emmènent Pierre-Thomas dans sa chambre. Celui-ci se laisse tomber sur son lit de tout son long et ferme les yeux.

— Allez me chercher un seau d'eau à la source, demande-t-elle à l'un des hommes. Il ne faut pas qu'il dorme. On doit d'abord faire baisser sa fièvre.

Puis, en s'adressant à l'autre, elle ajoute :

— Enlevez-lui ses chaussures. Vous pourrez ensuite rentrer chez vous.

— Vous êtes certaine que vous vous en tirerez toute seule ?

— Ne vous inquiétez pas pour moi. Allez vous reposer.

Il y a déjà plus d'une heure qu'elle applique des compresses d'eau froide sur le front de Pierre-Thomas. Chaque fois qu'elle en met une nouvelle, il sursaute et lui répète la même chose que dans le canot, mais elle n'y prête aucune attention… La fièvre fait souvent dire des choses dénuées de sens. Elle lui prépare une deuxième infusion d'achillée millefeuille et la lui fait boire doucement, comme elle ferait avec un enfant. Elle ouvre ensuite la fenêtre pour que l'air frais de septembre remplisse la chambre et aide Pierre-Thomas à combattre sa fièvre. Quand celle-ci semble enfin avoir diminué un peu, le jour est sur le point de se lever.

Pour sa part, elle n'a qu'une envie, fermer les yeux au plus vite. Elle approche une chaise du lit, s'enroule dans son châle et ferme les yeux. «S'il a besoin de quoi que ce soit, je l'entendrai.»

Le jour vient à peine de se lever quand Pierre-Thomas ouvre les yeux. Sur le coup, il ne comprend pas ce qui lui est arrivé. Son dernier souvenir remonte à la veille. Il était au port de Québec et s'apprêtait à partir pour Sainte-Anne avec ses hommes. Tout ce dont il se souvient, c'est d'avoir été pris tout à coup d'un mal de tête si violent qu'il en avait du mal à voir. Après, c'est le vide total dans son esprit. Pourquoi est-il couché dans son lit? Il lève péniblement la tête de l'oreiller et voit Magdelon qui dort sur une chaise, près du lit. Il se demande pourquoi elle ne dort pas à côté de lui. Quand il tente de s'asseoir, il a l'impression d'être une poupée de chiffon. On dirait que toutes ses forces l'ont abandonné. Que lui arrive-t-il donc? Il faut pourtant qu'il se lève, il est assoiffé comme s'il n'avait pas bu une seule goutte d'eau depuis des jours. Il n'est pas question qu'il dérange Magdelon, ni même qu'il reste couché une minute de plus. La place d'un homme n'est pas au lit, mais bien au travail. Il essaie à nouveau de se lever, mais finit par se laisser retomber lourdement sur son lit, décidé à attendre que sa femme se réveille. La maladie et Pierre-Thomas ne font pas bon ménage. D'ailleurs, heureusement qu'il n'a à peu près jamais été malade de toute sa vie parce qu'il ne peut pas supporter de dépendre de quelqu'un pour quoi que ce soit.

Au bout d'un moment, les enfants se réveillent. Il les entend marcher et rire. Il sourit. Il ne leur dit pas souvent à quel point il les aime, mais ils sont ce qu'il y a de plus important pour lui. Ils comptent plus que sa seigneurie. Plus que toutes les affaires qu'il brasse avec l'intendant. Plus que les trois esclaves qu'il a déjà reçues en cadeau… et perdues. Ses trois enfants sont toute sa vie. Il lui arrive souvent de penser qu'il est un homme comblé. Jamais il n'aurait même pensé qu'il aurait des enfants un jour. Et son bonheur, il le doit à Magdelon. Certes, ce n'est pas le beau fixe entre eux deux, mais elle est sans contredit une des meilleures choses qu'il lui soit arrivé. Bien sûr, il ne le lui dira pas à elle, il est trop orgueilleux. Il tourne la tête et la regarde dormir. Il se rappelle la première fois qu'il l'a vue. Il a tout de suite eu envie qu'elle devienne sa femme.

Quand les enfants appellent leur mère, Magdelon se frotte les yeux, regarde autour d'elle et sourit en voyant que Pierre-Thomas est réveillé. Elle se lève de sa chaise et se frotte le dos. Elle a déjà connu de meilleures nuits de sommeil. On dirait qu'un troupeau d'orignaux l'a piétinée. Elle prend une grande respiration et se place à la tête du lit. Elle pose une main sur le front de Pierre-Thomas et sourit de nouveau.

— Comment vous sentez-vous ce matin ? lui demande-t-elle.

— Mal, répond Pierre-Thomas. Je n'arrive pas à me lever. Que s'est-il passé ? Je n'ai aucun souvenir depuis le quai de Québec.

Elle lui raconte tout ce qu'elle sait.

— Je vous ai soigné une bonne partie de la nuit pour faire baisser votre fièvre.

— Merci de vous être occupée de moi.

— Vous n'avez pas à me remercier, c'est tout à fait normal. Je vous rappelle que vous êtes mon mari.

Pierre-Thomas ne relève pas son commentaire. Il n'a pas la force d'engager une longue conversation, du moins pas pour le moment.

— Je vais aller vous chercher à boire, vous devez être assoiffé.

— Je boirais le fleuve tellement j'ai soif.

— Je reviens tout de suite, promet-elle en sortant de la chambre.

Quand elle entre dans la cuisine, les enfants courent à sa rencontre. Elle prend le bébé dans ses bras, passe la main dans les cheveux de Charles François Xavier et de Marguerite.

— J'ai perdu le ruban rose que papa m'a rapporté de Québec, dit Marguerite en pleurnichant, celui avec des petites fleurs brodées dessus.

— As-tu bien regardé partout ? interroge Magdelon.

— Oui, avec Marie-Charlotte. On ne l'a pas trouvé.

Quand Magdelon entend le nom de Marie-Charlotte, elle se sent défaillir. C'est aujourd'hui le grand jour. Elle se dit qu'elle est mieux de s'armer de patience parce que la journée risque d'être longue. En plus, avec Pierre-Thomas qui est alité, cela complique encore plus les choses… Heureusement que Catherine passera la journée au manoir. Elle ne devrait d'ailleurs pas tarder.

C'est ensuite au tour de Charles François Xavier de se coller à sa mère.

— J'ai mal, lui dit-il avant d'ouvrir la bouche.

Magdelon s'accroupit et lui demande d'ouvrir grand. Sa gencive est enflée, en haut, à droite. Elle la frotte doucement avec son doigt.

— Attends-moi, je vais chercher ma mallette.

Au passage, elle prend un pichet d'eau et une tasse et file à sa chambre. Pierre-Thomas a les yeux fermés. Elle marche sur la pointe des pieds pour ne pas le réveiller, mais quand elle arrive à sa hauteur il ouvre les yeux. Elle lui sourit. Elle remplit la tasse d'eau et la lui donne :

— Buvez autant que vous voulez, cela vous fera le plus grand bien. Je vais soigner Charles François Xavier et je reviens.

— Il est malade?

— Rassurez-vous, ce n'est pas grave. Il a mal à une dent.

— Nous sommes vraiment chanceux de vous avoir. Vous connaissez tellement de plantes pour soigner.

— C'est grâce à Tala si j'en sais autant, se dépêche-t-elle de dire, la gorge nouée.

Elle sort de la chambre avec sa mallette. Sur les entrefaites, Catherine fait son entrée avec les jumeaux. Quand elle voit sa sœur, Catherine s'exclame:

— Mon Dieu, que t'est-il arrivé? Tu as un air de déterrée.

Magdelon lui raconte rapidement sa soirée et sa nuit.

— J'ai une idée, je vais emmener les enfants chez nous. Tu pourras au moins t'occuper du départ des Marie et soigner Pierre-Thomas. Tu pourrais même faire une petite sieste.

— Tu es un ange. J'irai les chercher en fin d'après-midi.

— Pas la peine, je les ramènerai après le souper. Comme ça, il ne te restera plus qu'à les coucher.

Sans attendre la réponse de sa sœur, Catherine ajoute:

— Les enfants, venez avec moi, on s'en va à ma maison.

Quand il est question d'être avec tante Catherine, personne ne se fait prier. Le bébé lui saute dans les bras et les autres la suivent en babillant. Ils ont toujours beaucoup de choses à lui raconter.

Magdelon retourne voir Pierre-Thomas. Elle se dit que c'est le temps ou jamais de l'interroger sur la mort de son frère. «Je dois trouver la bonne façon d'aborder le sujet», se dit-elle.

Une fois dans la chambre, elle approche du lit la chaise sur laquelle elle a dormi et s'assoit. Sans aucune entrée en matière, elle se lance :

— Il est temps que vous me parliez de la mort de votre frère. Il faut que je sache.

Pierre-Thomas soupire et baisse les yeux, au grand désespoir de Magdelon. Il prend ensuite une grande respiration, lève la tête et regarde sa femme dans les yeux avant de lui dire :

— Je vais tout vous raconter, mais après je ne veux plus jamais en entendre parler. Louis était un garçon aussi droit qu'une ligne droite. Il ne supportait aucun écart de conduite, même quand on jouait. Il était ainsi depuis son jeune âge. Avec lui, il n'y avait aucun moyen de tricher, si peu soit-il. Vous me connaissez, je suis différent. Je n'ai aucun remords à ce que les choses soient faites en ma faveur plutôt qu'à celle d'un autre. Un jour, ma mère a reçu des papiers de l'intendant. Ils confirmaient la superficie supplémentaire qui lui était offerte pour services rendus. Ma mère a signé les papiers et m'a demandé d'aller les porter à l'intendant. Mais avant d'y aller, j'ai pris le temps de les lire. J'ai pensé que si je changeais un chiffre ou deux, personne ne s'en rendrait compte. Ces simples petites corrections augmentaient la superficie de la seigneurie de près de la moitié. Je me disais qu'ainsi mon frère et moi serions avantagés à la mort de notre mère. Pour moi, je ne volais personne puisque nous n'avions pas encore de voisins.

« Mais voilà que Louis a découvert mon manège et a menacé de tout dire à mère. Évidemment, je ne voulais pas qu'il lui en parle. Jamais ma mère ne m'aurait pardonné un tel geste. Alors, le lendemain, j'ai dit à Louis de venir se promener en forêt avec moi. Je voulais le convaincre de se taire. Nous avons marché pendant plus d'une heure et nous nous sommes arrêtés sur le bord du fleuve pour discuter. J'ai essayé de lui faire entendre raison, sans succès. Il restait sur sa position. Je ne savais plus quoi faire pour le raisonner. Il était furieux et haussait le ton. C'est alors qu'il m'a frappé une fois, puis une autre. Au troisième coup de poing, j'ai riposté et il est tombé par terre. Je l'ai pris au col et l'ai relevé, prêt à le frapper à nouveau, mais il ne tenait pas debout. J'ai mis ma main derrière sa tête pour le soutenir et j'ai senti un liquide chaud. Du sang. Je l'ai vite posé par terre pour me rendre compte qu'il était mort. J'étais effaré. Il n'était pas question que je le ramène au manoir. Personne ne m'aurait cru quand je leur aurais dit que c'était un accident. Il fallait que je me débarrasse du corps et vite. C'est alors que j'ai pensé le jeter dans le fleuve. De cette façon, jamais on ne le retrouverait. Sitôt dit, sitôt fait. J'ai pris sa montre, dont j'ai alors juré de ne jamais me séparer, et j'ai traîné le corps jusqu'au fleuve. En quelques secondes seulement, le courant l'a emporté au loin.

« De retour au manoir, je suis allé porter sa montre dans sa chambre et je suis allé travailler aux champs, ce que je faisais rarement. Mais il fallait absolument que j'occupe mon esprit. Ce n'était pas le grand amour entre Louis et moi, mais c'était mon frère. Le soir venu, ma mère s'est inquiétée de son absence au souper. Jamais il ne lui était arrivé d'être en retard, ne serait-ce que d'une minute. Elle était dans tous ses états. Jamais je n'oublierai à quel point elle avait mal. On aurait dit qu'elle savait qu'il était mort. Le lendemain matin, tous les hommes de la seigneurie sont partis à sa recherche et je les ai accompagnés. Nous avons fait la même chose le lendemain et le surlendemain. Plus les jours passaient, plus mère déprimait. Elle ne mangeait plus, ne dormait plus et ne parlait plus. Elle s'était enfermée dans un silence profond. »

Magdelon l'a écouté sans l'interrompre. Elle a le cœur serré. Elle comprend mieux maintenant pourquoi il fait si souvent des cauchemars.

— Oh, mon Dieu, c'est terrible ! s'exclame-t-elle. Comment avez-vous pu garder ce secret si longtemps ?

— Je n'avais pas d'autre choix.

— Et la montre ?

— Le jour où nous avons abandonné les recherches, j'ai demandé à mère de me la donner. Depuis, jamais elle ne m'a quitté. Il ne se passe pas un seul jour sans que je pense à Louis. Vous savez tout maintenant.

— Je ne sais pas quoi dire.

— Il n'y a rien à dire. Chaque jour je me demande ce qui serait arrivé si les choses s'étaient passées autrement.

— Si vous voulez, je vous apporte à manger.

— Avec grand plaisir, je suis affamé.

Chapitre 41

Il y a déjà plusieurs mois que les Marie sont parties de Sainte-Anne. Pourtant, il ne se passe pas une seule journée sans que Magdelon pense à elles. Les trois orphelins travaillent bien, mais pas comme les Marie. Charles François Xavier et Marguerite les aiment bien, mais pas comme les Marie. Seul Louis Joseph, le petit dernier, ne semble pas affecté par le changement. Il faut dire qu'il a tellement bon caractère qu'il sourit à tout le monde pourvu qu'on s'occupe de lui.

Ce matin, Magdelon a reçu une lettre de sa mère qui contient des nouvelles des deux Marie et de Geneviève, ce qui lui fait toujours très plaisir. Les trois jeunes filles vivent maintenant à Montréal.

Marie-Charlotte travaille dans une famille de commerçants. Avec l'argent qu'elle gagne, elle prend des cours de chant. Elle s'est fait offrir de chanter à la cathédrale. Elle a même des projets de mariage avec son professeur de chant qui a deux fois son âge. C'est un homme très respectable.

Magdelon sourit et se dit : « Je suis si contente pour elle. Elle méritait une vie meilleure que celle d'esclave. Pierre-Thomas pourra m'en vouloir jusqu'à ma mort, jamais je ne regretterai ce que j'ai fait. L'esclavage ne devrait pas exister. Et s'il pense me punir en refusant de faire son devoir conjugal, c'est raté. Je peux très bien m'en passer du moment que j'ai Antoine, même si je ne le vois pas très souvent. Nos rares rencontres sont si précieuses pour moi. Dommage que je ne l'aie pas rencontré avant, nous nous entendons si bien. Mais à quoi bon m'apitoyer sur mon sort… »

Elle prend une grande respiration et poursuit sa lecture.

Marie-Joseph travaille chez un notaire. En plus d'être gouvernante, elle reçoit les clients. Son patron est très satisfait d'elle. Il la considère comme sa fille. Il lui a promis de l'aider à se trouver un mari.

Elles sont vraiment charmantes toutes les deux. Tu as eu raison de les aider. Elles me donnent régulièrement de leurs nouvelles et moi, de mon côté, je leur rends visite chaque fois que je vais à Montréal. J'en profite alors pour les gâter un peu. La vie n'a pas toujours été tendre avec elles. Elles ne manquent jamais de me demander des nouvelles de toi et des enfants. L'autre jour, elles m'ont raconté à quel point tu veillais sur elles. Cela me rend d'autant plus fière d'être ta mère quand je les entends parler de toi de cette manière. Elles sont très attachées à toi, tu sais.

Geneviève travaille à l'hôpital depuis son arrivée à Montréal. Elle travaille du lever au coucher du soleil sans jamais se plaindre. Quand je vais la voir, c'est tout juste si elle prend le temps de s'arrêter un peu. Dommage qu'elle ne sache ni lire ni écrire, elle aurait pu étudier la médecine. Les religieuses disent qu'elle est très douée avec les malades. La dernière fois que je l'ai vue, elle m'a dit qu'elle pensait sérieusement à prendre le voile.

Magdelon lève la tête, gonfle fièrement la poitrine et sourit : « Je suis très fière d'elle, pas parce qu'elle veut devenir religieuse, mais parce qu'elle a surmonté les épreuves. Après ce que Pierre-Thomas lui a fait subir, elle aurait bien pu ne pas y arriver. Tout ça, c'est beaucoup grâce à maman. C'est vraiment une femme merveilleuse. »

Tu me connais, je les considère un peu comme mes filles. Je leur dis souvent qu'elles pourront toujours compter sur moi. Je ne veux pas qu'elles souffrent encore. Montréal est une belle grande ville, mais elle cache sa part de misère. Les rues sont remplies de gens qui ne mangent pas à leur faim. Chaque fois que j'y vais, leurs plaintes m'arrachent le cœur. La vie dans une seigneurie est rude, mais au moins tous sont assurés d'avoir trois repas par jour.

Il m'arrive souvent de penser au fils d'Alexandre et de me l'imaginer. J'espère que j'aurai la chance de le voir avant de mourir.

À la lecture de ce passage, Magdelon est soudainement prise d'un frisson. C'est la première fois qu'elle réalise que sa mère les quittera un jour ; cette pensée l'attriste. Elle lui manque tant. Il lui arrive même parfois d'avoir une petite pointe de jalousie envers les Marie et Geneviève. Maintenant, elles voient Marie bien plus souvent qu'elle. Elle est si occupée ici qu'il est rare qu'elle puisse quitter le manoir, d'autant plus que chaque déplacement prend un temps fou. Toutefois, si Marie habitait à Québec, ce serait déjà plus facile. Pierre-Thomas s'y rend si souvent qu'elle pourrait en profiter pour visiter sa mère. Il ne va qu'une ou deux fois par année à Montréal, mais Magdelon est toujours du voyage. Ils arrêtent saluer les de Saurel et se rendent ensuite à Verchères. La plupart du temps, elle reste au manoir avec les siens et en profite pour rendre visite aux colons. Tous gardent un excellent souvenir d'elle. Chacun se fait un plaisir de lui rappeler sa bravoure alors qu'elle n'était encore qu'une jeune fille. Chaque fois, elle leur dit :

— Arrêtez, vous me gênez, vous en auriez fait tout autant.

Avant même qu'ils aient le temps de répondre, elle change de sujet en leur posant une question sur leur famille ou sur les récoltes de l'année. Elle a sauvé les siens, c'est vrai. Mais c'était il y a si longtemps qu'elle a parfois du mal à se souvenir des détails. Mais il faut reconnaître que les avantages financiers reliés à son geste ont aidé sa famille.

« Il faut absolument que maman rencontre le fils d'Alexandre avant qu'il soit trop tard. J'écrirai à Jeanne ce soir. Elle pourrait venir à Verchères avec nous la prochaine fois. Il me faudra trouver une bonne raison pour convaincre Pierre-Thomas qu'elle doit nous accompagner, d'autant qu'il ne lui a pas adressé la parole depuis son mariage. Mais même s'il acceptait qu'elle vienne avec nous, je suis sûre qu'il n'arrêterait pas de la questionner sur son fils juste pour l'embarrasser. »

Magdelon poursuit sa réflexion en se grattant le menton : « Non ! C'est trop compliqué, pense-t-elle tout à coup. Je n'arrive même pas à les imaginer dans le même canot. Avant la fin du voyage, je voudrais jeter Pierre-Thomas par-dessus bord. Si la route était terminée, tout serait bien plus facile. Finalement, le plus simple serait que maman nous rende visite et qu'elle et moi allions voir Jeanne à Batiscan. Nous pourrions très bien y aller à cheval... à moins qu'elle ne monte plus. Mais elle n'est pas si vieille, je suis sûre qu'elle monte toujours. Si tel n'est pas le cas, eh bien, nous irions en canot. Dans les deux cas, je demanderais à Charles de nous accompagner. Bon, tout est réglé maintenant. »

Satisfaite, elle se frotte les mains et range la lettre dans la poche de son tablier en allant dans la cuisine. Les garçons sont déjà à l'ouvrage. Nicolas nettoie les poules pendant que Jacques s'occupe des légumes. Michel, lui, s'affaire à pétrir le pain. Il est passé maître en matière de pain et de pâtisserie. Il réussit si bien que Pierre-Thomas ramène de moins en moins de pâtisseries de Québec parce que même Magdelon préfère celles de Michel. D'ailleurs, depuis qu'il est au manoir, elle a engraissé un peu, ce qui ne l'enchante pas du tout. Mais chaque fois qu'elle voit une pâtisserie, elle se laisse tenter et saute dessus de peur que quelqu'un d'autre le fasse avant elle. Quand les pâtisseries sont parsemées de copeaux de sucre d'érable, c'est encore pire, elle doit se retenir de toutes les manger. Les dépenses de sucre ont tellement augmenté depuis l'arrivée de Michel qu'elle a demandé à Antoine d'aller lui en chercher au village indien en échange de quelques bouteilles d'alcool. Bien qu'elle ne soit pas en faveur de fournir de l'alcool aux Indiens, loin de là, la tentation d'avoir du sucre d'érable est plus forte que ses principes, ce qui fait bien rire Antoine.

Pierre-Thomas a déjà essayé plusieurs fois d'emmener Michel à Québec, lui promettant un emploi à la boulangerie que la seigneurie fournit en farine. Chaque fois, Magdelon s'est objectée et son mari a fini par laisser tomber. Mais elle sait très bien que ce n'est que partie remise. Un jour, elle se lèvera et Michel aura quitté le manoir, sans plus d'explications. « Ce jour-là, songe-t-elle, Pierre-Thomas a intérêt à ne pas ramener une esclave pour remplacer Michel parce que je lui arracherai les yeux. »

Nicolas et Jacques, eux, réussissent très bien les viandes, surtout les viandes sauvages. Ils utilisent des herbes fraîches, et leur façon de les marier donne d'excellents résultats. Chaque fois, le chevreuil a un goût exquis. Et quand ils font leur pot-au-feu avec des lièvres, des perdrix et du porc, Magdelon mange jusqu'à ce qu'elle n'en puisse plus. Quand elle la voit faire, Catherine ne manque pas de lui dire :

— Mais arrête de manger, on dirait que c'est ton dernier repas ! Tu vas te rendre malade si tu continues.

La vie est vraiment différente au manoir depuis que les Marie et Geneviève sont parties. La relation des garçons avec les enfants n'a rien de comparable à celle qui existait avec les jeunes filles. Certes, ils s'occupent des enfants, les amusent, les consolent ; mais quand il est question de les cajoler, ils coupent court. Les démonstrations d'affection, très peu pour eux. Il arrive à Magdelon de penser qu'ils ont été taillés dans le même bloc de pierre que Pierre-Thomas. Même si elle voulait à tout prix en faire des majordomes dignes de celui de sa belle-mère, elle n'est pas certaine qu'elle y arriverait. Ils sont travaillants et dévoués, mais seul Nicolas a le raffinement et la prestance requis.

C'est Marguerite qui souffre le plus du changement. Depuis l'arrivée des garçons, on dirait qu'elle s'est refermée. Chaque fois qu'elle le peut, elle part avec Catherine et, quand elle est au manoir, elle suit sa mère comme un chien de poche. Au début, Magdelon a bien essayé de la retourner aux garçons, mais elle se mettait à pleurer et préférait s'en aller dans sa chambre. Maintenant, elle la laisse faire et Marguerite apprend à l'aider, ce qui rend l'enfant très fière. Magdelon a même commencé à l'emmener avec elle à la chasse. Par contre, on ne peut pas dire que la petite soit très douée, même qu'elle est plutôt douillette. Elle n'aime pas les moustiques, pas plus que la chaleur ou les longues promenades à cheval. Elle n'aime pas l'odeur du sang non plus. Magdelon espère qu'elle finira par s'habituer avec le temps. Sinon, elle trouvera la vie bien longue, à moins qu'elle trouve un mari très fortuné qui lui permettra d'avoir une vie dans la ouate, à la ville, avec serviteurs et tout.

Marguerite est toujours aussi attachée à son père. Quand Pierre-Thomas franchit le seuil de la porte du manoir, elle va le rejoindre et se colle à lui. Magdelon a même déjà entendu son mari l'appeler sa « petite princesse ». Il faut dire que le courant passe bien entre eux. Il arrive à Magdelon de se dire : « Pourvu qu'elle ne se mette pas à ressembler à sa grand-mère en vieillissant. S'il fallait qu'un jour elle devienne aussi pincée que madame de Lanouguère, je crois que je la renierais. »

À cette seule pensée, elle frissonne.

— Je vous ai dit que Catherine resterait à souper ? demande-t-elle alors aux garçons.

— Oui, Madame, répond Michel. C'est pour ça que je fais des pâtisseries aussi, enfin si vous le voulez bien. Je sais que madame Catherine les aime beaucoup.

— En effet, répond Magdelon. Elle ne donne pas sa place elle non plus quand il s'agit de manger des pâtisseries.

Magdelon sourit. Il faudrait être aveugle pour ne pas voir que Michel dévore Catherine des yeux chaque fois qu'il la voit. Il ne lui manque pas de respect, c'est certain, mais si elle n'était pas mariée, il tenterait certainement sa chance. Il est plutôt beau garçon, ce Michel, d'ailleurs… Quand elle taquine sa sœur au sujet du garçon, Catherine lui dit qu'elle s'imagine des choses.

— Prévenez-moi quand Catherine et les enfants arriveront, dit Magdelon. Je serai dans mon bureau.

Mais elle n'a pas le temps de faire deux pas que la porte de la cuisine s'ouvre en coup de vent. Les enfants entrent en courant, ils sont tout essoufflés. Catherine les suit de très près.

— J'ai pensé te les ramener plus tôt, parce que si l'eau continue à monter comme elle le fait depuis le matin, le chemin entre nos deux maisons va être inondé. Tu as vu comme la rivière est haute ?

— Non, répond Magdelon, surprise. Je n'ai pas mis le nez dehors depuis hier soir. Jamais je n'aurais pensé qu'il avait plu autant. Tu es sérieuse pour la route ?

— Regarde par toi-même. Si la pluie n'arrête pas de tomber bientôt, le manoir sera inondé.

— Arrête, je ne sais pas nager et les enfants non plus ! lance Magdelon en riant.

— Mais je suis sérieuse, voyons ! Regarde dehors, insiste Catherine. En tout cas, je retourne chez moi tout de suite au cas où la situation empirerait.

— Vous n'attendrez même pas vos pâtisseries ? demande tristement Michel.

— Désolée, il faut vraiment que je reparte tout de suite.

Sans un mot de plus, Catherine sort du manoir. Ce n'est qu'alors que Magdelon s'approche de la fenêtre et regarde dehors. « Elle a raison, se dit-elle. Si la pluie n'arrête pas au plus vite, le manoir sera inondé. »

Chapitre 42

Magdelon a passé la nuit à la fenêtre, une chandelle à la main, à surveiller le niveau de l'eau. La pluie n'a pas arrêté une seule seconde depuis des jours, même qu'elle a redoublé d'ardeur aux petites heures du matin. L'eau est maintenant à la porte du manoir. Si la pluie garde la même cadence, ne serait-ce qu'une heure de plus, le rez-de-chaussée sera vite recouvert d'eau.

« C'est fou, se dit-elle, la grande quantité de neige qu'on a reçue cet hiver. Il ne s'est pas passé une seule journée sans qu'il en tombe. À un certain moment, on ne voyait même plus dehors tellement il y en avait. On avait l'impression de vivre sous terre. Il faisait si noir qu'on devait allumer des chandelles même pendant la journée. Et là, on dirait que toute cette neige essaie de fondre d'un seul coup, ce qui ne peut pas faire autrement que de faire déborder la rivière. Et la pluie qui s'en est mêlée… Pourvu qu'elle cesse bientôt, implore-t-elle presque. Je ne suis pas la personne la plus croyante de la seigneurie, mais j'avoue être bien tentée de prier. Mais prier qui, ça je ne le sais pas. Je me demande même si j'ai déjà écouté tout un sermon à la messe du dimanche. Si l'eau entre dans le manoir, les meubles de chêne risquent d'être abîmés, ce qui n'aura rien pour plaire à Pierre-Thomas. Mais pour éviter de les endommager, il suffit de les surélever… Pourquoi n'y ai-je pas pensé avant ? »

Sans plus de réflexion, Magdelon court réveiller les garçons. Elle leur dit de faire vite et de venir l'aider. C'est Nicolas qui la rejoint le premier. Il a les yeux à demi fermés.

— Va à la grange et apporte du bois pour surélever les meubles. Fais vite, l'eau peut rentrer dans le manoir d'une minute à l'autre.

Dès que Nicolas revient avec le bois, Magdelon dirige les opérations. Elle et les garçons s'occupent d'abord de la table de la salle à manger. À la première tentative pour en lever un bout, ils échouent; elle est si lourde. À la deuxième tentative, ils réussissent enfin à la soulever juste ce qu'il faut pour glisser un morceau de bois sous ses pattes. Le temps de reprendre leur souffle et ils s'attaquent à l'autre bout. Ils mettent les chaises sur la table. Ils prennent leur courage à deux mains et parviennent à soulever le buffet au prix de gros efforts. Ils font ensuite la même chose dans la cuisine et les chambres à coucher du premier étage, surélevant tout ce qui peut l'être.

Magdelon retourne à la fenêtre. La pluie tombe toujours abondamment. Elle espère que les meubles ne subiront aucun dommage. Ce n'est qu'une question de minutes avant que l'eau s'infiltre dans le manoir.

« À cause de ce temps, pense Magdelon, Pierre-Thomas n'est pas près de rentrer. »

Lorsque les enfants se réveillent, elle les fait manger et demande aux garçons de les ramener à l'étage et de les occuper. Elle se poste à la fenêtre de la cuisine et elle prie pour que la pluie cesse de tomber. Depuis qu'elle habite Sainte-Anne, c'est la première fois que l'eau vient si près du manoir. La rivière déborde souvent, mais jamais autant. C'est à croire que toute l'eau de la terre tombe au-dessus de la seigneurie.

Elle s'assoupit un moment, appuyée contre le rebord de la fenêtre. Elle rêve à Antoine, à la dernière fois qu'elle l'a vu. Ils venaient de faire l'amour et étaient étendus dans un petit bois, sur le bord de la rivière. Ils discutaient tranquillement, laissant échapper de temps en temps des petits éclats de rire. C'est alors que sans aucun préavis Antoine lui avait dit qu'il l'aimait. Flattée, elle avait mis ses bras autour du cou de l'homme et l'avait embrassé avec passion avant de lui dire :

— Moi aussi, Antoine, je vous aime. Mais je vous demande de ne plus jamais me le dire, cela me ferait trop mal. Ce que je vous offre est bien peu, mais il m'est impossible de faire plus et je vous interdis d'espérer autre chose.

Il l'avait embrassée sur le front et lui avait dit qu'il comprenait. On était maintenant à la fin d'avril et elle ne l'avait pas revu depuis. Peut-être avait-il décidé de passer l'hiver ailleurs.

Elle se réveille en sursaut lorsque la porte du manoir s'ouvre subitement.

— Magdelon, vous êtes là ? Où sont les enfants ?

Elle se frotte les yeux et court au salon. Était-ce la voix de Pierre-Thomas ? En voyant son mari, elle s'écrie :

— Pierre-Thomas ? C'est bien vous, je ne rêve pas ? Mais comment avez-vous fait pour revenir par ce temps de chien ? Je vous croyais à Québec. Ne vous inquiétez pas, les enfants sont en sécurité et j'ai fait surélever les meubles.

— Calmez-vous ! Quand j'ai vu la température ce matin, j'ai dit à mes hommes qu'il fallait absolument rentrer. Je ne pouvais pas vous laisser seule avec toute cette eau. Quand la rivière décide de sortir de son lit, on ne sait pas ce qui peut arriver.

— Je suis si contente de vous voir ! s'exclame Magdelon.

— Où sont les enfants ?

— Ils sont en haut avec les garçons.

— Bien. Vous devriez aller les rejoindre, je m'occupe de tout. Envoyez-moi les garçons. On va voir ce qu'on peut faire à l'étable et à la grange. Mes hommes y sont déjà. On ira ensuite au moulin. Il faut éviter à tout prix que la farine prenne l'eau.

— Je suis désolée. Vu que le moulin est situé plus haut, je me disais que…

— Vous n'avez pas à être désolée, la coupe Pierre-Thomas. Vous aviez raison. Le manoir sera inondé bien avant le moulin.

— Je vous envoie tout de suite les garçons.

Quand Magdelon rejoint les enfants, elle s'assoit par terre avec eux et leur raconte des histoires. Elle a peine à garder les yeux ouverts, mais juste le fait de voir avec quel intérêt ils l'écoutent lui donne des ailes. À court d'inspiration, elle demande à Marguerite de raconter une histoire à ses frères, ce que la fillette fait avec grand plaisir. Magdelon en profite pour fermer les yeux et s'endort instantanément. Seul un faible babillage d'enfant arrive à ses oreilles.

Au bout d'un moment, Charles François Xavier la secoue pour qu'elle se réveille.

— Maman, je veux manger.

— Oui, mon loup, lui dit-elle, encore tout endormie. Attends-moi ici, je vais à la cuisine et je reviens avec tout ce qu'il faut. On va faire un pique-nique dans la chambre de Marguerite, vous voulez bien ?

— Youppi ! On va faire un pique-nique ! s'écrie Charles François Xavier. Tu as entendu, Marguerite ? Viens Louis Joseph, dit-il à son petit frère en le prenant par la main, on va aller dans la chambre de Marguerite.

Une fois dans la cuisine, Magdelon remarque que le plancher est toujours sec. Elle regarde par la fenêtre. La pluie a cessé. « C'est un vrai miracle ! L'eau s'est rendue jusque sur le perron et pas une seule goutte n'est entrée dans la maison. Je promets d'écouter le sermon du curé au complet, dimanche prochain. »

Elle ouvre l'armoire et prend une miche de pain, un couteau, un carré de beurre, un pot de confiture et une tasse de lait. « Ça fera l'affaire pour mes petits ogres, se dit-elle en souriant. Oh, j'allais oublier ! Il faut absolument une nappe, sinon ce n'est pas un vrai pique-nique. »

Quand elle ouvre la porte de la chambre de Marguerite, les trois enfants sont assis sur le lit et attendent patiemment son retour. Ils sont vraiment mignons à voir. Elle donne la nappe à Marguerite qui l'étend au milieu du lit, avec l'aide de Charles François Xavier. Magdelon coupe le pain, puis elle prépare des tartines. Elle en donne une à chacun des enfants, qui mangent avec appétit.

— Comme nous faisons un pique-nique, dit Magdelon, j'ai apporté une seule tasse pour nous tous.

— Je veux boire en premier! s'écrie Marguerite en levant la main.

— Moi aussi! répètent en chœur ses deux frères.

— Nous boirons à tour de rôle en faisant tourner la tasse, propose Magdelon. De cette façon, ce sera comme si chacun buvait dans une nouvelle tasse. Attention, je commence!

Une fois rassasié, Louis Joseph se colle à sa mère et s'endort. Elle va le coucher dans son lit et revient dans la chambre de Marguerite.

— Ça vous dirait de faire une sieste? suggère-t-elle à ses aînés.

— Vous n'y pensez pas, maman! s'offusque Marguerite. Je suis bien trop grande pour faire une sieste.

— Moi aussi, je suis trop grand, renchérit son frère.

— Et si moi je fais une petite sieste, allez-vous veiller sur moi? demande Magdelon.

— Ne vous inquiétez pas, maman, dit Marguerite, je vais veiller sur vous.

— Moi aussi, dit Charles François Xavier. Vous pouvez aller vous coucher dans mon lit, si vous voulez, je vais rester jouer ici avec Marguerite.

— Vous allez être bien sages, c'est promis ?

— Promis, répondent les deux enfants en chœur.

* * *

Quand Pierre-Thomas revient au manoir, il fait presque nuit.

— Alors, y a-t-il beaucoup de dégâts ? s'informe Magdelon.

— Dans les circonstances, disons que ça aurait pu être pire. Le moulin a été épargné, c'est l'essentiel. Ils ont eu moins de chance chez Zacharie. La grange a été inondée. Demain, mes hommes et moi irons leur donner un coup de main pour enlever le foin mouillé avant qu'il gâte tout le reste. La maison de Xavier a aussi été inondée. Lui et les siens passeront la nuit chez un voisin. Plusieurs fermes ont été touchées, mais pour le moment tout le monde est en sécurité. La pluie a lavé les routes de la seigneurie. Il faudra transporter des pierres pour la rendre à nouveau praticable. On aura besoin d'au moins une semaine pour réparer les dommages causés par l'inondation. Maudit pays ! Venez, allons dormir. Une grosse journée nous attend demain.

Chapitre 43

Les semences terminées, tous peuvent enfin respirer. Il faut dire que les dernières semaines n'ont pas été de tout repos. La fonte des neiges, les pluies violentes du printemps et le débordement de la rivière ont causé de nombreux dommages, ce qui a exigé beaucoup de travaux à la grandeur de la seigneurie. Tous ont mis la main à la pâte. Le plus difficile a été de refaire les chemins de la seigneurie. À plusieurs endroits, il ne restait plus qu'un grand fossé rempli de boue. Il a fallu creuser des rigoles pour faire écouler l'eau, et transporter une multitude de charrettes de roches, de feuilles mortes, de branches et de terre pour que les chemins soient à nouveau praticables. Tous ont travaillé sans relâche de l'aube au coucher du soleil.

Les travaux à peine achevés, les colons ont préparé la terre pour les semences. Elle était si mouillée que plusieurs ont dit à Magdelon que les graines risquaient de pourrir.

— Si nous semons trop tard, nous ne pourrons pas récolter à temps, leur a-t-elle expliqué. Vous savez comme moi à quel point la saison chaude est courte. Il ne nous reste plus qu'à espérer que le soleil fasse son travail et protège les graines.

Heureusement, le soleil s'est mis de la partie et a vite asséché la terre pour que les graines germent tranquillement au lieu de pourrir en terre. Pour le moment, la saison s'annonce belle et chaude. Les oies blanches sont arrivées par grands voiliers et les oiseaux migrateurs sont de retour eux aussi. La vie a repris son cours comme si rien d'exceptionnel ne s'était passé en ce printemps pourtant inscrit à jamais dans la mémoire de tous les habitants de la seigneurie.

Magdelon travaille tranquillement dans le bureau quand on frappe à la porte. Elle va répondre en se demandant qui peut venir à une heure aussi matinale. C'est Catherine. Elle est rouge comme une tomate et respire fortement comme si elle avait été poursuivie par on ne sait quel esprit.

— Il faut que tu viennes vite à la maison.

— Prends le temps de respirer avant de me dire pourquoi, lui dit Magdelon.

— C'est monsieur Thomas. Il est tombé du fenil. Il faut absolument que tu viennes ! Ma belle-mère est à moitié folle juste à la pensée qu'il pourrait mourir. Elle ne le supporterait pas. Elle a tellement hâte de se marier avec lui.

— Laisse-moi prendre ma mallette et j'arrive.

— Je t'attends. Tu ferais mieux de mettre un manteau, il fait froid dehors.

Catherine marche si vite que Magdelon a de la difficulté à la suivre. Quand elles arrivent à la maison de Zacharie, Catherine dit :

— Il est à la grange, on n'a pas osé le transporter. Suis-moi.

Quand elle voit Thomas, Magdelon ne peut retenir un petit cri. Il a l'air bien mal en point, le pauvre. Lucie lui tient une main et pleure à chaudes larmes. Dès qu'elle voit Magdelon, elle se lève, lui prend les deux mains et s'écrie :

— Sauvez-le, je vous en prie. Il ne faut pas qu'il meurt.

— Je vais faire tout ce que je peux. Allez vous reposer. J'irai vous retrouver après l'avoir examiné.

— Non, je préfère rester avec lui.

Magdelon demande à Catherine d'aller lui chercher une bassine d'eau, des chiffons et une bouteille d'alcool. Elle commencera par nettoyer le sang pour voir l'ampleur des blessures. Elle met sa main sur le front de Thomas. Il ne semble pas faire de fièvre, ce qui est déjà une bonne nouvelle, mais il est inconscient. À première vue, il a une blessure au front, une au bras gauche et une autre à la jambe droite. Il n'est pourtant pas tombé de si haut. Mais à voir ses blessures, il a fait une bien mauvaise chute.

— Depuis combien de temps est-il inconscient ? demande Magdelon.

— Je ne sais pas, répond Lucie. Quand Charles l'a trouvé ce matin, il était déjà ainsi. Dites-moi que vous allez le sauver, dites-le-moi !

— Je vous l'ai déjà dit, répond patiemment Magdelon. Je vais faire tout mon possible, mais je ne peux rien vous promettre. Je vais commencer par nettoyer ses plaies. Ensuite, il faudra le transporter dans son lit, il y sera mieux.

— Vous l'installerez dans ma chambre. Depuis son arrivée, il dort sur une paillasse près des chevaux.

— Comme vous voulez.

Une fois qu'elle a fini de nettoyer les plaies, Magdelon demande à Charles de transporter Thomas dans la maison.

— Ses plaies ne m'inquiètent pas, dit-elle à Lucie. Son inconscience, par contre… Là, je ne sais vraiment pas quoi faire. Je me souviens que Tala m'a déjà parlé d'une pratique indienne, mais je n'arrive pas à me souvenir de quoi il s'agissait. Je vais revenir voir Thomas cet après-midi. En attendant, mettez-lui des compresses d'eau froide sur le front et dans le cou.

Sur le chemin qui la mène au manoir, Magdelon réfléchit. Elle n'arrive vraiment pas à se souvenir de ce que Tala lui a dit. Elle se souvient seulement qu'elles étaient en train de saigner un chevreuil. C'est pour ça qu'elle n'a pas pris de notes.

— À moins que j'aille voir le père de Tala… Je suis sûre qu'il acceptera de m'aider. Si je pars tout de suite, je serai de retour après le dîner. C'est ma seule chance de pouvoir aider Thomas.

Quand elle arrive au manoir, les enfants sont dehors avec les garçons. Louis Joseph vient tout de suite à sa rencontre. Elle le prend, l'embrasse et le serre sur sa poitrine. Puis elle le pose par terre en lui disant :

— Va jouer avec ta sœur et ton frère. Maman doit partir.

Puis, en s'adressant à Nicolas, elle ajoute :

— Peux-tu aller seller mon cheval et le sortir de l'écurie ? Je vais chercher mon mousquet et je reviens tout de suite.

— Est-ce que je peux y aller avec toi ? lui demande Charles François Xavier. Tu m'avais promis une promenade à cheval.

— Pas aujourd'hui, mon loup. Si tu veux, nous irons demain, rien que toi et moi.

Satisfait, l'enfant retourne jouer avec sa sœur.

Magdelon entre dans le manoir. Elle prend son mousquet et son carnet et ressort aussitôt. Elle caresse le museau de son cheval et monte en selle. La seconde d'après, un nuage de poussière flotte dans les airs.

Son cheval et elle ne font qu'un. Les deux connaissent cette forêt par cœur. Ils sont comme deux enfants à qui on vient de donner une permission spéciale. Le cheval galope à son aise alors que Magdelon se laisse porter sans offrir aucune résistance. Elle ne prendra le contrôle du trajet qu'une fois à proximité du village indien. Ce sera la première fois qu'elle y vient seule. Elle a pensé souvent y faire un saut, mais elle n'a jamais osé. Elle se disait qu'elle réservait sa visite au jour où elle viendrait présenter le fils de Tala et d'Alexandre au père de Tala. Elle descend de son cheval et l'attache à l'entrée du village. Elle avance ensuite doucement, essayant de repérer le père de Tala. Les gens du village l'observent, probablement autant que les Blancs observent un Indien quand ils en voient un. Quand elle arrive au cœur du village, elle demande à une femme où se trouve la tente du père de Tala. La femme lui indique une tente située au bout du village et lui demande de la suivre. Une fois devant la tente, la femme indique à Magdelon de l'attendre et elle entre dans la tente. Au bout de quelques minutes, le grand chef sort, suivi de la femme qui retourne à ses occupations.

— Quelle belle surprise! s'exclame-t-il. Entrez, nous serons plus à l'aise pour parler.

Une fois à l'intérieur, Magdelon s'assoit par terre. Son hôte lui offre du thé. Elle l'accepte volontiers. Elle vient de se rappeler qu'elle n'a rien avalé depuis le matin. Comme s'il lisait dans ses pensées, le chef lui demande:

— Avez-vous mangé?

— Non, répond-elle d'un ton gêné. Mais ça va, ne vous inquiétez pas.

— Vous prendrez bien quelques morceaux de truite fumée?

— Avec plaisir, accepte-t-elle vivement.

Chaque fois qu'il est question de truite, Magdelon ne peut résister. D'autant qu'elle a eu l'occasion de goûter à la truite fumée la première fois qu'elle est venue au village indien. La seule évocation du mot «truite» en ravive le goût sur ses papilles. Elle sait d'avance qu'elle avalera avec appétit tout ce qu'il mettra devant elle. Le chef lui verse une tasse de thé et remplit un cornet d'écorce de truite fumée. Quand il lui remet le tout, elle salive déjà.

— Vous ne m'apportez pas une mauvaise nouvelle sur le fils de Tala au moins? demande le chef.

— Non, rassurez-vous, il va très bien. D'ailleurs, je pense que je pourrai venir vous le présenter cet été.

— Je serais très honoré de connaître sa mère adoptive aussi. Alors, qu'est-ce qui vous amène aujourd'hui ?

— Un de nos colons a fait une chute et il est inconscient.

— Vous voulez dire que son esprit a fui son corps, mais que son corps est toujours vivant ?

— Si on veut. Je me souviens que Tala m'a déjà parlé d'un mélange d'herbes qui pouvait aider dans une telle situation. Mais comme je n'ai rien noté, j'ai oublié de quoi il s'agissait. Alors, je me demandais si vous pouviez m'aider.

— Ce sera avec plaisir. Je vais vous présenter notre aïeule. C'est elle qui avait tout enseigné à Tala. Prenez le temps de finir de manger et je vous mènerai ensuite à sa tente. Mais en attendant, parlez-moi un peu de vous. Les pluies n'ont pas causé trop de dommages chez vous, j'espère ?

Magdelon et le chef discutent tranquillement pendant un bon moment. Elle passerait des heures à parler avec lui. Dès qu'elle a fini d'avaler sa dernière bouchée de truite, il se lève et la conduit à la tente de l'aïeule. D'une approche plutôt froide, celle-ci la détaille avant de lui adresser la parole. Magdelon lui explique ce qu'elle cherche. L'aïeule lui donne quelques herbes et lui explique comment s'en servir.

— Ces herbes feront effet seulement à la condition que l'esprit de l'homme veuille bien revenir dans son corps. Un de nos guerriers a déjà passé plus d'un mois hors de son corps. On le veillait jour et nuit. On lui faisait boire de l'eau et on lui parlait. Un beau matin, il a ouvert les yeux, a souri à sa femme et a repris sa vie.

— Je vous remercie, dit Magdelon.

— Vous n'avez pas à me remercier. Venez me voir quand vous voulez, je vous apprendrai ce que je sais comme je l'ai fait avec Tala.

Touchée par les paroles de l'aïeule, Magdelon se lève, lui prend les mains et lui dit en la regardant droit dans les yeux :

— Vous me voyez très honorée. Je viendrai, c'est promis.

Magdelon sort de la tente. Elle envoie la main au chef au passage et retourne à son cheval. Elle le détache et l'emmène boire à la rivière avant de le monter. Le sourire aux lèvres, elle retourne à la seigneurie.

Chapitre 44

Il est plus de huit heures quand les derniers invités quittent le manoir. La noce battait son plein depuis dix heures ce matin. Les mariés étaient radieux, les invités heureux. La veuve de Zacharie n'est plus ! Lucie passera le reste de sa vie au bras de Thomas, au grand bonheur de tous. Depuis l'arrivée de l'homme à la seigneurie, il ne se passe pas une seule journée sans que quelqu'un vante ses mérites. Il sait tout faire, ou presque. Dès qu'ils ont un problème, les colons courent le voir. D'une bonté égale à celle de son frère Zacharie, il prend toujours le temps de les écouter et de trouver une solution avec eux.

* * *

Thomas a mis plus d'une semaine avant de revenir à lui après sa chute. Pendant tout ce temps, Lucie l'a veillé jour et nuit. Elle lui parlait et lui caressait le front et les cheveux. Quand il s'est enfin réveillé, elle s'est mise à pleurer, l'a embrassé et est allée se coucher pour se relever vingt heures plus tard. Inquiète de voir que sa belle-mère ne se levait pas le lendemain matin, Catherine est allée voir si elle respirait. Comme elle laissait même échapper quelques ronflements, elle a souri, a refermé la porte de la chambre et a demandé au reste de la famille de ne pas faire de bruit pour laisser dormir Lucie. À son réveil, cette dernière lui a dit :

— Tu n'aurais pas quelque chose à manger ?... Je suis affamée.

— Bien sûr, belle-maman. Il y a un hachis. Laissez-moi vous en servir. Vous prendrez bien un morceau de pain ?

— Au moins deux, a répondu Lucie. On dirait que ça fait une semaine que je n'ai pas mangé.

— C'est un peu ça, a simplement répondu Catherine. Assoyez-vous, je vous prépare une assiette.

* * *

Les enfants viennent juste de s'endormir. Magdelon se laisse enfin tomber sur un des fauteuils du salon, un verre à la main. C'est pratiquement devenu un rituel. À la fin d'une grosse journée, prendre le temps de savourer deux doigts d'alcool lui fait le plus grand bien.

Elle est contente que la journée soit enfin terminée. À la mémoire de Zacharie, Pierre-Thomas tenait à ce que le mariage de Thomas et Lucie se tienne au manoir, ce qui bien sûr a demandé beaucoup de travail à tout le monde, excepté à lui il va sans dire. Après avoir confirmé que la fête se tiendrait au manoir, il a vaqué à ses occupations sans plus se préoccuper de rien. Heureusement, Catherine prenait les enfants en charge dès leur réveil, ce qui a donné la chance à Magdelon de voir aux derniers préparatifs. Tous ont été étonnés de la qualité du repas. Ils se demandaient comment des garçons pouvaient être aussi doués pour cuisiner. À part dans les maisons de riches des grandes villes, il est vrai que la cuisine est toujours occupée par des femmes. On peut même dire que dans les seigneuries la cuisine est plus souvent qu'autrement interdite aux hommes. Mais aujourd'hui, Magdelon est particulièrement fière des garçons. Ils se sont surpassés sur toute la ligne. Les viandes et les poissons étaient tendres et avaient ce petit goût qui donne envie d'en prendre encore et encore. Les pâtisseries, elles, étaient aussi mœlleuses que la mie d'un pain bien frais.

— J'espère seulement que Pierre-Thomas n'a pas goûté aux pâtisseries, pense-t-elle. J'ai de plus en plus peur qu'il emmène Michel à Québec.

De nombreuses bouteilles vides garnissent la table de la cuisine. De sa place, Magdelon ne pourrait pas les compter. Mais juste à en voir le nombre, elle peut dire que l'alcool a coulé à flots et que plusieurs se lèveront demain matin avec un bon mal de tête, ce qui la fait sourire. « Tant pis pour ceux qui en ont abusé, se dit-elle. Ils vont peut-être finir par apprendre. »

Elle a presque terminé son verre quand Pierre-Thomas vient la rejoindre.

— Je tiens à vous remercier de tout ce que vous avez fait. Cette fête a été un succès. Je suis sûr que Zacharie n'a rien manqué d'où il est et qu'il est très content. Il n'aurait jamais souhaité que Lucie finisse ses jours sans mari, il l'aimait trop pour ça. Thomas et lui étaient très proches dans le temps. Est-ce que je vous sers un autre verre ? Ça vous aidera à dormir.

— Volontiers, répond-elle, en lui tendant son verre Mais je dois vous avouer que je n'aurai besoin de rien pour m'endormir. La journée a été longue et bien occupée.

— Je sais. Vous ai-je dit que je partais pour Québec demain, à l'aube ? Je vais voir l'intendant pour lui parler du chemin du Roy. C'est beaucoup plus de travail que je ne le croyais. Au rythme où les travaux avancent, ni vous ni moi ne verrons l'achèvement de cette route. Vous savez comme moi à quel point elle est nécessaire pour le développement du pays...

Sans attendre la réponse de Magdelon, Pierre-Thomas ajoute :

— Vous m'avez bien dit que votre mère venait nous rendre visite ?

— Oui, je l'attends d'une journée à l'autre. C'est mon jeune frère qui l'amène. Elle restera au moins une semaine. Serez-vous revenu de Québec ?

— Je vais faire mon possible, mais je ne peux rien vous promettre. Je dois passer à la boulangerie pour négocier un nouveau contrat pour la farine. J'irai aussi voir le fils des de Saurel. Il paraît qu'il a quelque chose à me proposer dans le commerce du bois. Enfin, je verrai bien.

Pierre-Thomas vide son verre d'un seul coup. Il se lève et dit :

— Je vous laisse le bonsoir, je vais dormir.

Elle ne réagit pas. Elle est habituée à ce genre d'attitude de sa part. D'une certaine manière, il est plus gentil avec elle depuis quelques mois, mais sa gentillesse se limite à ses paroles. Pour le reste, il y a des mois qu'il ne l'a pas touchée. Il lui arrive de se demander comment il satisfait ses besoins. Elle a bien pensé à différentes choses. Peut-être a-t-il une maîtresse à Québec, ou peut-être même une deuxième famille. Peut-être voit-il des filles aux mœurs légères chaque fois qu'il est en voyage. Quoi qu'il en soit, elle le saura bien assez vite.

Elle prend le temps de savourer chaque gorgée avant d'aller se coucher. Au début de son mariage, les ronflements de Pierre-Thomas l'empêchaient de dormir. Aujourd'hui, ils parviennent même à l'endormir. Il lui arrive de plus en plus souvent de penser que si elle avait pu savoir d'avance la vie qui l'attendait avec Pierre-Thomas, elle aurait préféré rester vieille fille. Elle avait, et a toujours, cette envie d'être aimée doucement, de pouvoir s'appuyer sur l'épaule de son homme de temps en temps, d'être la personne la plus belle à ses yeux. D'un autre côté, Pierre-Thomas lui a donné trois beaux enfants sans qui elle ne pourrait même pas imaginer sa vie. Marguerite, la petite princesse de son père, fera son chemin dans la vie, c'est certain. À huit ans, elle s'affirme déjà beaucoup, ce qui plaît d'autant à Pierre-Thomas. La seule crainte de Magdelon au sujet de sa fille, c'est qu'elle ressemble si peu soit-il à sa grand-mère paternelle. Et c'est bien à regret qu'elle doit reconnaître que sa fille a déjà certains comportements qui ne mentent pas. Quant à Charles François Xavier, il est un petit garçon enjoué qui ne demande rien d'autre à la vie si ce n'est manger, dormir, s'amuser et aller en forêt avec sa mère. Déjà, il s'intéresse aux arbres et aux plantes et les reconnaît. Chaque fois qu'elle va soigner quelqu'un, il veut venir avec elle. Malgré son jeune âge, il a beaucoup de compassion pour les gens, qui le lui rendent bien. Et Louis Joseph, son bébé, est la vraie copie d'Alexandre. Il lui ressemble tant qu'elle se prend parfois à appeler son fils

Alexandre. Il est espiègle et drôle. C'est un enfant attachant que tout le monde veut prendre dans ses bras.

Oui, elle a une belle famille et elle en est très fière. Mais elle aimerait bien y ajouter au moins deux autres enfants. « Pour y arriver, encore faudrait-il que Pierre-Thomas daigne me toucher. J'espère que je ne serai pas obligée de le supplier de me prendre. Il va falloir que j'y réfléchisse sérieusement, il ne me reste pas vingt ans pour avoir des enfants. Et quand il s'est marié avec moi, c'était pour fonder une famille. S'il le faut, je le lui rappellerai. »

Sur ces pensées, elle se lève et va porter les verres à la cuisine. Elle se dirige ensuite vers sa chambre. Elle est si fatiguée que ses yeux ferment tout seuls.

Elle a à peine le temps de poser la tête sur l'oreiller qu'elle entend pleurer Louis Joseph. Au moment où elle allait se lever, bien à regret, elle entend des pas dans l'escalier. « Tant mieux, se dit-elle, un des garçons est allé s'en occuper. » La seconde d'après, elle sombre dans un sommeil profond.

Il est plus de huit heures quand elle réussit à se tirer du lit. Elle est aussi courbaturée que si un troupeau de chevreuils l'avait piétinée, ce qui l'inquiète un peu. Ce n'est pas la première fois que cela lui arrive. Ces dernières semaines, c'est ainsi qu'elle se réveille plus souvent qu'autrement, peu importe le genre de journée qu'elle a passée.

— Si Tala était encore de ce monde, pense-t-elle tristement, elle pourrait me dire quoi faire. Il existe sûrement des plantes qui me soulageraient. À moins que je passe au village voir l'aïeule… Il faudrait que j'y aille avant que maman arrive. Je devrais pouvoir m'échapper quelques heures aujourd'hui.

L'avant-midi tire à sa fin quand elle réussit enfin à partir. Elle selle son cheval, monte et part au galop jusqu'à l'orée des bois. Quand elle est sur son cheval, elle oublie la douleur, elle oublie tout ce qu'elle voudrait changer dans sa vie, elle a l'impression de flotter. Ces derniers temps, elle a été si occupée qu'elle n'a pas eu beaucoup de temps pour s'évader. Ses promenades à cheval lui font le plus grand bien, autant à son corps qu'à son cœur. Une fois en forêt, elle réduit la cadence de sa monture. Même si la piste est assez bien délimitée, les branches ont tellement poussé de chaque côté qu'elle risque de se blesser à tout moment si elle galope trop vite.

La forêt est à son meilleur à cette période de l'année. Les feuilles sont à maturité. La terre sent bon la fraîcheur que seule la forêt peut offrir. Les oiseaux chantent à tour de rôle et les papillons volent et virevoltent à qui mieux mieux. Les petites bêtes courent se cacher au passage du cheval. Magdelon adore être en forêt. Elle s'y sent aussi bien qu'un curé dans son église. En réalité, c'est son endroit préféré. Quand elle part à la recherche de plantes et d'herbes, elle perd totalement la notion du temps. C'est chaque fois pareil : ce n'est que lorsque le jour tombe qu'elle réalise qu'il est temps de rentrer. Elle aime partir à la recherche d'une plante ; quand elle la trouve, elle est remplie d'un grand sentiment de fierté. Les rares fois où elle l'a accompagnée, Catherine n'a cessé de lui dire :

— Tu es vraiment bonne. Je ne sais vraiment pas comment tu fais pour les reconnaître. C'est comme chercher une aiguille dans une botte de foin. Pour moi, toutes les plantes se ressemblent.

Elle diminue la cadence de son cheval pour prendre le temps d'admirer la forêt, d'écouter battre la vie en elle. À un moment donné, elle arrête sa monture et la fait rester sur place, sans bouger. Tout à coup, Magdelon entend du bruit. On dirait un cavalier qui avance dans sa direction. Elle prend son mousquet et le pointe vers l'avant, prête à faire feu si sa vie est en danger. Elle flatte le museau de son cheval pour lui indiquer de ne pas bouger. La minute d'après, un homme débouche dans son champ de vision. Elle met quelques secondes à le reconnaître.

— Antoine ? s'écrie-t-elle, le cœur en chamade. Quelle surprise ! Je ne m'attendais pas à vous voir aujourd'hui.

— Moi, oui, car j'allais justement vous rendre visite. Je suis si content de vous voir.

Sans attendre, elle saute de son cheval. Antoine fait de même. Elle le rejoint et, d'un simple regard entendu, ils marchent côte à côte sans parler jusqu'à une petite clairière à quelques pas seulement. Là, ils seront plus tranquilles. Ils attachent leurs chevaux et, une fraction de seconde plus tard, se retrouvent face à face. Ils se dévorent des yeux. Magdelon est envahie d'une bouffée de chaleur. Elle qui croyait son corps endormi à jamais, un seul regard d'Antoine a suffi à l'enflammer. Elle sait ce qui l'attend et cela la rend heureuse. Son corps se souvient du moindre geste, de la moindre petite caresse, du moindre murmure à l'oreille. Elle tremble de tout son corps. Tout à coup, comme si quelqu'un avait donné le signal, ils s'approchent l'un de l'autre et laissent libre cours à la passion qui les habite. Ils s'embrassent à perdre haleine. Ils se frottent. Ils se touchent. Ils reprennent leur souffle pour mieux recommencer la seconde d'après.

Ce n'est que lorsqu'ils se laissent enfin tomber sur le sol que la vie reprend son cours autour d'eux. C'est alors qu'ils entendent à nouveau les oiseaux chanter, la rivière couler et les feuilles bruisser au vent. Côte à côte, ils profitent de ce moment loin des regards indiscrets, évitant de penser qu'il sera trop court une fois de plus.

Au moment de se quitter, Magdelon dit à Antoine :

— Je pensais que vous m'aviez oubliée…

— Jamais je ne vous oublierai. Vous m'êtes aussi précieuse que l'air que je respire.

— Il s'est passé trop de temps depuis votre dernière visite…

— Un jour, je vous raconterai ce qui m'est arrivé cet hiver. Je peux vous accompagner au manoir ?

— Allez-y, je vous rejoindrai un peu plus tard. Je dois aller au village indien. Dites aux garçons de vous servir à manger. À moins que vous n'ayez pas apporté de sucre d'érable! ajoute Magdelon pour le taquiner.

— J'ai plus de sucre d'érable que vous pouvez en manger dans mon sac.

— Si j'étais vous, je ne gagerais pas là-dessus.

Sur ces mots, elle reprend sa route vers le village indien, le cœur léger et le corps rempli de bonheur.

Quand elle arrive au village, elle ne trouve pas l'aïeule dans sa tente. Les femmes du village lui disent qu'elle est partie chercher des plantes, mais qu'elle devrait revenir bientôt. Elles l'invitent à manger avec elles. Magdelon est un peu gênée. À part le chef et l'aïeule, elle ne connaît personne d'autre au village. L'une après l'autre, les femmes se présentent. Les noms indiens l'ont toujours intriguée. Elle demande à chacune de lui dire ce que son nom signifie. Plusieurs parlent français, un assez bon français d'ailleurs, alors que peu de Blancs parlent leur langue.

— Le chef nous a dit que vous aimiez beaucoup la truite, dit l'une des femmes, un sourire aux lèvres.

— Pour dire vrai, j'adore la truite, répond-elle promptement, et surtout la vôtre. Il faudra m'apprendre à la fumer.

— C'est très facile, dit une femme. Je vous apprendrai.

Elles discutent tranquillement en mangeant, et se posent mutuellement des questions sur leur vie si différente et si semblable à la fois.

Quand l'aïeule revient, elle emmène Magdelon avec elle dans sa tente et lui demande la raison de sa visite. Elle l'écoute sans l'interrompre et réfléchit. Au bout de quelques minutes, elle se lève et va chercher une petite fiole rangée dans un sac de peau. Elle le donne à Magdelon et lui dit :

— Prenez quelques gouttes de ce mélange dans un peu d'eau chaque soir avant d'aller dormir. Ça devrait vous soulager. Revenez me voir quand vous aurez fini la fiole.

— Merci beaucoup.

Elle sort de la tente de l'aïeule et salue les femmes au passage. Au moment où elle franchit les limites du village, l'une des femmes lui crie d'attendre. Elle court jusqu'à Magdelon et lui tend un paquet emballé dans de l'écorce.

— C'est pour vous, dit-elle d'un air gêné. C'est de la truite fumée.

— Pour moi ? s'étonne Magdelon, à la fois surprise et touchée par le geste. C'est très gentil. Merci ! Je vous apporterai des pâtisseries quand je reviendrai.

Elle tient solidement son petit paquet comme si quelqu'un pouvait le lui enlever. Elle monte sur son cheval et prend le chemin du retour.

Quand elle arrive au manoir, une surprise l'attend. Marie est arrivée. Elle discute tranquillement avec Antoine devant le manoir. Magdelon sent instantanément une grande fierté l'envahir. Jamais elle n'aurait même osé penser avoir un jour un tel tableau sous les yeux. Elle descend vite de son cheval, l'attache à un arbre et court rejoindre sa mère. Une fois à sa hauteur, elle ne peut se retenir de lui sauter au cou, chose qu'elle n'a pas l'habitude de faire. Mais elle est si contente de la voir… Surprise, Marie passe à deux cheveux de perdre pied. Antoine l'attrape par un bras. La seconde d'après, tous les trois éclatent de rire.

— Je suis si contente de vous voir, Mère ! s'écrie Magdelon.

— Moi aussi, ma fille. Il y a si longtemps que je ne suis pas venue à Sainte-Anne. Je ne connaissais même pas encore Louis Joseph. Il est adorable. Charles François Xavier est devenu un vrai petit homme. Et Marguerite, une vraie petite princesse. J'ai trouvé qu'elle ressemblait à Anne au même âge.

— C'est vrai, dit Magdelon après quelques secondes de réflexion. Il faut que vous me racontiez tout ce qui se passe à Verchères. Entrons, je demanderai qu'on nous prépare à manger. Venez, Antoine, vous êtes mon invité.

Elle prend sa mère par le bras et lui demande en riant :

— Vous n'allez pas me dire que vous êtes venue seule ?

— Non, je suis venue avec François. Il est au quai avec un des garçons. Ils ne devraient pas tarder à revenir. Ils sont allés chercher les malles.

— Les malles ? Vous ne m'aviez pas dit que vous veniez habiter ici ? taquine-t-elle sa mère.

— Je ne te l'avais pas écrit ? Alors, je retournerai à Verchères dans une petite semaine, répond-elle en riant.

— J'espère que vous êtes en forme parce que j'ai préparé tout un programme.

— On verra bien qui est la plus en forme de nous deux.

— Je vais envoyer chercher Catherine. Elle m'a fait promettre de l'avertir dès que vous arriveriez.

* * *

Après le souper, Antoine se lève de table et leur demande de l'excuser. Mais il n'a pas le temps de faire un pas que Magdelon lui dit :

— Antoine, vous n'allez pas partir sans jouer au moins une petite partie de cartes. Asseyez-vous, François et moi allons vous montrer notre jeu.

— Ah non, s'écrie Marie. Pas une autre de ces parties de cartes interminables. Je sais d'avance qui sera la plus en forme demain…

— Venez maman, allons au salon, dit Catherine. Moi, je refuse d'assister à une autre de leurs parties de cartes. Courage, Antoine !

Le jour se lève quand Magdelon, Antoine et François vont se coucher. Ils ont ri comme des fous toute la soirée et, bien sûr, la partie n'est pas encore terminée.

— Laissez-moi montrer sa chambre à François, dit Magdelon à Antoine, et je vous donnerai ensuite la chandelle.

Quand elle revient, Antoine est appuyé sur le cadrage de la porte. Le sourire aux lèvres, il la regarde venir vers lui. Elle est si près maintenant qu'il peut sentir sa respiration. Il saisit la chandelle, lui baise la main en la regardant dans les yeux et lui dit :

— J'ai passé une très belle soirée.

— Moi aussi, Antoine. Bonne nuit !

— Bonne nuit !

Chapitre 45

Le soleil est à peine levé quand Magdelon, Marie, Catherine et Charles prennent la direction de Batiscan. Catherine est particulièrement heureuse de prendre quelques heures de congé. Son quotidien avec les jumeaux, sa fille et tout le reste de la maisonnée ne lui laisse guère de temps pour elle. La route entre les deux seigneuries est loin d'être terminée, mais au moins il y a une piste assez large pour galoper à deux chevaux côte à côte. Magdelon a pris tout ce qu'il faut pour déjeuner en chemin. Elle trotte aux côtés de sa mère alors que Catherine et Charles ouvrent la marche. Marie la questionne sur Antoine :

— Tu ne vas pas me dire que tu ne le trouves pas beau garçon…

— Même mariée, il m'intéresse, répond-elle promptement. C'est un homme comme lui que j'aurais dû épouser. Au lieu de ça, j'ai marié un homme bourru, entêté et aussi froid qu'un bloc de glace. Je sais, avec Pierre-Thomas, je ne manquerai jamais de rien. Et croyez-moi, il ne se passe pas une seule journée sans que je me le répète. Mais tous ces avoirs n'apportent pas la tendresse, l'amour et surtout pas la passion. Parfois, j'aimerais mieux vivre sous une tente avec l'homme que j'aime et chasser pour assurer notre survie que vivre dans un manoir. Antoine m'intéresse tellement que nous profitons de chacune de ses visites, si vous voyez ce que je veux dire. J'espère que je ne vous choque pas…

— Pourquoi cela me choquerait-il ? Si je n'avais pas réussi à aimer ton père, j'aurais probablement fait la même chose que toi. Pourquoi les hommes auraient-ils le droit d'aller voir ailleurs et pas nous ? Je n'ai jamais compris cela.

— En plus, je ne crois pas vous l'avoir écrit, mais Pierre-Thomas me boude pour tout ce qui est du domaine privé. Cela dure depuis des mois. Je soupçonne qu'il voit d'autres femmes. Cela ne me dérange pas, mais il y a quand même des limites. Lorsqu'il sera de retour, je lui en parlerai.

— Tu crois sincèrement qu'il te dira la vérité ? À ta place, je ne gagerais pas là-dessus.

— Fiez-vous à moi, je finirai par savoir.

— Je n'ai pas à te dire quoi faire, mais… penses-tu réellement que les choses s'amélioreront entre vous quand tu sauras ?

— Mais…

— Attends, laisse-moi finir. Et toi, que lui diras-tu quand il te demandera si tu vois quelqu'un d'autre ? Moi, je pense qu'on n'est pas toujours obligé de tout savoir. Tu sais, au début de mon mariage avec ton père, j'ai pensé moi aussi qu'il allait voir d'autres femmes, ce qui était probablement le cas. Comment pouvais-je le lui reprocher alors qu'il ne se passait pour ainsi dire rien entre nous ?

— Vous êtes sérieuse ? demande Magdelon, très surprise par les propos de sa mère. Je ne peux pas croire que papa allait voir d'autres femmes… En êtes-vous vraiment sûre ?

— Je sais que tu l'adorais, mais ton père était un homme tout ce qu'il y a de plus normal. Je suis désolée, je n'aurais pas dû te raconter cela.

— Ça va, maman, ce n'est pas grave. Je suis une grande fille maintenant. Je vais m'en remettre, ne vous en faites pas. Mais c'est bien différent entre Pierre-Thomas et moi. Je me suis mariée en toute connaissance de cause et je ne lui ai jamais refusé ma couche. Au fait… Il y a bien longtemps que le champ de marguerites n'est plus suffisant pour m'évader pendant qu'il va et vient sur moi comme si sa vie en dépendait. Auriez-vous une autre suggestion à me faire ?

À ces mots, Marie éclate de rire, si fort que Catherine se tourne et crie :

— Qu'est-ce qui est si drôle ? J'aimerais bien rire, moi aussi.

— Je te raconterai, lui répond Magdelon. Alors, poursuit-elle à l'adresse de sa mère, au cas où Pierre-Thomas reviendrait à de meilleures intentions, avez-vous une suggestion ?

— Laisse-moi réfléchir un peu.

Au bout d'une minute, Marie lui dit :

— Si les marguerites ne marchent plus, j'ai une idée. Vas-y avec un champ de roses sauvages dans lequel tu courras à perdre haleine. Tu auras tellement à faire pour ne pas te piquer que les coups qu'il portera en toi seront presque aussi doux qu'une caresse à côté des épines qui entreront dans ta peau.

À mesure que sa mère parle, Magdelon voit la scène et sourit.

— Vous devriez écrire, maman. Je suis certaine que vous seriez aussi douée que plusieurs auteurs français que nous lisons.

— Je ne l'ai jamais dit à personne, dit Marie d'un air gêné, mais j'écris depuis des années ; en fait, depuis que je sais écrire.

— C'est vrai ? Vous ne cesserez jamais de m'étonner. Je suis si fière de vous.

— Ne t'emporte pas trop, c'est seulement quelques petits poèmes.

— Combien ?

— Ah ! Disons une centaine.

— Et c'est ce que vous appelez quelques petits poèmes ! Si vous voulez, j'irai les porter chez un éditeur quand j'irai à Paris.

— Tu ne m'as jamais dit que tu allais à Paris. C'est pour quand ?

— Je ne sais pas, répond Magdelon en haussant les épaules. Tout ce que je sais pour l'instant, c'est que j'irai un jour. Mais revenons à vos poèmes… Me permettrez-vous de les lire ?

— À une condition : je te demande de n'en parler à personne. Disons que ce sera notre secret. Quand je partirai, je veux que ce soit toi qui les gardes. Tu les transmettras à ton tour à un de tes enfants pour qu'ils restent dans notre famille. C'est un peu notre histoire que j'ai voulu garder vivante. Mes poèmes sont dans un grand sac de toile blanche, dans mon coffre de cèdre.

— Vous me faites peur quand vous parlez ainsi.

— Tu ne devrais pas, la vie est faite d'arrivées et de départs. On ne peut pas passer sa vie à avoir peur.

Quand ils arrivent enfin chez Jeanne, ils n'ont pas le temps de poser le pied par terre que celle-ci sort de sa maison et vient les trouver en courant. Un sourire illumine son visage. Elle n'a même pas pris le temps d'enlever son tablier.

— Je suis tellement contente de vous voir, s'écrie-t-elle en prenant les mains des visiteurs à tour de rôle. Venez que je vous présente ma petite famille.

— C'est très beau chez vous, dit Marie, la voix remplie d'émotion.

— Louis-Marie est très habile de ses mains. C'est lui qui a fait tous les meubles.

Quelques secondes à peine séparent maintenant Marie de son petit-fils. Contrairement à Magdelon, elle a la larme facile. Elle s'est promis qu'elle ne pleurerait pas, mais elle n'est pas certaine d'y arriver. Elle sait que la seule vue de l'enfant ravivera toute la douleur qu'elle a ressentie quand elle a su qu'Alexandre et Tala avaient été tués. Mais en même temps, elle n'aurait pas voulu s'en aller sans l'avoir au moins regardé, même à distance. Là, elle aura la chance de le toucher et peut-être même de le serrer dans ses bras.

Quand Jeanne le lui présente, Marie se retient de crier tellement elle est heureuse. Il a les cheveux aussi bouclés qu'un petit mouton. Il a les yeux aussi noirs qu'une nuit sans lune et la peau légèrement basanée. Il est beau comme un dieu. Elle s'approche et s'accroupit devant lui. L'enfant la regarde pendant quelques secondes et, comme s'il reconnaissait en elle un lien de parenté, s'avance et lui passe les bras autour du cou avant de l'embrasser sur la joue. Il n'en faut pas plus pour que Marie laisse couler ses larmes. Elle le serre très fort dans ses bras, tellement que l'enfant lui dit :

— Tu me serres trop fort, grand-mère.

Instantanément, Marie desserre son étreinte et lui dit :

— Excuse-moi, c'est parce que je suis trop contente de te voir.

— Pourquoi pleures-tu, grand-mère ? Tu as de la peine ?

— Non, c'est parce que je suis trop contente.

L'instant d'après, l'enfant va serrer dans ses bras Magdelon, Catherine et Charles. Il retourne ensuite jouer avec son frère.

— Il est adorable, dit Marie à Jeanne. Avez-vous entendu comment il m'a appelée ? C'est vous qui lui avez dit de m'appeler ainsi ?

— Non, je lui ai juste mentionné qu'une gentille grand-mère viendrait avec Magdelon et Catherine.

Marie s'approche de Jeanne et lui prend les mains.

— Merci du fond du cœur pour tout ce que vous faites pour lui.

— Vous n'avez pas à me remercier. C'est un cadeau du ciel, cet enfant. Louis-Marie et moi ne pourrions pas imaginer notre vie sans lui.

Louis-Marie les rejoint pour le dîner. Pendant le repas, Marie en profite pour regarder son petit-fils à loisir. Elle n'a d'yeux que pour lui et l'enfant le lui rend bien. Une sorte de complicité s'est installée entre eux, ce qui rend Marie très heureuse, il va sans dire.

— Si tu veux, propose Louis-Marie à Charles, je vais te faire faire le tour de la seigneurie. Tu vas voir, c'est vraiment différent de Sainte-Anne et c'est beaucoup moins grand aussi.

— Il faudra s'en retourner chez nous tout de suite après, dit Catherine, sinon on va se faire surprendre par la noirceur.

— Ne vous inquiétez pas, la rassure Louis-Marie. Il fera clair au moins jusqu'à neuf heures.

— Je ne veux pas rentrer trop tard, insiste Catherine. C'est ma belle-mère qui garde les enfants et sa santé n'est pas à son meilleur ces temps-ci.

— Tu ne m'en as pas parlé, s'étonne Magdelon.

— Elle m'a demandé de n'en parler à personne. Mais là, je suis trop inquiète. Excuse-moi Charles.

— Tu as bien fait, dit celui-ci. Elle ne peut pas rester dans cet état. Je lui ai dit que si elle n'allait pas mieux demain, j'irais vous chercher, Magdelon.

— J'irai la voir à la première heure.

— Bon, allons-y si on veut revenir à temps, lance Louis-Marie.

Les femmes font la vaisselle pendant que les enfants s'amusent dans un coin. C'est plus fort qu'elle, Marie ne quitte pas son petit-fils des yeux. Elle le regarde comme si elle voulait imprimer dans sa mémoire le moindre petit détail qui pourrait le lui rappeler. Elle aide à la vaisselle, mais elle ne prend guère part à la conversation. Elle tente de trouver toutes les ressemblances qu'il a avec Alexandre. Chacune des similitudes qu'elle voit lui fait mal comme si elle recevait un coup de couteau en pleine poitrine. Lorsqu'elles finissent d'essuyer la vaisselle, Magdelon et Catherine donnent leur linge à Jeanne. Quand celle-ci s'avance pour prendre celui de Marie et qu'elle voit de grosses larmes couler sur les joues de la dame, elle fait signe à ses compagnes. Toutes deux s'approchent de leur mère et Magdelon dit :

— Ce n'était peut-être pas une si bonne idée de vous emmener ici, maman. Venez, allons prendre l'air.

— C'était une excellente idée, au contraire. Je ne vous remercierai jamais assez de m'avoir présenté mon petit-fils. Ce sont juste des larmes de vieille femme qui ressasse une vieille douleur. Je vais bien, ne vous en faites pas pour moi.

Malgré les mots rassurants de sa mère, Magdelon ne peut s'empêcher de souhaiter que cette visite ne la replonge pas dans une absence comme celle qui l'a habitée pendant de longs mois après la mort d'Alexandre. Elle ne le lui a jamais dit, mais elle a eu vraiment peur qu'elle ne s'en remette jamais. Elle n'a pas vu beaucoup de gens atteints de cette maladie, mais suffisamment pour savoir que personne n'a de pouvoir sur elle. Le jour où quelqu'un perd un proche, sa vie peut basculer d'un coup. Il se transforme alors instantanément en une tout autre personne. Il est à la fois vivant et mort. Vivant parce qu'il respire, il mange, il dort… Mort parce que rien ni personne ne peut l'atteindre. Sa peine est si grande qu'elle prend toute la place, en lui et autour de lui.

« Je vais demander à Marie-Jeanne de la surveiller. Si je ne restais pas si loin aussi… »

Sur le chemin du retour, Marie est plutôt silencieuse. Elle est perdue dans ses pensées. C'est Catherine qui trotte à ses côtés pendant que Magdelon discute avec Charles.

— Parle-moi de ta mère. De quoi souffre-t-elle au juste ?

— Je ne sais pas trop. Ça fait déjà une semaine qu'elle se plaint du mal de cœur. Elle vomit tout ce qu'elle mange.

— Quel âge a-t-elle déjà ?

— Je ne sais pas, quarante-cinq ans peut-être.

— Dis-lui que je vais venir la voir demain matin, dit-t-elle en souriant.

Elle mettrait sa main au feu que Lucie est enceinte. Elle a bien hâte de lui rendre visite.

Chapitre 46

Ce matin, Magdelon a eu beaucoup de mal à se lever. Elle n'a pas très bien dormi. Elle a fait un cauchemar qui l'a tenue éveillée au moins une heure. L'événement est pourtant arrivé il y a plusieurs mois ; mais chaque fois qu'elle le revit en rêve, c'est comme si elle y était vraiment. Bien sûr, elle ne l'avouera à personne, mais elle a eu très peur. Elle a encore rêvé que Pierre-Thomas se faisait attaquer par deux Indiens à la boisson mauvaise, à l'orée de la forêt du manoir.

Elle revenait de chez Catherine lorsqu'elle a entendu jurer Pierre-Thomas. Curieuse de savoir ce qui se passait, elle est entrée dans la forêt. Quand elle a vu son mari aux prises avec deux Indiens, sans plus réfléchir, elle a sauté sur le plus grand et l'a frappé de toutes ses forces jusqu'à ce qu'il parvienne à la jeter par terre. Elle s'est alors relevée vivement et l'a roué de coups à nouveau. Pendant ce temps, Pierre-Thomas tentait de se libérer de son assaillant, un grand gaillard aux grosses mains. Il le frappait de toutes ses forces et faisait son possible pour parer les coups. Au bout d'un moment, l'alcool aidant, les deux hommes ont fini par s'épuiser et se sont enfin laissés tomber par terre, à bout de souffle. Saisissant leur chance, Pierre-Thomas et Magdelon sont partis en courant, sans demander leur reste. Une fois en sécurité, Pierre-Thomas a dit à sa femme :

— Il n'est plus question que vous retourniez en forêt toute seule. Vous voyez comme moi à quel point ils sont fous. Si vous n'étiez pas arrivée, ils m'auraient sûrement tué.

— C'est votre faute ! a-t-elle hurlé. Arrêtez de leur vendre de l'alcool et nous n'aurons plus de problème.

— Comme je vous l'ai déjà expliqué, si ce n'est pas moi qui leur en vends, ce sera quelqu'un d'autre.'

— Alors, ne comptez pas sur moi pour vous sauver la vie une autre fois. Et tenez-vous-le pour dit : je continuerai d'aller en forêt toute seule, que cela vous plaise ou non. De toute façon, c'est plus dangereux de vivre à vos côtés que d'aller en forêt.

Chaque fois, elle se réveille en sueur, le cœur serré. Le pire, c'est qu'elle ne sait pas pourquoi. Certes, elle a eu peur, mais le lendemain elle est retournée se balader en forêt comme si rien n'était arrivé. Elle a parfois l'impression que cette histoire est venue ramener à sa mémoire l'attaque qu'elle a vécue à Verchères alors qu'elle n'était qu'une jeune fille.

Elle se sert un café, met ses mains sur sa tasse pour les réchauffer et, les yeux dans le vide, prend une gorgée. Le liquide est si chaud qu'elle passe près d'échapper sa tasse. Elle la dépose vivement sur la table, remet ses mains autour et réfléchit. Les choses sont allées si vite ces derniers temps qu'elle n'a pas eu une seule minute à elle. Heureusement qu'elle peut compter sur les garçons. À eux trois, ils font tourner la maisonnée de main de maître. Les enfants ont mis plusieurs semaines à s'habituer à eux, mais maintenant tout va bien. Ils ont développé une grande complicité avec les garçons. D'ailleurs, il ne se passe pas une seule journée sans que ces derniers ne prennent leur défense. Chaque fois qu'elle réprimande Marguerite et ses frères ou les met en punition, un garçon se présente toujours pour prendre les torts à leur place. Évidemment, les enfants en tirent profit autant qu'ils le peuvent. Marguerite est d'ailleurs passée maître dans l'art de se faufiler. Elle y parvient même avec son père. Magdelon a parfois l'impression que peu importe ce qu'elle fera, il le tolérera toujours. Il est bien moins permissif avec ses fils.

Chaque fois que Michel fait des pâtisseries pendant que Pierre-Thomas est au manoir, celui-ci lui dit qu'il l'emmenera avec lui à Québec. Chaque fois, Magdelon demande à Michel de ne plus faire de pâtisseries quand son mari est à la maison, mais elle gagerait que le garçon le fait exprès. Au fond, elle le comprend. Il n'a pas d'avenir à Sainte-Anne, alors qu'à Québec il pourrait mener une vie beaucoup plus normale. Il pourrait se marier et, qui sait, il pourrait même tenir sa propre pâtisserie. Mais elle n'en sera pas moins furieuse le jour où elle constatera que Pierre-Thomas a emmené Michel avec lui. Ce n'est pas parce qu'elle veut empêcher le garçon d'améliorer son sort, au contraire. C'est plutôt qu'elle en a assez de faire les frais des fantaisies de Pierre-Thomas. Elle croyait pourtant qu'elle aurait la paix en prenant des garçons, mais elle s'est trompée. Une fois de plus, c'est Pierre-Thomas qui mène le bal. « Il est bien mieux de me laisser Nicolas et Jacques », se dit-elle.

Elle repense à la visite qu'elle et Jeanne ont rendue au père de Tala. Le vieil homme était si content de connaître son petit-fils que de grosses larmes coulaient sur ses joues pendant que l'enfant caressait la peau de renard accrochée à un clou. À peine quelques mots ont été échangés entre le grand-père et son petit-fils. L'enfant le regardait et lui souriait. On aurait dit que tous deux se connaissaient depuis toujours et que les paroles étaient superflues entre eux. Puis le petit a regardé sa mère comme s'il attendait son consentement pour s'approcher de ce grand-père qu'il avait vu pour la première fois il n'y avait que quelques minutes à peine. Jeanne lui a souri et a baissé les yeux en signe d'approbation. L'enfant a fait un pas vers le vieil homme. Tous deux ont fixé leur regard l'un dans l'autre. Aucun language n'existait plus. Aucun mot. Magdelon se souviendra toujours à quel point c'était émouvant de les voir ainsi se regarder sans même sourciller. On aurait dit que le temps s'était arrêté, comme si quelqu'un l'avait suspendu pour un moment afin de permettre à deux êtres de s'apprivoiser. C'est alors que le vieil homme a tendu la main à son petit-fils. Sans hésiter, l'enfant a déposé sa petite main dans la sienne. Sans le quitter du regard, le vieil homme y a déposé une pierre d'un bleu clair de la grosseur d'un jaune d'œuf et a refermé la main de l'enfant dessus en lui disant :

— Fils, cette pierre te portera chance durant toute ta vie.

Sans crier gare, l'enfant s'est jeté dans les bras du vieil homme et l'a embrassé sur la joue avant de courir montrer son trésor à sa mère. Touché par tant de tendresse, le vieil homme a dit à Jeanne :

— Votre fils est quelqu'un de bien, il a un beau cœur. Il sera un grand chef. Je vous suis très reconnaissant de me l'avoir emmené.

Puis, il a incliné la tête avant de s'essuyer de nouveau les yeux. C'est alors que Jeanne lui a dit :

— Soyez assuré qu'un jour je lui dirai tout sur sa vraie famille.

— Je vous en remercie. Il est bien avec vous, ça se voit. Il sera toujours le bienvenu chez lui.

Jeanne et Magdelon sont ensuite parties avec l'enfant, bouleversées par ce qu'elles venaient de vivre. L'enfant, lui, a parlé de la peau de renard et de sa pierre pendant tout le voyage de retour, ajoutant de temps en temps quelques mots sur le grandpère qui pleurait et qui avait la peau toute froissée. Chaque fois qu'elle y pense, Magdelon est émue. Au moins maintenant, quand le vieil homme pense à son petit-fils, un visage s'impose à lui. Quand elle passe au village, le chef ne manque jamais de prendre des nouvelles du fils de Tala. Parfois même, elle apporte les lettres de Jeanne et lui lit les passages où celle-ci parle de son fils, cet enfant qu'il aime tant même s'il ne l'a vu qu'une seule fois.

Magdelon remplit sa tasse de café et se rassoit. Si elle est chanceuse, elle dispose encore d'une bonne demi-heure avant que tout le monde se réveille. Elle soupire doucement et ferme les yeux un instant. Elle pense à Antoine. Elle l'a vu il y a quelques semaines à peine, mais cela lui semble un siècle tellement il lui manque. Chaque fois qu'il vient au manoir, c'est une fête pour elle. Avec lui, elle a l'impression d'être la personne la plus importante, la plus belle, la plus désirable qui soit, alors qu'avec Pierre-Thomas c'est comme si elle n'existait pas, comme si elle était invisible. D'ailleurs, il ne l'a toujours pas touchée depuis des mois. Chaque fois qu'elle lui en parle, il trouve un prétexte pour éviter le sujet. Et s'ils vont au lit ensemble, ce qui est de plus en plus rare, il plaide l'épuisement avant même qu'elle n'aborde le sujet.

« Il va pourtant falloir que je sache ce qu'il fait pour satisfaire ses besoins. Jamais je ne croirai qu'il a fait le vœu de chasteté. »

Au moment où elle est sur le point d'avaler sa dernière gorgée de café, on frappe à la porte. Elle se lève rapidement, espérant que le bruit n'a pas réveillé les enfants. Elle prend son châle au passage et ouvre la porte. Charles ne lui laisse même pas le temps de le saluer. Il lui dit :

— Venez vite, ma mère est en train d'accoucher et Catherine ne sait pas trop quoi faire.

— Elle n'est pas un peu en avance ?

— Si j'ai bien compris, l'enfant aurait dû venir au monde à la fin du mois, mais on y est presque. Vous venez ?

— J'arrive, j'arrive.

Quand Magdelon et Charles arrivent chez Lucie, la tête de l'enfant est déjà engagée. Magdelon s'accroupit et dit à Lucie de pousser. Quelques minutes plus tard, les cris de l'enfant réveillent toute la maisonnée. Les nouveaux parents sont rayonnants.

— Tu ne peux pas savoir, Lucie, à quel point tu me rends heureux, dit Thomas. Jamais je n'aurais espéré être père un jour. Merci !

— Tu n'as pas à me remercier. Sans toi, je ne sais pas ce que je serais devenue. Regarde, la petite a tes yeux.

Sur le chemin du retour, Magdelon est prise de maux de cœur, à tel point qu'elle vomit à deux reprises. « Il est grand temps que je mange », se dit-elle joyeusement, sans se soucier du reste.

Une fois au manoir, elle demande aux garçons de lui préparer des œufs. Elle n'a pas le temps de tout avaler qu'un haut-le-cœur la secoue. Elle se sert une tasse d'eau chaude et s'assoit, le temps de la boire. En se levant, elle a des nausées. Elle sort en courant et vomit tout ce qu'elle a dans l'estomac. Lorsqu'elle relève la tête, le curé est devant elle. Il la fixe d'un regard noir.

— Enfin, dit-il, le bec en cul-de-poule, vous vous êtes souvenue que vous deviez procréer. J'espère au moins qu'il ressemblera à Pierre-Thomas.

À ces mots, elle rougit jusqu'à la racine des cheveux ; c'est du moins son impression. Comment se fait-il qu'elle n'y ait pas pensé plus tôt ? Pierre-Thomas ne la touche pas, mais Antoine oui. Elle fait un calcul rapide dans sa tête pour vite se rendre à l'évidence. Elle est sûrement enceinte. Il faudra qu'elle trouve un moyen pour que Pierre-Thomas l'honore au plus vite.

Surpris qu'elle ne réplique pas, le curé poursuit sur sa lancée :

— Il y a bien longtemps que vous n'êtes pas venue vous confesser. Je suis certain que vous avez quelques péchés en réserve. Je vous rappelle les paroles de l'évangile : *Je viendrai vous chercher comme un voleur.* Avez-vous envie de brûler dans les feux de l'enfer pour l'éternité ?

Depuis qu'elle a refusé que le curé garde Marie-Charlotte au presbytère, il ne rate jamais une occasion de lui faire la morale, voire même de l'insulter. C'est maintenant la seule façon qu'il a de lui parler. Malgré son attitude de plus en plus désagréable, Magdelon se fait un devoir d'aller à la messe chaque dimanche. Elle fait même un effort pour écouter au moins une partie de ses sermons qu'elle trouve de plus en plus ennuyeux. Elle n'est pas si différente des autres paroissiens, mais les de Verchères ne vivent pas sous le régime de la peur. Ce sont des gens fiers et travaillants. Ils font tout leur possible pour avoir une belle vie et en partager des morceaux avec leur prochain. Les de Verchères sont loin d'être parfaits, mais tous reconnaissent leur générosité et leur sensibilité aux autres. Plusieurs sont très croyants, mais quand le curé, quel qu'il soit, essaie de les faire agir par peur, ils s'objectent haut et fort. Ils sont nés libres et feront tout pour le rester.

Quand elle entend le curé citer l'Évangile, elle ne peut s'empêcher de réagir :

— C'est vous qui irez brûler dans les feux de l'enfer, crie-t-elle. Vous êtes pire qu'une vipère. Auriez-vous oublié que vous êtes supposé aimer votre prochain, quel qu'il soit ? C'est trop facile de faire la leçon à tout le monde. Commencez donc par vous regarder dans un miroir.

— Je n'en ai pas, répond-il fièrement, et je n'en ai pas besoin. Je vis dans la simplicité la plus pure, moi. Je dois donner l'exemple. Vous devriez faire attention à ce que vous me dites. N'oubliez pas que je suis votre curé.

— Curé ou pas, il y a des limites à ne pas dépasser. Vous allez m'excuser, j'ai du travail à faire. Bonne journée !

Sur ces paroles, elle tourne les talons et rentre dans le manoir. Même si elle est furieuse, elle se retient de claquer la porte. Elle file à sa chambre, ouvre son coffre de cèdre et en sort un miroir. Elle le gardait précieusement pour l'offrir à Marguerite à ses seize ans. Elle regarde l'objet, le tourne de tous les côtés et réfléchit un moment avant de se dire :

— Tant pis, j'en commanderai un autre. Pour le moment, le curé en a plus besoin que quiconque. Je vais demander à un des garçons d'aller le lui porter. Je vais écrire une petite note au curé. Comment peut-on être aussi entêté ? Pauvre Marie-Charlotte, quelle sorte de vie aurait-elle eue avec lui ?

Satisfaite, elle prend une grande respiration et referme doucement son coffre. Elle passe sa main sur le dessus. Chaque fois, elle a une pensée pour Alexandre.

Haussant les épaules, elle soupire un bon coup et se rend au bureau, le miroir sous le bras. Elle sort une feuille de papier, prend sa plume et écrit :

Cher monsieur le curé,

Quand l'envie de juger votre prochain vous prendra, un simple coup d'œil dans ce miroir vous convaincra d'arrêter.

Marie-Madeleine de la Pérade

Après avoir lu la note, le curé est si furieux qu'il laisse tomber lourdement le miroir sur le plancher de la sacristie. Il ordonne ensuite à Nicolas de ramasser les morceaux et de les rapporter à Magdelon. Surpris de l'attitude du curé, le jeune homme s'exécute sans dire un mot. Quand il remet le tout à Magdelon, celle-ci lui dit de l'attendre un instant. Elle va à son bureau et griffonne quelques mots :

Dois-je vous rappeler que briser un miroir entraîne sept ans de malheur ?

— Va porter cette note au curé, ordonne Magdelon à Nicolas.

Le pauvre Nicolas repart en direction du presbytère. Cette fois, il n'attend pas de voir la réaction du curé. Il lui remet la note et part sur-le-champ.

* * *

Quand Catherine vient rendre visite à Magdelon, elle s'exclame :

— Tu es pâle comme la mort. Qu'est-ce qui t'arrive ?

— Je suis si pâle ? s'étonne Magdelon.

— La dernière fois que je t'ai vue ainsi, tu étais…

Catherine s'arrête en plein milieu de sa phrase. Elle regarde sa sœur et lui sourit avant de poursuivre :

— Ah ! Je suis si contente pour toi. C'est Pierre-Thomas qui va être content.

Voyant l'air de Magdelon, Catherine reprend :

— Tu n'es pas contente ? Je ne comprends pas. Pourtant, tu m'as déjà dit que tu voulais avoir au moins deux autres enfants.

— Viens, allons dans mon bureau. Nous y serons plus tranquilles. Les enfants sont sur le point de revenir avec les garçons.

Une fois dans la pièce, les deux sœurs s'assoient l'une en face de l'autre.

— Allez, parle ! ordonne Catherine. Ça ne doit pas être si terrible.

— Ce n'est pas simple. En fait, je t'en ai déjà parlé. Il y a des mois que Pierre-Thomas ne m'a pas touchée.

— Je vois… Tu es enceinte d'Antoine.

— Oui, et il faudra que je convainque Pierre-Thomas de faire son devoir conjugal dès son retour.

— Et où est-il, ton valeureux mari ?

— Il est parti à Québec il y a plus d'une semaine. D'ailleurs, je dois dire que je commence à m'inquiéter. Il devait revenir il y a deux jours. Ah, on peut dire que j'ai vraiment le don de me compliquer la vie.

— Essaie seulement de me dire que ça n'en valait pas la peine ! se moque Catherine d'un ton taquin.

Sur ces mots, les deux sœurs éclatent de rire.

— Au fait, je voulais te demander… As-tu eu des nouvelles de madame de Saurel ? s'informe Catherine.

— Oui, j'ai reçu une lettre d'elle. La pauvre, elle est désespérée. Son mari lui a transmis une maladie vénérienne. Il paraît qu'il est atteint du vilain mal.

— Tu veux dire qu'il lui a donné la vérole ? Mais c'est terrible !

— Chaque fois qu'elle m'écrit, elle dit que sa vie a basculé le jour où son mari est revenu de Québec avec une esclave. Il semblerait qu'il ne se soit pas contenté de ce seul plaisir… Tu sais, je ne suis pas à l'abri non plus. Je suis certaine que Pierre-Thomas trouve son plaisir dans d'autres draps. Je ne connais aucun homme qui se priverait depuis si longtemps. D'une certaine façon, ça fait mon affaire qu'il ne me touche plus, car j'ai peur de ce qu'il pourrait me transmettre. Mais là, c'est différent. Peu importe les risques encourus, il faut qu'il me touche au moins une fois.

— Et que va faire madame de Saurel ?

— Que veux-tu qu'elle fasse ? Interdire sa couche à son mari ? Elle risquerait de tout perdre. Elle n'a guère d'autre choix que celui de fermer les yeux.

— Mais son fils pourrait au moins essayer de ramener son père à la raison.

— Si tu connaissais mieux monsieur de Saurel, tu saurais qu'il a la tête au moins aussi dure que Pierre-Thomas.

— Je comprends… Mais peut-elle au moins se faire soigner ?

— Tu sais, la médecine peut la soulager mais sans plus.

— Ça me révolte quand je vois des choses comme celles-là.

Chapitre 47

Quand Pierre-Thomas fait enfin son apparition au manoir, Magdelon pousse un soupir de soulagement. Elle lui avoue son inquiétude et le presse de questions. Ne s'en laissant pas imposer par l'insistance de sa femme, il lui dit :

— Tant que les enfants et vous ne manquez de rien, je n'ai pas de comptes à vous rendre. Tenez-vous-le pour dit.

— Nous sommes mariés. Je suis donc en droit de savoir ce que vous faites.

— Ne jouez pas à ce jeu avec moi…

— Je ne joue pas. Je suis tout ce qu'il y a de plus sérieuse. Vous avez des devoirs envers moi. Vous ne réclamez plus votre dû depuis trop longtemps. Je vous l'ai déjà dit, je veux au moins deux autres enfants et, sans vouloir vous offenser, nous prenons de l'âge.

— Si c'est tout ce qui manque à votre bonheur, je vais faire le nécessaire pour que vous tombiez enceinte, mais à une condition.

— Je vous écoute, répond-elle bien à regret.

— Je vous fais un enfant et j'emmène Michel à Québec.

— Jamais je n'accepterai que vous l'emmeniez avec vous ! Vous êtes odieux !

— C'est à prendre ou à laisser. Bon, il faut que j'aille voir Thomas. Les travaux de construction de la route ont une fois de plus pris du retard et l'intendant n'est pas content du tout.

Magdelon est si furieuse qu'elle bout. Comment peut-il oser lui proposer un tel marché ? C'est le diable en personne, cet homme. Mais elle sait très bien qu'elle n'a d'autre choix que d'accepter la proposition. Au moment où son mari sort du manoir, elle lui crie :

— C'est d'accord, mais vous devrez faire votre devoir chaque soir pour les sept prochains jours.

— Ce sera avec plaisir, madame, dit-il simplement en sortant.

Heureusement que Magdelon n'a pas vu son sourire, sinon il y a de fortes chances qu'elle aurait sorti son mousquet et aurait tué son mari à bout portant. Ce dernier jubile. Il est très fier de son coup. Il attendait ce moment avec impatience, d'autant qu'il s'était engagé auprès du boulanger de Québec.

Le soir venu, comme promis, il s'acquitte de son devoir conjugal, sans plus de tendresse que d'habitude. Mais cette fois et les suivantes, Magdelon s'en fout complètement, même qu'elle pourrait presque dire qu'elle en tire un certain plaisir.

Quand Pierre-Thomas part à Québec avec Michel, elle n'assiste pas au départ. Elle a quitté le manoir avant l'aube. Dans les moments difficiles, seule la forêt la réconforte. Elle n'en veut pas à Michel. Elle a pris le temps de rassurer le garçon à ce sujet. Elle lui a souhaité de réussir, et lui a même fait promettre de lui envoyer des pâtisseries. C'est après son mari qu'elle en a. Elle comprend maintenant pourquoi il refusait de la prendre depuis si longtemps. Il savait bien qu'un jour ou l'autre elle reviendrait à la charge quant à son désir d'avoir d'autres enfants. Comme un chat, il attendait pour attraper la petite souris. Mais elle n'est pas dupe. Pendant tout ce temps, il a sûrement vu d'autres femmes. «Je finirai bien par le savoir», se jure-t-elle.

Maintenant, elle peut respirer librement et prendre plaisir à porter le bébé d'Antoine. Pour le moment, elle n'a pas l'intention de dire à ce dernier qu'il sera père. « Ce serait trop compliqué. Ça vaudra mieux pour tout le monde qu'il ne soit pas au courant. »

Sans vraiment s'en rendre compte, elle se retrouve à l'orée du village indien. Elle descend de son cheval, et va voir l'aïeule. « Peut-être connaît-elle une manière de soigner le vilain mal. Je ne peux pas abandonner madame de Saurel à son sort. »

Quand elle revient au manoir, elle passe un moment avec les enfants et les garçons. Tous sont bien tristes du départ de Michel. Les deux garçons se sentent trahis, alors que les enfants réalisent vite qu'ils ont maintenant une personne en moins pour les servir. C'est Marguerite qui est la plus affectée. Michel l'appelait sa petite princesse et veillait sur elle comme sur un trésor. C'est lui qui la peignait chaque matin. Il faisait ses quatre volontés, mais il savait aussi lui parler quand elle dépassait les bornes. À part Pierre-Thomas, il était le seul à avoir un peu d'influence sur elle. Magdelon prend le temps de manger avec la maisonnée et retourne ensuite dans son bureau. Le temps des semences approche et elle a pris du retard ces derniers jours, préoccupée qu'elle était par sa grossesse.

« Si c'est une fille, se dit-elle en se frottant le ventre, je l'appellerai Marie Madeleine. J'ai tellement hâte de voir mon bébé. »

Quand Magdelon sort enfin de son bureau, le soleil est couché depuis un moment et les enfants aussi. Elle sort sa trousse d'herbes et fait exactement comme l'aïeule le lui a expliqué. Elle glisse les herbes dans une petite fiole, qu'elle place dans un sac de coton, et met le tout dans une enveloppe. Elle y ajoute le mot qu'elle a rédigé pour madame de Saurel et dépose le courrier sur le buffet du salon. Demain, elle enverra Nicolas porter l'enveloppe à Batiscan avec le reste du courrier de la seigneurie. Quelqu'un d'autre le transportera ensuite à une autre seigneurie et ainsi de suite. Dans le meilleur des mondes, madame de Saurel devrait recevoir le paquet au plus tard dans une semaine.

Magdelon se sert une bonne portion de bouilli, se prend un gros quignon de pain et s'assoit à la table. Elle engouffre son repas en un temps record. C'est chaque fois pareil. Quand elle est enceinte, elle mange comme un ogre dès que les nausées l'abandonnent. Elle se sert ensuite un grand verre d'alcool. La journée n'a pas été facile et elle a été très longue. Quand Pierre-Thomas lui fait vivre une situation difficile, elle met du temps à s'en remettre. C'est comme si chaque fois il la dardait en plein cœur. Aux yeux de tous, elle est forte et rien ne la touche, alors qu'au fond d'elle-même elle est aussi douce et vulnérable que la soie la plus fine. Sa vie aux côtés de Pierre-Thomas n'est vraiment pas de tout repos. L'idée de retourner vivre à Verchères lui a effleuré l'esprit quelques fois. Si Catherine n'avait pas été là pour la raisonner dans ces moments-là, elle se serait enfuie avec les enfants.

Son verre terminé, elle prend son livre sur la table basse. Elle a été si occupée ces derniers temps qu'il y a au moins un mois qu'elle n'en a pas lu une seule ligne. Ce n'est pas le meilleur livre qu'il lui ait été donné de lire, sinon elle aurait quand même trouvé du temps pour poursuivre sa lecture. Il est aussi ennuyeux qu'une pluie d'automne. Mais elle n'abandonne jamais un livre avant de l'avoir lu au complet. Elle le prêtera ensuite à Catherine, qui le prêtera à son tour à Charles. Ils pourront ensuite en discuter. Il y a fort à parier que Catherine aimera l'ouvrage. C'est souvent ainsi. Quand Magdelon aime un livre, Catherine ne l'aime pas et vice versa. Seul Charles est imprévisible à ce chapitre. Malgré toutes ses bonnes intentions, elle dépose le livre sur la table basse et en prend un autre. Et si elle faisait une exception ? Elle pourrait terminer le premier livre un autre jour. Ce soir, elle a besoin de se faire plaisir. Elle ouvre son nouveau livre et est presque instantanément aspirée par l'histoire. Quand elle le ferme, le jour pointe à l'horizon. Elle se frotte les yeux et va vite se coucher.

* * *

Le lendemain, alors qu'elle se prépare à s'attabler, le curé de Batiscan se pointe au manoir. Elle est toujours contente de le voir. Elle se dit souvent que c'est très dommage qu'il n'exerce pas à Sainte-Anne. Elle l'échangerait volontiers pour son curé, surtout depuis la dernière sortie de ce dernier. Sans compter que la messe du dimanche lui paraîtrait certainement moins longue et le sermon, obligatoirement plus intéressant. Elle en est certaine même si elle n'a jamais entendu prêcher le curé de Batiscan.

— Venez vous asseoir, dit-elle chaleureusement à son visiteur. Je suis bien contente de vous voir. Vous prendrez bien une bouchée avec moi ?

— Je vous remercie, répond-il froidement, j'ai mangé chez Thomas. Pierre-Thomas n'est pas ici ?

— Non, il est à Québec. Depuis un bon moment, il passe autant de temps à Québec qu'à la seigneurie. Vous savez qu'il brasse de grosses affaires pour le chemin du Roy ? Il fait aussi le commerce du bois avec la seigneurie de Saurel. Il a même des projets avec la plus grosse boulangerie de Québec. Je lui dirai que vous êtes passé.

— Quand doit-il revenir ?

— Je l'ignore. D'habitude, il part environ une semaine, mais il lui arrive souvent de rester absent plus longtemps. Si vous voulez, j'enverrai un des garçons vous avertir quand il sera de retour. Mais dites-moi, vous n'avez pas l'air de bien aller. Est-ce que je me trompe ?

— Vous ne vous trompez pas.

— Est-ce que je peux vous aider ?

Il baisse la tête et réfléchit quelques secondes qui semblent une éternité à Magdelon. Bien qu'elle ne sache pas du tout ce qui accable le curé, il y a une petite voix qui lui dit de se méfier.

Ramassant toute la haine dont un humain – même un homme de Dieu – est capable, il vide son sac d'un trait :

— Je n'irai pas par quatre chemins. Je vous ordonne d'arrêter sur-le-champ de répandre des propos grivois et injurieux à mon égard.

Magdelon se dit qu'il y a erreur sur la personne. Elle n'a jamais fait le moindre commentaire calomnieux sur son compte, elle le respecte trop pour agir ainsi.

— Mais de quoi parlez-vous au juste ?

— Ne faites pas l'innocente en plus, vocifère-t-il en se levant. Vous savez très bien de quoi je parle. Ne jouez pas ce jeu avec moi, ça ne marche pas.

Elle se retient de s'emporter à son tour. Elle n'a aucune idée de quoi il est question, mais elle en a déjà assez entendu. Pourquoi l'accuse-t-il soudainement de médisance ? Elle fait de gros efforts pour garder son calme et fait une nouvelle tentative pour clarifier la situation :

— Arrêtez ! J'ignore totalement de quoi vous parlez. Pouvez-vous me donner un exemple ?

— Ne me prenez pas pour un imbécile ! hurle-t-il. Contentez-vous d'arrêter et vite, sinon je ne réponds pas de moi. Jamais je ne permettrai qu'on salisse ma réputation de cette façon.

Oubliant un instant les bonnes manières, elle se lève à son tour et crie :

— Sortez d'ici. Je ne sais pas ce que vous avez tous à me tomber dessus, mais deux curés qui perdent les pédales en moins de deux jours, c'est trop pour moi. Sortez et ne revenez plus tant que vous ne me présenterez pas d'excuses. J'ai bien des défauts, mais je n'ai jamais rien dit sur votre compte qui puisse nuire à votre réputation. Sortez !

Elle ouvre la porte et attend que le curé franchisse le seuil. Avant de sortir, celui-ci ne manque pas de déverser son trop-plein de fiel.

— Vous entendrez parler de moi, je vous le jure.

— Vous devriez relire vos sept péchés capitaux et vos commandements de Dieu, ne peut-elle s'empêcher de dire. Ils ne sont pas bons seulement pour vos paroissiens. Devrai-je vous faire porter un miroir à vous aussi ?

Furieux, le curé passe devant elle à la vitesse de l'éclair. Il a à peine franchi le seuil qu'elle claque la porte et retourne s'asseoir. Elle est si furieuse que son cœur bat à tout rompre. Elle tente de se calmer, sans grand succès. « Je donnerais cher pour savoir quelle mouche l'a piqué. Il va falloir que je tire tout ça au clair. Qui peut m'en vouloir au point d'attaquer le curé en mon nom ? »

Chapitre 48

— Allez-vous vous calmer à la fin ? demande Magdelon à Pierre-Thomas. Vous savez aussi bien que moi que les colons n'ont pas de contrôle sur la température, voyons !

— Je ne me calmerai pas tant que je n'aurai pas trouvé le coupable.

— Vous entendez-vous ? Si vous voulez trouver un coupable à tout prix, allez voir le curé et traitez directement avec Dieu. Décidément, vous me surprendrez toujours. Ce n'est pas parce que nous avons eu une mauvaise récolte que…

Pierre-Thomas ne la laisse pas finir sa phrase :

— C'est bien pire qu'une mauvaise récolte ! Nous n'avons même pas récolté la moitié de l'an passé. Je vous le répète, nous sommes ruinés.

— Vous ne trouvez pas que vous exagérez un peu ? Ce n'est pas une mauvaise année qui nous ruinera. Au cas où vous l'auriez oublié, les dix dernières années ont été excellentes. Vous vous plaignez le ventre plein. Et les colons n'ont rien à se reprocher ; ils ont fait ce qu'ils avaient à faire. Vous devriez plutôt les remercier. Vous êtes injuste avec eux.

— Ne comptez pas sur moi pour remercier qui que ce soit. Il va falloir que quelqu'un paie et ce ne sera pas moi. Je vais exiger que chacun me remette une partie de ses réserves. De cette façon, je pourrai au moins réduire mes pertes.

— Jamais je ne vous laisserai faire une chose pareille. Si vous voulez que les colons continuent à s'investir pour développer votre seigneurie, vous devrez mieux les traiter. J'ai d'ailleurs l'intention d'organiser une fête comme à chaque année.

— Je vous interdis d'organiser quoi que ce soit pour les récompenser. Ils ne méritent rien, sauf des reproches, et j'ai bien l'intention de leur en faire. Personne n'y échappera, pas même Thomas. Je m'en vais chez lui de ce pas.

Magdelon se place devant Pierre-Thomas pour lui barrer le chemin.

— Vous n'irez pas passer votre colère sur les colons. Je ne vous laisserai pas détruire ce que nous avons mis des années à construire. Vous n'avez pas besoin d'aller leur dire que la récolte a été mauvaise, ils le savent aussi bien que vous. Leurs revenus aussi baisseront dans l'année qui vient. Dois-je vous rappeler que leurs moyens sont plus réduits que les vôtres ? Allez vous asseoir et, pour une fois, réfléchissez avant d'agir.

— Laissez-moi passer, sinon…

— Sinon quoi ? Vous ne me faites pas peur. J'ai l'habitude de vos colères. Je vous ai dit d'aller vous asseoir et de réfléchir. Je ne vous laisserai pas sortir dans cet état.

— Ce n'est pas vous qui allez me donner des ordres ! hurle-t-il.

— Je le ferai chaque fois que ce sera nécessaire, que cela vous plaise ou non. Venez, je vais nous servir à boire.

Pierre-Thomas la toise du regard pendant une bonne minute avant de finalement battre en retraite. Elle fait mine de rien, mais quand elle va chercher la bouteille d'alcool, elle respire mieux. Elle remplit deux verres et lui en tend un en lui disant :

— Vous devriez aller rendre visite à votre mère. Je suis certaine qu'elle serait contente de vous voir, d'autant que vous n'êtes pas allé la visiter depuis le printemps.

Pierre-Thomas prend quelques minutes avant de répondre :

— C'est une bonne idée. J'emmènerai Nicolas avec moi. Un de mes hommes s'est blessé au bras hier.

— Tout dépend du temps que durera votre absence, dit-elle, déjà sur la défensive.

— Disons une petite semaine tout au plus.

— Je vous accorde cinq jours, pas un de plus.

— Je ferai mon possible pour revenir à temps. J'en profiterai pour aller voir l'intendant. J'ai quelques idées à lui soumettre.

Ils boivent en silence. Magdelon a le pressentiment qu'elle est une fois de plus en train de se faire avoir. Elle ne sait pas encore comment, mais il y a une petite voix qui l'avertit de faire attention. Compte tenu de la scène qu'elle vient de vivre avec Pierre-Thomas, elle décide de fermer les yeux et d'espérer se tromper. Après tout, ce n'est pas l'absence de Nicolas pour quelques jours qui compromettra la vie au manoir. Elle mettra la main à la pâte et demandera à Catherine de lui donner un coup de main avec les enfants. Elle profitera de l'absence de Pierre-Thomas pour tenir la fête des moissons. Certes, elle sera moins éclatante que par les années passées, mais les colons comprendront très bien la situation.

— Quand partirez-vous ? demande Magdelon.

— Demain, à l'aube.

— J'avertirai Nicolas pour qu'il soit prêt.

— Bon, vous allez m'excuser, mais je dois me préparer pour mon voyage. Dites aux enfants de ne pas me déranger.

Sur ces paroles, il se lève et se dirige vers son bureau. Magdelon reste assise quelques minutes. Elle pense à la fête. Et si elle organisait un pique-nique au manoir ? Du pain en quantité, des viandes et quelques tartes feront l'affaire. « L'important n'est-il pas de partager un moment ensemble, dans la joie comme dans la déception ? »

Elle met son châle et va voir Catherine. À elles deux, elles pourront tout organiser à temps.

* * *

Il y a déjà sept jours que Pierre-Thomas est parti à Montréal avec Nicolas. Magdelon est furieuse. L'absence de Nicolas l'oblige à mettre les bouchées doubles à bien des égards. Comme elle est maintenant à moins d'un mois de la fin de sa grossesse, elle se fatigue plus vite et son gros ventre l'incommode pour bien des choses. Quand les enfants dorment enfin, elle est toujours contente d'aller se coucher à son tour. Elle est si fatiguée que, plus souvent qu'autrement, elle n'a aucun souvenir d'avoir posé la tête sur l'oreiller tellement elle s'endort vite.

Les colons ont beaucoup apprécié la petite fête. Tous l'ont remerciée chaleureusement. Elle a eu raison de tenir tête à Pierre-Thomas.

C'est seulement huit jours après son départ que Pierre-Thomas se pointe enfin au manoir. En constatant qu'il est seul, Magdelon ne manque pas de lui demander :

— Où est Nicolas ? Au quai ?

— Je l'ai laissé chez ma mère. La pauvre, elle était dans tous ses états, son valet venait de partir. N'écoutant que…

— Pardon ? coupe-t-elle. Ai-je bien compris ? Vous avez laissé Nicolas chez votre mère ?

— Oui, répond-il le plus simplement du monde. Je ne pouvais pas faire autrement. Comment aurais-je pu laisser une pauvre vieille femme sans valet ? Vous n'y pensez pas, après tout ce qu'elle a fait pour moi… pour nous, devrais-je dire.

— Cette harpie n'a jamais rien fait d'autre que me pourrir la vie.

— Faites attention à ce que vous dites, c'est ma mère après tout.

— J'en parlerai comme il me plaira. Êtes-vous conscient de ce que vous avez fait ?

— Oui, j'ai fait plaisir à ma mère. Nicolas lui a plu tout de suite. Et je dois dire qu'il ne semblait pas malheureux du tout de rester à Montréal.

— Mais avez-vous seulement pensé à moi ? Vous m'avez enlevé Michel, et maintenant Nicolas. Comment croyez-vous que je vais pouvoir tenir le coup avec un seul domestique ? On voit bien que ce n'est pas vous qui faites tourner le manoir. Vous êtes l'être le plus ignoble qu'il m'ait été donné de connaître.

— Si vous me donnez un peu de temps, je le remplacerai. Je pars pour Québec demain.

— Pour que vous m'ameniez encore une de vos esclaves ?… Non merci. Je vais m'arranger toute seule une fois de plus. Mais, au fait, quels sont vos projets pour Jacques ?

— Aucun pour le moment. Mais on ne sait jamais…

Magdelon ne réplique rien. Furieuse, elle sort du manoir et va tout droit à la grange. Elle selle son cheval et part au galop, même si elle sait que ce n'est pas très prudent de partir seule dans son état. Au moment d'entrer dans la forêt, elle change d'idée et prend la direction de chez Catherine. Il faut qu'elle parle à quelqu'un.

En voyant sa sœur, Catherine comprend que quelque chose ne va pas. Elle dit à Magdelon de l'attendre une minute, le temps d'avertir Lucie qu'elle s'absente. Elle selle ensuite son cheval et les deux sœurs s'en vont se promener dans la forêt.

Dès qu'elles sont hors de vue, elles s'arrêtent, descendent de cheval et s'assoient sur un tronc. Catherine n'a même pas le temps d'ouvrir la bouche que Magdelon hurle :

— Il valait mieux que je parte, sinon je pense que je l'aurais tué. Non mais, il me prend vraiment pour une imbécile. Jamais je ne lui pardonnerai ce qu'il vient de faire. C'est le…

— Mais attends ! la coupe Catherine. Dis-moi au moins de qui tu parles.

— De qui d'autre que Pierre-Thomas veux-tu que je parle ? Il n'y a que lui pour me mettre dans une telle colère.

— Respire, je n'ai pas envie que tu accouches ici. Calme-toi et dis-moi ce qu'il a fait.

— Ne me dis surtout pas de me calmer, j'en serais incapable. Écoute-moi bien. Je t'avais dit que Nicolas l'accompagnait à Montréal…

Elle est tellement fâchée que Catherine n'ose même pas l'interrompre de peur d'être elle aussi victime des foudres de sa sœur. Quand Magdelon reprend enfin son souffle, Catherine lui dit :

— Tu as bien raison, ce n'est vraiment pas bien ce qu'il a fait. Comment vas-tu te débrouiller juste avec Jacques ?

— Je ne sais pas, répond Magdelon en haussant les épaules. Pour dire vrai, c'est impossible. En plus, dans moins d'un mois, j'aurai un quatrième enfant sur les bras. Même si je suis remplie de bonne volonté, je ne peux tout faire. Il faut que je trouve une solution et vite.

— J'ai peut-être une idée. La dernière fois que Jeanne est venue, elle a parlé d'une jeune orpheline qu'elle a prise chez elle en attendant de lui trouver une place ailleurs.

— Je me suis juré que jamais plus je ne laisserai entrer une jeune fille au service de Pierre-Thomas.

— Dans la situation actuelle, tu n'as pas vraiment le choix. Si je me souviens bien, Jeanne a dit que c'était une jeune fille très intelligente, avec beaucoup de caractère. Elle sait même lire et écrire. Tu n'es pas obligée de la prendre pour longtemps, seulement le temps de trouver une autre solution. En plus, si elle est toujours chez Jeanne, elle pourrait arriver au manoir au plus dans quelques jours. Qu'en dis-tu ?

— Je préférerais un garçon, mais je n'ai pas le choix. Il vaut mieux que je règle moi-même le problème si je ne veux pas que

Pierre-Thomas arrive avec une autre esclave. Je ne le supporterais pas.

— Je te comprends. Veux-tu que je demande à Charles d'aller la chercher ? Je sais qu'il doit aller voir un colon à Batiscan d'ici la fin de la semaine.

Magdelon réfléchit un moment avant de répondre :

— C'est d'accord. J'espère seulement que la fille est encore chez Jeanne.

— Tu connais Jeanne, elle est toujours prête à aider tout le monde. Je suis sûre qu'elle attend de trouver une bonne place pour sa protégée.

— Merci, dit Magdelon en pressant le bras de sa sœur. Je ne sais pas ce que je ferais si je ne t'avais pas.

— Moi non plus, répond Catherine. Bon, on la fait cette promenade ? Mais avant, promets-moi de ne pas accoucher en chemin !

— C'est promis ! J'ai découvert une belle petite cascade à quelques lieues d'ici. Suis-moi.

Chapitre 49

Magdelon a de plus en plus hâte d'accoucher. Quand elle arrive à la fin d'une grossesse, c'est toujours ainsi. Elle se trouve grosse, laide et pataude. Catherine a tout essayé pour la faire changer d'avis, sans succès. Pourtant, Magdelon est la première à dire à toutes les femmes enceintes à quel point elles sont belles, et elle est sincère. Mais quand il s'agit d'elle, c'est une tout autre affaire. Si elle le pouvait, elle se cacherait au moins pendant le dernier mois. D'ailleurs, son ventre la gêne tellement qu'elle a l'impression de ne plus être bonne à rien, ce qui la met hors d'elle-même.

Elle a réservé les services de Lucie dès qu'elle a pu annoncer à tous qu'elle était enceinte. Elle espère vraiment que ce sera une fille, Marguerite serait si contente d'avoir une petite sœur. Et si en plus elle ressemblait à Antoine, ne serait-ce qu'un peu, elle serait magnifique. Il ne sait toujours pas qu'elle porte son enfant et, tout compte fait, c'est mieux ainsi. Moins il y aura de gens qui sauront, moins il y a de risque que Pierre-Thomas apprenne qu'il n'est pas le père de l'enfant.

Magdelon a pris le temps de broder une nouvelle parure de lit – rose, comme si elle savait hors de tout doute qu'elle aura une fille. « C'est une fille, se dit-elle en mettant ses mains sur son ventre, je le sens. Dans quelques jours, Marie Madeleine, tu seras dans mes bras et je te chanterai des berceuses. »

Depuis qu'elle lui a demandé de faire son devoir conjugal, jamais Pierre-Thomas n'a failli à la tâche. Chaque fois qu'il est au manoir, il s'exécute et Magdelon fait son possible pour ne pas le repousser. De toute façon, elle sait très bien que cela ne changerait rien. L'homme propose et la femme dispose. Elle en est rendue au point que, lorsqu'il est au manoir depuis quelques jours, elle lui demande quand il a l'intention de partir. Il la regarde alors d'un drôle d'air : elle lui fait des reproches s'il revient plus tard que prévu d'un voyage et, quand il est là, elle voudrait qu'il parte. «Décidément, songe-t-il dans ces moments-là, je ne comprendrai jamais rien aux femmes.»

* * *

Cette année, novembre est très froid. Magdelon n'arrive pas à se réchauffer. Si elle pouvait s'asseoir sur le tablier du poêle, elle le ferait. Elle a beau empiler vêtement sur vêtement, elle gèle. La nuit, quand le poêle est éteint, elle grelotte. Elle espère alors que Jacques descendra pour aller mettre quelques bûches. Quand elle n'entend pas ses pas dans l'escalier, elle prend son courage à deux mains et se charge de la besogne. Ce n'est que lorsqu'elle sent un peu de chaleur qu'elle parvient à retrouver le sommeil.

Elle doit admettre que les choses se passent plutôt bien depuis l'arrivée de Louise. Même qu'entre elle et Jacques, c'est l'entente parfaite, à tel point que Magdelon les verrait très bien se marier un jour. Évidemment, ils n'en sont pas encore là, mais elle pourrait gager que cela arrivera… à moins que Pierre-Thomas ne fasse des siennes.

Jeanne avait raison de dire que Louise a du caractère. Pour une fois, Magdelon n'a aucune crainte que Pierre-Thomas dépasse les limites du savoir-vivre. Plutôt bien bâtie, elle ne s'en laissera pas imposer, même par lui. Les enfants ont mis quelques jours à s'habituer à elle. Elle est douce mais ferme. Quand elle leur dit quelque chose, ils ont intérêt à écouter. Au début, Marguerite faisait la tête, mais elle a vite compris que cela ne marcherait pas. Maintenant, elle se colle à Louise et ne jure que par elle. Pour leur part, les garçons se sont bien adaptés, bien qu'ils soient plus portés à aller vers Jacques.

Nicolas a écrit à Jacques. Les choses se passent bien avec madame de Lanouguère. Il aime son travail. Quand Jacques lui a lu ce passage, Magdelon a demandé qu'il le relise pour être sûre qu'elle avait bien entendu. Nicolas adore Montréal et profite du moindre petit congé pour aller se balader. Il a même réussi à se faire quelques amis.

— Je suis contente pour lui, dit Magdelon. Quand vous lui écrirez, saluez-le pour moi. Et vous, aimeriez-vous vivre à Montréal?

— Non, je suis bien ici, Madame. Contrairement à Michel et à Nicolas, je préfère la campagne. Je vous aime beaucoup, vous et les enfants. Dormez en paix, je vous servirai longtemps.

— Vous me faites très plaisir. Et avec Louise, les choses se passent-elles bien?

— Très bien, Madame, murmure-t-il en rougissant.

— Elle vous plaît, n'est-ce pas?

Rougissant de plus belle, Jacques n'ose pas répondre. Son but n'étant pas de le mettre mal à l'aise, Magdelon lui dit:

— Vous n'avez pas à être gêné. Je crois que vous lui plaisez aussi. Allez, je vous laisse travailler.

Hier, elle a reçu une lettre de madame de Saurel. Elle semble aller mieux. Elle a même annoncé sa visite pour le printemps. Pour Magdelon, ce sera parfait. Marie Madeleine aura alors presque six mois. Ce sera plus facile de la confier à Louise.

* * *

Une des seules choses que Magdelon regrette quand elle est enceinte, c'est de ne plus pouvoir monter à cheval quand elle est sur le point d'accoucher. Ce n'est pas faute d'avoir essayé, mais c'est impossible. Il faut dire qu'elle est particulièrement grosse cette fois-ci. La dernière fois qu'elle est allée à cheval, elle a dû se faire aider pour descendre de sa monture. Quand Louise l'a vue arriver, elle s'est permis de lui dire:

— Au risque de vous paraître impolie, Madame, tant que je serai dans cette maison et que vous n'aurez pas accouché, il ne sera plus question que vous montiez à cheval. Je ne vous laisserai pas mettre la vie de votre bébé et la vôtre en danger. Jacques, ramenez le cheval à la grange et cachez la selle. Vous ne la ressortirez que lorsque Madame aura accouché.

Surprise par les paroles de Louise, Magdelon a simplement souri en pensant : « Pour une fois que quelqu'un se préoccupe de ma santé et de celle de mon bébé… je devrais peut-être l'écouter. »

Magdelon aime tellement manger du lièvre que dès le lendemain matin elle s'est empressée d'aller voir Charles et de lui demander d'aller faire le tour de ses collets. Il a rapporté une bonne douzaine de bêtes ; Magdelon était aussi heureuse qu'une petite fille à qui on vient d'offrir sa première poupée. Elle s'est assise avec Marguerite, comme elles le font depuis tant d'années, et elles ont épluché les lièvres un à un. Quand il a été temps de jeter les pattes, Marguerite a demandé à sa mère si elle pouvait les garder.

Magdelon a alors demandé à sa fille :

— Tu ne te souviens pas de ce qui est arrivé quand Marie-Joseph les collectionnait en-dessous de son lit ?

— Non.

Après avoir entendu l'histoire des souris, l'enfant a vite changé d'idée :

— Je vais aller les jeter moi-même, avant que les garçons les voient, a-t-elle dit en prenant les pattes de lièvre du bout des doigts.

— Si tu veux, a proposé sa mère, je peux t'aider à trouver quelque chose de mieux à collectionner.

— Non, non, ce n'est pas nécessaire. Je collectionne déjà les rubans. Savez-vous combien j'en ai ? Dites un chiffre.

— Trop, répond spontanément Magdelon.

— Vous savez bien que ce n'est pas un chiffre, répond la fillette en riant. Allez-y, dites un chiffre.

— Mais je n'en ai aucune idée. Disons cinquante ?

Quand elle entend le chiffre donné par sa mère, Marguerite éclate de rire.

— Vous avez perdu ! s'écrie-t-elle. Je les ai comptés hier et j'en ai cent douze.

— Tu es certaine d'avoir bien compté ?

— Oui, je les ai comptés deux fois, répond fièrement la petite fille.

— Mais c'est terrible d'avoir autant de rubans quand on a une seule tête. Sérieusement, combien en portes-tu ?

À la question de sa mère, Marguerite hausse les épaules et réfléchit quelques secondes avant de répondre :

— Je porte le bleu que grand-mère Marie m'a offert ; l'orange de tante Jeanne ; le rouge de Catherine ; le noir, le blanc, le rayé et le carrelé de papa ; le jaune de Michel et les deux des Marie.

La fillette refait le décompte sur ses doigts avant d'ajouter :

— Ça fait dix ! C'est beaucoup, vous ne trouvez pas ? J'ai demandé à papa de m'en apporter un vert. C'est la seule couleur qui manque à ma collection. Moi, j'aime bien mieux collectionner les rubans que les pattes de lièvre.

— Moi aussi, ma grande, dit sa mère.

Magdelon s'occupe ensuite de mettre quelques lièvres à cuire pour le souper. Elle salive déjà. Pour elle, il n'y a pas de plus grand plaisir que de manger du lièvre bouilli. Elle ajoutera quelques légumes une heure avant le souper et le tour sera joué.

Elle sait à l'avance que Louis Joseph fera la moue alors que Charles François Xavier se régalera. Marguerite mangera du bout des lèvres ; lièvre ou pas, elle mange toujours de cette manière. Plus elle vieillit, plus elle ressemble à madame de Lanouguère, au grand désespoir de sa mère. Il y a des moments où elle agit tellement comme sa grand-mère que Magdelon a l'impression de se retrouver face à sa belle-mère. Quant à Pierre-Thomas, s'il avait été au manoir, il aurait fait honneur au souper. Il adore toutes les viandes des bois, et particulièrement le lièvre.

Magdelon passe le reste de l'après-midi à lire. Ses jambes sont si enflées que même si elle voulait en faire plus elle ne le pourrait pas. C'est la première fois qu'une grossesse l'indispose autant.

Au moment de se mettre à table, elle se lève difficilement de sa chaise et prend la direction de la cuisine. Elle n'a pas fait trois pas que la membrane des eaux se rompt. En quelques secondes, une grande flaque d'eau marque le plancher. Ses jambes ne la soutiennent plus. Elle agrippe le dossier de la chaise et s'écrie :

— Louise, venez vite !

Louise prend tout de suite les choses en main.

— Je m'occupe de vous. Jacques, venez m'aider.

Les deux domestiques emmènent Magdelon dans sa chambre et l'installent confortablement.

— Il faut aller chercher Lucie, s'écrie Magdelon.

— J'y vais, dit Jacques.

— Faites vite, ajoute Louise. Je m'occuperai de faire manger les enfants pendant ce temps-là. Après, vous prendrez la relève.

Lorsque Lucie arrive au manoir, Magdelon est prise de contractions de plus en plus rapprochées. Elle se retient de hurler tellement elle souffre.

— Enfin, vous êtes là ! dit-elle à Lucie.

— Ne vous inquiétez plus maintenant, je vais veiller sur vous. Nous allons le mettre au monde, ce bébé, en moins de temps qu'il faut pour dire un Notre Père.

— Vous êtes bien optimiste, dit Magdelon en riant. Un chapelet serait probablement plus juste…

— Comme vous voulez. Moi, tout ce que je souhaite, c'est que vous ne souffriez pas trop.

— Rassurez-vous, j'en ai vu…

Prise d'une forte contraction, Magdelon ne finit pas sa phrase. Des gouttes de sueur perlent sur son front. Elle a si chaud que, si c'était l'hiver, elle demanderait qu'on aille lui chercher de la neige pour la mettre sur son ventre. Mais elle devra se contenter de compresses d'eau froide.

Au bout d'une heure de contractions toujours plus rapprochées, Lucie lui dit enfin :

— Poussez, je vois sa tête. Poussez. Encore ! Plus fort !

Quelques poussées suffisent pour que le bébé de Magdelon fasse son entrée dans le monde. Lucie a juste le temps de l'attraper.

— Vous êtes faite pour en avoir au moins quinze, s'exclame Lucie. Vous accouchez comme une chatte.

— Dites-moi vite si c'est une fille…

— C'est une belle grosse fille. Heureusement qu'elle est venue au monde en avance parce que…

Magdelon ne relève pas le commentaire de Lucie.

— Attendez que je la regarde mieux, poursuit celle-ci. Elle est parfaite ; elle a tous ses morceaux. Je l'enveloppe dans une couverture et je vous la donne.

Magdelon est émue. Elle est si contente que ce soit une fille. La fille d'Antoine! Elle ne pouvait espérer mieux.

Quand elle tient enfin sa fille dans ses bras, elle la regarde et sourit. Elle a les traits de son père, et ses yeux. Elle l'embrasse sur le front et la serre tendrement contre elle.

— Lui avez-vous choisi un nom? demande Lucie.

— Nous l'appellerons Marie Madeleine.

— C'est un très beau nom. Il faut vous reposer maintenant.

— Pas avant d'avoir mangé quelques morceaux de lièvre. Dites à Louise de venir me voir.

— Je reviendrai ensuite m'occuper du bébé.

Ce soir-là, c'est le sourire aux lèvres que Magdelon s'endort enfin. Elle est comblée. Demain, elle réfléchira à ce qu'elle dira à Pierre-Thomas pour expliquer son accouchement prématuré de quelques semaines.

Au matin, sa première pensée est pour sa fille. Elle se lève et va vite jusqu'à son berceau, surprise que l'enfant ne l'ait pas réclamée de toute la nuit. Elle la prend dans ses bras et la serre contre elle. La seconde d'après, elle sait déjà qu'il y a quelque chose d'anormal. L'enfant n'a aucune réaction. Quand elle réalise que son corps est aussi froid qu'un bloc de glace, elle passe à deux doigts de l'échapper. Comme une automate, elle repose sa fille dans le berceau, et la touche sur le front, les joues, les bras, les jambes... Elle se penche ensuite pour entendre battre le cœur de l'enfant. Rien. Magdelon n'entend rien. Son sang se glace dans ses veines. Un grand frisson la parcourt toute entière. Son cœur veut sortir de sa poitrine. Elle voudrait hurler tellement elle a mal, mais aucun cri n'arrive à franchir ses lèvres. Ses forces l'ont abandonnée d'un seul coup. Elle se laisse glisser par terre, les mains accrochées au berceau.

Quand Louise vient pour l'aider à faire sa toilette, Magdelon est toujours dans la même position. Comprenant vite la situation, Louise l'aide à se lever et la met au lit. Elle s'occupe ensuite du bébé.

— Je vais faire le nécessaire pour qu'on l'enterre au plus vite, dit Louise.

Perdue dans sa douleur, Magdelon ne sourcille même pas. Une partie d'elle-même est morte en même temps que sa fille.

Les semaines qui suivent la mort de Marie Madeleine, Magdelon s'enferme à double tour dans son monde de souffrance. Elle ne parle pas. Elle passe son temps dans sa chambre, les rideaux tirés. Elle a le regard fixe et les yeux secs ; la souffrance est si forte qu'elle voudrait mourir. Rien ni personne ne l'atteint, pas même les enfants. Ils viennent la visiter à tour de rôle, mais elle ne les voit pas. Magdelon respire, elle mange, elle dort, mais seul son corps habite l'espace. Pierre-Thomas a même ramené un médecin de Québec pour qu'il examine sa femme. Mais ce dernier n'a rien pu faire pour Magdelon.

Au manoir, tous sont désespérés.

Chapitre 50

— Allez-vous-en, crie Magdelon, je ne veux voir personne. Et fermez cette porte, je ne supporte pas la lumière du jour. Depuis le temps, vous devriez le savoir.

— Si vous pensez que j'ai fait tout ce chemin pour repartir sitôt arrivée, vous vous trompez, lance madame de Saurel d'un air décidé. Je ne quitterai pas Sainte-Anne tant que vous n'irez pas mieux.

— Et moi non plus, lance Jeanne. Nous resterons ici tant et aussi longtemps que vous n'aurez pas recouvré la santé. C'est à notre tour de vous aider, que cela vous plaise ou non.

Surprise de les voir ensemble, dans sa chambre, Magdelon cligne des yeux une fois, puis une deuxième, pour être certaine qu'elle ne rêve pas. Ses deux amies sont bien là, mais que font-elles au manoir ? N'ont-elles pas mieux à faire que de venir perdre leur temps à veiller sur elle ? De toute façon, elle se dit qu'elles feront comme les autres, demain elles s'en iront, déçues de n'avoir pas réussi à la sortir de sa souffrance. Personne ne peut l'aider, pas même sa mère. Il y a des mois qu'elle vit dans un monde parallèle, des mois qu'elle vit en retrait des siens. En fait, sa vie s'est arrêtée le jour où elle a découvert Marie Madeleine sans vie dans son berceau. Cette fois, c'en était trop. Elle a porté en elle le fruit de son amour pour Antoine pendant neuf longs mois. Elle a aimé son bébé dès sa première nausée. Pourquoi a-t-il fallu que la vie lui prenne ce qu'elle avait de plus précieux ? Pourquoi ? Elle a tout accepté de cette vie : le mariage de Louis, l'indifférence de Pierre-Thomas, la mort d'Alexandre et de Tala, le départ de Michel et de Nicolas, mais pas la mort de sa fille, la fille d'Antoine. Cela, jamais elle ne pourra l'accepter.

Chaque matin quand Magdelon se réveille, l'image de sa fille morte dans son berceau s'impose à elle. Impossible de l'effacer. L'enfant lui sourit doucement. Elle l'aime tant qu'elle donnerait sa vie pour la tenir ne serait-ce qu'une seule minute dans ses bras, pour entendre battre son petit cœur une autre fois. Il n'y a que lorsqu'elle est couchée qu'elle peut trouver un minimum de paix, mais encore lui faut-il trouver le sommeil. Depuis la mort de Marie Madeleine, il n'y a plus de jour ni de nuit. Il n'y a que le temps qui s'écoule lentement, si lentement qu'elle a parfois l'impression que quelqu'un le retient pour la faire souffrir davantage.

Chaque jour, elle essaie de réintégrer sa vie, mais elle n'y arrive pas. Elle a si mal qu'elle voudrait mourir, mais même la vie refuse de l'abandonner. Elle ne mange presque pas, elle dort peu, mais elle vit. Dire qu'elle survit serait beaucoup plus juste.

Madame de Saurel et Jeanne l'ont rejointe. Elles sont si proches maintenant que Magdelon pourrait les toucher. Une partie d'elle-même a envie de se jeter dans les bras de ses amies et de se laisser bercer par elles, ne serait-ce qu'un moment. L'autre partie brûle d'envie de frapper ces dernières pour s'assurer qu'elles sont bien réelles, de les frapper aussi fort que toute la souffrance qui a envahi son corps, son cœur et même son âme. Mais cette fois, ce n'est pas elle qui choisit la suite des événements. Madame de Saurel et Jeanne se placent de chaque côté d'elle et l'entourent de leurs bras. À elles trois, elles forment un triangle doté d'une force hors du commun. Trois femmes de tête réunies dans un même espace. À ce moment précis, Magdelon se sent en sécurité. Elle n'a alors qu'une envie, se laisser porter par ses amies, déposer sa peine sur elles. Elle sait bien qu'une bonne crise de larmes lui ferait le plus grand bien, mais elle est incapable de pleurer. Les larmes ont fui ses yeux depuis très longtemps. Depuis, aucune ne s'est risquée, pas même au coin de ses yeux.

Une boule de chagrin lui presse la poitrine depuis si longtemps qu'elle ne sait plus comment s'en défaire. Il y a des moments où elle est si présente que Magdelon a peine à respirer. Tout ce qu'elle a trouvé pour garder un semblant d'équilibre, c'est de fuir à l'intérieur d'elle-même. De cette façon, elle se protège de tout ce qui pourrait encore la faire souffrir. Sa douleur est si vive qu'elle a peur de devenir folle si elle se permet de la vivre ne serait-ce qu'une seule seconde. Comment a-t-elle pu en arriver là ? Elle a l'impression de se trouver dans une issue sans fin, une issue d'où seule la mort pourrait la tirer. Mais la mort ne veut pas d'elle.

Au bout d'un moment, sans vraiment s'en rendre compte, Magdelon prend ses deux amies par le cou et les serre très fort, si fort que toutes deux ont peur d'étouffer. Mais elles savent que c'est seulement de cette manière que Magdelon peut exprimer toute la peine dont elle est remplie. Madame de Saurel et Jeanne respirent profondément et s'efforcent de résister à cette étreinte qui se prolonge sans jamais perdre de son intensité.

Quand l'étreinte prend fin, madame de Saurel et Jeanne regardent leur compagne dans les yeux à tour de rôle en lui tenant le menton. Puis elles sourient à Magdelon et l'embrassent tendrement sur les joues. Sans dire un mot, madame de Saurel va à la fenêtre. D'un geste brusque, elle tire les rideaux, laissant pénétrer instantanément un flot de lumière qui aveugle Magdelon. Celle-ci met vite son bras devant ses yeux pour se protéger. Pendant ce temps, Jeanne sort des vêtements.

— Changez-vous, dit Jeanne, nous allons nous promener.

— Mais je n'irai nulle part, objecte Magdelon. Il n'est pas question que je quitte cette chambre.

— Je vous avertis, déclare Jeanne, nous ne sortirons pas d'ici sans vous. Il est grand temps que vous quittiez votre chambre. Habillez-vous, nous avons un rendez-vous.

— Je ne veux voir personne. Comptez-vous chanceuses que je vous aie laissées entrer.

— Ne nous obligez pas à vous habiller nous-mêmes, dit madame de Saurel, d'un ton ferme. Je vais faire seller les chevaux. Je vous attends dehors.

— Il n'est pas question que je monte à cheval, se plaint Magdelon. Je n'y arriverai pas.

— Vous montez mieux que n'importe qui. Arrêtez de dire des bêtises et habillez-vous, lance madame de Saurel avant de sortir.

— Il y a trop longtemps que je n'ai pas monté, je ne sais plus comment faire, murmure Magdelon d'un ton désemparé.

— Venez, ne vous inquiétez pas, la rassure Jeanne. Vous allez y arriver. Il faut y aller si on ne veut pas être en retard.

— Dites-moi au moins où on va, j'ai le droit de savoir.

— Vous le saurez en temps et lieu, répond Jeanne. Faites-nous confiance. Nous sommes là pour vous aider. Tout cela a assez duré, il est grand temps de reprendre votre vie, de retrouver les vôtres. Vous nous manquez tellement. Voulez-vous que je vous aide ?

Voyant qu'elle n'a d'autre choix que d'obtempérer, Magdelon se déshabille lentement. En constatant la maigreur de celle-ci, Jeanne retient difficilement ses larmes :

— Je vais aller vous attendre à la cuisine. Je vais demander qu'on nous prépare un pique-nique.

— Ne le faites pas pour moi, je n'ai pas faim.

— Je vous garantis que l'appétit va vous revenir. Il fait un temps magnifique et nous partons pour la journée. Il vaut mieux prévoir à manger. Une journée au grand air ouvre toujours l'appétit.

— Je vous en prie, dites-moi où nous allons.

— Je vous l'ai dit, faites-nous confiance. Nous sommes vos amies après tout !

Sur ce, Jeanne sort de la chambre, laissant Magdelon à elle-même. Quand elle attache le dernier bouton de son chemisier, elle est aussi fatiguée que si elle avait travaillé aux champs toute la journée. Elle s'assoit au pied de son lit pour reprendre son souffle. Pendant une fraction de seconde, elle prend conscience à quel point sa vie n'a plus de sens. Ses amies ont raison. Il faut qu'elle sorte de ce cauchemar, mais elle ignore comment. Avant la naissance de Marie Madeleine, elle travaillait de l'aurore au coucher du soleil sans sentir la moindre fatigue. Elle s'endormait en se couchant et était contente de se lever, se disant chaque jour que le temps passait trop vite. Là, s'habiller lui a demandé tellement d'efforts que si elle ne se retenait pas, elle se laisserait tomber sur son lit, certaine de s'endormir sur-le-champ pour une fois. Mais il vaut mieux qu'elle aille rejoindre Jeanne. Dans un effort presque surhumain, elle se lève et traîne péniblement son corps jusqu'à la cuisine.

Une fois à la cuisine, elle s'arrête et regarde Jeanne remplir le sac de provisions. Elle est prise d'un haut-le-cœur. Tout ce qu'elle adorait manger lui donne maintenant la nausée. Chaque fois qu'il va à Québec, Pierre-Thomas lui rapporte des pâtisseries faites par Michel. Elles sont toutes plus belles les unes que les autres, mais elle est incapable d'en prendre une seule bouchée.

Jeanne ferme le sac et se tourne vers elle.

— Venez, madame de Saurel nous attend.

Quand elle voit son cheval, elle a un petit pincement au cœur. Des souvenirs se bousculent dans sa tête. Elle se souvient du jour où Pierre-Thomas lui a offert Frisson. Elle était si contente qu'elle avait eu envie de sauter au cou de son mari, mais elle s'était contentée de le remercier. Les grandes démonstrations n'ont jamais fait partie de leur vie. Elle se rappelle ses promenades avec Tala, avec Jeanne, avec Catherine, avec

Charles François Xavier. Elle revoit la première partie de chasse avec Jeanne. Tous ces souvenirs lui font chaud au cœur et elle sourit. Comment a-t-elle pu se couper ainsi de tout ce qu'elle aime ? Comment a-t-elle pu abandonner les siens de cette façon ? Elle les a sortis de sa vie d'un seul coup, refusant de penser à leur peine à eux. Pierre-Thomas a perdu une fille. Les enfants, une sœur. Catherine, sa sœur et meilleure amie. Sa mère, une fille.

Jeanne l'aide à monter sur son cheval. Une fois bien installée, Magdelon se penche sur le cou de Frisson et le caresse sous l'oreille.

Avec Jeanne en tête, les trois femmes prennent la direction de la forêt. Magdelon se laisse porter par le mouvement lent mais régulier de son cheval. Elle a l'impression que chacun de ses sens reprend du service sans qu'elle ait aucun effort à faire. Elle se surprend à respirer longuement. Comment a-t-elle pu oublier à quel point le printemps sent bon ? On dirait que toute la nature embaume la lessive bien fraîche. Bien qu'une mince couche de neige couvre encore le sol par endroits, les feuilles des arbres ont commencé à poindre. « On doit être en plein temps des sucres », pense-t-elle.

Elle promène son regard partout autour d'elle. Le réveil de la nature après un long hiver l'a toujours fascinée au plus haut point. Plusieurs oiseaux sont revenus. Tour à tour, ils remplissent ses oreilles de leurs chants. De leurs ailes, ils frappent l'air, tantôt aussi doucement qu'une plume qu'on laisse tomber, tantôt aussi lourdement que le balai qui frappe le tapis pour le nettoyer.

Le grand air lui fait beaucoup de bien. Ses amies avaient raison, il était temps qu'elle sorte de sa chambre.

Au bout d'un moment, Jeanne descend de cheval. Magdelon réalise qu'elle et ses amies sont à l'entrée du village indien. Instantanément, tout son corps est pris d'une bouffée de chaleur incontrôlable. Quand Jeanne lui tend la main pour l'aider à descendre de sa monture, Magdelon s'écrie :

— Il n'est pas question que j'aille au village dans cet état.

— C'est justement pour que vous vous en sortiez que nous sommes ici, lui répond vivement Jeanne. Allez, donnez-moi la main.

— Je refuse de descendre.

— Comme vous voulez. C'est donc à cheval que vous viendrez au village. À vous de décider.

— Je veux retourner au manoir.

— Vous ne retournerez pas au manoir sans avoir vu le père de Tala et l'aïeule. Allez, insiste Jeanne.

— Laissez-moi tranquille. Je veux retourner dans ma chambre. Je refuse que le père de Tala me voie dans cet état.

— Assez discuté, tranche madame de Saurel. Tenez-vous solidement, on y va.

Sans plus attendre, madame de Saurel saisit les rênes du cheval de Magdelon et prend la direction du village, suivie de Jeanne. Aucun mot n'est échangé jusqu'à ce qu'elles passent devant la première tente.

— Bonjour, lance une jeune femme aux cheveux aussi noirs qu'une nuit sans lune. Il y a longtemps qu'on vous a vue.

— Bonjour, lui répond Magdelon, d'une voix à peine audible.

— Le chef vous attend, annonce la femme. Il a fumé de la truite pour vous hier.

À ces mots, Magdelon laisse échapper un sourire. Il y a si longtemps qu'elle n'a pas mangé de truite fumée qu'elle en a oublié le goût.

Le chef accueille chaleureusement les visiteuses. Une fois à l'intérieur de sa tente, il les invite à s'asseoir.

— Vous boirez bien un peu d'eau d'érable ?

Sans attendre, il remplit trois cornets d'écorce de bouleau et les tend à ses invitées. Elles n'ont pas encore bu une gorgée qu'il s'adresse à Magdelon :

— Racontez-moi tout.

— Il n'y a rien à dire, répond-elle en baissant les yeux.

— Ce n'est que de cette façon que vous pourrez vous libérer. Quand ils ont tué Tala, j'ai pensé moi aussi que j'en mourrais. J'ai passé des jours à m'emmurer. Je ne vivais plus que par ma peine. J'avais pourtant aidé plusieurs personnes à vivre leur deuil, mais là c'était trop dur. Un soir, l'aïeule est entrée dans ma tente. Elle s'est assise en face de moi et m'a dit : « C'est assez. Peu importe ce que vous ferez, rien ne pourra ramener votre fille à la vie. Nous avons besoin de vous. Il est temps que vous reveniez dans notre monde. Il est trop tôt pour aller retrouver Tala. Je vous écoute, dites-moi tout. N'oubliez rien ! Après, il sera trop tard parce que chacune de vos paroles appartiendra au passé. »

Après une pause, le chef poursuit :

— J'ai regardé l'aïeule longuement. J'ai ensuite pris une grande respiration et je lui ai tout raconté. Elle ne m'a pas interrompu une seule fois. Quand elle a été certaine que j'avais tout dit, elle s'est levée et m'a dit : « Demain, à la levée du jour, nous tiendrons un conseil des anciens. À demain ! »

Puis le chef lance à l'intention de Magdelon :

— Allez-y, je vous écoute.

Il ajoute ensuite, pour Jeanne et madame de Saurel :

— Attendez-la dehors. Les femmes vont vous donner à manger.

Magdelon a les yeux fermés, cherchant au fond d'elle-même la force de commencer à parler. Il y a si longtemps qu'elle se tait qu'elle a l'impression de ne plus savoir comment dire les choses. Elle pourrait s'enfuir. Mais le chef a raison. Il est grand temps qu'elle sorte de sa prison où elle s'est enfermée elle-même sans vraiment sans rendre compte. Plus les jours passaient, plus elle s'y sentait à l'aise, à un point tel que sa prison est devenue le seul endroit où elle pouvait habiter avec sa fille.

Quand Magdelon prononce enfin une première parole, le chef lui sourit et l'écoute sans jamais l'interrompre. Son discours est teinté de rage, de joie et de peine.

Aucun des deux ne saurait dire combien de temps le monologue de Magdelon a duré. Quand elle arrive enfin au bout de ses confidences, elle sourit au chef et lui dit :

— Merci du fond du cœur.

— Je vous devais bien ça, répond celui-ci en inclinant la tête. J'ai fumé de la truite pour vous, en…

Magdelon ne le laisse pas finir sa phrase :

— Avec grand plaisir, je suis affamée.

— Là, je vous reconnais. Je vais chercher vos amies… et la truite.

Sur le chemin du retour, les trois femmes parlent peu. À leur arrivée au manoir, dès qu'elles mettent pied à terre, Magdelon prend Jeanne et madame de Saurel dans ses bras et leur dit :

— Sans vous, je ne sais pas ce que je serais devenue. Merci !

— Allons voir les enfants, dit Jeanne. Je suis sûre qu'ils seront très contents de retrouver leur mère.

Chapitre 51

— Je suis tellement contente de voir que tu vas mieux, lance Catherine à Magdelon en riant. Je dois dire que j'ai eu vraiment peur de ne plus jamais t'entendre t'emporter de la sorte. Ça me fait presque chaud au cœur !

Ne faisant pas attention aux paroles de sa sœur, Magdelon poursuit de plus belle :

— Il ne l'emportera pas au paradis !

— Moi, si j'étais à ta place, j'en aurais profité pour m'en faire un allié.

— Me faire un allié du curé ? Jamais ! Il est encore plus borné que son prédécesseur.

— Oui mais regarde-toi ! Chaque fois que tu en as l'occasion, tu lui tombes dessus. Il y a eu Marie-Charlotte, l'église…

— Ne me parle surtout pas de l'église, la coupe Magdelon. Il n'avait pas le droit de la construire ailleurs.

— Parfois, je ne te comprends pas. Tu t'es battue comme une déchaînée pour que la nouvelle église soit construite sur le site de la vieille chapelle, près du manoir. Pourtant, tu es la première à fuir l'église. Moi, je trouve qu'au milieu de la seigneurie, c'est un excellent endroit.

— Tu ne peux pas comprendre ! C'est une question de principe. C'est la famille de Pierre-Thomas qui a fait construire la chapelle, l'a entretenue pendant des années et a même nourri le curé plus souvent qu'à son tour.

— Je veux bien, mais depuis quand défends-tu la famille de Pierre-Thomas ? Et puis, tu sais comme moi que la chapelle était devenue trop petite. Tu devrais être fière qu'on ait enfin reconnu la paroisse de Sainte-Anne. C'est signe que nous avons fait du bon travail. Pas une seule année ne s'est passée sans que le nombre d'habitants n'augmente, ce qui n'est pas rien, avec toutes les maladies qui nous attaquent tour à tour. Charles m'a dit que nous étions parmi les meilleures seigneuries. Passe à autre chose, après tout ce n'est qu'une église. D'autant que si j'étais à ta place, j'aimerais mieux savoir le curé loin du manoir. Vous vous entendez si bien tous les deux !

— Changeons de sujet, tu veux ? demande Magdelon, de plus en plus impatiente. En tout cas, s'il croit qu'il va venir faire la pluie et le beau temps dans ma maison, il se trompe.

— Mais arrête ! Cela ne te donne rien de t'emporter de cette façon. Ce n'est pas la première fois qu'un curé vient te dire de faire des enfants, et ce ne sera sûrement pas la dernière.

— Tu ne comprends pas ! J'en ai plus qu'assez de me faire dire ce que je dois faire.

— Arrête ! Ce qui se passe entre Pierre-Thomas et toi ne regarde que vous.

— C'est facile à dire pour toi. Chaque fois qu'il revient de Québec, Pierre-Thomas va voir le curé et revient à la charge.

— C'est normal, c'est ton mari. Dois-je te rappeler qu'il n'y a pas si longtemps c'est toi qui l'obligeais à faire son devoir ?

— Maintenant, c'est différent. Aussi longtemps que je vivrai, jamais plus un homme ne me touchera. Il n'est pas question que je tombe enceinte une autre fois.

— Pas même Antoine ?

— Pas même Antoine.

— Si tu préfères te priver, libre à toi. Que tu ne veuilles plus que Pierre-Thomas te touche, je peux comprendre. Et si je me fie à tes confidences passées, le sacrifice n'est pas si grand. Mais avec Antoine, tu n'as qu'à t'organiser pour ne pas tomber enceinte. Ne me dis pas que tu as oublié vos moments d'intimité ? Tu ne penses pas que tu mérites un peu de douceur ? Suis mon conseil : si jamais Antoine se pointe, profites-en, sinon je n'ose même pas imaginer de quoi tu auras l'air dans quelques mois. As-tu envie de ressembler à ta belle-mère ? Si c'est le cas, je dois te dire que tu es sur la bonne voie.

— Ne me compare pas à ma belle-mère, siffle Magdelon entre ses dents. Tu sais que je ne la porte pas dans mon cœur.

— Alors, mets vite un peu de folie dans ta vie. Et laisse le curé dans son église.

Pendant quelques secondes, Magdelon garde le silence. Elle réfléchit. Elle doit admettre que Catherine a raison. Elle ne perd pas une occasion de provoquer le curé et il agit de même avec elle. Il dit blanc, elle dit noir ; s'il dit noir, elle dit blanc. Elle ignore pourquoi, mais elle ne peut s'empêcher de le contredire. Le simple fait de se trouver dans la même pièce que cet homme lui fait monter la moutarde au nez. Il faut dire qu'il ne se gêne pas pour colporter des faussetés sur son compte partout où il va. Elle se souvient de leur première rencontre comme si c'était hier. Il était venu se présenter. À peine lui avait-elle offert à boire qu'il l'avait sermonnée sur sa façon d'élever ses enfants et sur le fait qu'elle allait seule en forêt. Il lui avait même dit qu'elle devrait venir à l'église plus souvent et faire plus d'enfants. Elle l'avait écouté poliment même s'il ne tarissait pas de reproches à son égard. Après un moment, ne pouvant en supporter davantage, elle s'était levée et l'avait invité à prendre congé sans grand ménagement.

— Tu as raison, reconnaît-elle. Le curé n'a pas à me dicter ma conduite. Je n'ai qu'à faire à ma tête.

— Avoue que tu le fais déjà très bien ! dit Catherine d'un air taquin. Et pour Antoine, qu'as-tu décidé ?

— Je ne sais pas trop. J'ai peur de mal réagir quand je le reverrai. Après tout, c'est sa fille que j'ai perdue.

— Ce n'est pas ta faute ce qui est arrivé. Et puis, il ne sait même pas que c'était son enfant. As-tu l'intention de le lui dire ?

— Je l'ignore encore. Il y a des jours où je me dis que je devrais tout lui avouer. D'autres jours, je pense qu'il vaut mieux qu'il ne sache pas. C'est compliqué…

— Bon, c'est assez pour aujourd'hui. Que dirais-tu d'aller au village indien chercher du sucre d'érable ? Ça fait des jours que je rêve d'en manger.

— Me cacherais-tu quelque chose ? demande joyeusement Magdelon.

— Pas à ce que je sache, répond Catherine en haussant les épaules. Mais c'est sûr que Charles et moi serions très contents d'avoir un autre enfant. Alors, on y va ?

— Laisse-moi le temps d'avertir Louise et je te rejoins à l'étable.

Sitôt installées sur leur cheval, les deux sœurs partent vers la forêt. C'est leur première sortie depuis que Magdelon a accouché. Si elle ne se retenait pas, Catherine hurlerait de plaisir tellement elle est heureuse. À un certain moment de la dépression de sa sœur, elle a cru que cette dernière ne se rétablirait jamais. Rien ne parvenait à sortir Magdelon de sa torpeur. Ni la force, ni la douceur, ni même l'amour. Elle avait même refusé de voir Antoine. Chaque fois que Catherine faisait une tentative, elle se heurtait à un mur, et c'est en pleurant qu'elle s'en retournait chez elle. Quand Jeanne lui a écrit pour lui annoncer qu'elle et madame de Saurel viendraient voir sa sœur, Catherine espérait beaucoup de cette rencontre, mais sans vraiment y croire. C'est pourquoi quand Magdelon lui a rendu visite le lendemain de la venue de ses amies, elle croyait rêver. Elle venait enfin de retrouver sa sœur. Elle l'avait prise dans ses bras et l'avait serrée si fort que celle-ci lui avait dit :

— Tu ne pourrais pas m'aimer un peu moins fort ? Tu me fais mal.

— Il va falloir t'engraisser, tu n'as plus que la peau et les os.

C'est alors qu'elles avaient éclaté de rire. Catherine avait pris Magdelon par la main et l'avait entraînée avec elle jusqu'au bord de la rivière. Elles s'étaient assises sur un tronc d'arbre et Catherine lui avait raconté tout ce qui s'était passé au cours des derniers mois, sans oublier le moindre petit détail.

* * *

Une fois au village indien, Magdelon et Catherine saluent les femmes au passage et se rendent à la tente du chef. Celui-ci les accueille avec empressement.

— Je suis très content de vous voir, dit-il à l'adresse de Magdelon. Vous avez bonne mine. Venez, j'ai peut-être un morceau ou deux de truite fumée. Vous boirez bien un peu d'eau d'érable ?

— Nous venons chercher du sucre d'érable, annonce Catherine.

— Je vais demander qu'on vous en prépare.

— Je vous ai apporté une bouteille d'eau-de-vie, dit Magdelon, en la tendant au chef.

— Je vous remercie.

Les deux sœurs passent un moment à discuter avec le chef. Comme à chaque fois, il prend des nouvelles du fils de Tala. Magdelon lui promet de le ramener avant la fin de l'été.

Sur le chemin du retour, Catherine tient précieusement son paquet de sucre d'érable, ce que ne manque pas de remarquer Magdelon. De retour au manoir, cette dernière ne peut s'empêcher de taquiner sa sœur :

— Me donnes-tu un peu de ton sucre d'érable ?

Surprise, Catherine la regarde d'un air sérieux. Elle a l'air d'une petite fille à qui on vient de demander de partager sa gâterie et qui n'en a pas du tout envie.

Magdelon éclate de rire et la rassure :

— Ne crains rien, je te le laisse.

— Merci ! Je te promets de ne pas en gaspiller une miette.

— Là-dessus, je te fais entièrement confiance ! Dis, pourrais-tu demander à Charles de passer au manoir demain ? J'aurais quelque chose à faire porter à Batiscan.

— Je ferai le message, promis. Il faut que j'y aille. J'ai promis à ma belle-mère de lui donner un coup de main pour préparer le souper. Je viendrai chercher les enfants pour aller pique-niquer demain.

— C'est gentil ! À demain.

Chapitre 52

Les colons viennent tout juste de finir de semer le dernier champ. Ils ont travaillé d'arrache-pied au cours des deux dernières semaines pour finir à temps. Cette année, la température leur a joué plus d'un mauvais tour. D'abord, la neige a tardé à fondre. Puis, elle a été immédiatement suivie par des pluies si abondantes qu'il n'était pas question d'aller aux champs, et encore bien moins de semer. Les graines auraient toutes été lavées. L'été n'étant pas très long, il leur a fallu mettre les bouchées doubles dès les premiers rayons de soleil. Les pauvres colons ont le dos en compote, les membres endoloris et les traits tirés à cause du manque de sommeil. Ce soir, tous se promettent de se coucher de bonne heure et de laisser le soleil se lever avant eux pour une fois.

Magdelon est très fière d'eux. Elle est même allée leur porter du café pour les aider à tenir le coup, jour après jour.

Heureusement, Pierre-Thomas est parti à Québec le premier jour des semences et il n'est pas encore revenu. Magdelon aime mieux ne pas imaginer l'atmosphère qui aurait régné s'il avait été là. Moins il s'occupe de la seigneurie, plus il est invivable quand il y est. On dirait qu'il est heureux seulement quand il réussit à semer la discorde autour de lui. À part Thomas, les colons qui l'apprécient ne sont pas légion. Il faudrait plutôt dire que tous le préfèrent loin d'eux. Avec ou sans fusil à la main, il a si mauvais caractère qu'ils craignent même pour leur vie plus souvent qu'autrement en sa présence. Magdelon a beau répéter à son mari de ménager ses gens, lui rappeler qu'il a besoin d'eux, lui dire à quel point ils font du bon travail, rien n'y fait. Quand le seigneur parle, les colons doivent plier l'échine et faire ce qu'il demande.

Magdelon replonge le nez dans ses chiffres. L'année sera bonne, elle le sent. Elle a confiance en cette terre et en ses gens.

Elle travaille jusqu'à l'heure du dîner. C'est Marguerite qui vient l'avertir que le repas est servi :

— J'arrive dans une minute, répond-elle.

Elle prend le temps de fermer ses livres et de les ranger. Cet après-midi, elle ira faire une promenade à cheval avec Charles François Xavier. Ils en profiteront pour taquiner la truite. La dernière fois qu'elle est allée au village indien, elle a demandé au chef de lui apprendre à fumer le poisson. Quand il a eu fini de tout lui montrer, il lui a répété :

— N'oubliez pas de m'apporter un morceau du poisson que vous fumerez. C'est très important que je le goûte pour vous aider à vous améliorer.

Sur ces dernières paroles, il a regardé Magdelon et lui a souri doucement. La vérité est qu'il a beaucoup de plaisir en sa compagnie. En lui demandant de venir faire goûter son poisson, il s'assure de quelques visites, ce qui n'a rien pour déplaire à Magdelon non plus.

— Comptez sur moi, s'est-elle contentée de répondre.

Au moment où elle entre dans la cuisine, on frappe à la porte. Elle retourne sur ses pas et va ouvrir. C'est un des hommes de Pierre-Thomas :

— Bonjour, Madame. Je suis désolé de vous déranger, mais je dois vous parler de Monsieur.

— Que se passe-t-il ? demande-t-elle, soudain inquiète. Il ne lui est rien arrivé au moins ?

— Il est à Québec... à l'hôpital.

— À l'hôpital ? Parlez ! Que lui est-il arrivé ?

— Il y a deux jours, on soupait tranquillement dans une brasserie et il a été pris d'une forte fièvre. Après quelques minutes seulement, il racontait n'importe quoi. Un peu comme le jour où nous l'avons ramené, vous vous en souvenez? Mais c'était dix fois pire.

— Mais pourquoi êtes-vous revenu sans lui?

L'homme répond en tordant sa casquette entre ses mains.

— J'ai pensé, dit-il timidement, que vous vous inquiéteriez de ne pas le voir arriver. Et aussi, que vous pourriez peut-être l'aider…

— Vous avez bien fait, le rassure-t-elle en lui souriant. Qu'est-ce que vous savez d'autre?

— Le docteur a dit qu'il voulait le garder quelques jours encore.

— Demain, je vous accompagnerai à Québec. Nous le ramènerons ensemble. Soyez au quai à sept heures.

Sans demander son reste, l'homme se retourne et ouvre la porte. Au moment où il sort, Magdelon lui dit:

— Vous avez bien fait de venir me chercher. Merci! À demain.

* * *

Lorsqu'ils arrivent enfin au quai de Québec, Magdelon est épuisée. Il y a si longtemps qu'elle n'a pas monté dans un canot que même le plus petit de ses muscles la fait souffrir, d'autant qu'elle a ramé une partie du voyage. Ses quelques mois de recluse lui ont coûté cher. Elle mange, elle dort, elle prend l'air, mais rien n'y fait. Elle n'arrive pas à retrouver sa forme d'avant. Quand le soir arrive, elle a toujours hâte d'aller dormir, ce qui ne lui ressemble guère. C'est donc avec beaucoup de peine qu'elle parvient à sortir du canot. Une fois sur la terre ferme, elle prend le temps de se déplier avant de filer à l'hôpital. Les fortes fièvres de Pierre-Thomas n'annoncent rien de bon.

Depuis le temps qu'elle soigne les gens, c'est la première fois qu'elle fait face à un tel mal. Et il fallait que cela tombe sur son mari. Mais avec ce qu'il fait endurer à tous ceux qui l'approchent, peut-être est-il normal que de temps à autre Dieu lui montre qui est le maître ? Il faudra qu'elle parle de la maladie de son mari à l'aïeule du village indien. Elle parierait que l'Indienne saura quoi faire pour le guérir.

Le serviteur avance si vite qu'elle a du mal à le suivre. La ville grouille de gens en cette belle journée ensoleillée, ce qui ne lui facilite pas la tâche. « Il ne faut surtout pas que je le perde de vue », s'inquiète-t-elle.

Elle redouble d'ardeur pour le rejoindre. Quand, dans un effort presque surhumain, elle y parvient enfin, elle serre le bras de l'homme et lui dit, la voix saccadée tant elle est essoufflée :

— Ça suffit maintenant ! Vous marchez trop vite, j'ai toute la misère du monde à vous suivre. Est-ce qu'on est encore loin ?

— Non. Quelques rues encore et nous y serons.

Quand ils arrivent devant l'hôpital, son compagnon s'arrête et lui annonce :

— Venez, il est au deuxième étage. Suivez-moi.

Une fois devant la chambre de Pierre-Thomas, Magdelon reprend son souffle avant d'entrer. « Pourvu qu'il ne soit pas trop mal en point », songe-t-elle.

Quand Magdelon pousse la porte, le spectacle qu'elle a sous les yeux lui fait horreur. Une jeune femme à la poitrine généreuse se vautre sur le lit de Pierre-Thomas pendant qu'une autre joue dans les cheveux de son mari. Heureusement pour lui qu'il ne se trouve pas au manoir, sinon sa vie se terminerait ici, au bout de son mousquet. Magdelon est furieuse. Comment peut-il oser agir de la sorte ? Si elle ne se retenait pas, elle lui sauterait dessus et le frapperait de toutes ses forces.

Elle avance jusqu'à la tête du lit sans faire de bruit. Quand il la voit, Pierre-Thomas s'exclame :

— Magdelon ? Quelle surprise ! Ce n'était pas la peine de venir jusqu'ici pour moi. J'ai vu le médecin ce matin et il m'a dit que je pourrais sortir aujourd'hui. Mais laissez-moi vous présenter…

— Laissez faire les présentations, siffle-t-elle entre ses dents. Vous êtes l'homme le plus ignoble que je connaisse. Je sais maintenant comment vous passez votre temps quand vous venez à Québec. Je vous avertis : ne vous avisez plus jamais de poser une seule de vos sales pattes sur moi. Venez me rejoindre sur le quai à sept heures demain matin. Il faut que je retourne vite à la seigneurie.

Sans crier gare, elle tourne les talons et sort de la chambre, plantant là son mari et ses visiteuses qui, elles, n'ont pas bougé d'un cil. Une fois dans le couloir, elle demande au serviteur de Pierre-Thomas de lui indiquer comment se rendre à la boulangerie où travaille Michel. De là, elle trouvera bien un hôtel où passer la nuit. Heureusement, elle a apporté sa bourse avec elle. Au moins, elle ne sera pas obligée d'aller quémander de l'argent à Pierre-Thomas.

L'homme lui indique le chemin :

— C'est à deux rues d'ici, sur votre droite. Vous allez trouver facilement.

Comme il a entendu ce qu'elle a dit à Pierre-Thomas, il se permet d'ajouter :

— Il y a un petit hôtel juste à côté de la boulangerie. Si vous voulez, je passerai vous prendre demain matin vers six heures et demie.

— Je vous attendrai, répond-elle avant de disparaître dans la cage d'escalier.

Si elle ne se retenait pas, elle descendrait les marches deux à deux et courrait le plus loin possible de cette chambre. Elle se doutait bien que Pierre-Thomas se payait du bon temps quand il venait à Québec, mais elle ne souhaitait pas du tout le prendre sur le fait. Maintenant, elle comprend pourquoi ses voyages à Québec sont de plus en plus longs. D'un côté, elle est furieuse, tellement furieuse que l'idée d'acheter un mousquet et de retourner à l'hôpital lui effleure l'esprit un moment. D'un autre côté, il vient de lui servir sur un plateau d'argent la meilleure des raisons de lui interdire sa couche jusqu'à la fin de ses jours, ce qui fait drôlement son affaire.

Pendant tout le temps qu'elle s'est emmurée dans sa chambre, il n'était pas question qu'il réclame son dû, même pas question qu'il dorme dans la même chambre qu'elle, elle ne l'aurait pas supporté. Elle peut toujours comprendre que durant cette période-là il ait eu besoin d'assouvir ses besoins ailleurs. Comme sa mère le lui a déjà dit : « Les hommes ne sont pas faits comme les femmes. Un homme qui est privé de son dû ira le chercher ailleurs, crois-moi. Même ton père, qui était pourtant un homme exemplaire, ne s'en serait pas privé. Et ton Pierre-Thomas ne fait pas exception à la règle lui non plus. »

Ce qu'elle ne comprend pas, c'est que tout le temps où elle lui a permis de la toucher, il l'a quand même trompée avec des esclaves et des domestiques. Mais là, les filles de joie, c'est trop, c'est beaucoup trop.

Une fois dehors, elle prend une grande respiration et se dit : « Il faut que je cesse de penser à lui. Il ne vaut pas la peine que je lui accorde autant d'importance. »

Un vent léger se lève. Elle relève le col de son manteau puis sourit à l'idée d'aller déguster quelques pâtisseries. Elle n'en a pas avalé une seule depuis la veille de la naissance de Marie Madeleine.

Dès qu'elle ouvre la porte de la boulangerie, elle aperçoit Michel derrière le comptoir. Il est affairé à placer ses chefs-d'œuvre. Elle sait déjà qu'elle devra faire des choix déchirants parmi ces pâtisseries toutes plus alléchantes les unes que les autres.

Quand Michel réalise qu'il y a quelqu'un, il se retourne en disant :

— Bonjour ! Que puis-je pour…

C'est alors que son visage s'illumine en reconnaissant Magdelon. Sans aucune hésitation, il sort de derrière son comptoir et vient la rejoindre.

— Je ne rêve pas, c'est bien vous, madame de la Pérade ? Je suis si content de vous voir. Comment vont les enfants ? Et Nicolas ? Et Jacques ? Je m'ennuie tellement de vous tous ! Venez par ici, assoyez-vous. Je vais vous apporter une assiette de pâtisseries.

— Vous êtes trop aimable, lui dit-elle en s'installant. Moi aussi, je suis contente de vous voir… et j'ai très hâte de savourer vos petites merveilles. Vous devez faire fureur ici.

— Je m'en tire plutôt bien. Je possède même des parts dans la boulangerie. Je dois beaucoup à votre mari.

— Vous ne devez rien à personne. C'est grâce à votre talent que vous avez réussi. Alors, vais-je enfin y goûter, à ces pâtisseries ? Il faudra m'en préparer un sac pour les enfants.

Magdelon savoure chaque bouchée avec grand plaisir. Chaque fois qu'elle s'attaque à une assiette de pâtisseries, elle dit que ça goûte le ciel, ce qui fait bien rire Catherine.

Elle donne des nouvelles de tout le monde à Michel.

— Il faudra venir nous voir, lui dit-elle enfin. Les enfants seraient si contents.

— J'essaierai, je vous le promets.

Quand elle sort de la boulangerie, un lourd sac de pâtisseries à la main, elle n'a qu'une envie, c'est de dormir. La journée a été longue et bien remplie. Elle se rend dans le petit hôtel adjacent et demande une chambre. Une fois dans celle-ci, elle ferme sa porte à clé et, sans même prendre le temps de se déshabiller, se jette sur son lit. La seconde d'après, elle dort déjà du sommeil du juste.

* * *

Le coq a déjà chanté deux fois quand Magdelon réussit enfin à se réveiller. Elle se frotte les yeux, puis se lève et passe sa main sur ses vêtements pour les défroisser. Devant le miroir, elle se pince les joues et replace son chignon. Elle tire ensuite les rideaux et regarde dehors. Le jour est à peine levé que la vie bat déjà son plein. La rue grouille de monde. De sa fenêtre, elle voit la boulangerie. Les clients font la queue à la porte. L'odeur du pain chaud monte jusqu'à elle. Quel plaisir ce sera de déchirer un quignon et d'y mordre à pleines dents !

Elle sort et file à la boulangerie. L'odeur du pain chaud la rend heureuse. Sa miche à la main, elle s'installe devant son hôtel et en déchire un gros morceau qu'elle porte à sa bouche sans tarder.

À l'heure prévue, le serviteur de Pierre-Thomas vient la chercher. Elle lui offre un morceau de pain qu'il accepte avec grand plaisir. Occupés à prendre leur déjeuner, ils marchent côte à côte sans parler. Pierre-Thomas les attend sur le quai. Elle le trouve bien pâle. Refusant de s'attendrir, elle prend place dans le canot sans lui accorder la moindre attention. Elle ira quand même voir l'aïeule au village indien, car l'état de son mari l'inquiète plus qu'elle ne le voudrait.

Quand ils arrivent enfin à Sainte-Anne, Pierre-Thomas est encore plus pâle. Magdelon craint une nouvelle poussée de fièvre.

— Venez, lui dit-elle en le prenant par le bras. Il faut vous reposer. Je vais demander qu'on vous serve un bouillon de poule et je vous donnerai une infusion pour contrer la fièvre.

Puis elle se tourne vers le serviteur et lance :

— Aidez-moi à l'emmener jusqu'au manoir.

Chapitre 53

Sitôt rétabli, Pierre-Thomas décide de repartir à Québec. Il a promis à Magdelon qu'il ne serait absent qu'une semaine tout au plus, prétextant qu'il a un nouveau contrat à négocier avec l'intendant pour la construction du chemin du Roy. Inquiète à l'idée que la fièvre le reprenne, elle insiste pour qu'il apporte les herbes que l'aïeule a données. Elle prend même la peine d'expliquer au serviteur comment les utiliser. De cette façon, elle aura l'esprit plus tranquille, du moins en ce qui regarde la santé de son mari. Pour le reste, elle préfère ne plus y penser.

Elle a tellement travaillé ces derniers jours qu'elle n'a pas pris le temps de sortir à l'extérieur. C'est pourquoi elle décide d'accompagner les deux hommes jusqu'au quai. Pierre-Thomas est surpris : il est très rare qu'elle vienne jusqu'au quai si elle n'embarque pas dans le canot. Mais ce qui l'étonne davantage, c'est quand il s'aperçoit qu'elle fredonne en marchant. Depuis qu'elle est sortie de sa dépression, c'est la première fois qu'il l'entend chanter, ce qui le réjouit.

Une fois au quai, les hommes placent leurs maigres bagages dans le fond du canot et y prennent place. Magdelon les regarde partir. Avant de disparaître de son champ de vision, Pierre-Thomas lui crie :

— J'ai oublié de vous dire que je ramènerai un cousin français avec moi. Vous voulez bien lui faire préparer une chambre ?

« Un cousin français ? Mais de qui parle-t-il ? J'ai dû mal comprendre. »

Sans penser plus longtemps au visiteur, elle s'assoit sur le quai, les pieds au-dessus de l'eau, et laisse son regard planer aux alentours. Le paysage est magnifique à cette période de l'année. Les feuilles des arbres sont d'un vert si intense qu'elles contrastent avec le bleu du ciel et celui de l'eau. Elle ne saurait dire pourquoi, mais ce matin quand elle s'est levée elle a eu l'impression d'être redevenue comme avant la naissance de Marie Madeleine. Elle se sent bien et déborde d'énergie. Que pourrait-elle faire ? Pourquoi ne pas aller pêcher avec les enfants ou encore les emmener pique-niquer ? Elle n'est pas montée à cheval depuis plus d'une semaine ; elle pourrait faire une visite surprise à Jeanne.

« Et si j'allais voir Catherine ? Je lui montrerais la lettre que j'ai reçue et que je n'ai pas encore eu le courage d'ouvrir. Je trouve qu'il est grand temps que nous sachions qui a tué Alexandre et Tala. »

Le jour où elle et Catherine ont fait la découverte des corps, elle s'est juré de trouver le coupable. Elle a posé des questions à tous les gens susceptibles de lui apprendre quelque chose, mais chaque fois elle s'est butée à un mur. Elle doit bien se rendre à l'évidence : plusieurs n'ont pas intérêt à ce que le coupable soit trouvé. Au bout d'un moment, voyant qu'elle ne tirerait rien de personne, elle s'est adressé à son contact français, celui-là même qui lui avait appris le nom du violeur de Tala.

Elle profite encore un moment de la tranquillité du matin. La nature reprend vie de minute en minute. Les rayons du soleil lui chauffent le dos. Elle ressent un tel bien-être qu'elle n'ose pas se lever de peur de rompre le charme. C'est alors qu'elle entend des pas sur les petites pierres du chemin qui mène au quai. Curieuse, elle se retourne pour voir qui vient. Surprise, elle s'écrie :

— Antoine ?

— En chair et en os, lui répond-il doucement, en souriant. Jacques m'a dit que vous deviez être ici.

— Je suis si contente de vous voir… Il y a tellement longtemps. Venez vous asseoir près de moi.

Sans se faire prier, il s'installe à côté d'elle.

— Je vous ai apporté du sucre d'érable, dit-il en lui tendant un petit paquet.

— C'est une excellente idée, je n'en ai pas encore mangé cette année. Je suis allée au village indien avec Catherine pour en chercher, mais elle a refusé de m'en donner, même une seule bouchée. Je la soupçonne d'être enceinte! Vous m'avez manqué, vous savez.

— Vous aussi. Je ne sais pas si on vous l'a dit, mais je suis venu au manoir plusieurs fois pendant que…

— Catherine me l'a dit. Je vous demande pardon, Antoine.

Il ne comprend pas pourquoi elle lui demande pardon. Avant même qu'il lui pose une question, elle poursuit :

— Marie Madeleine était votre fille. Je suis désolée.

Les mots mettent quelques secondes à trouver leur sens dans la tête d'Antoine. Quand il réalise ce qu'il vient d'entendre, de grosses larmes coulent sur ses joues.

— Je n'ai rien à vous pardonner, dit-il d'une voix brisée par l'émotion, en lui mettant la main sur le bras. Savoir que vous avez porté mon enfant fait de moi l'homme le plus heureux.

Ils restent assis côte à côte sans parler, chacun perdu dans ses pensées. Magdelon essaie de se convaincre qu'elle gardera ses distances avec Antoine alors que tout son corps se meurt de se coller à lui. La présence de son bras sur le sien lui donne des chaleurs. C'est alors que les propos de Catherine lui reviennent à l'esprit : « Tu n'as qu'à faire le nécessaire si tu ne veux pas tomber enceinte ; tu sais mieux que nous toutes comment faire. En tout cas, si j'étais à ta place, jamais je ne me priverais d'un homme comme Antoine. Tu en as grand besoin si tu veux tenir le coup avec Pierre-Thomas. »

De son côté, Antoine pense à quel point il aime Magdelon. S'il avait un seul vœu à réaliser, ce serait celui de passer le reste de sa vie à ses côtés. Il en a de la chance d'être aimé par une femme comme elle. Elle lui a tellement manqué ces derniers mois. La savoir dans cet état d'abattement lui brisait le cœur chaque fois qu'il venait au manoir. Quand il a su qu'elle était guérie, il a laissé passer de longues semaines avant de se décider à venir la voir. Il lui a fallu beaucoup de courage et surtout d'amour pour oser venir à la charge. Il avait tellement peur qu'elle ne veuille plus lui parler. Mais avec ce qu'il vient d'apprendre, il sait qu'il n'en est rien, bien au contraire. Son envie de la serrer contre lui grandit si vite qu'il doit se retenir de toutes ses forces pour ne pas l'enlacer, ici même sur le quai. Il est urgent qu'il se change les idées.

— Ça vous dirait de faire une promenade à cheval avec moi ? J'ai découvert une petite crique à quelques lieues d'ici à peine.

— Avec grand plaisir, s'empresse-t-elle d'accepter. Laissez-moi une minute pour donner mes directives à Jacques et je vous rejoins à l'étable. Allons-y !

Aucun des deux n'a envie de traîner en chemin. Plus vite ils arriveront à la crique, plus vite ils pourront laisser libre cours à leur désir qui n'en peut plus d'attendre. Ils ont à peine mis pied à terre qu'ils se ruent l'un sur l'autre comme si leur vie en dépendait. Ils se retrouvent vite à genoux sur l'herbe fraîche. Ils s'embrassent à perdre haleine. Leur corps est tellement en manque de l'autre qu'un duel amoureux interminable s'engage entre eux. Quand, exténués, ils arrivent au bout d'eux-mêmes, ils se laissent tomber sur le sol. Les yeux fermés, ils tentent de reprendre leur souffle.

Ce soir-là, Antoine reste à manger au manoir et il passe la soirée à jouer aux cartes avec les enfants, Jacques et Louise. Une fois les enfants au lit, Magdelon lui offre un dernier verre. Ils le sirotent tranquillement au coin du feu. Ils parlent peu. Ils sont simplement heureux.

* * *

Le lendemain matin, comme prévu, Catherine vient rejoindre Magdelon alors que le soleil est à peine levé. Elles vont rendre visite à Jeanne pour son anniversaire. Charles était supposé les accompagner, mais il doit rester à la ferme pour aider Thomas. Témoin de leur conversation, Antoine insiste pour les accompagner.

— Il n'est pas question que vous partiez seules, c'est trop dangereux.

— Allez, Antoine! lui dit Catherine en riant. Avouez que vous voulez nous tenir compagnie. Vous savez, quand vous n'êtes pas là, on ne se prive pas d'aller en forêt parce qu'on est seules. On prend notre mousquet et on y va.

Surpris par les propos de Catherine, Antoine rougit jusqu'à la racine des cheveux. En le voyant, Magdelon vient tout de suite à son secours :

— C'est vraiment très gentil à vous. Alors, qu'est-ce qu'on attend? Allons-y! Il faut qu'on parte maintenant si on veut revenir avant la noirceur. Jacques nous a préparé tout ce qu'il faut pour manger et j'ai pris une bonne bouteille pour Jeanne.

Puis elle ajoute, à l'intention de sa sœur :

— J'ai apporté la lettre.

— En as-tu parlé avec Antoine? lui demande Catherine.

— Non, je ne veux pas le mêler à cette histoire.

— Si vous avez besoin de moi, vous savez que je suis là, dit Antoine simplement.

Ils passent une très belle journée à Batiscan. Les trois femmes en ont long à se raconter. De nombreux éclats de rire agrémentent leur conversation. Quand elles abordent le sujet de la lettre de France, le ton devient on ne peut plus sérieux. Jeanne écoute attentivement ses amies. Au bout d'un moment, elle leur dit :

— Laissez-moi y réfléchir quelques jours et je vous écrirai.

— Vous pouvez prendre tout votre temps, répond Magdelon. Vous savez comme moi que peu importe ce qu'on décidera, cela prendra des mois avant de donner des résultats.

— Si c'était des femmes qui prenaient ce genre de décision, je suis convaincue que les choses iraient beaucoup plus vite, vous ne croyez pas ?

Pour toute réponse, Catherine et Magdelon éclatent de rire.

— C'est vrai, dit Magdelon pour relancer la discussion, Catherine ne vous a pas encore appris son grand nouveau…

— Ne me dites pas que vous êtes enceinte ? demande Jeanne spontanément.

— Oui. C'est pour le printemps. Je suis vraiment très contente.

Quant à Antoine, il s'est fort bien entendu avec le mari de Jeanne. Ils ont passé la journée à travailler aux champs. Même s'ils ont abattu une grosse besogne, ils ont quand même pris le temps d'avaler quelques gorgées d'alcool. Quand ils reviennent à la maison, les femmes les accueillent gaiement.

— Il vaut mieux y aller si on veut voyager de clarté, dit Antoine à Magdelon.

— Prenez au moins le temps de manger quelque chose, suggère Jeanne. Antoine doit être affamé.

— C'est très gentil, Jeanne, lui répond Magdelon, mais il faut vraiment qu'on y aille. Ne vous inquiétez pas, Jacques nous a préparé à manger. Ça a été une très belle journée. Ce sera à votre tour maintenant de nous rendre visite. Quand pensez-vous venir?

— Avant les neiges, c'est promis. Vous m'avez vraiment fait un très beau cadeau d'anniversaire. Merci! Embrassez bien fort les enfants pour moi.

* * *

Quelques jours plus tard, Pierre-Thomas revient au manoir avec son cousin français. C'est seulement en le voyant que Magdelon se souvient qu'elle devait lui faire préparer une chambre. Une fois les présentations faites, elle s'excuse en disant qu'elle attendait les deux hommes seulement le lendemain.

— Mais rassurez-vous, dit-elle à l'adresse du cousin, je m'en occupe tout de suite. Pierre-Thomas, vous voulez bien offrir à boire à notre invité en attendant?

Sans plus de cérémonie, Magdelon file à la cuisine voir Louise. Quand elle revient au salon, les hommes en sont déjà à leur deuxième verre. Elle se sert un verre et s'assoit avec eux. Ce n'est qu'à ce moment qu'elle prend le temps de regarder le cousin de plus près. Un seul regard lui suffit pour conclure que c'est un très bel homme, et charmant en plus. Soudain, elle veut tout savoir sur lui.

— Parlez-moi de vous, lui dit-elle avec son plus beau sourire.

Quand Magdelon et le cousin se décident enfin à aller dormir, il y a déjà deux bonnes heures que Pierre-Thomas leur a faussé compagnie.

Chapitre 54

Quand la première neige tombe sur Sainte-Anne, tout le monde est à bout de souffle, comme à chaque année. Les récoltes ont été excellentes. Les granges débordent de foin. Le meunier travaille jour et nuit pour pouvoir livrer la farine promise à la boulangerie avant les glaces. Pour une première fois, Pierre-Thomas a félicité les colons pour leur travail et leur a dit qu'il organiserait une grande fête pour eux au Nouvel An. Si elle n'avait pas été témoin de la scène, jamais Magdelon n'y aurait cru.

Les femmes ont repris leurs soirées de broderie et vont de maison en maison animer la soirée de leurs rires. Ces sorties font le plus grand bien à Magdelon. Elles l'obligent à s'arrêter quelques heures et, surtout, lui permettent de se tenir au courant de ce qui se passe à la seigneurie. Ces moments entre femmes valent dix fois les sorties de grand-messe. Elle ne peut plus compter le nombre de fois où elle s'est servie de ce qu'elle y a appris pour prévenir et, parfois même, éviter des situations lourdes de conséquences. Une seigneurie est une petite société en soi, à la fois forte et fragile. Tout peut marcher comme sur des roulettes pendant des mois et, un bon jour, une crise éclate sans que personne sache pourquoi. Il y a plusieurs situations qu'on ne peut pas éviter, mais si on peut amoindrir le coup c'est déjà pas mal.

Comme chaque hiver, Pierre-Thomas va moins souvent à Québec, mais il y séjourne plus longtemps à chaque fois. Il lui arrive souvent d'accuser la température de ses absences prolongées, mais Magdelon n'est pas dupe. En autant qu'il lui rapporte des pâtisseries et qu'il garde ses mains loin de son corps, elle vit très bien avec ses absences. De toute façon, la seigneurie tourne mieux sans lui. Elle travaille fort, mais elle s'en sort très bien. Évidemment, il y a des colons qui préfèrent traiter avec Pierre-Thomas, et cela, même s'il les rabroue plus souvent qu'autrement. Heureusement, il y en a d'autres qui sont contents de faire affaire avec elle. Pourtant, elle n'est pas plus facile que Pierre-Thomas en affaires. Une seule chose les différencie : elle respecte les colons et essaie toujours de traiter avec eux d'égal à égale. Il ne faut pas oublier non plus qu'il n'y a pas une seule famille de Sainte-Anne et des environs qui n'ait fait appel à ses services pour soigner un des siens à un moment ou à un autre. Chaque fois, elle accourt au chevet des blessés et des malades, les soigne et leur prodigue des mots d'encouragement. Ne se contentant pas de les soigner, elle revient les voir jour après jour jusqu'à ce qu'ils soient complètement rétablis.

Cette année, Noël sera très spécial. Marie et Marie-Jeanne ont annoncé leur visite au manoir. Magdelon était tellement contente quand elle a lu la lettre de sa mère qu'elle a tout de suite été apprendre la bonne nouvelle à Catherine. Les deux sœurs se sont sautées dans les bras et ont dansé sur place comme deux petites filles à qui on vient d'offrir une première poupée. Elles ont ensuite discuté une heure durant du programme qu'elles prépareront pour leur mère et leur grande sœur. Elles ont aussi organisé leur voyage. Marie et Marie-Jeanne arrêteront coucher chez les de Saurel et, si Marie est trop fatiguée, elles pourront ensuite s'arrêter chez Jeanne. Magdelon se chargera d'avertir ses deux amies.

Marie a écrit dans sa lettre qu'elle et sa fille aînée resteront un bon mois. Marie a envie de connaître un peu mieux ses petits-enfants et de passer du temps avec ses deux filles. Quant à Marie-Jeanne, elle écrit que cela lui fera le plus grand bien de s'éloigner de son univers habituel. Elle vit sans conjoint depuis longtemps et trouve cette situation très difficile. Bien sûr, Magdelon lui dira qu'elle n'a qu'à se remarier. À cela, elle répondra qu'elle n'a aucune envie de courir le risque d'être veuve une troisième fois.

« Pauvre Marie-Jeanne, songe Magdelon. Si elle pouvait tomber sur un homme comme Antoine… Mais trop tard, je le garde pour moi! »

* * *

Magdelon s'affaire à organiser la fête du Nouvel An pour les colons. Elle veut que tous se souviennent de cette soirée des années durant. Elle a tout préparé avec Louise et Jacques.

Cette année, elle a même pris soin de prévoir un petit cadeau pour chacun. Lors de son dernier voyage à Québec, elle est allée voir un ébéniste et a fait fabriquer une croix de bois de chêne pour chaque maison. Pierre-Thomas les lui a rapportées la dernière fois qu'il est revenu de Québec. Sur le coup, il était plutôt mécontent qu'elle ait fait cette dépense sans même lui en parler. Mais quand elle lui a expliqué ce que ce petit geste lui rapporterait, il a souri.

— Écoutez-moi avant de vous fâcher. Vous savez comme moi à quel point ils travaillent fort. En donnant à chacun une croix en bois de chêne, vous leur prouvez à quel point ils sont importants pour vous. Dois-je vous rappeler que le chêne est réservé au roi? Je vous le dis, c'est un investissement qui va vous rapporter gros. Pensez-y, chaque fois qu'ils feront la prière en famille, c'est votre croix qu'ils regarderont.

N'écoutant que son cœur, elle a aussi commandé des petits miroirs décoratifs pour son groupe de brodeuses. Il y en a aussi un pour sa mère et un pour Marie-Jeanne. Elle a aussi commandé une grande poupée pour Marguerite, et un train de bois pour les garçons. Quand le paquet est arrivé, elle s'est dépêchée de le cacher dans son coffre de bois.

Chaque fois qu'elle ouvre son coffre, elle est envahie par une vague de nostalgie. Pas une seule journée ne se passe sans qu'elle pense à Alexandre. Elle veut venger sa mort, c'est certain, mais elle ne sait pas quoi faire. Elle garde toujours la lettre qu'elle a reçue de France sur elle, dans la poche de sa robe. C'est là qu'elle est le plus en sécurité. Elle s'est donné jusqu'au printemps pour réfléchir. Il faudra qu'elle en parle à Marie. Alexandre serait si fier de son fils. Quand elle l'a vu cet automne, elle a été frappée par la ressemblance du petit avec son père. On aurait dit Alexandre au même âge. Des cheveux bouclés, des yeux rieurs et un petit sourire en coin qui feraient fondre n'importe qui.

« La vie est vraiment trop injuste, se dit-elle. Pourquoi Dieu vient-il toujours chercher les meilleurs ? Alexandre était la bonté même. Heureusement qu'il nous a confié son fils. Chaque fois que je vois le petit, j'ai l'impression qu'Alexandre est à nouveau parmi nous. »

* * *

Comme prévu, Marie et Marie-Jeanne arrivent au manoir la veille de Noël, les bras chargés de cadeaux. Elles sont gelées jusqu'aux os et n'ont qu'une hâte, s'asseoir près du feu avec un grand café chaud et ne s'éloigner de la cheminée que lorsque la sueur perlera sur leur front. Louise installe confortablement les invitées. Elle leur offre même une grande couverture de laine et ajoute deux doigts d'alcool dans leur café. Les enfants viennent vite trouver leur grand-mère et s'assoient sur ses genoux à tour de rôle. Pendant ce temps, Marie-Jeanne discute avec Magdelon et Catherine. Il y a bien longtemps que la maison n'a pas été aussi animée. Magdelon ne pourrait pas être plus heureuse. Jamais elle n'aurait osé imaginer avoir sa mère avec elle à Noël.

— Et Pierre-Thomas, où est-il ? s'enquiert Marie.

— Il doit revenir de Québec aujourd'hui. Je l'attends d'une minute à l'autre.

— Il n'était pas trop découragé de nous voir arriver, au moins ?

— Vous savez, il ne parle pas plus qu'avant, mais il vous aime bien. Tout ce qu'il m'a dit, c'est de vous recevoir comme il faut.

— C'est un homme bien, dit Marie.

— Vous ne savez même pas à quel point, lance Magdelon d'un ton légèrement sarcastique. Je vous raconterai.

Pierre-Thomas ne se pointe ni ce soir-là, ni les suivants. Il faudra que Magdelon attende jusqu'au jour de l'An pour qu'il rapplique enfin. Faisant mine de rien, il salue Marie et Marie-Jeanne et embrasse les enfants. Comme il est arrivé les bras chargés de cadeaux, ils sont comme des mouches autour de lui. Une fois satisfaits, ils repartent à la cuisine montrer leurs trésors à Louise et à Jacques. Il a même apporté un cadeau pour Marie et pour Marie-Jeanne. Il a offert à chacune une écharpe de soie brute tissée à la main par une artisane de Québec. Les deux femmes s'exclament devant tant de beauté. Magdelon doit reconnaître qu'il a du goût. À le regarder agir avec les enfants, sa mère et sa sœur, elle ne sait plus quoi penser. Elle pourrait lui sauter dessus et le rouer de coups, mais cela ne changerait rien à la nature de son mari. Elle pourrait lui dire ses quatre vérités, mais cela non plus ne servirait à rien. Finalement, elle pourrait simplement prendre une grande respiration et lui offrir un verre. C'est ce qu'elle s'apprête à faire quand il lui dit :

— J'espère que vous ne pensiez pas que je vous avais oubliée…

Surprise, elle hausse légèrement les épaules.

— Tenez, dit-il en lui tendant une petite boîte, c'est pour vous.

Elle prend la boîte et la regarde comme si elle ne savait pas quoi faire avec. Elle est partagée entre l'idée de la lui lancer à la tête et celle de l'ouvrir pour voir ce qu'il peut bien lui avoir acheté. C'est sa mère qui vient à sa rescousse :

— Dépêche-toi de l'ouvrir. Je meurs d'envie de voir ce que Pierre-Thomas t'a acheté.

— Moi aussi, renchérit Marie-Jeanne.

Comme une automate, Magdelon déballe la petite boîte. Quand elle l'ouvre, elle ne peut s'empêcher de s'exclamer :

— Je n'ai jamais rien vu d'aussi beau. Vous n'auriez pas dû.

— Vous méritez bien plus, lui dit-il. Venez que je vous l'attache.

Sans réfléchir, elle sort le bijou de son écrin et le dépose dans la main de son mari. Dès que le collier est dans son cou, Marie et Marie-Jeanne s'extasient. Magdelon ne peut résister à l'envie de se voir. Elle file dans sa chambre et porte le miroir à la hauteur de son cou. Jamais il ne lui a été donné de porter quelque chose d'aussi beau. Elle se prend à sourire, bien malgré elle. Quand elle revient au salon, elle va embrasser Pierre-Thomas sur la joue pour le remercier.

— Prendriez-vous un verre ? lui demande-t-elle sans porter plus d'attention au cadeau qu'il vient de lui offrir.

Elle est parfaitement consciente de la valeur du bijou. Mais pour elle, il ne représente pas grand-chose, sinon une belle pièce que toutes les femmes lui envieront chaque fois qu'elle la portera à son cou. Elle aurait préféré recevoir un lacet de cuir avec une dent d'ours comme pendentif et avoir un mari aimant.

* * *

La fête organisée pour les colons a été une réussite sur toute la ligne. Magdelon avait raison. Recevoir une croix de bois de chêne a fait réellement plaisir aux colons. Ils n'ont pas cessé de remercier Pierre-Thomas pendant toute la soirée, tellement qu'à la fin celui-ci s'est cru obligé de leur dire que l'idée venait de Magdelon. Celle-ci a reçu un lot de remerciements à son tour.

Marie était émue. La fête lui rappelait celles organisées à Verchères du vivant de son mari. Marie-Jeanne discutait tour à tour avec l'un et avec l'autre. Tous l'invitaient à danser, même

Pierre-Thomas, au grand étonnement de Magdelon. Elle sait bien qu'il a toujours eu un faible pour sa sœur, mais de là à la faire danser aussi souvent… Sans être vraiment jalouse, le voir danser avec sa sœur ne la laisse pas indifférente. « C'est quand même trop injuste. Pourquoi faut-il qu'il soit tout miel avec les autres femmes et pas avec moi ? »

Pierre-Thomas est resté au manoir jusqu'à la veille du départ de Marie et de Marie-Jeanne. Certes, les deux femmes en ont été heureuses. Chaque soir, il prenait le repas avec elles et se conduisait comme un parfait gentleman. Plus il était poli, moins Magdelon comprenait. Il était si gentil qu'il lui arrivait de se dire qu'elle était sûrement trop dure avec lui, qu'elle devrait revoir sa position face à lui, qu'il avait peut-être changé… D'ailleurs, Marie et Marie-Jeanne ne tarissaient pas d'éloges à son égard. Il était le plus valeureux des hommes pour elles. Catherine non plus ne comprenait pas le comportement de son beau-frère. Que mijotait-il encore ?

Chapitre 55

Jacques et Louise viennent d'annoncer qu'ils se marieront en août. Il y avait bien longtemps que Magdelon les encourageait à le faire. Elle a tout de suite dit à Louise qu'elle lui offrirait sa robe et la fête.

— C'est beaucoup trop, lui a dit celle-ci. Je ne peux pas accepter.

— Laissez-moi faire, vous le méritez. Juste le fait de savoir que vous allez demeurer à notre service me rend heureuse, alors laissez-moi vous gâter un peu. Je vais écrire à ma mère pour qu'elle achète un beau tissu quand elle ira à Montréal et nous le coudrons ensemble.

— Vous êtes très bonne. Je ne sais pas ce que je serais devenue sans vous.

— Vous auriez sûrement trouvé une autre bonne personne! lui répond-elle en riant. Mais c'est moi qui ai eu la chance de vous avoir. Je vais donc écrire à ma mère dès ce soir. Avec un peu de chance, on devrait recevoir le tissu bien avant les semences, ce qui nous laissera suffisamment de temps pour coudre votre robe. Je ferai aussi défoncer le mur entre la chambre de Jacques et la vôtre. Cela vous donnera un peu plus d'espace.

— Ce n'est pas nécessaire. On peut très bien s'arranger avec une de nos chambres.

— J'y tiens, laissez-moi faire. On pourra ajouter deux chaises dans la pièce. Si vous voulez lire, vous serez plus à l'aise.

— Je suis vraiment touchée, dit Louise. C'est Jacques qui va être content, il adore lire.

— Il faudra qu'on pense au repas aussi. Vous me direz ce que vous préférez et je vous le préparerai.

Chaque fois qu'il y a un mariage dans l'air, Magdelon sent un regain de vie monter en elle. Heureusement qu'elle a gardé ses rêves de petite fille parce que s'il fallait qu'elle se base uniquement sur son propre mariage, le mot à lui seul lui donnerait sûrement envie de vomir. Les choses ne se sont pas améliorées avec Pierre-Thomas. À part les quelques semaines de comédie qu'il a jouées devant Marie et Marie-Jeanne, il est toujours égal à lui-même, c'est-à-dire rude et malpoli. Il va toujours à Québec malgré le froid qui a l'air de s'être installé pour un moment encore.

Certes, Magdelon n'aime pas plus l'hiver qu'avant. Même enveloppée dans son manteau de castor, elle se plaint qu'elle gèle et elle tempête contre l'hiver chaque fois qu'elle met le nez dehors. Pourtant, jour après jour, elle se réserve quelques heures pour aller lever ses collets. Mais elle doit reconnaître que le froid qui lui glace les os lui sert bien quand elle va en forêt. La neige est cachée sous une bonne couche de glace, ce qui, hormis le risque de chuter, facilite grandement ses déplacements en forêt. Au lieu de s'enfoncer jusqu'aux genoux avec ses raquettes, elle fait à peine craquer la couche de glace. Cette année, elle piège tellement de lièvres qu'elle fournit Catherine depuis le début de la saison. Comme chaque automne, Jeanne est venue chasser avec elle. Une fois de plus, elles ont eu la main heureuse et ont tué deux beaux chevreuils. Depuis son arrivée à Sainte-Anne, Magdelon a tué au moins un chevreuil chaque fois qu'elle est allée à la chasse. Toutes ces bêtes ont contribué à lui faire une solide réputation à la seigneurie et à des lieues autour. Quand il est question de chasse autour d'un feu, il n'est pas rare que quelqu'un cite ses exploits, ce qui la fait sourire.

Il y a déjà une heure qu'elle est revenue de lever ses collets et elle sent encore le froid qui la transperce. Elle a avalé un grand café de la mort et deux verres d'alcool, s'est enveloppée dans son grand châle de laine et s'est presque assise dans le feu, mais elle n'arrive pas à se réchauffer. La voyant frissonner, Louise lui prépare un bouillon de poule et vient lui en porter un grand bol. Ce n'est qu'après l'avoir bu qu'elle sent enfin un peu de chaleur couler dans ses veines. Louise lui sert une deuxième portion. À chaque gorgée, elle se sent renaître. Elle vient à peine d'avaler sa dernière gorgée quand Marguerite vient la chercher pour éplucher les lièvres. Elle prend son courage à deux mains et suit l'enfant. Ce rituel est sacré pour elle. C'est d'ailleurs une des rares activités qu'elle fait seulement avec sa fille.

Tout de suite après le souper, elle file à sa chambre et se glisse sous les couvertures sans même défaire son chignon. La seconde d'après, elle dort.

Au beau milieu de la nuit, elle sent soudainement une masse s'écraser sur elle. Elle croit d'abord rêver, mais au bout de quelques secondes elle se rend compte qu'elle ne rêve pas, que la masse est bel et bien réelle. Pierre-Thomas est étendu sur elle de tout son long. Il pue l'alcool à plein nez et cherche désespérément à lever la jaquette de sa femme. Elle se débat comme un diable dans l'eau bénite. Elle frappe son mari de toutes ses forces et fait tout ce qu'elle peut pour le pousser en bas du lit. Elle serre les jambes si fort que même une aiguille ne pourrait se glisser entre les deux. Elle lui crie de la laisser tranquille, lui rappelle qu'elle lui a interdit sa couche, mais sans succès. Il est si bourré qu'il n'entend rien. En fait, il n'a qu'une idée en tête, se soulager pour mieux cuver tout ce qu'il a bu. Elle continue de lutter de toutes ses forces jusqu'au moment où il saisit ses bras et les maintient solidement d'une main, au-dessus de sa tête, alors que de l'autre il relève sa jaquette et lui écarte les jambes avant de se laisser tomber lourdement sur elle et de la pénétrer sauvagement. Elle ferme les yeux et attend qu'il ait fini. Quand il roule enfin à côté d'elle, elle se lève et saute sur place pour faire sortir le plus de liquide possible. Cette fois, il est hors de question qu'elle tombe enceinte. Elle prend ensuite son châle et va s'asseoir près du feu au salon. Elle n'a aucune envie d'entendre seulement respirer Pierre-Thomas. La tentation serait trop forte de le tuer. Elle le déteste de toutes ses forces.

Au matin, Pierre-Thomas fait comme si rien ne s'était passé. Il est surpris de voir avec quelle froideur Magdelon agit en sa présence. Elle est si furieuse après lui qu'elle préfère l'ignorer. De toute façon, que pourrait-elle changer à ce qui est arrivé ? Il était tellement ivre qu'il ne doit même pas se souvenir de ce qu'il a fait. De toute manière, si elle abordait le sujet, elle sait comment il réagirait. Il revendiquerait sûrement son droit à sa couche, et si elle lui rappelait leur marché, il éclaterait de rire et lui dirait :

— C'est vous qui avez fait un marché, pas moi. Ce que je fais quand je suis à Québec ne regarde que moi.

Heureusement, elle n'a pas à subir sa présence trop longtemps. Le lendemain, il repart avec ses hommes en forêt pour préparer l'abattage des arbres.

Avant de partir, il a laissé une lettre sur la table. Elle lui est adressée et semble venir de France. Elle ne reconnaît pas l'écriture. Curieuse, elle l'ouvre sur-le-champ.

Ma très chère Magdelon,

Vous serez sûrement ensevelie sous la neige quand vous lirez ces quelques lignes. J'aurais bien aimé vous les lire moi-même, mais je ne me sens pas encore prêt à affronter l'hiver de la Nouvelle-France.

Je tenais à vous remercier de votre accueil lors de ma visite au manoir. Vous êtes une femme remarquable. J'ai dit à Pierre-Thomas à quel point il avait de la chance de partager votre vie.

Sachez que vous serez toujours la bienvenue chez moi si un jour vous venez à Paris.

Avec toute mon admiration,

Louis-Michel Durocher

Ces quelques lignes lui font du bien. Elle sourit en repliant la lettre. Il faudra qu'elle la montre à Catherine.

— Et pourquoi pas maintenant ? se demande-t-elle à haute voix.

Chapitre 56

Catherine doit accoucher d'une journée à l'autre. Même si tout s'est bien passé à son premier accouchement, elle est très nerveuse, à un point tel que Magdelon est allée lui porter un mélange d'herbes qui devrait l'aider à se calmer. Sur le chemin du retour, elle est soudain prise d'un haut-le-cœur si violent qu'il la plie en deux. En moins de quelques secondes, elle vomit tout ce qu'elle a avalé au déjeuner. Elle se relève, se nettoie la bouche avec un peu de neige et réfléchit. Elle ne comprend pas. Elle n'a rien mangé de spécial ces derniers jours et aucune épidémie ne sévit à la seigneurie actuellement. « Peut-être ai-je mangé trop de pâtisseries hier soir. On peut dire que je m'en suis donné à cœur joie. Ça m'apprendra. Je suis aussi gourmande qu'une enfant de cinq ans. »

Satisfaite d'avoir trouvé une explication, elle retourne au manoir en chantonnant. Aujourd'hui, elle a prévu aller lever ses derniers collets. Elle sait d'avance que la récolte ne sera pas extraordinaire, mais revenir avec un seul lièvre vaut déjà la peine qu'elle se déplace. Elle en profitera pour ramasser ses pièges. Elle prend un quignon de pain au passage, l'enroule dans un coton à fromage et le glisse dans sa poche. Elle apporte aussi une gourde remplie d'eau et la passe en bandoulière. Avant de sortir du manoir, elle crie à Jacques qu'elle sera de retour avant le souper.

Elle n'a pas fait cent pas dans la forêt qu'elle est prise d'une nouvelle nausée. Elle s'appuie à un arbre et vomit. Elle sort sa gourde et prend une gorgée d'eau avant de poursuivre sa marche sans trop se questionner. Au passage, elle voit plusieurs pièges garnis d'un lièvre. Tant mieux! Elle demandera à Louise de les faire cuire pour le souper. Quand elle arrive à son dernier piège, elle a compté plus d'une douzaine de beaux gros lièvres raidis par le froid de la nuit. Elle arrêtera en porter à Catherine. Au moment où elle se penche pour ramasser la première petite bête, elle vomit encore. Il y a quelque chose d'anormal. À moins que…

Elle réfléchit. Tout à coup, la petite virée de Pierre-Thomas lui revient en plein visage. Après avoir calculé le nombre de jours entre le moment où il l'a prise de force et maintenant, elle se laisse tomber dans la neige.

— Je suis enceinte… NON! hurle-t-elle dans un cri rempli de désespoir. Je ne veux plus jamais avoir d'enfants.

Furieuse, elle met ses mains sur son ventre et crie de toutes ses forces :

— Je jure de tout faire pour que tu ne voies pas le jour !